To my friends and readers in China—

"I thought I knew what monsters were."

I hope you enjoy the book and Happy Reading!

— A. Stacy

呼救

A Flicker In The Dark

[美] 史黛西·威林厄姆 著

齐梦涵 译

中国致公出版社

图书在版编目（CIP）数据

呼救 /（美）史黛西·威林厄姆著；齐梦涵译. --
北京：中国致公出版社，2024.5
书名原文：A Flicker In The Dark
ISBN 978-7-5145-2170-2

Ⅰ.①呼… Ⅱ.①史…②齐… Ⅲ.①长篇小说—中国—当代 Ⅳ.① I247.5

中国国家版本馆CIP数据核字（2023）第196208号

A FLICKER IN THE DARK by Stacy Willingham
Copyright © 2021 by Stacy Willingham
Simplified Chinese translation copyright © (year) by Yanbeitang (Beijing) Culture Media Co., Ltd.
Published by arrangement with Writers House, LLC through BARDON CHINESE CREATIVE AGENCY LIMITED
All rights reserved

著作权合同登记图字：01-2024-1915号

呼救 /（美）史黛西·威林厄姆　著　齐梦涵　译
HUJIU

出　　版	中国致公出版社
	（北京市朝阳区八里庄西里100号住邦2000大厦1号楼西区21层）
出　　品	雁北堂（北京）文化传媒有限公司
	（北京市西城区高粱桥路6号西环广场A座）
发　　行	中国致公出版社（010-66121708）
作品企划	雁北堂（北京）文化传媒有限公司
责任编辑	程　英
责任校对	魏志军
内文设计	冉冉工作室
责任印制	卫　晴
印　　刷	天津雅图印刷有限公司
版　　次	2024年5月第1版
印　　次	2024年5月第1次印刷
开　　本	880 mm × 1230 mm　1/32
印　　张	10.75
字　　数	288千字
书　　号	ISBN 978-7-5145-2170-2
定　　价	58.00元

（版权所有，盗版必究，举报电话：010-82259658）
（如发现印装质量问题，请寄本社调换，电话：010-82259658）

献给我的父母凯文与苏,
感谢你们为我做的一切。

与魔鬼战斗的人,应当小心自己不要成为魔鬼。
当你凝视深渊时,深渊也在凝视你。

——弗里德里希·尼采

序幕

　　我曾经以为自己知道什么是怪物。

　　小时候，我觉得怪物就是某些神秘的阴影，它们躲在挂起的衣服后面，我的床底下，还有树林里。每次放学回家，在夕阳的余晖里，我总感觉它们就在我身后，离我越来越近。这种感觉很难被准确描述出来，但不知怎的，我知道它们就在那里。我的身体能感知它们，感知到危险，就像有人想趁你毫无防备，突然把手搭在你的肩膀上，你会有某种预感，皮肤会冒出一片鸡皮疙瘩。那一刻，你隐约察觉到某处有双眼睛正紧紧盯着你，它们潜藏在茂密的灌木丛中，随时想要钻进你的脑袋。

　　但只要你一转身，那双眼睛就不见了。

　　回家的那条路上有一段路铺满了碎石，崎岖不平，非常难走。现在我都记得走在那条路上的感觉——我越走越快，纤瘦的脚踝走得快要断掉；校车在我身后逐渐远去，只留下滚滚浓烟；夕阳穿过树枝，留下斑驳跃动的阴影，我自己的影子从中凸显出来，仿佛一头蓄势待发的野兽。

　　我会深吸一口气，从一数到十，再紧紧闭上双眼。

　　然后我开始奔跑。

　　每天，我都要沿着那条僻静的小路一路狂奔，每到此时，我都觉得远处的家离我越来越远，难以靠近。我想要逃离……某种东西，狂奔的脚步激荡起灰尘，运动鞋踢起一团团野草和小石子。我不知道究竟是什么东西藏在那里，可它一直注视着，一直等待着——等待着我。我被鞋带绊倒了，连滚带爬地跑上前门的台阶，一头扎进父亲温暖的怀抱。他温热的气息拂过我的耳畔，低声说着："我在这儿，我在这儿。"他一边说，一边用手理了理我的头发。我大口大口地喘着气，喘得胸口都疼了。直到这时，我的心才终于重重地落了地，一个词语浮现在我的脑海中——安全。

可这也许是我的妄想。

认识恐惧是一个缓慢的、循序渐进的过程：从购物中心的圣诞老人，到藏身床底的怪物；从保姆允许你看的 R 级[1] 电影，到黄昏时分，你走在人行道上，发现某个坐在车里的男人透过浅色车窗多看了你几秒。你只敢用余光瞥着他，可随着距离的缩短，你内心的恐惧不断攀升，心脏仿佛跳到了嗓子眼，眼球也突突直跳。这也是一个学习的过程，因为你会持续不断地感知一个又一个的威胁，接下来的每件事都比上一件更真切、更危险。

可对我来说，认识恐惧却不是这样的过程。它在我毫无准备的时候，以压倒性的力量向我席卷而来，将年轻且毫无经验的我瞬间击垮，那股力量强大得令我无法呼吸。就在那一刻，恐惧将我压垮的那一刻，我终于明白，怪物不会躲在树林里，它们不是林间的阴影，也不是潜伏在黑暗角落里的无形之物。

真正的怪物就行走在光天化日之下。

在我十二岁那年，那些阴影具象化出一个形状、一张脸孔，它不再虚无缥缈，而是变得更具体、更真实。也是在那时，我开始明白，怪物也许就生活在我们中间。

而在他们当中，有一个怪物最令我感到恐惧。

---

[1] R 级，美国影片分级制度中的一级，属限制级，十七岁以下人群须在父母或者监护人的陪同下观看此类电影。

2019 年 5 月

第一章

我的喉咙痒痒的。

一开始,这种感觉很微弱,就像有人用羽毛沿着我的食道上下扫动。我想把舌头伸过去刮一刮,缓解这种感觉。

但不起任何作用。

希望我没有感冒。最近身边有人生病吗?有人感冒吗?我不知道,我每天都要和很多人打交道,他们看起来都很健康,不过普通感冒在产生症状之前也有传染的可能。

我又试着用舌头刮了刮。

也有可能是过敏了。手机上的天气预报应用程序最近一直显示红色预警,豚草[1]花粉引起的过敏也比往年厉害,而且情况相当严重,每十个过敏症患者里就有八个是豚草花粉的受害者。

我伸手去拿玻璃杯,喝了一小口水,含了一会儿才咽下去。

仍然不管用,我清了清嗓子。

"怎么了?"

闻声,我抬头看向面前的病人,她坐在那张大号真皮躺椅上,僵硬得像一块绑在上面的木板。她放在大腿上的手指正紧紧攥在一起,如果不是那些几乎看不出来的细小、发亮的割痕,那双手的皮肤简直完美无瑕。最大的伤疤在她的手腕处,一道深深的、锯齿状的紫色疤痕,我留

---

[1] 豚草,原产于美国西南部和墨西哥北部的沙漠地区,豚草花粉会引起打喷嚏、鼻塞、皮肤起红斑或咽喉肿胀等症状。

意到她为了遮住这道伤疤，戴了一串木制的串珠手链，手链上挂着一个十字架形状的银质吊坠，整体造型就像一串念珠。

我盯着她的脸，把她的表情尽收眼底。她的眼中暂时还没泛起泪光，不过一切还为时尚早。

"抱歉，蕾西。"我低头看向面前的笔记，"我只是喉咙有些痒，你继续说吧。"

"噢，"她说，"好吧。嗯，总之，就像我刚才说的……我有时会非常愤怒，你懂吗？而且，我不知道自己为什么会这样。那怒火好像自己会膨胀，越变越大，然后，不知不觉间，它就要……"

她低头看了看自己的胳膊，又把手指全部展开，指间的皮肤上布满了发丝般的细小割痕。

"这是一种发泄，"她说，"能帮我平静下来。"

我点了点头，努力忽视着喉咙中那股越来越痒的不适感。我告诉自己，这也许是灰尘引起的症状——毕竟这里有很多灰尘。我扫了一眼窗台、书架、挂在墙上的执照，仿佛它们都被蒙上了一层薄薄的灰色，在阳光下若隐若现。

专注，克洛伊。

我又转向那女孩。

"你为什么会这么觉得，蕾西？"

"我说过了，我不知道。"

"如果让你猜测一下呢？"

她叹了口气，将头转向一旁，眼睛直勾勾地盯着虚空。她在逃避与我的眼神接触。很快，泪水出现在她的眼中。

"也许和我爸爸有关。"她说道，下嘴唇轻微颤动着，拨开前额的金发，"比如他的离开之类的。"

"你爸爸什么时候离开的？"

"两年前。"她回答道，犹如接到指令一般，一滴泪水顷刻之间从她的泪腺涌出，沿着布满雀斑的脸颊滑落。她恼怒地将泪水擦掉。"他甚至没说一声再见，连个解释都没留给我们，就那么离开了。"

我点了点头，记录了下来。

"直到现在，你都为他的不辞而别感到愤怒。你觉得我这么说合理吗？"

她的嘴唇再次颤抖起来。

"而且，因为他没有道别，所以你也没法告诉他你的感受。"

她对着角落里的书架点点头，依旧躲避着我的目光。

"对，"她说，"应该是这样。"

"你还对其他人感到愤怒吗？"

"我妈妈吧。也不知道为什么，我总觉得是她把他赶走的。"

"好的。"我说，"还有谁吗？"

她沉默了，开始用指甲挠皮肤上的疙瘩。

泪水在眼眶里打转，她顾不上抹去它们，低声说："我自己。因为我不够好，所以他才不想留下。"

"感到愤怒是很正常的，"我说，"因为我们都会愤怒。既然你现在已经能用语言表达出你为什么愤怒，我们就可以一起想办法控制它，用不伤害自己的方式控制它。你觉得怎么样？"

"我觉得这蠢透了。"她低声自语道。

"什么蠢透了？"

"所有的一切。他、这个治疗、来这里。"

"为什么说来这里蠢透了，蕾西？"

"我就不该到这里来。"

她大声叫喊起来。我双手交握着，身体随意地向后一靠，放任她大喊大叫。

"没错，我很生气，"她说道，"可那又怎样？我爸爸不要我了，他抛弃了我。你知道那是什么感觉吗？你知道没爸爸的孩子会怎样吗？你知道学校里的人都是怎么盯着你看,在背后议论你的吗?"

"我知道,"我说,"我也有过这样的经历,非常煎熬。"

她安静了下来,那双放在大腿上的手止不住地颤抖着,拇指和食指来回摩挲着手链上的十字架。

"你爸爸也抛弃你了?"

"算是吧。"

"你那时候多大?"

"十二岁。"我回答道。

她点了点头:"我十五岁。"

"我哥哥那时候十五岁。"

"所以你清楚那种感觉,对吗?"

这一次,我微笑着向她点了点头。建立信任——这是最难的部分。

"当然。"说着,我再度俯身向前,拉近我们之间的距离。她终于转向了我,用她那双被泪水浸湿的眼睛凝视着我,眼神里满是乞求。"我再清楚不过了。"

第二章

我非常清楚，这个行业靠的是陈词滥调，但这套说辞既然存在，就有其存在的理由。

因为它们往往都是对的。

十五岁的女孩用刀片划伤自己，大多和自卑有关，她需要用身体上的疼痛来掩盖那些令她饱受煎熬的精神折磨。而十八岁的男孩如果在控制愤怒方面有问题，无非存在这几种情况：和父母产生了无法解决的矛盾、感到被遗弃，或者迫切地想要证明自己。他们的内心越破碎，就表现得越坚强。二十岁的大三学生酗酒，与每一个请她喝两美元伏特加汤力的男孩上床，又在清晨为自己做的一切感到后悔，放声大哭。这是低自尊的表现。她极度渴求关注，因为这是她在家里很难得到的东西。在她的心里，真实的自我和别人的期许总是争斗不休。

与父亲之间的情感问题。独生子女综合征。离异家庭子女。

这些都是陈词滥调，但大多符合实际。我之所以这样说，是因为我也经历过这些。

我低头看向智能手表，屏幕上闪烁着今天的治疗录音时长：1:01:52。我点了一下发送按钮，看着那个小小的进度条从灰色变成绿色，文件传输完毕，我的笔记本电脑也同步完成了备份。科技。记得在我小时候，医生总要抓着病例一页一页地翻看，而我则坐在那些各不相同，却都历经沧桑的躺椅上，看着他们的文件柜塞满其他患者的病历。想到那些都是像我一样的人，不知为何，这让我感觉自己没那么孤单了，变得稍微正常了一些。那些带锁的四层立式金属柜象征着我终将在某天，能以某种方式——用语言、用尖叫、用哭喊——把我的痛苦表达出来。当六十分钟的治疗时间一到，医生合上病历，将它放回抽屉，锁上柜子，然后我们会将这件事暂时抛诸脑后，直到下次治疗。

五点钟，下班时间。

我看着电脑屏幕，看着上面堆满的诊疗记录，意识到自己早已没了所谓的下班时间。病人总有办法找到我，通过电子邮件或者社交媒体，他们会在自己情绪低落的时候给我留言，而我也不得不仔细查看那些惊恐且直白的信息。后来我厌倦了这一切，删掉了自己在社交媒体上的账号。不过我依然要时刻保持工作状态，时刻做好准备，就像一家二十四小时营业的便利店，在一片黑暗之中闪烁着"营业中"的霓虹灯招牌，用尽全力活下去。

录音提示弹了出来，我点开它，给文件打上标签——蕾西·德克勒，第一次治疗。做完这一切，我抬起头，眯起眼睛，看向满是灰尘的窗台。在夕阳的照射下，那里的灰尘愈发明显了。我又清了清嗓子，咳了几下，然后转过身，握住木制把手，一把拉开书桌最下面的抽屉。它是我在这间办公室里的私人药房。我在其中胡乱地翻找着，低头查看这些药瓶上的标签，有普通的布洛芬，也有名称十分难读的处方药：阿普唑仑[1]、甲氨二氮䓬[2]、地西泮[3]。我把它们全都推到一边，拿出一盒维生素C泡腾粉，往水杯里倒了一袋，又用手指搅拌了几下。

喝了几口，我开始写电子邮件。

香农：

星期五快乐！蕾西·德克勒的第一次治疗刚刚顺利结束

---

[1] 阿普唑仑属于苯二氮䓬类药物，具有抗焦虑、抗抑郁等作用。
[2] 甲氨二氮䓬别名利眠宁，是抗精神失常药。
[3] 地西泮用于治疗焦虑症。

了,谢谢你的推荐。我看你还没给她开药,想和你确认一下。根据今天的治疗,我觉得可以给她开低剂量的百忧解[1],你觉得怎么样?有什么需要注意的事项吗?

克洛伊

我按下发送键,向后靠在椅背上,把杯子里剩余的橘子味液体喝掉。没泡开的泡腾粉像胶水似的,沿着杯壁缓慢而沉重地流淌回杯底,还有一些裹住了我的牙齿和舌头,像在上面铺了一层橘黄色的沙粒。几分钟后,我收到了回复。

克洛伊:

不用谢!我觉得没问题。随时联络。

以及——找个时间喝一杯怎么样?太想了解即将到来的大日子了!

香农·塔克医学博士

蕾西的药房正是我常去的那家 CVS 药房[2],我用办公室的电话拨通了那里的号码——结果直接转到了语音信箱。我留了个言。

"喂,我是克洛伊·戴维斯医生——C-h-l-o-e, D-a-v-i-s,我打电话来是想给蕾西·德克勒开处方药,她的名字这么拼——L-a-c-e-y, D-e-c-k-l-e-r,出生日期是 2004 年 1 月 16 日。我建议该病人服用百忧解,每天 10 毫克,连续八周,不用自动续药。"

我用手指敲打着桌子,停顿了片刻,接着说道:"我还想为另一个病人开药,他叫丹尼尔·布里格斯——D-a-n-i-e-l, B-r-i-g-g-s,出

---

[1] 百忧解,即盐酸氟西汀,用于治疗抑郁症、强迫症和神经性贪食症。
[2] CVS 公司是美国一家知名的药店连锁企业。CVS 提供药品服务、处方药和非处方药等医疗保健产品。

生日期为 1982 年 5 月 2 日。赞安诺[1]，每天 4 毫克。我是克洛伊·戴维斯医生，电话是 555-212-4524。非常感谢。"

挂断电话后，我盯着一片死寂的电话看了一会儿，再次把目光投向窗户。夕阳将我那间满是红木家具的办公室蒙上了一层橘黄色，那颜色与水杯底部残留的胶状物别无二致。我又看了一眼手表，已经七点三十分了，就在我准备合上笔记本电脑的时候，办公室里的电话骤然响起。我看向电话，却没有马上接听——现在已经是下班时间了，再说今天还是星期五。于是我继续收拾东西，没有理会响个不停的电话，可转念一想，这个电话没准是药房打来的，他们也许对我刚才开的处方有疑问。电话又响了一声，我拿起了话筒。

"戴维斯医生。"我说。

"克洛伊·戴维斯吗？"

"克洛伊·戴维斯医生。"我纠正道，"是的，我是。请问有什么事？"

"天哪，想联系你真是太难了。"

一个男人的声音从电话里传来，他气得笑出了声，不知什么缘故，我似乎惹恼了他。

"抱歉，你是我的患者吗？"

"我不是你的患者，"那个声音接着说道，"但我今天给你打了一整天的电话。一整天。你的前台不肯给我转接，我只好等下班时间再试，看看能不能直接转到你的语音信箱。没想到你竟然接了。"

我皱起眉头。

"这里是工作场所，我不能接私人电话。梅丽莎只负责转接我的患者……"我顿住了，不明白自己为什么要向一个陌生人解释诊所内部的运作模式，我语气严肃地说道，"能问一下你为什么要给我打电话

---

[1] 赞安诺是一种处方药，用于治疗焦虑、恐慌症及抑郁症相关的焦虑症状。

吗？你是哪位？"

"我叫亚伦·詹森，"他说，"是《纽约时报》的记者。"

我差点儿没喘上气，连忙咳嗽了一下。不过那声音听起来更像是被呛到了。

"你没事吧？"他问道。

"我没事，"我说，"只是嗓子不太舒服。抱歉，你是《纽约时报》的？"

话刚一说出口，我就后悔了。我知道他为什么给我打电话，说实话，我知道终究会有这么一天，终究会有人提起，但没想到会是《纽约时报》。

"对，就是……"他不确定地说道，"那个有名的报纸？"

"嗯，我知道你是谁。"

"我正在写一篇关于你父亲的报道，想和你坐下来聊一聊。我能请你喝杯咖啡吗？"

"抱歉。"我再次道歉，并打断了他的话。该死，我为什么一直在道歉？我深吸一口气，再次开口道："我对此无可奉告。"

"克洛伊。"他说。

"请叫我戴维斯医生。"

"戴维斯医生，"他叹息着重复了一遍，"周年快到了，已经过去二十年了，你再清楚不过。"

"我当然知道！"我顶了回去，"这件事已经过去二十年了，什么都没变，那些女孩活不过来了，我父亲还在坐牢。你们为什么到现在还对这件事念念不忘？"

亚伦在电话那头沉默不语，我知道自己说得太多了。记者就像水里那些被血腥味引来的鲨鱼，喜欢在别人伤口即将愈合时再次将其撕开。而我已经满足了他这种病态的渴望，让他尝到了铁锈的味道，并渴望更多。

"但是你们变了，"他说，"你和你哥哥。大众一定很想知道你们现在过得怎么样——你们是如何应对这一切的。"

我翻了个白眼。

"还有你父亲。"他继续说,"也许他已经变了,你和他说过话吗?"

"我和我父亲没什么可说的,"我对他说,"我对你也没什么可说的,请不要再给我打电话了。"

我把听筒重重地摔在底座上,力度比我预想的大得多。我低下头,看到自己的手指正在颤抖,于是连忙把头发别到耳后,想做些什么让双手停止颤抖。当我再次看向窗户的时候,窗外的天空已经变成了深蓝色,地平线上的太阳就像一个泡泡,随时都会破裂。

我继续收拾桌子上的东西,抓起手袋,从椅子上猛地站起来,椅子被我突然绷直的腿推向后面。我看着台灯,缓慢地吐了一口气,然后把灯关掉,摇摇晃晃地走进一片黑暗中。

第三章

　　无论什么时候，身为女性，我们总会用各种不易被察觉的方式下意识地保护自己，让自己远离阴影中的危险，远离那些看不见的捕食者，让自己免受警世寓言和都市传说之害。这些措施十分细微，以至于有时候连我们自己也意识不到为什么这样做。

　　一定要在天黑之前下班。以防来不及，要提前把车停在路灯下，慢慢走向自己的汽车时，一只手把手提包紧紧抓在胸前，另一只手握紧钥匙，充当武器。靠近车子时，要先查看后座，确认一切正常再开锁。与此同时，手里要紧紧攥着手机，做好食指一滑就能立即拨通报警电话的准备。坐进车里，要把车锁好。不要松懈，立即驶离这里。

　　我驾车驶出办公大楼附近的停车场，开出市区。等红灯时，我看向后视镜——这大概是一种习惯吧——看到镜子里的自己，不由得皱起了眉头。镜子里的我看上去简直一团糟。今天的天气闷热又潮湿，让我出了不少汗，皮肤油腻腻的，平时柔顺的棕发也有些卷翘，这是一种只有在路易斯安那州的夏天才能实现的效果。

　　路易斯安那州的夏天。

　　真是个意味深长的短语。我在这里长大。严格地说不是这里，不是巴吞鲁日[1]，而是州内一座名叫布鲁桥的小镇，世界小龙虾之都。这里的人都对这个称号有种莫名的自豪感，就像堪萨斯州考克城的人为那个

---

[1] 巴吞鲁日是美国路易斯安那州的首府。

五千磅重的麻线球[1]感到自豪一样。毕竟,要不是某个鲜明的特征为这里赋予了一些肤浅的意义,让这里和其他地方有所区别,它就真是一个平平无奇的地方了。

布鲁桥镇人口不足一万,所有人都互相认识。更确切地说,每个人都认识我。

我小时候总盼望夏天赶快到来,记忆中,童年的夏天总是和沼泽绑在一起:有一次,我们在马丁湖看到了短吻鳄,它贪婪的目光潜藏在厚厚的海藻下面。我一瞥见那瞪圆的眼睛,就惊声尖叫起来,哥哥一边大笑着领我朝反方向狂奔,一边大声喊着"再见啦,小鳄鱼";我家上万平方米的后院里挂满了松萝,我们把它制成假发戴在头上,然后在接下来的几天里,不断从头发里揪出恙螨,再把透明的指甲油涂在发痒的红肿咬痕上;我们还会把刚煮好的小龙虾虾尾拧下来,把虾头吸干。

但夏天的回忆里也包含着恐怖的记忆。

在我十二岁那年,女孩们开始接连失踪。那些女孩比我大不了多少。那是1999年7月,又一个普普通通、炎热潮湿的路易斯安那州的夏天。

那一天,一切都变了。

记得那天清晨,我早早地醒来,揉着惺忪的睡眼,拖着那条薄荷绿的毯子走过油毡地板,走进厨房。从很小的时候开始,我就盖着那条毯子睡觉,我很喜欢它的毛边。当时,我的父母正挤在电视机前,愁容满面地低声交谈着,他们的样子让我感到十分紧张,手指不由自主地紧抓着毯子。

"怎么了?"

他们转过身来,惊讶地看着我,然后连忙关掉电视,不想让我看到屏幕上正在播放的画面。

---

[1] 美国堪萨斯州考克城拥有获吉尼斯世界纪录认证的世界最大麻线球。

他们以为我没看到。

"哎呀,亲爱的,"父亲一边朝我走来一边开口道,"没什么大不了的,小乖乖。"但他抱着我的双臂比平时更用力了。

发生的不是小事。即便在那时,我也知道不会是小事。父亲抱着我的样子,母亲转头看向窗外时嘴唇颤抖的样子——和今天下午蕾西强迫自己接受那些她一直拒绝承认,但心里早已知晓的事实时一模一样,嘴唇颤抖,假装那些都不是真的。当我瞥见了电视屏幕下方显示的鲜红色字幕时,那些字——《布鲁桥镇当地女孩失踪》,深深地烙进了我的心里,永远改变了我的人生。

在十二岁的年纪,你不会像长大之后那样意识到"女孩失踪"这几个字背后的邪恶意味,也不会在脑海中自动浮现绑架、强奸、谋杀的可怕场景。我记得当时自己想的是:她在哪里失踪的?我想她大概只是迷路了。

我家的地超过四万平方米,所以我经常迷路,有时是因为在沼泽地里捉蟾蜍,有时是在树林里的未知区域探险,在没被标记过的大树上刻下自己的名字,或者用满是苔藓的树枝搭建堡垒。甚至有一次,我被困在一个小小的洞穴里。那个洞穴应该是某种动物的家,它那不太平坦的洞口不知怎的,令我既害怕又着迷。记得当时我趴在地上,等哥哥在我的脚踝上系好旧绳子,我就扭动着身体,钻进了那寒冷黑暗的空间,嘴里还紧紧叼着钥匙链样式的小手电筒。我越爬越深,黑暗慢慢将我吞没,直到最后,我突然发现自己没法爬出去了,一时间被吓得魂飞魄散。鉴于此,当我在电视上看到搜索队在茂密的树林间搜寻、在沼泽地里跋涉的片段时,忍不住想,要是"失踪"的人是我,要是人们用寻找她的方式来寻找我,会发生什么呢?

她会出现的,我想。到时候,她肯定会因为自己引起了这么大的骚动而感到尴尬。

但她再也没有出现。三周后,另一个女孩也失踪了。

又过了四周，又有一个女孩失踪了。

在夏天即将结束的时候，总共有六个女孩消失了。前一天，她们还在，第二天，她们就不见了。消失得无影无踪。

六个女孩接连失踪，无论在哪里都是件大事，对布鲁桥这样的小镇来说更是晴天霹雳。因为在这里，即便教室里只少了一个孩子，都会十分显眼，即便只有一户人家搬走，整个镇子也会冷清不少。这件事带来的打击，沉重得令人难以承受，她们的失踪萦绕在人们的心头，空气中到处都充斥着邪恶的念头，就像暴雨将至时乌云密布的天空，可怕得令你全身的骨头都止不住地颤抖。你能感觉到它的存在，能尝到它的味道，在遇到的每一个人的眼中，都能看到它。小镇上的人们曾经那么地信任彼此，可现在都化为了过眼云烟，一种无法被撼动的怀疑在这里生根发芽。一个难以启齿的问题萦绕在所有人的心头。

下一个失踪的会是谁？

镇上开始实行宵禁，商店和餐厅傍晚就打烊了。我和镇上的其他女孩一样，天一黑就被禁止出门。即使是在白天，我也能感觉到邪恶潜伏在每一个角落。我总害怕那会是我——我会成为下一个——这个想法时常令我感到窒息。

"你不会有事的，克洛伊。没什么好担心的。"

那是去夏令营之前的早上，哥哥一边背上背包一边对我说。我又哭了，害怕得连家门都不敢出。

"她是该担心，库珀。这可不是儿戏。"

"她太小了，"他说，"她才十二岁。他喜欢的是少女，不是小屁孩。"

"库珀，别说了。"

母亲蹲下来，眼睛平视着我，替我把一撮头发别到耳后。

"这件事的确非同小可。亲爱的，你别想太多，小心点，保持警惕就行了。"

"别上陌生人的车，"库珀叹了口气，"别一个人走黑暗的小巷。这没什么可说的,科洛[1],别犯傻就行了。"

"那些女孩可没犯傻,"母亲严厉地说道,她的声音不大,却很尖厉,"她们很不幸,在错误的时间出现在错误的地点。"

回忆着这些往事,我把车拐进了药房的停车场,开进了免下车通道。滑动玻璃窗后站着一个人,他正忙着把各种药瓶装进纸袋里,再用订书机把袋口订好。他头也没抬地拉开窗户。

"姓名?"

"丹尼尔·布里格斯。"

听到是一个男人的名字,他瞥了我一眼,在面前的电脑键盘上敲了几下,接着又开口问道:

"出生日期?"

"1982 年 5 月 2 日。"

他转过身,脚步缓慢地挪到标着"B"的篮子边,拿起一个纸袋,又走了回来。我的双手紧紧地抓着方向盘,不希望颤抖的手暴露我的不安。他用扫描器扫了一下纸袋上的条码,我听到哔的一声。

"关于用法和用量有什么不清楚的吗?"

"没有,"我微笑着开口,"都记下来了。"

他把袋子递出窗户,伸进了我的车窗里。我一把接过袋子,塞进自己的包里,然后关上车窗,一句再见也没说就开走了。

我又开了几分钟车,可副驾驶座上的包——包里的药,让我心绪不宁。我曾经很不理解为什么代取处方药能这么轻而易举,只要出生日期和档案上的人名对得上,大多数药剂师甚至不会要求你出示驾照,即便有人这样要求,也能轻易蒙混过关。

哎呀,该死,我把它放在另一个包里了。

我其实是他的未婚妻——你需要我提供档案上留的地址吗?

---

[1] 科洛(Chlo),克洛伊(Chloe)的昵称。

我拐进花园区街道,沿着一条长达1.6公里的道路继续行驶。这条路总会让我迷失方向,就像一名潜水员完全被黑暗包围,伸手不见五指。

所有的方向感都消失了,所有的掌控感也都不见了。

这里既没有灯火通明、照亮街道的房屋,也没有让街道上那些蜿蜒的树枝一览无余的路灯。当太阳落山以后,在这条路上行驶会让我觉得自己正驶进一个墨水池,就要消失在一片茫茫的虚无之中,在无底洞里永无止境地下坠。

我屏住呼吸,踩在油门上的脚增加了一些力道。

终于,我感觉转弯的地方离我不远了。后面没有别的车,只有更多的黑暗,可我依然打开了转向灯,右转驶入那条熟悉的小巷。在经过第一盏路灯时,我终于松了一口气。

家。

这也是一个别有深意的词语。一个家指的不仅仅是一栋房子,一大堆用混凝土和钉子固定在一起的砖块和木板,它远比那更有感情。家代表安全,代表保障,是九点一到、宵禁开始的时候你要回去的地方。

可是,如果连家里也不安全,你该怎么办呢?

如果在前门台阶上摔倒时跌进的怀抱,恰恰是你应该逃离的;如果就是那双手抓走了那些女孩,掐住她们的脖子,掩埋她们的尸体,最后把自己洗得干干净净,你该怎么办呢?

如果你的家正是灾祸的源头,是撼动小镇的地震震中,是令许多家庭家破人亡,摧毁了你和你所知道的一切的飓风风眼呢?

你该怎么办?

第四章

我在车道上停下车,没有熄火,从包里掏出装药的袋子,把它一把撕开,取出橘黄色药瓶,拧开瓶盖,往手掌心倒了一粒药片,接着又把纸袋揉成一团,和药瓶一块塞进副驾驶的储物箱里。

我看向手中的那片赞安诺,审视着这个白色小药片,回想起在办公室接到的那通来自亚伦·詹森的电话。二十年了,这些陈年往事让我心头一紧。我不再多想,直接把药片塞进嘴里,咽下去后深吸一口气,闭上双眼,感受到憋闷的胸口逐渐舒缓,气管也舒张开来。安宁就这样降临到我身上,那是我每次用舌尖舔舐药片时都会产生的感觉。我不知该如何形容这种感觉,只能将其描述为简单纯粹的放松。就好比你突然拉开衣柜门,确定里面只有衣服,别无其他时,你感觉自己是安全的,没有什么东西会从阴影里朝你扑过来,于是你的心跳逐渐放缓,脑子里产生了某种劫后余生般的眩晕感。

我睁开眼睛。

下车关上车门后,我按了两下车钥匙的上锁键,忽然在空气中捕捉到一丝香料的味道。我抬头仔细闻了闻,想找出那味道是从什么地方飘来的。可能是海鲜,有股鱼腥味。也许是邻居在办烧烤聚会,有那么一瞬间,我竟然因为他们没有邀请我而感到气恼。

我沿着长长的鹅卵石步道往家门口走去,房子的轮廓从黑暗中隐隐浮现出来。走到一半时,我忽然停下脚步,朝房子望去。几年前,我刚刚买下这栋房子的时候,它还只是一栋建筑、一个躯壳,就像干瘪的气球等待有人将它吹得鼓胀。它正准备变为一个真正的家，就像一个第一天上学的孩子，急切而兴奋。可我不知道怎么才能营造出家的感觉，我唯一的家早已"家不成家"了——至少现在，那个家已经散了。事后想一想，那里也许从来都不是家。

我还记得自己第一次握着钥匙走进这里的情形。鞋跟与硬木地板碰撞的声音在空旷的空间中回响，白色的墙面裸露着，上面零星散落着被钉子钉过的痕迹，那些地方原来挂着相框。它们告诉我，我可以把这里变成一个真正的家，可以在这里创造属于自己的回忆，可以在这里过上真正的生活。库珀之前陪我去超市的时候给我买了一个红色的小工具箱，他一边逛，一边往小工具箱里装各种型号的扳手、锤子和钳子，像在糖果店用袋子装满酸酸甜甜的糖果一样。我打开工具箱，却发现自己没什么可以往墙上挂的——我既没带照片，也没带任何装饰品——于是，我往墙上钉了一枚钉子，把串着家门钥匙的金属圈挂到了上面。虽然只是一把钥匙，却让我觉得自己向前迈了一小步。

现在，我从外面看着这栋房子，回想我为了让自己看上去和常人无异而付出的努力，突然觉得这一切是那么肤浅、表面，就像往大理石状的伤疤上抹一层厚厚的粉底，或者在伤痕累累的手腕上缠一串念珠。每一位在遛狗时经过我家门前的邻居，都让我无比渴望他们能接受我，可我却说不出自己为什么会有这种渴望。我在门廊的天花板上吊了一把秋千椅，上面总是落着一层黄油色的花粉，看上去根本没人会坐在那里。我也曾满怀热情地买回各种绿植，可没过多久就将它们抛诸脑后，那两盆悬挂着的蕨类植物早已枯死，仅存的棕色细长卷须让我不禁想起八年级生物课上解剖猫头鹰时，在它食道里发现的小动物的骨头。我还在门前放了一张印着"欢迎"字样的棕色地垫，以及一个形状像信封，用螺栓固定在墙板上的青铜信箱。可惜它太不实用了，缝隙小得连手都伸不进去，根本装不下那堆房产经纪人寄来的明信片。他们都是我的老同学，在学历没那么值钱后就转投到房地产行业了。

我继续往前走,同时决定扔掉那个愚蠢的信箱,换个更大众一些的款式。就在这一刻,我发现我家透着一种死气沉沉的感觉。它是整个街区唯一一栋一点光亮也没有的建筑,其他住宅要么从窗户透出灯光,要么从拉起的百叶窗后透出电视机发出的闪光。只有我家毫无生命迹象。

赞安诺使我进入一种强制的平静状态,让我敢于再靠近房子一些,但我还是觉得有什么东西在困扰着我。有什么地方不太对劲,有些东西和平常不一样了。我环顾起自家院子——院子不大,照料得尚可。修剪过的草坪和灌木丛紧贴着原木制成的栅栏,橡树的枝叶投下黑影,将那从未停过车的车库变得斑驳。我再次把目光投向距我只剩几步之遥的房子,窗帘后面似乎有什么动静,但我还是摇了摇头,强迫自己继续往前走。

别傻了,克洛伊,那是幻觉。

我插入钥匙,开始转动,就在这时,我才惊觉哪里不对劲,哪里变得不一样了。

是门廊的灯,它没亮。

我一直开着那盏灯,连睡觉的时候也不例外,我一点也不介意那光亮透过百叶窗的缝隙,直射到我的枕头上。可它现在没亮。那不是我关的,我压根没碰过开关。这才是整栋房子看上去毫无生气的原因。我从没见过这栋房子有这么黑的时候,一点光亮也没有。就算街边有路灯,这里还是一片黑暗。要是有人在这时从后面朝我扑过来,我甚至没法……

"惊奇!"

我惊呼一声,急忙在包里翻找着防狼喷雾。屋里的灯倏地亮了起来,客厅里突然冒出了一群人——三十,也许有四十人——他们全都看着我,脸上挂着笑容。可我只觉得心脏在胸腔里怦怦直跳,几乎说不出话来。

"我的天……"

我结结巴巴地环顾四周，想要一个理由，一个解释。但没人说话。

"我的天哪！"我突然意识到，自己的手还抓着包里的防狼喷雾，那力道大得把我自己都吓了一跳。我有些虚脱地松开手，用包内里的布料擦去掌心冒出的汗水。"这、这是怎么回事？"

"你觉得呢？"声音从我左边传来，我转过身，看到人群分开，一个男人走了出来，"当然是一场派对啦。"

是丹尼尔。今晚他穿了深色水洗牛仔裤和舒适的蓝色休闲西装外套，浅褐色的头发梳成了分头，牙齿在古铜色皮肤的衬托下白得耀眼，他正微笑着看我。我感到自己的心率有所放缓，把手从胸口移到了脸颊，感觉它正逐渐发热涨红。他递给我一杯酒，我尴尬地笑了笑，用空着的那只手接过酒杯。

"这是为我们两个人举办的派对，"他把我搂得紧紧的，我能闻到沐浴露和香体露的味道，"一场订婚派对。"

"丹尼尔，什么……你在这里做什么？"

"让我想想，可能是因为我住在这里吧。"

人群爆发出一阵笑声，丹尼尔笑着捏了捏我的肩膀。

"你不是去外地了吗？"我说，"我以为你明天才能回来。"

"关于这件事嘛，我骗你的。"他的话引来更多的笑声，"惊不惊喜？"

我扫过忐忑不安的人群，他们都在看着我，等着我的回答。我不禁怀疑自己刚才的尖叫声有多大。

"我的声音听上去还不够惊喜吗？"

我举手投降，人群再次爆发出笑声。丹尼尔把我揽入怀中，亲吻我的嘴唇，后方有人欢呼起来，其他人跟着起哄，口哨声和掌声此起彼伏。

"你们两个赶紧开房去吧！"有人大声喊道，人群又是一阵大笑，不过这回他们已经分散到房间各处，有人正给自己倒饮料，有人和其他客人围在一起聊天，有人正往自己的纸盘上盛食物。我这才弄明白刚才在外面闻到的是什么味道,那是老湾调料的香味。我看到后廊的野餐桌上摆满了冒着热气的小龙虾,再想到刚才以为邻居开派对没邀请自己而难过的情形,不由得又是一阵尴尬。

丹尼尔看着我,咧嘴一笑,但没有出声。我在他的肩膀上捶了一下。

"真讨厌,"我说,不过还是冲他笑了笑,"你可吓死我了。"

这回他大声笑了起来。十二个月前,正是这种洪亮的笑声吸引了我,即便是现在,它依旧让我心醉神迷。我把他拉回身边,又吻了上去,这次没了朋友们的注视,我总算可以好好吻他了。他的舌头在我口中散发着热度,他的存在让我感到平静。我享受着这一切,心跳和呼吸也平缓下来,就和赞安诺的药效一样。

"是你让我别无选择,"他啜着红酒道,"我必须这么做。"

"哦?是吗?"我问道,"为什么?"

"因为你不给自己做任何安排,"他说,"既没有单身派对,也没有新娘送礼会[1]。"

"丹尼尔,我又不是大学生,我都三十二岁了。做那些事不幼稚吗?"

他看着我,扬起了眉毛。

"不,我觉得它们一点也不幼稚。相反,这么做很有趣。"

"好吧,只是没人会帮我安排这些,你是知道的。"我摇了摇红酒杯,盯着里面的液体说道,"库珀不会为我办新娘送礼会,而我母亲……"

"我知道,科洛,我开玩笑呢。但你应当有一场派对,所以我才做了这些,就这么简单。"

我的心里涌起一股暖流,我用力握住他的手。

"谢谢你,"我说,"但这另当别论,我刚才差点儿吓出心脏病……"

他又笑了起来,把剩下的红酒一饮而尽。

"……但这对我来说意义重大。我爱你。"

---

[1] 新娘送礼会是一种美国结婚前的习俗。

"我也爱你。去聊聊天吧,还有,把你的酒喝了。"他用手指敲了敲我的酒杯底座,我的酒还一口未动,"放松一下。"

我把杯子举到唇边,和他一样一饮而尽,然后挤进客厅的人群里。有人拿走我的酒杯,又给我倒了一些,有人把装着奶酪和饼干的托盘往我这边推。

"你一定饿坏了。你总是这么晚才下班吗?"

"当然啦,她可是克洛伊!"

"科洛,你喝霞多丽吗?你之前那杯好像是皮诺,但应该没什么区别吧?"

几分钟过去了,又或许是几个小时,每当我走到一个新的区域,都会有人道上一句恭喜,再端上一杯酒,问着相似的问题,我再做出相似的回答,循环往复,比空酒瓶在角落里堆积的速度还要快。

"所以,这算不算'找个时间喝一杯'?"

我转过身,看到香农正笑着站在我身后,她大笑着给了我一个拥抱,像往常一样,在我的脸颊印上一吻,留下一个口红印。我想起她今天下午给我发的那封邮件。

以及——找个时间喝一杯怎么样?太想了解即将到来的大日子了!

"你这个小骗子。"我忍着不去擦拭那些残留在我脸上的口红。

"我认罪,"她笑着说,"我得确保你不会起疑。"

"好吧,你的任务完成了。你的家人都还好吗?"

"他们都很好,"香农转动着手指上的戒指,"比尔在厨房里倒酒呢,还有莱莉……"

她扫了一眼整个房间,目光从拥挤如潮的人群掠过,最后笑着摇了摇头,似乎看到了她要找的人。

"莱莉正在角落里玩着手机呢。真让人意外。"

我转身看去,一名少女正瘫坐在椅子上,疯狂地敲打着自己的手机。她有一头棕发,穿着一身红色的无袖连身短裙和白色运动鞋,那无聊至极的模样让我忍俊不禁。

"这可以理解,她才十五岁。"丹尼尔说道。我往身旁一看,丹尼尔正微笑着站在那里。他迅速蹭到我身边,环住我的腰,吻了一下我的额头。他能轻松自如地加入任何一场谈话,在恰到好处的地方插上一嘴,仿佛一直站在这里一样。他这点总会令我惊叹。

"谁说不是呢?"香农道,"她正在被禁足,所以我们才把她拖到这里来。她很生气,因为我们强迫她和一群'老人'待在一起。"

我笑了笑,依旧盯着那个女孩,看她心不在焉地用手指拨动头发,一边咬着嘴唇,一边思考刚刚收到的信息。

"她为什么被禁足?"

"从家里偷偷溜出去。"香农边说边翻了个白眼,"我们逮住她大半夜从卧室窗户爬出去,用床单做成绳子什么的。就是你们在电影里看到的那些事,她全做了个遍,幸好没摔断脖子。"

我又笑出了声,而后赶忙用手捂住嘴巴。

"说真的,当初我和比尔谈恋爱的时候,他告诉我他有一个十岁的女儿,我一点也没当回事,"香农低声说道,但眼睛依然看着自己的继女,"甚至觉得自己走了大运,想要一个孩子,就得到一个孩子,还跳过了换尿布、整夜哭闹那段折磨人的过程。她那时候真是可爱得不得了。可一到青春期,什么都变了,这转变简直令人震惊,一个个都变成了小怪兽。"

"这种情况不会持续太久的。"丹尼尔笑着说,"总有一天,这些事都会变成遥远的回忆。"

"天哪,希望如此吧。"香农也笑了,又喝了一大口酒,"他真是个天使,你知道吧?"

她后半句话是对我说的,她在说丹尼尔,还拍了拍他的胸口。

"他一个人安排了整场活动,你想象不到他为了把大家聚到一起,花了多少时间。"

"是的,我知道,"我说,"我配不上他。"

"幸亏你没提前一周辞职,对吧?"

她轻轻推了推我,我笑了起来,我对自己和丹尼尔的第一次相遇依然记忆犹新。这世间大多数偶遇都会无疾而终。就比如在公共汽车上撞到某人的肩膀,轻声咕哝一句抱歉,然后各奔东西;或者你带的笔没水了,正好酒吧里的另一位客人有笔,你借来用一下;抑或追赶即将开走的汽车,把对方落在超市购物车里的钱包还给他。这样的相遇大多数只会以一个微笑、一句谢谢告终。我们两人的相遇原本也会是其中之一。

但有时,人与人的相遇会发展出更多的故事,甚至成为之后所有事情的开端。

我和丹尼尔是在巴吞鲁日综合医院认识的。当时他正要进门,我则从里面往外走。与其说往外走,不如说是踉跄而出,一点也不夸张,我的办公用品实在太重了,险些把纸板箱的底部压坏。我本该径直从他身边走过,但箱子遮住了我的视线,我只能一直盯着脚下,朝前门走去。要不是听见他说话,我早就从他身边走过去了。

"需要帮忙吗?"

"不用,不用。"说着,我把箱子的重量挪到另一只手臂上,丝毫没有停留。自动门离我还有不到一米,我的车子就停在外面,还没熄火。"我搬得动。"

"来,我帮你吧。"

我听到身后传来脚步声,随即感觉箱子忽然一轻,他的胳膊已经伸到我的手臂之间。

"天哪,"他哼了一声,"这里面都装了些什么?"

"主要是书。"等他把箱子从我手中拿走,我把一缕被汗水浸湿的头发从额前拨开。这时,我第一次看清了他的脸——一头金发,还有同样颜色的睫毛,牙齿显然在青少年时期做过昂贵的矫正治疗,也许还做过一两次美白。他把我那一箱"宝贝"举起来扛在肩膀上,透过他身上那件浅蓝色衬衫，我能看见他凸起的肱二头肌。

"你被解雇了？"

我倏地转过头去，正要开口纠正他，却看见他朝我这边瞥了一下，这让我看清了他的表情。他温柔的眼眸从上到下地打量了我一番，在望向我脸庞的时候，他的眼神一下子柔和了许多，好像看到了某个老朋友，在找到某种熟悉的东西后，眼睛一亮，嘴角勾起一个会意的笑容。

"我只是开个玩笑。"说着，他把目光转回到箱子上，"你看起来太高兴了，不像是被解雇的样子。再说，如果你真的被解雇了，不是该有保安什么的把你从大楼里架出来，扔在人行道上吗？应该是这么个流程吧？"

我笑了，笑出了声。谈话间，我们已经走到停车场，他把箱子放在我车的车顶，然后双臂交叉环抱在胸前，转向了我。

"我辞职了。"我说，话语之中的决绝让我有一瞬间差点儿掉下眼泪。在巴吞鲁日综合医院的工作是我的第一份工作，也是我目前为止干过的唯一一份工作。我的同事香农是我最要好的朋友。"今天是最后一天。"

"恭喜你，"他说，"接下来准备去哪里呢？"

"我要开自己的诊所了。我是一名医学心理学家。"

他吹了个口哨，伸头朝车上的箱子里看了看。有什么东西吸引了他的注意，他纳闷地扭过头，凑上去拿了一本。

"你对谋杀感兴趣？"他一边审视封面，一边问道。

我扫了一眼箱子，胸口有些堵得慌。我记得当时放在我那些心理学教材旁边的，是一大堆真实罪案类书籍——《白城恶魔》《冷血》《佛罗伦萨恶魔》。不过和大多数人不同，我读这些书不是为了娱乐，而是为了研究。我想剖析那些性格各异，却都以夺人性命为生的人，想弄明白他们在想什么。我如饥似渴地阅读着那些被印在纸上的故事，就像听我的患者靠在真皮躺椅上，轻声向我诉说他们的秘密一样。

"也可以这么说。"

"没有批评的意思。"他补了一句,摆弄起手里的书——我看到了封面,那是《午夜善恶花园》——他将它打开,翻了几页,"我很喜欢这本书。"

我不确定该如何回应,只是礼貌地微笑。

"我真得走了,"我指着车另起了一个话头,然后伸出了手,"谢谢你的帮助。"

"这是我的荣幸,请问医生怎么称呼?"

"戴维斯,"我说,"克洛伊·戴维斯。"

"好的,克洛伊·戴维斯医生,如果你将来还有箱子要搬……"他把手伸进后兜,掏出了钱包,然后拿出一张名片,插进了翻开的书页中,"可以联系我。"

他朝我笑笑,转身走回大楼,进门之前又朝我的方向眨了眨眼睛。等自动门在他身后合拢,我才低头看向手中的书,用手指抚摸着那光滑的封面。夹着他名片的地方被撑开一条小缝,我把指甲伸进那条缝隙,重新翻开那页。我低头看着那张名片,眼睛扫过他的名字,一种陌生的感觉油然而生。

不知为何,我觉得将来一定还会再次见到丹尼尔·布里格斯。

第五章

离开香农和丹尼尔，我打开推拉门溜了出去。手里这杯酒已经是我今晚喝的第四种酒精饮料了，这让我不禁感到头昏脑涨、天旋地转，好不容易才走到后门廊。房间里没完没了的闲聊仍在我耳边嗡嗡作响，刚才喝光的那瓶酒则作用在我的脑袋里。现在，屋子里有四十多个喝醉的人，他们身上的热气充斥着整个房间，让里面异常憋闷。室外虽然依旧闷热，但吹来的微风还是让人清醒了一些。

我慢慢走向野餐桌，报纸上的那堆小龙虾、玉米、香肠和土豆还冒着热气。我放下红酒杯，抓起一只小龙虾拧开，虾头里的汁液顺着我的手腕滴下来。

这时，我听到身后有动静——是脚步声，接着传来一道人声。

"别害怕，是我。"

我一下子转过身来，眼睛努力适应着黑暗，想看清站在我面前的人。他指尖的香烟闪着樱桃红色的光点。

"我知道你不喜欢惊喜。"

"库普[1]！"

我把小龙虾丢在桌子上，朝哥哥走去。我抱住他的脖子，闻到了他身上那股令人熟悉的味道——尼古丁和薄荷口香糖的味道。我对他的到来感到惊讶，没有理会他对惊喜派对的攻讦。

---

[1] 库普（Coop），库珀（Cooper）的昵称。

"嘿，小妹。"

我向后仰了仰头，仔细观察起他的面容。他看起来比上次见面时又苍老了一些，不过这对库珀来说还算正常。他两鬓的头发越来越白，额头上的皱纹也一天比一天深，似乎在几个月的时间里老了好几岁。不过，库普属于那种年龄越大越有吸引力的类型。上大学时，我的室友曾用银狐来称呼他，因为他那段时间脖子上冒出了一些灰白色的胡楂。这个称呼不知为何一直困扰着我，但这确实是一个相当精准的描述。他给人的印象是十分成熟、圆滑老练、体贴周到且沉默寡言的，好像在他三十五年的人生中，见过的世面比大多数人一辈子见到的都多。我松开了他的脖子。

"刚才没在里面看见你！"我说话的声音有些大。

"你身边全都是人，"他大笑着回答，吸了一口烟，然后把烟蒂扔到地上用脚踩灭，"被四十个人团团围住是什么感觉？"

我耸了耸肩膀："大概是为婚礼进行排练的感觉吧。"

他的笑容有一瞬间僵住了，但很快就恢复了原来的表情。我们都没深究。

"劳蕾尔在哪里？"我问道。

他把手插进裤兜，越过我的肩膀看向后面，目光飘远，仿佛陷入了沉思。我一下子就明白了。

"她已经和我没什么关系了。"

"我很遗憾。"我说，"她人看上去挺不错的，我很喜欢她。"

"是啊，"他点了点头，"她是很好，我也喜欢她。"

有那么一会儿，我们相对无言，只是听着屋子里传来的嘈杂人声。我们都明白，在经历过那些事后，想保持一段亲密关系有多不容易。道理能说出一大堆，但结果总是不尽如人意。

"怎么样，开心吗？"他问道，把头撇向房子那边，"婚礼什么的？"

"'什么的'？你说话可真有一套，库普。"我笑了。

"你知道我的意思。"

"是的,我知道,"我说,"我很开心。你应该给他个机会。"

库珀看着我,眯起了眼睛。他看得我有些退缩。

"你在说什么?"他问道。

"丹尼尔,"我说,"我知道你不喜欢他。"

"为什么这么说?"

现在换我眯起眼睛。

"我们又要聊这个话题吗?"

"我喜欢他!"他举起双手表示投降,"你能再说一遍他是做什么的吗?"

"医药销售。"

"农场销售[1]?"他语带嘲讽,"真的吗?在我的印象里,他可不像是干这个的。"

"药品,"我说,"不是农产品。"

库珀笑了,从口袋里掏出一包烟,叼出一根,又把烟盒递给我,我摇了摇头。

"那就合理多了,"他说,"那双皮鞋太闪亮了,不适合整日待在农场里转悠。"

"你看,库普,"我抱起手臂,"我说的就是你这种态度。"

"我只是觉得你们的进展太快了,"他用打火机点燃香烟,深吸了一口,"你们才认识多久?几个月?"

"一年了,"我说,"我们已经在一起一年了。"

"你们只认识了一年。"

"所以呢?"

"你用一年时间就能真正了解一个人?你见过他的家人吗?"

---

[1] 药物的英文 pharm 和农场的英文 farm 的读音相同。

"这倒没有,"我承认,"他们不经常见面。但是你想想,库普,我们真要通过一个人的家庭来判断他是什么样的人吗?你应该比别人更清楚这件事,家人什么的糟透了。"

库珀耸了耸肩,没有答话,又抽了一口烟。他的虚伪激怒了我,他总是用这种满不在乎的态度激怒我,就像一只钻进我皮肤里的金龟子,越钻越深,仿佛要将我生吞活剥一样。更糟的是,他表现出一副并非故意气我的样子,好像根本没意识到自己的话有多伤人。我突然有种报复回去的冲动。

"听着,我为你和劳蕾尔或者其他任何人没能修成正果而感到遗憾,但这并不意味着你有权利嫉妒我。"我说,"如果你能别总这么浑蛋,别总这么封闭自己,你也能找到爱你的人。"

库珀没有开口,我知道自己说得太过分了,一定是酒的问题,是酒精把我变得这么鲁莽,这么恶毒。他猛吸了一口烟。我叹了口气。

"我不是这个意思。"

"不,你说得对。"他边说边朝门廊尽头走去,交叉着腿,靠在栏杆上,"我承认我有问题,但那家伙刚刚给你办了一个惊喜派对,克洛伊。你怕黑。该死的,你什么都害怕。"

我用手指轻轻敲击酒杯。

"他把你家的灯全都关了,还让四十个人在你进门的时候吓唬你。他把你吓得屁滚尿流。我看见你把手伸进包里了,我知道你要干什么。"

他发现了。我有些尴尬,没有接话。

"如果他知道你有多么偏执多疑,你认为他还会这么干吗?"

"他是好意。"我说,"你知道的。"

"我相信他是好意,但这不是重点。他不了解你,克洛伊。你也不了解他。"

"不,他了解我。"我气急败坏地说,"库珀,他很了解我,他只是不想让我一直沉溺在过去的痛苦中,我很感谢他这么做,这才是健康的生活方式。"

他叹了一口气,抽完剩下的烟,把烟蒂从栏杆上弹了出去。

"我只想说我们和他们不一样,克洛伊。你和我,跟别人不一样,我们经历过很糟糕的事情。"

我顺着他指的方向朝房子里看去,打量里面的人,那些像家人般亲密的朋友正在开怀大笑,无忧无虑地谈天说地——突然间,我在几分钟之前还能感受到的爱意消失了,取而代之的是内心的空虚。库珀说得对,我们的确不一样。

"他知道吗?"他用温柔的语气小声问我。

我又看向黑暗中的他,咬住腮帮子,没有回答。

"克洛伊?"

"知道,"我终于说道,"他当然知道,库珀,我当然告诉过他。"

"你都说了些什么?"

"全部,我把所有事情都告诉他了,好吗?他什么都知道。"

我看着他把目光投回屋内,回到那个少了我们两人的嘈杂派对上,我们再次陷入沉默,我把自己的腮帮子咬得发疼,好像尝到了血的味道。

"你们两个到底怎么回事?"沉默片刻,我终于有气无力地问道,"发生过什么事吗?"

"什么也没发生,"他说,"只是……一想到你的身份,还有我们的家庭……我只是希望他没有什么不良企图。我要说的只有这些。"

"不良企图?"我情绪失控般地大声质问他,"你说什么呢?"

"克洛伊,你冷静点。"

"别叫我冷静,"我说,"我冷静不了,你是想告诉我,他不可能真的爱我,不可能真的爱上我这样的疯子,不可能爱上破碎的克洛伊。"

"天哪,得了吧,"他说,"别这么小题大做。"

"我没有小题大做,"我厉声呵斥道,"我只是想让你这次别再那么自私。我在请求你给他一次机会。"

"克洛伊……"

"我希望你能来参加婚礼,"我打断他的话,"我真心这么希望。可就算你不来,库珀,婚礼也会如期举行。如果你非让我选择……"

身后传来推拉门被拉开的声音,我转过身,看到了丹尼尔。他冲我笑了笑,我能看出他来来回回看了我和库珀好几眼,很是疑惑,却没有开口提问。我不知道他在门后站了多久,也不知道他听见了多少。

"你没事吧?"他边问边朝我们走过来,用胳膊搂住我的腰。我能感觉到他在把我拉向他,让我远离库珀。

"没事。"我努力让自己的情绪平复下来,"没事,我很好。"

"库珀,"说着,丹尼尔把另一只手伸向他,"很高兴见到你,伙计。"

库珀笑了,用力和我的未婚夫握了握手。

"对了,还没来得及谢谢你,你帮了我不少忙。"

我皱着眉看向丹尼尔。

"他帮你做什么了?"

"这个派对啊,"丹尼尔笑道,"他没和你说吗?"

我回头看向哥哥,想到自己刚才说的那些过激的话,心里懊悔不已。

"没有,"我继续盯着库珀,"他没和我说。"

"没错,"丹尼尔说,"他是我们的救星,要是没有他,我们就做不成这件事。"

"小事一桩,"库珀盯着自己的脚说,"很高兴能帮上忙。"

"不,这可不是小事,"丹尼尔说,"他早早就到了,所有的小龙虾都是他蒸的,辛辛苦苦做了好几个小时,味道非常好。"

"你为什么不告诉我?"我问。

库珀有些尴尬地耸了耸肩:"这没什么。"

"好了,我们该进屋了。"说着,丹尼尔把我拉向门口,"还有几个人,我想让克洛伊认识一下。"

"再给我五分钟。"我没有动,我不能话说到一半就这么走掉,但我也不能当着丹尼尔的面道歉,那样会暴露我们之前的谈话内容,"待会儿屋里见。"

丹尼尔看了看我,又看了看库珀,想要开口反驳,但最后什么也没说,只是笑着捏了捏我的肩膀。

"没问题,"说完,他朝我哥哥举手致意,"五分钟后见。"

推拉门被关上,等到丹尼尔走远,我才转过身来面向哥哥。

"库珀,"我有些懊恼,"对不起,我不知道。"

"没关系,"他说,"真的。"

"不,我不该那样对你。你该骂我几句的,我说了那么难听的话,还说你自私……"

"没关系,"他从扶手上直起身,向我走过来,我们之间的距离越来越近,最后他抱住了我,"我愿意为你做任何事,克洛伊。你知道的,你是我最宝贝的妹妹。"

我轻叹一声,伸出双臂搂住了他,我的内疚和愤怒都烟消云散了。这就是我和库珀的沟通方式。我们会产生分歧、会大喊、会吵架,会好几个月不和对方说话,可一旦开始说话,就仿佛回到了童年时光。那时候,我们会光着脚在后院的洒水器间跑来跑去,在地下室里用硬纸箱搭建堡垒,没完没了地聊天,连周围的人离开都毫无察觉。有时候,我会对库珀心生怨念,因为他总能让我想起我是谁,我的父母是谁。他的存在总是提醒我,我在现实世界中展现的形象并不真实,而是我精心设计的。只要一不小心,这个形象就会分崩离析,我就会暴露出真实的自己。

我们之间的关系很复杂,但我们依然是家人。我们是对方仅有的家人。

"我爱你,"我用力抱着他,说道,"我看得出来你在努力。"

"我的确在努力,"库珀说,"我只是想保护你。"

"我知道。"

"我希望你能得到最好的。"

"我知道。"

"我猜我只是习惯了充当你生命里唯一的男人,那个能照顾你的人。现在,这个角色要换人了。我实在很难放手。"

我笑着闭上了眼睛,不想让眼泪流下来:"哦?这么说来你其实不是机器人?"

"怎么说话呢,科洛,"他轻声说道,"我是认真的。"

"我知道,"我又重复了一遍,"我知道你是认真的,我不会有事的。"

我们无言相拥,时间在悄悄流逝。那群前来看望我的朋友似乎对我的消失毫不在意。我抱着哥哥,想起早些时候接到的那通来自亚伦·詹森的电话,那个《纽约时报》的记者。

"但是你们变了,"那个记者这样说道,"你和你哥哥。大众一定很想知道你们现在过得怎么样——你们是如何应对这一切的。"

"嘿,库普,"我抬起头问道,"我能问你件事吗?"

"当然。"

"你今天有没有接到一个电话?"

他一脸不解地看向我:"什么样的电话?"

我迟疑了。

"克洛伊,"他感觉到我的退缩,抓我胳膊的手更用力了,"是什么样的电话?"

我刚要开口,他就打断了我。

"哦,对了,确实有个电话,"他说,"是妈妈那边打来的。他们给我留了言,但我完全忘记了。他们是不是也打给你了?"

我吐了一口气,赶紧点点头。"是的,"我撒谎道,"我也没接到那通电话。"

"我们该去看她了,"他说,"这次轮到我了,抱歉,我不该拖这么久的。"

"没关系,"我说,"真的,如果你太忙了,我去也行。"

"不,"他摇摇头说,"不用,你现在的事情也不少,我这周末一定会去。还有别的事吗?"

我回想起亚伦·詹森,回想起办公室电话里的那段谈话——那根本不能叫作谈话。二十年了。《纽约时报》在窥探我们的过去,那个叫亚伦的家伙正在写一篇关于父亲和我们的报道。我也许应该把这件事告诉哥哥,可转念一想,假如亚伦有库珀的信息,他早就给哥哥打电话了。这是他自己说的——他一整天都在尝试联系我。如果他联系不上我,就该换一个戴维斯家的孩子试试,去联系我哥哥。既然他还没给库普打电话,就说明他还没有哥哥的电话号码、地址,或任何联系方式。

"没了,"我说,"没别的事了。"

我决定不给他找麻烦。如果让哥哥知道《纽约时报》的记者在我上班时打电话来探听我家的丑事,他一定会气得把塞回口袋里的那盒烟全都抽完。当然,这是最好的情况。最坏的情况是,他会亲自打给那个记者,让他离我们远点,这样一来,詹森就会得到他的电话号码,我们就都完蛋了。

"嘿,你的新郎还在等你呢。"库珀在我肩膀上拍了两下,而后退到一旁,走下门廊楼梯,朝后院走去,"你该回屋里去了。"

"你不进来吗?"虽然已经知道答案,我还是问了他一下。

"今晚的社交额度已经用完了,"他说,"再见啦,小鳄鱼!"

我笑了笑,再次把红酒杯端到唇边。能从快到中年的哥哥嘴里听到这句儿时常说的话,真让我高兴。虽然听上去很不协调,但那刻意为之的少年语调还是把我带回了二十年前那段简单、快乐、自由自在的时光。不过与此同时,这种不协调的情形和我们的现状倒是十分贴合。我们的世界在二十年前就停止运转了,我们被困在时间里,永远年少,就像那些女孩一样。

我把剩下的酒一饮而尽,朝他的方向挥了挥手。黑暗已经将他裹入怀中,但是我知道,他还站在那里,等待着。

"等会儿见,小鳄鱼。"我凝望着那片阴影低语。

他脚下的树叶发出沙沙声,打破了原本的寂静,不一会儿,这里再次安静下来,我知道他已经离开了。

2019 年 6 月

第六章

我猛地睁开眼睛,头痛欲裂,仿佛有人在我脑子里有节奏地击鼓,连房间也随之震动。我在床上翻了个身,瞅了一眼闹钟,十点四十五分,我怎么会睡到这个时候?

我坐起来揉了揉太阳穴,卧室太过明亮,让我不禁眯起眼睛。刚搬来的时候——那时这里还只是我的卧室,而不是我们的卧室,这建筑也只是一栋房子,而不是一个家——我希望这里的一切都是白色的,墙壁、地毯、床罩、窗帘。因为白色象征着整洁、纯净、安全。

可现在,白色意味着明亮。太亮了,实在太亮了。挂在落地窗前的亚麻窗帘一点用也没有,完全无法遮住照在我枕头上的刺眼阳光。我发出痛苦的呻吟声。

"丹尼尔?"我一边喊一边弯下身子,从床头柜里取出一瓶止痛药。大理石杯垫上有一杯水——是新倒的。冰块还没化,浮在水面上,就像漂浮在平静的海面上的浮标。我看到凝结的水珠沿着玻璃杯外壁滑了下来,在杯子底部聚成一小摊水。"丹尼尔,我为什么难受得快死了?"

我听见我的未婚夫一边笑一边走了进来。他端着一个托盘,上面摆着薄煎饼和火鸡肉培根,我不禁感慨自己何其有幸,竟然能让某人把早餐端到我的床上。只差一朵插在小花瓶里的野花,整个画面就和浪漫爱情电影里的截图一模一样了。当然,还要除去我严重的宿醉。

我想,也许这是上天对我的补偿,我的原生家庭烂透了,所以得到了一个完美的丈夫。

"因为你喝了两瓶红酒，"说着，他在我额头上烙下一吻，"而且你喝的还不是同一种酒。"

"他们一直给我递酒，"我一边说，一边拿起一片培根咬了一口，"我都不知道我喝的是什么。"

我突然想起我曾吃了一片赞安诺。在被大家灌酒之前，我把那个白色小药片吞了下去。难怪我会这么难受，难怪昨晚后来发生的一切那么模糊，就像透过磨砂玻璃杯底去看那个派对一样。我的脸涨得通红，但丹尼尔并没注意到，反而笑着用手指梳理着我乱蓬蓬的头发。与我相比，他的头发打理得近乎完美。我这才注意到他已经洗过澡，刮了胡子，他浅金色的头发梳得整整齐齐，还用发胶定了型，分出一条细窄的分界线。我在他身上闻到了须后水和古龙水的味道。

"你要出门吗？"

"我要去新奥尔良，"他蹙起双眉，"参加一个会议，上周和你说过，你不记得了吗？"

"哦，对。"我点点头，但依旧没有记起来，"抱歉，我脑子还不太清醒。但是……今天是星期六啊，周末还要开会？你才刚回来。"

我在认识丹尼尔之前并不了解医药销售这个工作。真的，我对它的了解只有钱，说具体些，就是这个工作能赚很多钱。或者说，至少有这个机会，只要你能把这份工作做得很好。现在我了解得更多了，比如这份工作经常需要出差。丹尼尔负责的区域横跨路易斯安那州并覆盖了密西西比州的大半，所以他几乎无时无刻不待在车里。无论是清晨还是深夜，他总要花几个小时从一家医院开到另一家医院。这份工作要开的会也不少——关于销售和培训发展的、关于医疗设备数字化营销的，以及关于药品未来的研讨会。我知道他离开的时候会想我，但我也知道，他喜欢这种生活——尽情吃喝，住豪华酒店，与医生们拉关系。他也擅长做这些事。

"今晚酒店有一场社交活动，"他一字一顿地说，"在星期一会议正式开始之前,还有一场高尔夫球赛,就在明天。你都不记得了?"

我的心怦怦直跳。没错,我心想,我一点印象也没有。但我没把这话说出来,反而笑着把早餐盘推到一边,伸出双臂搂住他的脖子。

"抱歉啦,"我说,"我想起来了,我想我只是还没醒酒。"

丹尼尔笑了起来,我就知道他一定会笑。他用手揉了揉我的头发,仿佛我是儿童棒球比赛里即将上场击球的小孩。

"昨晚我过得很愉快。"我转移了话题,把头放在他的大腿上,合上双眼说道,"谢谢你。"

"不用谢。"他开始用指尖在我的头发上画着各种形状,圆形、方形、心形。他安静了一会儿,我在这种沉默里感觉到了一丝凝重,最后他终于开了口:"昨晚你和你哥哥聊了什么?在外面的时候。"

"什么意思?"

"你知道我说的是什么,"他说,"就是我打断的那段对话。"

"哦,没什么。"我的眼皮又开始变沉,"库珀就是那个样子,没什么可担心的。"

"你们说话的时候……气氛有些紧张。"

"他担心你和我结婚另有所图。"我用手指比了两个空气引号,"不过就像我说的,我哥哥一直这样,他对我的保护欲太强了。"

"他说了那种话?"

丹尼尔把手从我的头发上拿开,我感觉到他后背一僵。这话一出口我就后悔了——都是酒精的错,它们还在我的血管里奔腾,害我的思绪不断翻涌,像满杯后溢出来的液体,弄脏了地毯。

"把这话忘掉吧,"我睁开了眼睛,以为他会低头看我,结果他只是茫然地盯着前方,"他会喜欢上你的,就像我一样,我知道他一定会。他在努力了。"

"他有没有说他为什么会那样想?"

"丹尼尔,说真的,"我坐了起来,"这根本没什么可说的,库珀只

043

想保护我,他一直这样,从我还是孩子起就这样。你知道我们过去经历了什么,所以他总是把人往坏处想。在这一点上我们还挺像的。"

"嗯。"丹尼尔依然直勾勾地看着前方,"嗯,也许吧。"

"我知道你和我结婚是为了什么,"我用手掌抚摸他的脸颊,他退缩了一下,我的碰触似乎把他从那种恍惚的状态中唤醒了,"比如我紧致的翘臀,还有美味的红酒炖鸡。"

他转过头看向我,情不自禁地露出微笑,然后笑出声来。他把手覆在我的手上,捏了捏我的手指,然后站了起来。

"周末别一直工作,"他拍了拍熨好的裤子,想把上面的褶皱拍掉,"出去走走,找些有趣的事情做。"

我翻了个白眼,抓起另一片培根,把它对折一下,整个塞入口中。

"不然就准备一下婚礼,"他又说道,"已经进入最后的倒计时了。"

"下个月。"我笑道。我当然记得我们把婚礼定在了7月——那些女孩们就是从二十年前的7月开始失踪的。这个想法在我们刚踏入柏树马舍时闪过我的脑海。柏树马舍有一条华丽的鹅卵石走廊,走廊两侧立着一棵棵橡树,白色的椅子与农场中那四根巨大的柱子整齐排列在一起。目光所及之处都是大片大片的未被开垦过的土地。我还记得农场边缘那个被修缮过的谷仓,那里有一根巨大的木制柱子,上面缀着一串串灯、绿植和乳白色的木兰花,很适合用来办婚宴。马儿在牧场上吃草,它们被一排白色的尖木桩篱笆围着,而那片肆意生长的绿色在远处被河流阻挡,河水像一条粗壮的蓝色静脉,从地平线另一边轻柔地流淌过来。

"完美,"丹尼尔那时候握着我的手说,"克洛伊,这里是不是很完美?"

我笑着点点头。这里的确很完美,但这里的广阔勾起了我对故乡的回忆。我想起父亲满身是泥地从树林里走出来,肩上扛着一把铁锹;想起沼泽像护城河一样把我们的土地围住,把人挡在外面,也把我们关在里面。我望向马舍,试着想象自己身穿婚纱,走过巨大的环绕式门廊,走下楼梯,走向丹尼尔。突然间,一个晃动的身影吸引了我的注意,我又往那边看了一眼。门廊处的摇椅上坐着一个十几岁的女孩,她懒洋洋地伸着腿,脚上穿着深棕色皮靴,正有一下没一下地蹬着门廊的柱子,摇椅有节奏地摇晃着。她发现我在观察她,立即振作起来,把衣服往下拉了拉,跷起了二郎腿。

"那是我孙女。"站在我们前面的女人说道。我把目光从女孩身上移开,看向了她。"这片土地是我们家族世代相传的。她有时放学后喜欢到这里来,在门廊上做作业。"

"这里可比图书馆强多了。"丹尼尔笑着说。他抬起胳膊,朝女孩挥了挥手。女孩微微低下头,有些尴尬,但还是朝我们挥了挥手。丹尼尔把注意力转回到女人身上。"我们就定这里了,你们什么时候有空闲时间?"

"我看看。"她低头查看着手中的平板电脑,旋转了几次,才把屏幕竖了起来,"今年的时间几乎都订满了,你们来得有些晚了!"

"我们才刚订婚。"我一边说,一边转动着手指上的新钻戒,这是我的新习惯。丹尼尔送给我的这个戒指是件传家宝——这件维多利亚时代的珠宝是从他曾曾祖母手中一代一代传承下来的,虽然有明显的磨损痕迹,却是真正的古董,那种古香古色是仿制不出来的。它的主石被切割成椭圆形,周围环绕了一圈玫瑰切工的钻石,指环则是细腻柔滑但有些暗沉的 14k 黄金。它承载着这个家族无数的时光。"有些人等了好多年后才结婚,我们不想成为那样的夫妻。"

"没错,我们已经不小了,"丹尼尔说,"岁月不等人。"

他拍了拍我的肚子,那个女人露出揶揄的笑容,又开始滑动屏幕,似乎在翻页。我尽量不让自己脸红。

"我刚才说过,要是今年的话,周末都排满了。如果你们愿意,我可以为你们定到 2020 年。"

丹尼尔摇摇头。

"所有周末都订满了？真让人意外。那星期五呢？"

"很多人都想彩排，所以星期五也差不多都订满了，"她说，"不过好像还有一天。7月26日。"

丹尼尔瞥了我一眼，扬起了眉毛。

"你觉得那天怎么样？"

我知道他在和我开玩笑，但一提到7月，我就感到一阵心慌。

"路易斯安那州的7月，"我把脸皱成一团，"你觉得来宾受得了那么炎热的天气吗？尤其是在户外。"

"我们可以提供室外空调，"那个女人说道，"帐篷、风扇，你提要求，我们都能满足。"

"我说不好，"我说，"这里的虫子也不少。"

"我们每年都会往地面喷洒杀虫剂，"她说，"我向你们保证，虫子绝不是问题。我们每年都会办夏季婚礼！"

我察觉到丹尼尔疑惑的目光，那眼神仿佛要钻进我的大脑，好像只要他盯我盯得足够用力，就能理清我脑子里纷乱的思绪。但我没转身看他，我不想面对他。7月总能加剧我的焦虑，削弱我的意志，就像得了一种会随着夏日时光的流逝而不断恶化的疾病，这完全是非理性的，我不想承认。我不想承认的还有喉咙里上涌的恶心感，远处粪肥的酸臭味与木兰花的甘甜混合在一起，以及苍蝇震耳欲聋的嗡嗡声，忽远忽近，像在围着什么死物盘旋。

"好吧。"我点了点头，又看了一眼门廊，那女孩已经不见了，只剩下一把空椅子在风中慢慢摇动。

"7月就7月吧。"

第七章

丹尼尔在车道上往后倒了倒车，然后隔着挡风玻璃朝我挥了挥手，车灯也跟着闪烁了几下，像是在和我告别。我捧着一杯热气腾腾的咖啡，裹紧身上的丝质睡袍，也冲他挥了挥手。

我关上身后的房门，环视着空荡荡的客厅。台面上堆满了昨晚用过的各种杯子，厨房的垃圾桶里塞满了空酒瓶，一夜之间突然出现的苍蝇在黏糊糊的瓶口来回盘旋。我的头还是很疼，就像有人一直在我脑海中喋喋不休，我强忍着药物和酒精引起的头疼，开始动手清理，将洗干净的盘子放进空着的大水槽里。

处方药还在车里放着，那是我偷偷用丹尼尔的名字开的赞安诺，他不知道这件事，自然也不需要那些药。我还有种类繁多的止疼药在办公室的抽屉里放着，它们肯定能缓解这突突直跳的头疼。我知道它们就在那里，这真的很诱人，我内心深处有一部分冲动想要立刻钻进车里，开车去办公室，随心所欲地挑选我需要的药片，然后在专门为病人提供的躺椅上把身体蜷成一团，再睡一觉。

我没那么做，而是继续喝着咖啡。

获得药品不是我从事这一行的理由，毕竟心理学家一般不能给病人开药，我们得把病人转诊给其他内科医生或精神科医生，由他们来开处方，而路易斯安那州是少数可以由心理学家直接给病人开药的地方，除了这里，就只有伊利诺伊州和新墨西哥州了。能开药这件事算是幸运的巧合，还是说这其实是件坏事，我说不准。总之这不是我从事这一行的理由。虽然这能让我躲开市中心的毒贩,在安全的免下车窗口取药,接过来的也不是毒贩递过来的塑料袋,而是印着正规商标的纸袋,外加一张收据和购买半价牙膏、一加仑低脂牛奶的优惠券,但我成为心理学家并非为了钻这个空子。我选择干这一行,是因为我想帮助别人——这话虽然听着老套,但我是真心实意这样想的。我之所以成为心理学家,是因为我非常了解创伤,而这种了解是再多的学校教育也教不会的。我知道大脑能把你的身体扰乱得多么彻底,情绪能让事情变得多么混乱——很多时候你甚至不知道自己拥有那些情绪。它们能让你变得盲目、混乱,什么事都做不好,让疼痛席卷你的全身,那种一跳一跳的钝痛,持续不断而且永远也不会消失。

青春期时,我来来回回地看了很多医生,他们有的是心理咨询师,有的是精神科医生,还有心理学家,他们都照本宣科地问我差不多的问题,以为这样就能疗愈我精神上永不停歇、轮番上阵的各种焦虑障碍。那段时间,我和库珀就像教科书里的活体病例,我有恐慌症、臆想症、失眠症和黑夜恐惧症,而且每年还会出现新的症状。库珀则与我正好相反,他完全缩进了自己的世界。我是感受太多,他则是太少。他那曾经高调张扬的个性变得越发低调内敛,整个人变得几乎毫无存在感可言。

我们俩就像把童年创伤具象化之后,被打上了蝴蝶结,然后小心翼翼地放在路易斯安那州每位精神科医生家门口的礼物。大家都知道我们是谁,我们出了什么问题。

虽然大家都知道我们的问题所在,可没人能解决。于是我决定亲自来解决。

我懒洋洋地走过客厅,扑通一声扑倒在沙发上,咖啡从杯子边缘洒了出来。我把杯子举到嘴边,用舌头把杯沿的咖啡舔掉。电视还在播放着早间新闻,那是丹尼尔选的频道。我伸手拿过苹果电脑,接连点了好几下回车键,总算把它从漫长、昏沉的睡眠模式中唤醒。我打开电子邮箱,翻看着收件箱,里面的邮件几乎都和婚礼有关。

只剩两个月了,克洛伊!我们是不是该把蛋糕定下来了?你想好选哪种糖浆了吗?焦糖糖浆还是柠檬酱?

克洛伊,嗨。花店那边需要我们尽快把餐桌布置方案定下来。我让她开二十桌的发票行吗?还是你想减到十桌?

要是放到几个月前,我一定会问问丹尼尔,看他有什么意见,然后一起商量,共同决定婚礼上的每一个小细节。可随着时间的流逝,我一开始想要举行只有熟人参加的小型婚礼——先在户外举行仪式,礼成之后便是至亲密友之间的私人宴会;席间,我和丹尼尔坐在一张窄长的桌子上首,享用着我们最爱的美食,畅快地开怀大笑,间或喝一小口玫瑰酒。但现如今,婚礼已经完全变成了别的东西,变成一只我们谁都不知如何驯服的异域宠物。不仅有做不完的决定,还有永远也回不完的邮件,上面净是些细枝末节的问题。无论什么事,丹尼尔都让我拿主意。鉴于世人普遍认为新娘总想主导婚礼的一切,丹尼尔可能认为他的这种姿态是正确的,可结果却是一切重担都压在了我一个人的肩膀上,这让我感到了前所未有的压力。他明确提出意见的只有两件事,其一是他不喜欢软糖蛋糕,其二则是他不打算邀请他的父母。当然,这两项要求我都十分愿意配合。

我永远也不会向丹尼尔承认这一点,但我打从心底里希望婚礼和这一切事情赶紧结束。我一边暗自庆幸自己的订婚派对没搞出这么大阵仗,一边回复起了邮件。

选焦糖的吧,谢谢!

我们能折中一下,订十五桌吗?

我又浏览了几封电子邮件,然后点开婚礼策划人发来的邮件。看到邮件内容的那一刻,我僵住了。

嗨,克洛伊。很抱歉一直催你这个问题,但我们得赶紧把仪式的细节都敲定下来了,不然我没法安排宾客座位表。你想好让谁陪你走红毯了吗?有空的时候告诉我一下。

我把光标移到了"删除"上,但那个讨厌的心理学家的声音——我自己的声音——又在我耳畔响起。

克洛伊,这是典型的回避型应对。你自己也知道这样做只能拖延时间,并不能解决任何问题。

我对自己内心的建议翻了个白眼,开始敲打键盘。父亲在婚礼上挽着女儿入场这种事早就过时了。一想到要让某个人把我交到别人手里,我就觉得反胃,好像我是一件被卖给出价最高者的物品。若还保留着这样的传统,不如干脆把送嫁妆的传统一并恢复算了。

我想到库珀,在我十二岁之后的人生里,他是最接近父亲这一角色的人。我想象着他紧紧握住我的手,领我走过红毯。

可紧接着我又想起他昨晚说的话,他的眼神和语气中流露出的否定。

他不了解你,克洛伊。你也不了解他。

我关上电脑,把它推到沙发的另一头,扭头看向一直播放节目的电视屏幕。屏幕最下方有一条由亮红字组成的消息——突发新闻。我抓过遥控器,把音量调大。

是路易斯安那州巴吞鲁日十五岁高中生奥布里·格拉维诺失踪一案,警方仍在寻找相关线索。奥布里的父母于三天前向警方报案,她最后一次被人目击是在星期三的下午,当时她放学回家,正独自经过墓园附近。

屏幕上出现了一张奥布里的照片,这让我不由得心生恐惧。小时候,我看十五岁的人总觉得他们很高大、很成熟,和成年人没什么两样,这让我幻想了许多自己十五岁以后要去做的事。可过去了这么多年,我的经历让我明白,十五岁的年纪真的很年轻。她很年轻,她们都很年轻。我觉得奥布里看起来有些眼熟,也许是因为她和那些来我办公室,瘫坐在那张躺椅上的女高中生差不多。青春期旺盛的新陈代谢让她们拥有独属于年轻人的瘦削身材,她们画着黑色眼线,头发还未经过染烫,不像那些逐渐衰老的女性为了显得年轻而伤害自己的头发。但现在的奥布里很可能已经变得苍白、僵硬、冰冷,死亡会使身体衰败,皮肤会因为失去血色变得苍白,眼神也变得呆滞。我强迫自己不去想那样的画面,人不应该那么年轻就死去,那是非自然的。

奥布里从电视屏幕上消失不见了,取而代之的是一幅崭新的图像——巴吞鲁日的鸟瞰图。地图一出现,我首先找到了在密西西比河附近的市中心,那是我家和公司所在的地方。接着我看到柏树墓园附近有一个红点,那是奥布里最后出现的地方。

搜救队今天对墓园进行了地毯式搜索,一无所获,然而奥布里的父母仍然相信他们的女儿尚在人世。

在地图之后播出了一段视频,画面当中的一男一女两个中年人站在演讲台上,睡眠不足让他们的面容分外憔悴,字幕显示他们正是奥布里的父母。男人沉默地站在一旁,而那个女人,孩子的母亲,正在对着镜头诚恳地哀求着。

"奥布里,"她说,"我的宝贝,无论你在哪里,我们都会找你,我们一定会找到你的。"

男人抽了抽鼻子,用衬衫袖口抹了一下眼眶,又用手背擦掉了鼻子下面的鼻涕。女人拍拍他的胳膊,继续说道:"不管你是谁,如果你绑架了她，或是知道她的下落，我们都恳求你联系我们，我们只想要我们的女儿回来。"

那个男人终于哭了出来，他不断地抽噎着。那个女人则一直目视前方，眼睛一刻也没有离开过镜头。这是警察教的沟通技巧，我也有所耳闻——看向镜头，对着镜头说话，对他说话。

"我们只想要我们的孩子回来。"

第八章

莉娜·罗兹是第一个女孩。她是起源，是一切的开端。

莉娜是一个令我印象深刻的女孩，那种印象和大多数人对一个已故女孩的印象不同。和她不太熟的同学会编造一些故事，让自己和她产生联系；她儿时的玩伴会在社交网络上上传她的旧照片，提起一些只有她们之间才懂的笑话或是共同的回忆，却从不提她们其实已经很多年都不曾说过话了。

布鲁桥镇的人们只记得莉娜在寻人启事上的面容，仿佛凝固在那张照片上的一瞬间就是她人生的全部，就是她整个人生中唯一重要的时刻。我永远不会明白死者家属要如何选出一张能概括一个人完整一生和全部性格特质的照片，这个选择实在太过沉重、太过重要，又太不可能完成。你选择的照片就是她留给后世的一切，世界只会记住你选择的那一瞬间——唯有那个瞬间，再无其他。

可我对莉娜的回忆却不是这样的，我的回忆不是那种流于表面的东西——我真的记得她，记得她所有的瞬间，好的，坏的，优点，缺点。我记得最真实的她。

她讲话很大声，也很粗俗，她那些骂人的话，我只在父亲在仓房里不小心用斧头砍断大拇指时听过。她嘴里冒出的污言秽语和她的外表有着强烈的反差，这反倒令她更加迷人。她的身材颀长而苗条，胸部很大，与她那十五岁的、男孩子气十足的其他身体部位完全不搭。她性格外向，活泼开朗，有一头向日葵般金黄色的头发，经常被她编成两条法式辫子甩在身后。她每次走过，都会立即吸引所有人的目光，而她对这一点心知肚明。人们的关注会令我泄气，却能令她膨胀，那些望向她的眼睛总能让她更加容光焕发、昂首阔步。

男孩们都喜欢她。我喜欢她，也嫉妒她，这是实话。布鲁桥镇的女孩们都嫉妒她，这种情况一直持续到那个可怕的星期二早晨，她的脸出现在电视屏幕上的时候。

不过，有一个瞬间让我格外难以忘怀。那是一个与莉娜有关的时刻，一个我无论如何努力，都无法忘掉的时刻。

毕竟，那是我父亲被捕入狱的时刻。

我关掉电视，盯着黑色屏幕上的自己。新闻发布会总是如出一辙，我已经看得够多了。

母亲永远是掌控局面的那一个，她要控制住自己的情绪，要镇定、平稳地说话。与此同时，父亲总是站在后面垂头丧气，连抬起头，让夺走他女儿的人看看他的眼睛都难以办到。社会共识常常与之相反，家中是男人掌控一切，女人默默哭泣，可现实情况却并非如此。而且我知道这是为什么。

因为父亲们总是囿于过去——我从布鲁桥镇那六个失踪女孩的父亲身上领会到了这一点。他们为自己感到羞愧，脑子里想的都是"如果当初……"。他们本该是守护者，守护家人的男人，他们本该保护好自己的女儿，但他们没有做到。而母亲们考虑的是现在，她们会拟定当下的计划。她们不能总想着过去，因为过去已经不重要了——那只会让人分心，只会浪费时间。她们也不能思考未来，因为未来太骇人，太令人痛苦了——如果让自己的思绪飘到那里去，她们也许再也回不来了，也许会彻底崩溃。

因此，她们只考虑今天。只考虑今天该怎么做，才能在明天把孩子找回来。

伯特·罗兹当时就被彻底打败了。我从未见过哪个男人哭成那样，他每呜咽一次，整个身体便跟着一阵抽搐。他曾经有一种粗犷的、工人阶级的帅气，撑满衬衫的结实手臂，轮廓清晰的下巴，还有琥珀色的皮肤。可当我第一次看电视采访时，几乎快要认不出他了，那时的他双眼凹陷，眼窝发紫，弯腰驼背，仿佛无法承受自身的重量。

我父亲在九月底被捕，当时，由他带来的恐怖已经笼罩这里整整三个月了。在他被捕的那天晚上，我第一时间想到的不是莉娜，也不是罗宾、玛格丽特、嘉丽，或任何一个在那个夏天消失的女孩，而是伯特·罗兹。我还记得，当时红蓝相间的灯光照亮了我家客厅，我和库珀跑到窗前向外看，全副武装的警察已经冲到我家前门，大声喊着"不许动"。我记得父亲当时正躺在躺椅上，那是一把中间已经磨损得像毛毡一样柔软的老旧真皮躺椅，他甚至懒得抬头朝警察那边看一眼，就连母亲在墙角止不住地抽泣他也毫不在意。他很喜欢吃瓜子，警察来的时候，他的牙齿、下嘴唇和指甲上还粘着瓜子皮。我记得他们是怎样把他拖出去的，也记得他嘴里的胡桃木烟斗是怎么被打翻在地的，以及烟灰和细长的瓜子是如何撒满地毯，把地面染成了黑色的。

我记得他用坚定的、全神贯注的目光直直地盯着我，然后看向库珀。

"乖一点。"他说。

接着他们便把他拖出门外，丢进潮湿的晚风里。他的头重重地撞在警车上，厚厚的眼镜被撞碎了，闪烁的灯光把他的皮肤染成了令人作呕的深红色。他们把他塞进警车，然后关上了车门。

我看到他静静地坐在车里，盯着前面的金属网挡板，就像一尊雕塑，只有鼻梁上那些懒得擦掉的血还在往下流。我看着父亲，想到了伯特·罗兹。抓走他女儿的人找到了，不知道这件事会让他好过一些，还是更加伤心了。这件事确实令人难以面对，但如果非要让他选择，他更希望谋杀他女儿的人是一个完完全全的陌生人——一个闯进他的小镇、他的人生的外来者，还是一个老熟人，一个曾到他家做客的人——他的邻居,他的朋友?

在接下来的几个月里,我只能从电视上看到父亲,他的框架眼镜早就坏了,总会摔到地上,他双手被紧紧地铐在背后,手腕处的皮肤被磨得通红。我贴着电视,看着人们在法院的街道旁站成一排,举着他们用可怕、肮脏的字眼潦草写出的标语,在他经过时谩骂他。

杀人凶手。心理变态。
怪物。

有一些牌子上还印着那些女孩的脸——在这个夏天,那些比我大不了多少的女孩不断出现在令人悲伤的新闻里。我已经记住了她们的相貌,认得出她们每一个人。我见过她们的笑容和她们曾经充满希望与活力的眼睛。

莉娜、罗宾、玛格丽特、嘉丽、苏珊、吉尔。

那些面容正是我夜晚不能外出的原因,也是我不能在黑暗中独自行走的原因。我父亲制定了这条规矩,只要我在黄昏之后才跌跌撞撞地回家,或者晚上忘记把窗户关上,他都会把我的屁股打得通红。他把纯粹的恐惧注入我的内心——对一个未知者的恐惧,是那个人把女孩们掳走,把她们变成旧纸板上印着的黑白照片,而你无力反抗。那个人知道她们在哪里咽下最后一口气,知道当死亡将她们带走时,她们的眼睛是什么样子。

他被捕的时候,我知道凶手是他,明眼人都能看出来。警察闯进我家的那一刻,父亲看着我们的眼睛,轻声说"乖一点"的那一刻,我就什么都明白了。事实上,在那之前我就知道了,当我终于把那些碎片拼凑起来,强迫自己转过身,面对那个潜伏在我身后的人影时,我就知道了。但是,直到那一刻——我独自一人待在客厅,把脸贴在电视屏幕上,母亲在她的卧室里一点一点地崩溃,心如死灰的库珀待在后院里——就是那一刻,我听到父亲脚踝上的链子发出咔嚓声,看着他面无表情地往返于警车、监狱和法庭之间。直到那一刻,难以承受的重量才真正将我压垮,将我活埋在废墟之中。

那个人,就是他。

第九章

忽然之间,我的房子让我感觉无比空旷,又在同一时刻变得无比狭小。我的幽闭恐惧症犯了,仅仅只是坐在那里,我便有一种四面墙把我团团围住,将我牢牢困在这封闭的、陈腐的空气之中的感觉。与此同时,一种难以置信的孤独感在我心中蔓延,这里太过宽敞,一个灵魂所产生的那些想法根本无法使之充实。这一刻,我突然非常想离开这里。

我从沙发上站起来,走进了卧室,脱下宽大的睡袍,换上灰色T恤衫和牛仔裤,接着在头顶扎了个丸子头。我没化什么妆,只涂了润唇膏。只过了五分钟,我就已经穿着平底鞋走出了家门,走到门前的车道上,原本怦怦直跳的心才逐渐平复下来。

钻进车里,发动引擎,我没作他想,直接开车穿过附近的街区,驶进市中心。我刚准备打开收音机,手却停在了半空中,很快又缩回到方向盘上。

"没关系的,克洛伊。"我大声地说着,那声音在安静的车厢里显得格外刺耳,"有什么事让你烦恼,就用语言表达出来。"

我烦躁地用手指敲着方向盘,然后按下转向灯,决定向左转弯。我用进行心理治疗时采用的语气和自己说话。

"一个女孩失踪了,"我说,"一个本地女孩失踪了,这让我很烦躁。"

如果这是一次心理治疗,我会继续询问——为什么呢?这件事为什么会让你感到烦躁?

理由不言而喻,一个十五岁的女孩失踪了。她最后一次被目击的地方,就在我的房子、我工作的地方附近,在距离我的生活半径不算太远的地方。

"你与她素不相识,"我对自己说,"你不认识她,克洛伊。她不是莉娜,不是那些女孩中的任何一个。你和这件事没有任何关系。"

我吐了一口气,看见前方路口是红灯,便放慢了车速,将视线转向路边。只见一位母亲正拉着女儿的手,领她过马路;一群少年正在我的左侧滑旱冰;一个男人带着一条狗在前面慢跑。交通信号灯由红转绿。

"你和这件事没有关系。"我又说了一遍,驶过十字路口,然后朝右转弯。

我漫无目的地开着车,却在不知不觉中来到了我办公室的周围,只要再开几条街,我就能打开那个抽屉,取出里面藏着的、能给我带来安宁的小药片。只需一颗,我的心率就会下降,呼吸也会恢复平稳。我的办公室里还有一张巨大的真皮躺椅,我可以把门锁上,再拉上遮光效果十足的窗帘。

我摇摇头,把这个念头甩掉。

我没问题,没有上瘾的毛病。我既不会去酒吧把自己灌得烂醉,也不会只要一晚没喝梅洛酒就在夜里不停地出汗。虽然恐惧总是伴随着我,在我的血管里不断地震颤,像拨动吉他琴弦发出的震动一般,在我的骨头里不断回荡,使它们咯咯作响。但我能应对这些恐惧,我可以连续几天、几周,甚至几个月不吃一片药,不喝一杯酒,不摄入任何一种能帮我麻痹这些恐惧的化学物质。所有这些病症,我与之抗争了这么多年的病症——失眠症、黑夜恐惧症、臆想症——它们都有一个共同的、能把它们全部联系在一起的重要特征,那就是掌控感。

所有我自己无法掌控的情况都令我恐惧。我会不由自主地想象一些在我睡着以后,或者毫无防备的时候,可能发生在我身上的事;我会想象在黑暗里,在我察觉不到的地方,可能发生在我身上的事;我会想象一切能在我无知无觉中,扼杀我生命的隐形杀手;也会想象自己经历的一切苦难，度过了如此艰难的人生，到头来却死于没有洗手或喉咙发痒。

我想起莉娜，想象着她在被人用双手掐住脖子，并不断勒紧时会产生何种感觉。她一定觉得自己的掌控感完全消失了，感觉自己的气管被紧紧勒住，眼珠开始抽搐，眼前的一切越来越亮，接着陡然变暗，直至黑暗笼罩一切。

"私人药房"已经成为我的救生索。我明白自己不该开那些处方药，这是不道德的，不仅不道德，更是违法的，我可能因此被吊销执照，甚至坐牢。但每个人都需要自己的救生索，当你开始沉沦，你就需要远处有一个救生筏，让你知道即便自己失去掌控，也依然有一根救命稻草，能随时为你解决心里出现的问题。大多数时候，我只要知道它们在那里就能平复心绪。我曾经给一个幽闭恐惧症患者提出建议，让她每次登机时都在包里放一片赞安诺，这样的行为足以诱发精神和身体层面的反应。我告诉她，她大概率根本不用吃药，只要知道自己还有退路，就能有效减轻压在她胸口、令她无法呼吸的精神压力。

结果也的确如此，毫不意外，这毕竟是我自己的经验之谈。

我已经能远远望见我工作的大楼了，那座老旧的砖砌建筑就隐藏在长满青苔的橡树后面，隐约可见。墓园就在西边，和这里只隔了几条街，我决定过去看看，转弯后便看见了墓园的锻铁大门，仿佛一张打着哈欠的大嘴，邀请我进入其中，于是我驱车驶向前方。抵达墓园后，我缓缓把车停在路边，关闭了发动机。

柏树墓园，奥布里·格拉维诺最后一次被人目击的地方。一阵声响传来，我朝车窗外看去，远处有一个搜救队正在墓园里进行搜索，就像一队蚂蚁正围攻着一小片掉在这里的肉块。他们穿过茂盛的杂草，避开随时会倒塌的墓碑，沿着墓碑间蜿蜒交织的泥泞小路，一路搜寻。这座墓园占地广阔，有八万多平方米，因此，无论他们想找到什么，能找到的希望都很渺茫。

我下了车，走进墓园大门，缓慢地向那些搜救队的人靠近。这里到处生长着光秃秃的柏树——柏树是路易斯安那州的州树，这座墓园便因其得名——它们粗壮的树干是赤褐色的，犹如肌腱一般；无数西班牙苔藓从树枝上垂下，像一个长长的面纱，又像那些被人遗忘在角落里的破蜘蛛网。我弯下腰从警戒带下面钻过去，让自己尽量融入人群。我一边努力避开警察和脖子上挂着相机的记者，一边在几十名寻找奥布里的志愿者中间漫无目的地游荡。

他们在这里找寻奥布里，却又不希望在这里找到她，因为他们最不想看到的便是尸体，或者是更糟的——被分尸后的尸体。

布鲁桥镇的搜索队目前既没找到尸体，也没找到尸块。我看到人们在镇上集合，分发手电筒、对讲机和瓶装水，有人大声发出指令，接着大家像被用卷起来的报纸驱赶走的蚊虫一样一哄而散。我恳求母亲让我加入他们，她没有同意。我被关在家里，没法和他们一起在又高又繁茂、仿佛没有尽头的草丛里搜寻，只能远远地看着那些从草丛里闪现出的光亮。那是我最无助的时刻，只能看着，只能等着，不知道他们会发现什么。后来，我父亲被抓走了，警察搜查了我家后院，他们把我家四万平方米的土地全都搜查了一遍。当时我无助极了，我紧紧盯着窗户，想看清他们搜出了什么东西。可惜那一次他们依旧一无所获。

她们一直没被找到，依然还在那里，被年复一年、越积越厚的泥土所掩盖。我知道事情过去了这么多年，也许再也没办法找到她们的尸体了，但我不敢这么想。这倒不是出于正义感，也不是同情她们那些始终等不到结局的家人，甚至不是因为那些女孩自身悲惨的命运。她们的死法就和死在我家后廊上那只早已腐烂的老鼠一模一样，她们作为人的尊严与她们的皮肤、头发，以及破烂的衣服一起，从她们身上剥离开来，只留下一堆与其他任何人，甚至与那只老鼠没什么区别的尸骨。不，让我夜不能寐，让我永远无法放弃希望，觉得总有一天，她们一定会被找到的，不是因为这些事。

我之所以不敢这么想,是因为我意识到,我们脚下也许每时每刻都踩着无数尸体,但我们却对此一无所知。

没错,我的脚下此时此刻便埋着尸体,许许多多的尸体。但墓园不同,人们把尸体埋葬于此,而非偷偷丢弃。它们在此被铭记,而非被人遗忘。

"这里好像有什么东西!"

我看向站在我左边的中年女人,她穿着一身非官方组织的市民搜索队制服——白色运动鞋、卡其色工装裤和超大号网球衫,跪在泥地上,仔细查看着地上的某样东西,接着用力挥舞起左臂,招呼其他搜索者过来,右手还抓着一个像是沃尔玛玩具区会卖的那种对讲机。

我环顾四周,发现自己是离她最近的人,和她只隔了几米,其他人正在向我们这边跑来。我走近一步,只见她抬头看着我的目光中闪烁着兴奋与恳切,她希望这些东西有价值、有意义。但与此同时,她也不希望这些东西会指引着他们找到女孩的尸体。

"看,"她招呼我过去,"就是那里。"

我靠了过去,伸长脖子看去。当我的目光聚集到泥土中的物体时,我的身体好似突然触电一般,我不假思索地伸手去够——这完全是下意识的动作,就像膝跳反射一样——把它从地里捡了起来。这时,一名警察气喘吁吁地出现在我身后。

"那是什么?"他有些窒息的声音从我头顶传来,像是喉咙里卡着不少浓痰。他应该是一个习惯用嘴进行呼吸的人。他看清我手里的东西,眼珠立刻鼓了出来:"你怎么把它拿起来了!"

"对不起,"我含混地说,"对不起——我、我一不小心。是一个耳环。"

女人看着我,警察则跪了下来,伸出一只胳膊,示意其他人不要靠得太近。他这么做的时候,胸口发出了嘎吱嘎吱的响声。接着他用戴着手套的手把耳环从我的手中取走,仔细地检视起来。那个耳环很小,是银色的,上方由三颗钻石组成了一个倒三角,三角形的顶点处垂着一颗珍珠。耳环十分精美,若是摆在珠宝店的橱窗里,我一定会留意到它。不过对于一个十五岁的女孩来说,它过于奢华了。

"好。"那名警察有些泄气地说着,把几缕头发从满是汗水的前额拨开,"好,没问题了,我们会把它收好的。但是记住,这里是公共场所,有成千上万的坟墓,这意味着,每天来这里的访客有上百人,所以这是谁的耳环还不一定呢。"

"不,"那个女人摇摇头说,"不,它就是奥布里的。"

她从口袋里掏出一张叠成四分之一大小的报纸,然后把它展开,那上面印着奥布里的寻人启事。我认出它就是今天早上出现在电视屏幕上的那张照片,那张定义了她的一生的照片。在照片里,她涂着黑色的眼线和反射了相机闪光灯的粉红色唇彩,笑得十分开心。照片截取至胸部以上,但依然能看出她戴着一条项链,一条我之前没注意过的项链,它的吊坠就嵌在锁骨之间凹陷的皮肤上——同样是三颗钻石连着一颗珍珠。而在那头浓密的棕色秀发下,她的耳垂上也佩戴着与之成套的耳环。

063

第十章

很难说莉娜是个好女孩，但她对我一直很好。我既不想帮她开脱，也不想粉饰事实。她的确是个惹祸精、讨厌鬼，还喜欢看别人局促不安的样子，看见别人难受她就高兴。否则她干吗要穿垫高胸部的内衣上学，一边用咬烂的指甲勾着她的法式辫子，一边轻咬自己柔软的嘴唇？她就像在少女的身体里装进一个成熟女人的灵魂，或者在成熟女人的身体里装进了一个少女的灵魂，这二者似乎都说得通。她既成熟又稚嫩，无论是身材还是思想，都与实际年龄不相符。但某些深埋于浓妆艳抹下的特质，某些每天课后吞云吐雾的表象下被掩盖的特质，又总是在提醒着你，她只是个小女孩，一个迷茫又孤独的小女孩。

当然，我那时只有十二岁，没能看出她小女孩的一面。虽然她和我哥哥同岁，可对我来说，她一直是更像成年人的那个，而库珀则更像孩子——他经常打嗝，总是随身携带游戏机，还把色情杂志藏在床底松动的地板下面。我是在他房间里找他藏起来的钱时发现的，我一直忘不了那天的事。我看到莉娜涂的那种眼影，觉得很漂亮，所以也想买一个。但母亲不同意我化妆，说上高中之前都不许我化妆，可我太想要那个眼影盘了，就算只能偷钱也要买。所以我偷偷溜进了库珀的房间，撬开了他藏钱的那块地板。刚一打开那块地板，一对漫画版的乳房就映入了我的眼帘，我吓得猛一抬头，后脑勺一下就撞上了他的床架。然后我马上把这件事告诉了爸爸。

那年 5 月初的小龙虾节为夏天拉开了序幕。开幕式当天并不是特别炎热，但依旧说不上适宜。这种温度，如果按照美国普遍的标准，算得上高温天气了，但还远不及路易斯安那州最热的时候。那种温度要到8月才会出现，到了那个时节，沼泽地会散发着潮湿的气息，那味道清晨时分便开始飘荡在城区的大街小巷，仿佛降雨云在寻找干旱的地方。

就在那年的8月，那六个女孩中将有三个消失不见。

我总拿布鲁桥镇——世界小龙虾之都——开玩笑，但小龙虾节的确值得夸耀。虽然我自1999年以后就再没去过，但它曾经是我最喜欢的节日。我依旧记得，那时自己独自在集市上闲逛，感受着路易斯安那州特有的声音和气味不断浸染着我的皮肤。主舞台正在用扬声器大声播放着沼泽摇滚乐，周围飘散的扑鼻香气令人垂涎，油炸、水煮、浓汤、香肠……商家们用他们能想到的一切方式烹饪着小龙虾。我则悠然自得地走到了小龙虾比赛场地附近，看到了右边的库珀，他靠在父亲的汽车旁，留着一头蓬乱棕发的脑袋在一群孩子中间冒出来。那时候，他总被人群包围着——我们俩在这方面截然相反。他们就像闷热天气里的一群蚊蝇，总是围着库珀打转。不过，库珀看上去并不介意，这使他们几乎成了他的一部分——他的群众。他偶尔也会因为感到厌烦将他们赶走，他们就会顺从地散开，三三两两地和别人聚在一起。不过，他们从来不会离开得太久，最后会再次聚拢到库珀身边。

哥哥似乎发现了我在看他，因为没过一会儿，他的目光就越过别人的头顶，凝视起我来。我乖巧地笑了笑，朝他挥挥手。我并不在意自己一个人闲逛——这是真的，我毫不介意——但讨厌别人因此对我产生的看法。尤其是库珀看我的眼神。我看到他从那群朋友中间挤了出来，有个孩子想跟着他，却被他挥手赶走了。他走到我身边，把胳膊搭在我肩上。

"肯定是7号小龙虾，我和你赌一袋爆米花？"

我轻轻地笑了，这既是感谢他的陪伴，也是感谢他从不把我总是独处这件事明确地说出来。

"没问题。"

比赛即将开始,我把注意力放在比赛上。我还记得组委会的委员大喊的那声"出发",观众欢呼的声音,还有那些红色的小龙虾"咔哒咔哒"地在三米长、喷涂了红色同心圆的木板上爬行的声音。只消几秒,库珀就赢了,我们一起往小卖部走去,好让库珀领取他的奖品。

我排着队,感到前所未有的轻松愉悦。初夏的时光充满了希望,仿佛我脚下有一条象征着自由的红毯,正朝着前方缓缓铺开,一直延伸到远方,永远不会有尽头。我付完钱后,库珀抓起一袋爆米花,从中拿起一粒塞进嘴里,吮吸起爆米花上包裹着的盐分。我们一转身,就看到莉娜站在那里。

"嗨,库普。"她一手拿着雪碧,另一只手来回拧着瓶盖。她朝他笑笑,接着又把目光落在我身上,"嗨,克洛伊。"

"嗨,莉娜。"

我哥哥是布鲁桥高中摔跤队的选手,一位运动健将,他很受欢迎,大家都认识他。我很奇怪他为什么能自然而然地交到朋友,就像我总是自己待着一样。他从不挑剔陪伴者为何人,今天能和摔跤队的伙伴出去,明天又能和瘾君子们闲聊。当他把注意力放在你身上时,你会觉得自己很重要,会相信自己值得一切美好的事物。

莉娜同样很受欢迎,却是出于一种错误的理由。

"你们要喝吗?"

我仔细打量着她。她穿着一件像是小了两个尺码的紧身亨利领衬衣,展示着自己平坦的腹部和纽扣下面的乳沟。我瞥见她肚子上有什么东西在闪闪发光——是一个脐环——我立刻抬起头,让自己别一直盯着那个东西看。她朝我笑了笑,把瓶子举到嘴边。然后我看见一滴水从她的下巴上淌了下来,而她用中指把那滴水擦掉了。

"喜欢它吗?"她撩起衬衣,用手指拨弄着脐环上的那颗钻石,钻石的下面还缀着一个像是某种虫子的护身符。

"它是萤火虫,"她像读懂了我的心思似的,说道,"它们能在黑暗中发光,是我最喜欢的昆虫。"

她把手扣在自己的肚子上,示意我朝里看。我按照她说的做了,用额头顶着她的虎口,在她用手围出的一片黑暗中,那只虫子变成了明亮的荧光绿色。

"我喜欢抓这种虫子,"她低头看向自己的腹部,"然后把它们装进罐子里。"

"我也喜欢。"说着,我继续往她用手围出的洞里看。她的脐环让我想起夜晚出现在我家树林里的萤火虫,在一片黑暗中,我奔跑着扑向它们,就仿佛徜徉在星海之中。

"然后再把它们从罐子里逮出来,用手指将它们捏扁。你知道吗?你可以用它们的萤光在人行道上写下你的名字。"

她的话让我不禁有些颤抖,我无法想象自己徒手捏扁一只虫子,听它通体爆裂的声音。但用手指摩挲着它流出的液体,近距离观察它发出的光亮,确实有点酷。

"有人在看着呢。"她说完放下了双手。我猛地抬起头,朝她凝视的方向看去,一眼就看到了我父亲。他站在人群的另一头,正盯着我们,盯着把衬衣撩到了胸罩处的莉娜。她朝他微笑,用没拿瓶子的那只手挥了几下。我父亲低下了头,继续往前走。

"好啦,"她把雪碧瓶递给库珀,边摇边问,"你想来一口吗?"

库珀还看着父亲刚才站立的地方,但那里早已空无一人,父亲和他注视的目光都不见了。库珀重新看向瓶子,一把夺过来喝了一大口。

"我也要喝,"我把瓶子从库珀手里抢了过来,"我太渴了。"

"别,克洛伊……"

但哥哥的警告已经晚了,我的嘴唇早已碰到瓶口,喝了一口里面的液体,并咽了下去。我喝的可不是一小口,而是一大口。那液体的味道就像电解液一样,让我的整个食道都灼烧般地疼痛起来。我推开瓶子,感到一阵恶心，从喉咙深处涌起一股想要呕吐的感觉。我涨红了脸颊，开始干呕起来，但我强迫自己把那液体咽下去，硬是没有吐出来，这才得以顺畅地呼吸。

"哕。"我用手背擦了擦嘴，有些说不出话来。不单是喉咙，就连舌头也像被火烧了一样，有那么一瞬间，我特别害怕，生怕自己被下毒了。"这是什么？"

莉娜"咯咯"直笑，拿走我手里的瓶子，像喝水一样将剩下的液体一饮而尽。这场面让我瞠目结舌。

"这是伏特加，小笨蛋。你以前没喝过伏特加吗？"

库珀的双手深深地插入口袋，看着四周。见我还是说不出话来，他便替我说话。

"她没喝过伏特加，她才十二岁。"

莉娜耸了耸肩，不慌不忙地说："反正早晚都会喝的。"

库珀把爆米花递给我，我抓了一大把塞进嘴里，试图将那股可怕的味道驱散。灼烧感从我的喉咙一路蔓延到胃部，就像有人在我肚子里点了一把火。我开始产生轻微的眩晕感，那感觉很怪，又有点好笑。我笑了起来。

"你看，她喜欢这个。"莉娜看着我笑了，"这一大口可真厉害，我可不是看你只有十二岁才这么说的。"

说完，她把衬衣拽下来，遮住了裸露的皮肤和那只萤火虫。接着她把辫子甩到肩膀后，转身离开了。那转身就像芭蕾舞里的动作，她的整个身体都随之一动了起来。我不由自主地盯着她离开的身影，盯着她走路时头发与臀部协调摆动的模样，盯着她虽然极瘦，却在所有该有曲线的地方都很有曲线的腿。

"你有空的时候真该开着你那辆车带我去玩。"她举起瓶子朝库珀喊。

在那天剩下的时间里，我一直处于醉酒状态。库珀一开始似乎很生气，生我的气。他气我这样愚蠢、天真，气我口齿不清，气我时不时地傻笑，还一直往电线杆上撞。他原本是怕我一个人太过孤单，才离开朋友过来找我，结果却不得不一直照顾我——喝醉了的我——可我怎么知道那是酒？我又不知道雪碧瓶里能装酒。

"你该放松点。"我磕磕绊绊地走着。

我抬头看他，发现他也在低头看我，他的脸上流露出震惊的神情。起初，我以为他生气了，有些后悔说了这句话。可紧接着他的肩膀放松了，严厉的表情也柔和下来，他先是露出了微笑，紧接着又哈哈大笑起来。他揉着我的头发摇了摇头，我的内心顿时生出了几分自豪感。他给我买了一个小龙虾热狗，饶有兴趣地看着我两口把它吞下。

我和哥哥手拉着手走回了停车的地方，感慨道："今天可真开心。"我的酒劲儿过去了，整个人有些没精打采。此时天色渐晚，我们的父母几个小时之前便离开了，他们在临走前给我们留了二十美元的晚餐钱，还吻了我的额头，叮嘱我们要在八点之前回家。库珀最近刚拿到驾照，见父母朝我们走过来的时候，还要求我别说话，免得他们发现我舌头打结、吐字不清。所以我一直没有说话，只是看着他们。我看着妈妈说个不停——"今年的小龙虾节又大获成功了，天哪，我的脚疼死了"，还有"来吧，理查德，让孩子们自己玩吧"。看着她通红的双颊，被风吹得泛起涟漪的裙摆，我的胸口再次被什么东西填满。但这次不是骄傲，而是满足，是爱，是我对母亲、对哥哥的爱。

然后我瞥了一眼父亲，那种漫溢的感觉几乎立刻就消退了。他似乎有些……心不在焉。他心事重重的，不知在为什么事情而烦恼，但应该不是我们身边的事。他的注意力全都放在自己的心事上。我想要闻一闻自己的口气，但担心他会闻到我身上的伏特加味，不知道他有没有看到莉娜递给我们的瓶子——毕竟我看见他往我们这边看了，看着她。

"当然开心了，"库珀低头朝我笑了笑，"但你可别养成习惯，知道吗？"

"什么习惯?"

"你知道的。"

我皱起眉头说:"但你也喝酒了。"

"没错,但我比你大,我们不一样。"

"可莉娜说我早晚都会喝酒的。"

库珀摇了摇头:"别听莉娜的。你不想和她一样。"

但是我想。我想和莉娜一样,我想拥有她的自信、她的光彩、她的精神。她就像那个雪碧瓶一样,外表是一个样子,内心深处又是另一个完全不同的样子。她像毒药一样危险,同时也让人上瘾,让人感到自由。我已经品尝过那种滋味,现在想要得到更多。还记得那天晚上回家时,我在车道上看到了萤火虫,一直以来,它们总像闪耀于夜空中的星星一样。但那一晚,我产生了一种不一样的感觉,它们让我产生了不一样的感觉。我记得自己把一只萤火虫握在掌心里,感受着它在指间拍打翅膀所产生的颤动。我小心翼翼地把它放进玻璃杯里,用塑料盖盖住杯口,又戳出几个小小的通气孔。我躺在床上,盖着被单,呼吸平缓,一连好几个小时盯着它在黑暗中发光。与此同时,我还想着莉娜。

我回忆着莉娜在那一天里的一切——她的发梢因潮湿的空气变得毛糙,使她头部周围出现了一圈金色的光环;她朝我父亲挥手时,挑逗般地摆弄着瓶子、臀部和手指;还有她的发型,她的穿着打扮,尤其是那只悬挂在她肚脐上的小小的萤火虫。当她用手捂住肚子让我去看时,它在黑暗中闪烁着光芒。

我一直想着它,将它牢牢地烙印在我的脑海中。因此,四个月后,我在父亲的衣柜深处一看到它,就马上认出来了。

第十一章

在这里发现奥布里的耳环可不是件好事。我看到它陷在墓地的泥土里，不由得感到一阵战栗，这背后蕴含的深意给整个搜索队泼了一盆冷水，浇灭了他们几分钟前还怀抱着的热情。在此后的搜寻中，他们变得垂头丧气起来。

而我却一直想着莉娜。

离开柏树墓园，我直接开车去了公司。墓园里蝉鸣不断，还有鞋子踩在枯草上发出的嘎吱声，搜索队成员间或发出的鼻息声和唾沫声，还有远处蚊子的嗡嗡声，以及人们在驱赶它们时暴躁地拍打皮肤的声音，这一切的声音，让我再也忍受不了了。警察把女人找到的东西妥善地装进密封的证物袋中，带着它离开了这里，只留下我和那个穿着卡其色工装裤的女人待在原地。经过刚才的事情，她似乎觉得我们已经是一个团队了，于是她不再像刚才那样蹲在地上，而是站起身来，双手叉着腰，一脸期待地等着我对她说接下来该怎么办，去哪里寻找下一个线索。这一刻，我觉得自己像个入侵者，出现在不该出现的地方。这感觉就像我是个演员，在电影里扮演一个角色，假装自己是那个人，但其实根本不是。所以，我一言未发，转身离开了那里。我一直觉得身后有人盯着我，甚至直到我驱车离开了墓园，依然有同样的感觉。

我把车停在办公大楼外，慌忙地走上台阶，把钥匙插进锁眼，迅速拧开后推门进去。我打开空无一人的候诊室的灯，然后走进了办公室。走到办公桌旁边的时候，我的手已经没有刚才颤抖得那么严重了。我坐在椅子上，吐了几口气，斜靠在一边，伸手拉开了最下面的抽屉。堆成小山的药瓶望着我，每一瓶都在乞求我的垂青。我回望着它们，不由得咬起了脸颊内侧的肉。然后我拿起一个又一个药瓶，来回打量着它们，思来想去，最后还是选择1毫克的安定文锭。我仔细看了看掌中的白色五边形小药丸，上面有一个凸起的大写字母"A"。它的剂量很低，我劝说着自己，它能够让我的身体状况平复下来，同时不会有别的副作用。我把它塞进嘴里，直接咽了下去，然后用脚将抽屉合上。

我转着办公椅，思考了一会儿，又瞥了一眼电话，看到上面的红灯正在闪烁——一条新的电话留言。我打开了扬声器，房间里马上回荡起一个熟悉的声音。

戴维斯医生，我是《纽约时报》的亚伦·詹森，我们之前通过电话。嗯，我真的很希望你能抽出一个小时的时间，让我们好好谈一谈。无论如何，我们报社都会刊登这篇文章，所以我希望你能利用这次机会，把你的想法表达出来。你可以直接回拨这个号码联系我。

接着是一阵沉默，但我能听见他呼吸的声音。他在思考。

我也会联系你父亲，我觉得应该提前告诉你一声。

咔嗒。

我瘫坐在椅子上。这二十年来，我一直都竭力避开关于我父亲的一切，不和他说话，不去想他，也不和别人谈论有关他的事。一开始，就是他刚被捕没多久的时候，我很难完全避开他。总有人来骚扰我们，好像我们也是杀害那些无辜女孩的共犯，好像我们明明知道父亲做了什么，却视而不见。他们趁着夜色来到我家，大声地冲我们喊着脏话，挥舞那些标语，朝我家扔鸡蛋，还故意划破父亲停在院子里的卡车的轮胎，用红油漆在车子的侧面喷涂"变态"两个字，来不及凝固的油漆滑落下来，就像流淌的鲜血。一天晚上，有人用石头砸碎了母亲卧室的窗户，玻璃碎片全都落在了还处于睡梦中的母亲身上。报纸和电视上铺天盖地地宣传案件成功告破，布鲁桥镇连环杀手就是迪克[1]·戴维斯的新闻。

　　让我感到焦躁的还有连环杀手这个词。它太正式了，好像一个词就将一切盖棺论定。其实，在看到这些新闻报道之前，我从未把父亲和连环杀手联系在一起，毕竟他是一个声音轻柔、个性温和的男人，我实在没法把他和这个词画上等号。他教会了我如何骑自行车，我至今还记得他抓着车把，一路小跑地跟在我身边的样子。他第一次松开手的时候，我撞上了栅栏，脸颊直接撞在木梁上，脸上出现一阵灼痛。他赶忙从后面跑过来，把我搂进怀里，用一块温热的湿毛巾捂住我眼睛下面的伤口。然后他用衣袖帮我把眼泪擦干，在我凌乱的头发上亲了亲，又束紧了我自行车头盔的束带，鼓励我再试一次。那天晚上，父亲从盥洗室里出来的时候，我正把脸埋在沙发垫子里哭得泪流满面，他假装不知道我为何哭泣，把我塞进了被子里。为了逗我笑，父亲亲自编写了睡前故事，还把胡子剃成卡通形象。那个男人不可能是连环杀手。连环杀手才不会做那些事……对吗？

　　但他确实是连环杀手，连环杀手也会做那些事。他杀害了那些女孩，杀害了莉娜。

　　我记得他在小龙虾节那天盯着莉娜的样子，盯着她十五岁身体看的眼神，就像狼盯着一只垂死动物的眼神。我永远把那一刻当作后来一切事情的开端。有时，我也责备自己——毕竟，当时她在和我说话，因为我，她才掀起了自己的衬衣，炫耀她的脐环。要是我当时不在那里，

---

[1] 迪克（Dick），理查德（Richard）的昵称。

父亲还会用那样的眼神看她吗？还会把她当作猎物吗？那个夏天，她来过我家几次，给我送一些旧衣服或二手唱片。有时父亲会恰巧经过我的卧室，每当这时，他都会驻足凝视一会儿，看着她俯卧在硬木地板上，翘臀从破洞牛仔短裤中鼓起，翘起的双腿在空中随意摆动，然后清清喉咙，转身离开。

电视台转播了对他的审判，我知道这件事，因为我也看到了。我和库珀走进房间时，正好看到母亲蹲在地板上看电视，她的脸都快贴到电视屏幕上了。她一开始不同意我和库珀看这些，会把我们撵出房间。她说："这不是给小孩看的，出去玩一会儿，呼吸呼吸新鲜空气。"她表现得仿佛电视里播放的是一部 R 级电影，而不是我们的父亲因谋杀罪而接受的审判。

但在后来的某一天，这些都一去不复返了。

我还记得当时门铃一直响，刺耳的声音回荡在我家这座总是十分安静的房子里，使落地式的大座钟颤动起来，发出微弱的嗡嗡声，我吓了一跳，胳膊上的汗毛全都竖了起来。我们全都停止了动作，朝门口望去，好奇究竟是何人来访。因为我家已经许久没有来访者了，那些还记得按门铃这种礼节的人，早就不来拜访我们了。现在来我家的人，只会朝我们尖叫、扔东西，还有更糟的，他们会悄悄地出现，静静地窥视我们。有一段时间，我们总能在自家的土地上看到陌生的脚印，它们分布在各处，显示着某个陌生人在夜晚偷偷潜入了院子，带着病态的迷恋透过窗户往里面窥视。这让我生出一种我们是保存在博物馆玻璃柜中的猎奇收藏品，是某种奇怪而恐怖的东西的感觉。我还记得那天，我抓到窥视者时的情形，他沿着泥泞的小路走来，以为家里没人，便靠近窗户往屋里张望。我看见他的后脑勺，登时气血上涌，怒火中烧，想都没想挽起袖子就朝他冲了过去。

"你是什么人？"我两只手紧紧地攥成拳头，尖叫着质问他。我已经受够了人们这样对待我们，这样窥视我们的生活，仿佛我们不是人，不是真实存在的。他举起双手转过身来，瞪大眼睛、一脸惊讶地望着我，好像根本没想过这里还有人居住。原来他也是个孩子，年纪比我大不了多少。

"不是什么人，"他结结巴巴地说，"我——我谁也不是。"

我们当时已经习惯了这些入侵者、小偷和恐吓电话，所以那天早上，当我们听到有人礼貌地按响门铃时，反而有些害怕，不知道究竟是谁站在厚厚的雪松木门板后，耐心等待着我们的回应。

"妈妈，"我看了看门口，又看了看她，开口问道，"你要去开门吗？"她当时坐在厨房的桌子旁，用双手捧着头，手指插入日渐稀疏的头发中。

听见我的发问，她先是一脸困惑地看着我，好像没听出那是我的声音，没明白我的意思。她似乎每天都在变得更加苍老，一道道皱纹在松弛的皮肤上越陷越深，布满血丝的眼眸透露着无尽的疲惫，眼睛下方的黑色阴影也变得越来越重。她盯着我看了片刻，终于无声地站了起来，从小小的圆形窗户看向外面。接着传来了铰链的声音和我母亲温柔的惊呼声。

"噢，西奥。嗨，快进来。"

西奥多·盖茨是我父亲的辩护律师。他迈着缓慢而沉重的步伐走进屋里，我到现在还能记起，他拎着的那个闪闪发亮的公文包和戴在左手无名指上的金戒指。他对我露出的笑容中包含着同情，我回给他一个鬼脸。我不明白，在我父亲犯下了那样的罪行后，他怎么能为我父亲的所作所为进行辩护，怎么能在晚上心安理得地睡着。

"我给你倒点咖啡行吗？"

"当然可以，梦娜，那可太好了。"

我母亲在厨房里忙活起来，她的脚步有些踉跄，不小心把马克杯磕到瓷砖台面上，发出"当"的一声。我看着她心不在焉地把壶里放了整整三天的咖啡倒进杯中，没加任何奶精，却用勺子搅拌了几下，然后才把咖啡递给盖茨先生。他喝了一小口,接着清了清嗓子,把杯子放回桌面,用小指把它轻轻推开。

"梦娜,我有一些消息要告诉你。我希望你先从我这里知道这些事情。"

她凝视着厨房水槽上方那个发霉变绿的小窗户,没有回应。

"我帮你丈夫争取了一个认罪协议。条件很好,他打算接受。"

话音未落,我母亲猛地抬起头,好像他的话是一把看不见的剪刀,一下子剪断了她脖子后面绷紧的橡皮筋。

"路易斯安那州有死刑,"他说,"我们不能冒险。"

"孩子们,上楼去。"

她看向依然坐在客厅地毯上的库珀和我。此时,我正用手指抠着地毯上那个被父亲掉落的烟斗烧出来的洞。我们没反抗母亲的命令,相继站起身,悄无声息地穿过厨房,走上了楼梯。等到了卧室,我们故意大声关门,然后再度蹑手蹑脚地回到楼梯扶手边,在最靠上的那层台阶上坐下,偷偷听着楼下的谈话。

"你觉得他们会判他死刑?"她压低声音说,"他们没有任何证据,没有凶器,也没有尸体。"

"怎么没有证据!"他说,"当然有证据,你知道的,你看见了。"

她叹了口气。只听嘎吱一声,她拉过一把椅子坐下。

"但那就够判……判死刑吗?我是说,那可是死刑啊,西奥,判了死刑就再也没有办法挽回了。他们没法确定,没法断言……"

"梦娜,这可是死了六个女孩的谋杀案啊!六个女孩!现在的证据有在你家找到的物证,还有目击者的证词,它们都能证明迪克在那些女孩失踪前,至少和她们中的一半人有过接触。现在还出现了许多新的传闻,梦娜,你肯定也听说了一些,就是关于莉娜不是第一个受害者的传闻。"

"那全都是胡说的,"她说,"没有任何证据能证明他和别的女孩的失踪有关。"

"那个'别的女孩'有名字,"他吐了口唾沫,"她叫塔拉·金,你应该大声说出她的名字。"

"塔拉·金。"我小声地念道。我从没听说过塔拉·金这个名字,不知从自己嘴里说出这个名字会是什么感觉。这时库珀突然伸手狠狠地拍了一下我的胳膊。

"克洛伊,"他从牙缝里挤出我的名字,"闭嘴。"

厨房安静下来,我和哥哥都屏住了呼吸,担心母亲会突然出现在楼梯最下层。但她没有过来,厨房又响起她说话的声音。她应该没听见我们的声音。

"塔拉·金是个离家出走的孩子,"她终于开口说道,"她告诉她的父母,扬言要离开那里。她在一年之前留下了那张字条,而那时这一切都还没有发生,这不符合这个案子的模式。"

"这不重要,梦娜,她现在依旧下落不明。没人知道她的消息,而且陪审团对待这起案件的态度十分愤怒,情绪会影响他们的思考。"

她又沉默下来,拒绝回应这句话。我看不见厨房里的情况,但我想象得到里面的情形,母亲坐着,紧紧抱着双臂,目光凝视着远处的某个地方,而且那个地方越来越远。我们就要失去母亲了,很快就要失去她了。

"为这种案件辩护很难,你知道的。这种引起轰动的案子,"西奥说,"电视上到处都是他的脸,人们心里已经有了定论,无论我们说什么都没法改变他们的想法。"

"这么说你想让他放弃?"

"不是让他放弃,是让他活下去。只要认罪,就能避免死刑,这是我们唯一的选择。"

房子里安静下来——安静到我开始担心他们会听见我们低沉而缓慢的呼吸声,毕竟我们坐的地方就在他们的视线之外、距离不远的地方。

"除非你能告诉我一些更加有用的消息,"他接着说,"你没告诉过我的,什么事情都可以。"

我再次屏住呼吸,在震耳欲聋的寂静中努力聆听。我的心提到了嗓子眼,怦怦地跳个不停。

"没有,"她最后说道,声音中透着挫败感,"没有别的事了,我把我知道的一切都告诉你了。"

"那好吧,"西奥叹息着说,"我想也是。梦娜……"

我想象着母亲抬头看他的样子,她眼含泪水,失去了所有斗志。

"作为交易的一部分,他答应带警察去找尸体。"

房子里再次安静下来,但这一次,我们都说不出话来。西奥多·盖茨离开我家的那个瞬间,一切都变了。我父亲不再是假定有罪,他就是有罪。他承认了,不单是对陪审团,也是对我们。慢慢地,我母亲停止了努力,停止了在乎。日子一天天地过去,她的眼神失去了光彩和生机,变得像玻璃一样没有感情。她从不再出门,逐渐发展成不再离开自己的房间,最后连床也下不来了,只剩下我和库珀还一直关注着电视上的新闻。他终究还是认罪了,最后的判决结果在电视上播出时,我们观看了整个过程。

"你为什么这么做,戴维斯先生?为什么杀死那些女孩?"

父亲低头看着自己的膝盖,没有迎上法官的目光。法庭里鸦雀无声,每个人都屏住了呼吸,沉重的气氛在无限蔓延。他似乎在思考这个问题,真真切切地思考,在心里反复思索,好像他以前从没想过"为什么"这个词。

"我的心里有一片黑暗,"他终于开口道,"每到夜晚,它就会出现。"

我看向库普,想在他的脸上找到某种解释,可他目不转睛地盯着电视,于是我又把头转了回来。

"那是什么样的黑暗?"法官问道。

父亲摇摇头，眼中泛起泪水，一滴泪珠顺着他的脸颊流淌下来。法庭上异常安静，我发誓，我听见了那滴眼泪滴落时轻拍桌面的声音。

"我不知道，"他平静地说，"我不知道，那种感觉太强烈了，我根本无法抗拒。我努力了很长时间，很长很长时间，但我再也无法对抗它了。"

"你是说，是这种黑暗迫使你杀了那些女孩？"

"是的。"他点了点头，脸上满是泪水，还有从鼻孔里淌出的鼻涕，"是的，就是它。它像一团阴影，一团总是徘徊在房间角落里的巨大阴影，每个房间都有，我努力避开它，努力待在明亮的地方，但我再也坚持不下去了。它引诱我，直到把我完全吞没。有时候我觉得它就是魔鬼本身。"

直到那一刻，我才发现自己此前好像从来没有看见过父亲哭泣。在我与他一同生活的十二年里，他从不曾在我面前流过泪。目睹父母哭泣是一件不舒服的事，甚至可以说是令人痛苦的。那是我阿姨刚过世不久的时候，有一次，我冲进父母的卧室，恰巧撞见母亲在床上哭。她抬起头，眼泪、鼻涕和唾液的痕迹留在了枕头上，正好是一张人脸的形状，就好像游乐园里的笑脸粘在了枕头上。这个场景太过违和，仿佛来自另一个世界，她的皮肤脏污，鼻头通红，一看到我，便连忙把被泪水打湿、粘在脸颊上的头发拨开，难为情地冲我露出笑容，假装什么事都没有发生。我记得自己当时呆立在门口，然后慢慢后退，一言不发地合上了房门。但是这一次，我看着父亲在国家电视台播放的新闻里抽泣，看着他的眼泪落在嘴唇上的褶皱里，接着滚到下方的笔记本上，我只觉得恶心。

我觉得他的情绪是真实的，但他的解释却像精心编排过一样，十分生硬。他像读剧本似的扮演着一个忏悔罪行的连环杀手。我想他这是在寻求同情。他把过错归咎于一切，唯独没有责怪自己；他没有对自己的所作所为感到后悔，只对自己被抓住这件事感到后悔；他把过错全都推卸到某个虚构的东西身上,某个潜伏在角落里、强迫自己用手勒住别人脖子的魔鬼身上。这种做法让我涌起一股难以言喻的愤怒。我记得当时自己握紧了拳头,掌心甚至被指甲划出了血痕。

"该死的懦夫。"我吐了一口唾沫。库珀震惊地看向我,没想到我会说出这样的话,也没想到我会如此恼火。

那是我最后一次看见父亲。我透过电视屏幕,看着他的脸,看着他描绘出一个迫使他勒死那些女孩,并把她们的尸体埋在我家后院,那片四万平方米树林的地底下的隐形怪物。他兑现了自己的承诺,带警察去了那片树林,我在家里听到了警车的关门声。可当他带着一队警察进入树林时,我甚至不愿朝窗外看一眼。他们找到了那六个女孩遗留下来的一些痕迹——头发、衣服纤维——但没有尸体。一定是短吻鳄、土狼,或其他什么藏匿在沼泽地里、急需一顿美食的动物先找到了尸体。人们是这样认为的。但我知道那是怎么回事,因为我在某天夜里撞见过他,我见到一个浑身沾满泥土的黑色身影从树林中钻出来。他扛着一把铲子往家走,对透过卧室窗户看着他的我毫无察觉。一想到他掩埋完尸体后回家,给了我一个晚安吻,我便不由自主地想要逃离这里,逃去遥远的地方重新开始新的生活。

我叹了口气,安定文锭让我四肢发麻。那一天,我关电视的时候,在心里作出了决定,从今往后,我的父亲就算是死了。当然,他还活着。认罪协议能够确保他不会被判死刑,事实上,他被判了连续六次无期徒刑[1],不得假释,现在在路易斯安那州州立监狱里服刑。但是对于我来说,他已经死了。我一直觉得这样很好,可突然之间,这个谎言越来越没法让我自己信服,将他遗忘也变得越来越难了。这也许是因为婚期将近,我难免会去想,他无法陪我走过婚礼红毯。也可能是因为案件的周年纪念日——二十周年——即将到来,亚伦·詹森又在不断提醒着

---

[1] 在美国被判了无期徒刑的犯人在入狱 25 年后有资格获得假释。如果他们被判连续六次无期徒刑,意味着他们必须等待至少 150 年才能被考虑假释。

我这件事,虽然我不想参与其中。

又或许,这与奥布里·格拉维诺有关。这个同样只有十五岁便早早离开人世的女孩。

我再度看向办公桌,目光落在笔记本电脑上。掀开屏幕,电脑随即被唤醒,我打开一个新的浏览器窗口,手指在键盘上方停顿片刻,然后打起字来。

我在搜索栏中输入《纽约时报》,亚伦·詹森,屏幕上立即显示出一页又一页的文章。我看了一眼其中的一个条目,接着往下看另一个条目,然后再看下一个。中央公园的灌木丛里发现一具无头尸体,泪之公路上发生的一连串女性失踪案件。显然,他靠撰写与谋杀案,或与别人不幸的经历有关的文章为生。我点开他的个人简介,看到一个很小的圆形头像,还是黑白照片。他的声音和长相完全不搭,简直像后配上去的,他的声音听起来深沉又阳刚,可长相却不是那样。他看上去很瘦,年龄在三十五岁上下,戴着一副棕色玳瑁眼镜。眼镜看着不像近视镜,更像拥有防蓝光功能的平光镜——有些人就算不近视也想戴眼镜,这种眼镜正合他们的心意。

一振。[1]

他穿着一件贴身的棋盘格图案的纽扣衬衫,袖子卷到肘部,一条细细的针织领带软塌塌地挂在骨瘦如柴的胸前。

二振。

我开始浏览他的文章,想找出一个判定他三振出局的理由,证明亚伦·詹森也是个想利用我们的浑蛋记者。我以前也收到过不少类似的采访请求,对于那些希望我能有机会表达自己观点的说法,早就听腻了。我曾经相信过他们,也接受了他们的采访。我讲述了自己的故事,却在几天后惊恐地发现,他们竟然在文章里把我和家人描绘成父亲的帮凶。

---

[1] 源自棒球比赛规则中的三振出局,原意是指击球员三击不中而出局。

随着案件的调查，母亲出轨这件事被揭露了出来。于是他们把过错都推到了她身上，认为我父亲是因为她的背叛才产生了脆弱情绪和对女性的痛恨。他们怪她把心思放在追求者身上，没能及时发现父亲对那些女孩起了歹意，也没有注意他半夜偷偷溜出去，然后满身脏污地回家。更有甚者，在文章中暗示她知道这件事——知道我父亲内心的黑暗，却选择视而不见。也许，她出轨的理由就是因为他的恋童癖，他的愤怒，是她导致了谋杀的发生。这一切让她充满了愧疚，而她最终被这种愧疚逼疯，缩进了自己的世界，并在孩子们最需要她的时候抛弃了他们。

然后就是孩子，那些内容就更别提了。按照他们的说法，我父亲嫉妒受人喜爱的黄金男孩库珀，他很清楚女孩们看待他儿子的目光，清楚她们喜欢男孩那些孩子气的帅气外表，练习摔跤时锻炼出来的结实手臂，以及咧嘴微笑时的迷人模样。

和别的男孩一样，库珀也在家里藏过色情杂志，但因为我在无意中发现了它们，所以这件事被我父亲知道了。也许这件事就是导火索，也许在他翻阅那些杂志时，他心里压抑多年的某种东西，某种长期蛰伏的暴力因子被释放了出来，从而导致内心里的黑暗最终从角落里蔓延出来。

最后当然也少不了我，克洛伊，一个正处于青春期，开始化妆、刮腿毛、撩起衬衫露出肚脐的女儿。没错，他们描绘的我和莉娜在小龙虾节那天做的事一模一样。就是这样的我，整天在家里，在我父亲身边来回转悠。

以上这些全都是典型的对受害者的指责。在他们的描绘中，我父亲只是另一个解释不清自己的劣根性源自何处的中年白人男性，他说不出具体的解释，也给不出合理的理由，只给了这么一个不可能存在的托词——黑暗。但人们不相信普通的白人会无缘无故地杀人，于是，我们就成了理由，妻子的忽视、儿子的嘲笑、女儿初露端倪的滥交行为。这一切都对他脆弱的自尊心造成了巨大打击，他无法承受这样的压力，最后终于崩溃了。

我依然记得那些问题，记者在很多年前曾经问过我的问题。我的回答在被他们歪曲之后印到了报纸上，存储在互联网中，在余下的时间里可以被随时调取。

"你觉得你父亲为什么这么做？"

我在进入巴吞鲁日综合医院的第一年接受了那次采访。我记得当时自己拿着笔轻轻地敲着我的名牌，名牌是新的，闪闪发光，一个划痕也没有。那篇文章叫作《理查德·戴维斯的女儿成为一名心理学家，利用自身的童年创伤帮助其他年轻、受困的灵魂》，据说会刊登在星期日早晨的励志专栏里。

"我不知道，"我思考了半天才说，"有时候，这些事情并没有一个明确的答案。他显然有着强烈的支配欲和控制欲，但是我小时候不这么看他。"

"你母亲也没看出这些吗？"

我停住了，盯着那个记者看。

"我母亲没有义务注意到我父亲表现出来的每一个危险信号，"我说，"而且多数时候，一旦出现了明显的危险信号就已经来不及了。你可以看看泰德·邦迪和丹尼斯·雷德的案例，他们都有女友和妻子，他们的家人也对他们晚上干的事情毫不知情。我母亲不该为我父亲的行为负责，她有她自己的生活。"

"她确实有自己的生活，我们从法庭审判的过程中得知，你母亲有过几次婚外情。"

"是，"我说，"她并不完美，这毋庸置疑，但没人是……"

"她的情人中有一个叫伯特·罗兹的，是莉娜的父亲。"

我缄口不言，伯特·罗兹濒临崩溃的模样依然清晰地留在我的记忆中。

"她忽视了你的父亲，对吗？我是说在情感方面。她那时打算离开他吗？"

"不，"我摇头否认，"她并没有忽视他，他们很幸福。至少，我曾经以为他们很幸福。他们看上去很幸福……"

"她是不是也忽视了你呢？审判结果出来之后，她选择了自杀，可她那时还有两个未满十八岁、需要她照顾的孩子。"

那一刻，我知道他的故事其实早已写好，无论我说什么，都无法改变他的叙述。更糟的是，他们会用我的话语——作为心理学家的我，作为凶手女儿的我的话语——来强化他们既定的认知，以此来证明他们现有的观点。

我从《纽约时报》网站退了出来，打开了一个新的页面，还没等我打字，屏幕上就跳出一条突发新闻的推送——《奥布里·格拉维诺的尸体被找到了》。

第十二章

对于那条推送，我连点都不想点一下。我从办公桌前站起来，合上了笔记本电脑，在安定文锭给我带来的镇定与困倦中，迈着脚踩棉花一样的步伐离开了办公室，回到车里。一路上，我觉得自己周围的重力好像全都消失了，自己仿佛飘浮着穿过了市中心，穿过我家附近的街区，穿过我家的大门，最后飘回了自家沙发上。我把头深深地埋进垫子，眼睛直勾勾地盯着天花板。

周末剩下的时间里我一直待在那里。

到了星期一早晨，屋子里依然能闻到清洁剂的柠檬香精味，那是我在星期六早上擦拭橱柜上的酒渍时留下的。家里被我打扫干净了，我自己却没有。我从柏树墓园回来之后就再也没洗过澡，我的指甲里还留着沾在奥布里耳环上的泥土；发根已经出了不少油，平时用手拨弄头发，额前的刘海总会滑落下来，可现在它们都变成一缕一缕的，贴在头顶上。上班之前，我必须得洗个澡，可我还是一点都不想动。

你现在的情况和创伤后应激障碍的症状很相似，克洛伊。你会一直感到十分焦虑，虽然周围没有任何直接的危险。

当然，向别人提建议总是比接纳别人的建议简单。我觉得自己简直就是个伪君子，一个大骗子，我总用这套说辞告诫我的患者，可一旦问题出现在自己身上，我就会故意无视它们。身旁的手机振动起来，在大理石桌面上来回滑动。我瞥了一眼手机屏幕，上面显示着一条来自丹尼尔的新消息。我在屏幕上划了一下，看起了这则消息。

早上好，亲爱的。我现在要去开幕式了——今天应该都没什么空闲时间。希望你一切顺利，我会想你的。

我的指尖轻触屏幕，丹尼尔的话稍微减轻了我肩上的重担。我也解释不清他对我产生的影响，这种感觉就像他知道我这一刻在做什么，知道我落入了水中，疲惫不堪，连去抓住一根树枝的力气都没有了，于是从树上伸出手，拽着我的衣服把我及时拽回岸边，拽到安全的地方。

我给他回了一条短信后，就把手机放在吧台上，打开了咖啡机，然后走进浴室，拧开淋浴器的旋钮，站在热水下面，让猛烈的水花像针一样刺在我赤裸的身体上。我任由滚烫的热水冲刷着皮肤，不一会儿，皮肤就变得通红。我尽量不去想奥布里，不去想在墓园里发现的尸体，不去想她布满伤痕、覆盖泥土、蛆虫蠕动的皮肤，不去想发现她的人是谁。也许是那个拿着她的耳环，气喘吁吁地回到车里将它锁好的警察；也可能是那个穿着卡其色工装裤的女人，她跳进了某条沟渠，或在某处特别茂盛的杂草丛里发现了尸体，在看见尸体的一刻，她的尖叫声卡在喉咙里，发出了深沉的、含泪的哽咽声。

我努力让自己不去想这些，而是想丹尼尔。想象他此刻正在做的事情，可能他正走进新奥尔良某座凉爽的礼堂里，也许手中还拿着一杯用一次性纸杯装着的免费咖啡，脖子上挂着名牌，一边扫视着人群，一边寻找空椅子。丹尼尔在社交方面可以说完全没有障碍，他可以与任何人攀谈。毕竟他只用了几个月的时间，就把一个在医院大厅里遇到的、防备心很强的陌生人变成了自己的未婚妻。

不过，我们的第一次约会是我主动提出的。这一点我能肯定，因为那天是他把名片塞进我的书里，我有他的电话号码，而他没有我的。我依稀记得自己把那本书放回车顶的箱子里，然后把箱子塞进后座，开车离去。走的时候我一直盯着后视镜，看见他消失在巴吞鲁日综合医院里。当时我觉得他很和善，也很帅气。他的名片上写着医药销售，这解释了他为什么会出现在那个地方,但我难免怀疑,他和我调情会不会只是为了销售药品——也许,我对他来说只是另一位客户,另一份薪水。

我从没忘记那张名片,而且一直知道它就在那里,在角落里悄悄地呼唤着我。我尽可能地不去想它,也不去碰那箱书,直到三个星期以后,只剩下那个箱子需要整理了。我把箱子里落满灰尘、已有裂纹的书拿出来,一摞摞地塞进书架里,最后还剩下一本书。我低头看着被我清空的箱子,鸟孩儿[1]那冰冷的青铜眼睛正盯着我——是那本《午夜善恶花园》。我弯下腰将它拾起,将书转到侧面,用手指抚摸书页的边缘,摩挲着那条因为夹了名片而产生的缝隙。我把拇指插入那条缝隙,将书页翻开,再次看向他的名字。

丹尼尔·布里格斯。

我拿起那张名片看了看,一边用手指轻轻敲打一边考虑着要怎么做。他的电话号码也回看着我,仿佛向我发起了一个无声的挑战。我知道哥哥讨厌约会,他不愿和任何人走得太近。一方面,我父亲的事让我明白,即使你爱一个人却还是可能无法真正地了解他。这种想法让我夜不能眠,一旦我对哪个男人产生了好感,便会不由自主地琢磨他们对我隐藏了什么?有什么事情没告诉我?他们埋藏在黑暗中的骸骨藏在哪个衣柜里?就像我父亲一样,在他的衣柜深处藏了一个盒子。我害怕自己会找到那个盒子,害怕了解他们真正的本质。

但另一方面,莉娜的事也让我明白,就算你爱一个人也可能会无缘无故地失去他。你以为你找到了最完美的那个人,可某天早上醒来,却发现他已经消失得无影无踪,无论他是被迫的还是自愿的。万一我真的找到一个人,一个很好的人,最终还是失去他了呢?

这么一想,难道不是独自度过一生更加轻松吗?

所以这么多年来,我一直是这么做的,我一直是一个人。我在一

---

[1] 鸟孩儿是美国伊利诺伊州的一座著名雕塑,《午夜善恶花园》采用了这座雕塑的照片作为封面。

种恍惚的状态下度过了高中时期,因为库珀毕业之后,就只剩下我自己了。从那时起,我开始在体育馆里被人袭击,那些男生试图通过拿弹簧刀刺我的前臂,在我的皮肤上刻出锯齿状的伤疤,来证明他们是鄙视对女性使用暴力的硬汉。要怪就怪你父亲。他们唾弃地说道,却完全没有注意到其中的讽刺意味。我记得回家的时候,我的手指不断往下滴着鲜血,就像蜡烛熔化一样,烛泪滴落在烛台上;落到地上的血迹组成了一条蜿蜒穿过小镇的虚线,就像一张在埋着宝藏的地方打了一个叉的藏宝图。我对自己说,只要能考上大学,我就可以离开布鲁桥镇,把这里的一切都抛在身后。

我的确是这么做的。

我考上路易斯安那州立大学之后,和学校里的男生交往过,不过都没多少感情。我曾喝醉后在拥挤的酒吧中搭讪,也曾偷偷溜进过兄弟会宿舍的卧室,但我会让门半开着,确认我能听到外面嘈杂的聚会声。糟糕的音乐让墙壁震动起来,女孩们的笑声回荡在走廊里,她们张开手掌拍打着房门。我们拉链还没来得及拉上,就顶着乱蓬蓬的头发从卧室出来,她们盯着我们,有窃窃私语,也有怒目而视。

几个小时前,我就盯上了这个口齿不清的男孩。为了避免所选择的对象对我太过依恋,或把他在卧室黑暗的角落里把我杀掉的风险降到最低,我精心列了一个清单,而这个男孩很符合上面的要求。他不能太高大,也不能太壮,就算压在我身上,也必须能被我轻易推开;他得有朋友(我要避开那些愤怒的独行侠),但绝不能是聚会的主角(我怕自己遇到的是一个满口大话,把女性身体当作玩物的男人);他要饮酒适度,不能喝得烂醉如泥,也不能太过清醒,最好是脚步有些许的不稳,目光稍微有些凝滞。当然,我自己也得适当喝点酒,让酒精带给我一些兴奋,一些自信,一些麻木,而且要恰到好处地降低我的心理负担,喝到刚好能够不抗拒他落在我脖子上的亲吻,又没完全失去警觉、协调能力和危机意识。到了早晨,他也许会忘记我的脸,但一定不会记得我的名字。

这就是我的交往方式——不留姓名,也是我童年时代求而不得的。我只想在不会受伤的前提下享受亲密无间的感觉,用我的胸膛去感受另一个人的心跳,用我的手指去缠绕另一个人颤抖的手指。我唯一一次投入些许真心的交往结果却并不美好,那时我还没准备好进入一段感情,也没准备好完全相信另一个人。不过话说回来,我那么做只是想体验一下当正常人的感觉。我那么做是为了掩盖我的孤独,我想用另一具身体的温度欺骗自己,让我感觉不那么孤独。

可结果却适得其反。

毕业之后,我就去了医院工作,在那里我收获了朋友和同事。白天有他们陪伴在我身边,但是晚上回到家,我又回到了孤独的日常生活中。有那么一段时间,我对这种生活很满意,可自从我开了属于自己的诊所,一切都变了,我完完全全地变成了孤家寡人,无论白天还是晚上。我再次拿起丹尼尔名片的那天,除了库普、香农偶尔发来的短信,还有我妈那里打来的提醒我去看她的电话,我已经好几周没和另一个人交流过了。我知道等客户慢慢多起来以后,这种情况会得到改善,但那是另一码事。况且,我的客户雇我是来寻求帮助的,而不是反过来提供帮助。

我握着丹尼尔的名片,既兴奋又紧张。记得当时我走到办公桌前,在椅子上坐下,靠在椅背上,然后拿起电话,拨通了那个号码。电话响了很久,就在我即将挂断的时候,传来一个声音。

"我是丹尼尔。"

我没有说话,觉得自己的呼吸仿佛都停止了。他等了几秒,再次开口道。

"喂?"

"丹尼尔,"我终于开口说道,"我是克洛伊·戴维斯。"

电话那头沉默下来,我紧张得胃里一阵翻腾。

"我们几周前见过一面,"我略微尴尬地提醒道,"在医院外面。"

"克洛伊·戴维斯医生,"他回答道,我甚至能听到他嘴角绽开的微笑,"我以为你不会打来了。"

"最近一直忙着整理,"我紧张得似乎连心跳都变慢了,"我……把你的名片弄丢了,但刚刚又发现了,就在我收拾的最后一个箱子底部。"

"那你现在都收拾完了?"

"差不多吧。"我环顾着杂乱的办公室,说道。

"这是一件值得庆祝的事,你想出去喝点什么吗?"

我过去从不和陌生人出去喝酒,我的每个正式约会都是由双方共同的朋友来安排的。我能理解这些善意的帮助从何而来,毕竟每当有什么活动,我总是人群中形单影只的那个,这难免会有些尴尬。我犹豫了一下,"我太忙了""没时间"这种借口差点儿脱口而出。结果我却没有这么说,我的嘴唇就像不受大脑控制一般接受了他的邀请。如果那天我不是那么渴望交谈,渴望一切形式的人际交往,我们在那通电话之后可能就不会再有任何联系了。

但我们在通话后见面了。

一小时后,我坐在河屋酒吧的吧台前,转着手中的红葡萄酒。丹尼尔就坐在我旁边,打量着我的侧影。

"怎么啦?"我问道,下意识地把一缕头发别到耳朵后面,"是我牙上粘了食物,还是什么?"

"不是,"他笑着摇了摇头,"不是,我只是……真不敢相信我现在和你一起坐在这里。"

我注视着他,想弄明白他这话是什么意思。他是在跟我调情,还是有什么更加险恶的用意?赴约之前,我先在网上搜索了丹尼尔·布里格斯——我肯定会这么做的——而我现在要搞清楚的,就是他是不是也这么做了。搜索丹尼尔的名字只能搜到他的社交媒体页面,那里有很多他的照片。有他在不同的屋顶酒吧里拿着威士忌的照片;有他一手握着高尔夫球杆,一手拿着一罐冰啤酒的照片;还有他怀里抱着一个婴儿,盘腿坐在沙发上的照片,配文写着这是他最好的朋友的儿子。我找到了他在领英上的资料,证实了他的职业确实是医药销售。2015年的一篇报纸文章提到了他在路易斯安那州马拉松比赛中的表现——四小时十九分钟。他的一切都很普通、很清白,甚至可以说有些无聊。不过这正合我意。

但是,如果他在网上搜索我的名字,一定能找到很多东西,比他的多得多的东西。

"那么,"他开口道,"克洛伊·戴维斯医生,请你介绍一下自己。"

"你别一直叫我克洛伊·戴维斯医生了,这也太正式了。"

他笑着抿了一口威士忌:"那我该怎么称呼你呢?"

"克洛伊,"我看着他说,"叫我克洛伊就行。"

"好吧,克洛伊就行……"我笑着用手拍了一下他的胳膊,他也冲我笑了笑。"说真的,和我说说你吧。我现在正和一个陌生人坐在这里喝酒,你至少得向我保证你不是个危险人物吧。"

我的皮肤上倏地起满了鸡皮疙瘩,胳膊上的汗毛也竖了起来。

"我是路易斯安那州人,"我试探性地说,他没什么退却的反应,"但老家不在巴吞鲁日,而是在离这里大约一小时路程的小镇上。"

"我是巴吞鲁日本地人,"他放松地举着酒杯,继续说道,"那你为什么搬到这里来了?"

"我来这里上学,"我说,"在路易斯安那州立大学取得了博士学位。"

"真厉害。"

"谢谢。"

"我是不是该先问问,你有兄长吗,占有欲比较强的那种?"

我的内心又是一阵惊涛骇浪,他说这些话也许都只是在调情,并无任何恶意,但他也有可能已经知道我是谁了,想从我的嘴里套出更多的信息。无数糟糕的回忆涌上我的心头,那些人和我也是初次见面,也都会聊一些无关痛痒的闲事,可他们早就知道了我的一切。他们之中的一些人会直接显露出自己的好奇,直言不讳地问我——"你就是迪克·戴维斯的女儿,对吗";另一些人则会在我谈论其他事情时一边不耐烦地听着,一边用手指敲打桌子,仿佛和连环杀手有血缘关系的我就该迫不及待地对他们诉说这件事。

"你怎么知道?"我问道,语气尽量放轻松,"很明显吗?"

"不是,"丹尼尔耸了耸肩,然后转过去面向吧台,"我原来有一个妹妹,所以知道那种感觉,我认识每个多看了她几眼的男人。如果你是我妹妹,我肯定会躲在酒吧的某个角落里盯着这里呢。"

后来,我才知道他没在网上搜索过我。我对他这一系列问题的疑神疑鬼真的只是疑神疑鬼而已,他甚至从未听说过布鲁桥镇、迪克·戴维斯和那些失踪的女孩。案件发生时,他才十七岁,可能没认真看过那些新闻。我猜他母亲应该不想让他知道太多,就像我母亲一样。后来的一天晚上,我们躺在客厅的沙发上,我给他讲了我的故事。我不清楚自己为什么会选择那个特定的时刻,也许是我意识到自己不可能一辈子都瞒着他,一定得在某一时刻对他坦白。而我对他隐瞒的事情,我的过去,决定了我们最终是在一起还是分手。

于是我开始给他讲述我的故事。而随着我的讲述,随着我吐露出一个又一个可怕的细节,他的眉头越皱越紧。我毫无隐瞒地,把一切都告诉了他。我讲了莉娜和小龙虾节发生的事,还有警察破门而入,在客厅把我父亲逮捕,以及那句被带走前说的话。我告诉他我透过卧室窗户看到的一切,我父亲和那把铁锹,还有那座我童年时期生活过的房子,它现在依旧伫立在那里,但没人居住。我把承载着自己青春记忆的地方留在了布鲁桥镇,我抛弃了那里。在我心里,它早就被扭曲成一个现实中的鬼屋,那里的一切也变成了鬼故事。孩子们路过那里时连大气也不敢喘,只想赶紧跑开,生怕徘徊于那些墙壁之间的鬼魂突然出现。我告诉他,我父亲还在坐牢,他接受了认罪协议,被判了无期徒刑,这二十年来，我从没和他见过面、说过话。我讲述这些的时候，仿佛迷失在自己的思绪之中，所有的回忆都从身体里溢了出来，就像剖开鱼的腹部，把内脏从它的体内取出来一样。这一刻，我才明白它竟然给我的内心带来这么大的毒害，也第一次明白我多么希望把它排出体外。

说完后，丹尼尔陷入了沉默，我尴尬地揪着沙发上一根磨损了的线头。

"我觉得你该知道，"我低着头说，"如果我们要，就是，继续交往还是什么。当然，如果你觉得这一切对你来说太沉重了，我完全理解。如果吓到你了，相信我，我明白……"

他把手放在我下巴上，轻轻地抬起我的脸，让我们的视线相对。

"克洛伊，"他轻柔地说，"这并不沉重。我爱你。"

在接下来的时间里，他告诉我他明白我的痛苦，不是朋友或家人安慰你的时候说的那种"他们明白你的感受"的空话，而是真正的理解。他十七岁的时候失去了他的妹妹，就在布鲁桥镇女孩失踪案发生的那一年，他妹妹失踪了。那个瞬间无比恐怖，父亲的脸在我脑海中一闪而过。他在布鲁桥镇外杀过人吗？他在一小时车程远的巴吞鲁日作过案？我想到了塔拉·金，另一个失踪的女孩，她的情况和其他人不一样，也不符合我父亲的作案模式。她是一个特例，几十年后依然没人知道那起案件究竟是怎么回事。丹尼尔怅然地摇了摇头，只说她的名字叫作索菲，十三岁，别的什么也没说。

我最后忍不住问他："发生了什么？"那声音小得像是从很远的地方飘来的。我一直希望找到一个解决办法，或者确凿的证据，证明我父亲不可能和那起案件有关。但我一直没能找到。

"我们一直没弄明白，"他说，"这才是最糟的。她有天晚上去了朋友家，天黑之后才往家走。因为只隔了几条街，加上她经常走那条路，以前也从来没发生过什么不好的事情。"

我点点头，想象着索菲一个人在一条老旧的街道上走着。我不知道她长什么样,所以没去想她的脸,只想象着她的身影,一个女孩的身影,莉娜的身影。

我的脚趾踩在浴室的防滑垫上,皮肤已经被热水冲得滚烫,呈现出一种不自然的鲜红。我用浴巾把自己包裹起来,走到衣柜边,手指在那些衬衫中翻找着,最后随便选了一件挂在门把手上。我放下浴巾,换起了衣服,回想着丹尼尔说的那句——我爱你。我原来并不知道自己那么渴望听到这句话,也从未意识到在他说出口之前,我已经好多年没听过这句话了。丹尼尔说这句话时,我们才交往了一个月,有那么一瞬间,我绞尽脑汁想回忆起自己上一次听到这句话时的情景,上一次有人对我,并且是只对我一个人说这句话的情景。

可我完全想不起来。

我走进厨房,一边把咖啡倒进外带杯里,一边用手指拨弄着湿漉漉的头发,想让它们快点干。你可能觉得发生在我和丹尼尔之间的奇怪巧合——我父亲杀死了别人,他妹妹被别人杀死——会让我们产生隔阂,可现实恰恰相反,它拉近了我们之间的距离,让我们产生了一种默契。丹尼尔对我的占有欲可以说变得更强了,不过他用一种更合适、更体贴的方式表现了出来。我觉得他这种占有欲和库珀表现出来的差不多,因为他们都知道女性生来就要面对诸多危险,都对死亡有着深刻的认知,知道人会毫无预兆地死去,明白在死亡面前,并非人人平等。

他们都了解我,他们明白我为什么是现在这个样子。

我一手拿着咖啡一手拿着包,朝门口走去,走进清晨潮湿的空气中。丹尼尔发的那条短信竟能对我产生如此大的影响,这真的很神奇,只要一想到他,我就会变得心情舒畅,对未来充满希望。我现在精神好多了,好像淋浴冲洗掉的不仅是指甲里的泥土,还有那段记忆。自从我在电视屏幕上看到奥布里·格拉维诺的照片,就一直有种近在咫尺的恐惧感,但那种感觉现在几乎完全消失了。

我又恢复了正常,重拾了安全感。

我钻进车里，发动引擎，轻车熟路地开车去上班。这次我没开广播，因为我知道自己一定会忍不住调到新闻频道，去听和奥布里的尸体有关的可怕细节。我不用知道那些内容，也不想知道，我知道这是头版头条的新闻，肯定没办法完全避开，但至少路上我可以消停一会儿。我开车到了诊所，一打开前门，就看到里面亮着灯，看样子前台已经来了。我走进接待厅，看向房间中央，本以为会看到她桌上放的大杯星巴克咖啡，听到她用优美的嗓音向我打招呼。

没想到眼前却是另一番景象。

"梅丽莎，"我一开口，就停下了脚步。她正站在接待厅中央，脸颊通红，似乎刚刚哭过了。"没出什么事吧？"

她摇了摇头，用手捂住脸，又发出一声抽泣，接着便大哭起来，泪水从她的指间滴落到地板上。

"太可怕了，"她不断地摇着头，"你看新闻了吗？"

我吐了口气，放松了一些，自知她说的是奥布里的尸体。这让我有些生气，我现在不想讨论这些，真希望事情赶快过去，这样我也能赶紧把它忘掉。所以我继续往前走，一直走到房门紧闭的办公室前。

"我看到了，"说着，我把钥匙插进锁孔，"你说得没错，那确实很可怕。不过这样至少能让她父母在心里有个了结。"

她抬起头，一脸困惑地盯着我。

"至少他们，"我解释道，"找到了她的尸体。不是每个失踪的人都能被找到。"

梅丽莎知道我父亲的事、我的过去，还有布鲁桥镇女孩失踪案，也知道那些女孩的父母没能幸运地找回自家孩子的尸体。如果综观各种不同的谋杀案，没有尸体的杀人案一定是其中最糟糕的。没有什么比没有答案、没有终点更糟糕的了。一切证据都指向了那个最可怕的结果，你心里十分清楚，答案只有一个，但就是没有决定性的证据——没有尸体。于是你的内心深处永远会有一丝怀疑，一丝希望。但是，虚假的希望往往比毫无希望更加伤人。

梅丽莎又吸吸鼻子,说道:"你在、在说什么?"

"奥布里·格拉维诺,"脱口而出的语气比我想象的更严厉,"他们星期六在柏树墓园找到了她的尸体。"

"我说的不是奥布里。"她缓缓地说。

我转头看向她,表情有些扭曲。钥匙还插在锁孔里没来得及转动,我手上的动作就停了下来,手臂无力地悬在半空中。她走到咖啡桌旁抓起黑色的遥控器,对准了墙上的电视。工作时间我通常不会开电视,但现在是个例外。黑色的屏幕一下子亮了起来,画面上显示着另一个鲜红的标题:《突发新闻:巴吞鲁日第二个女孩失踪》。

滚动的字幕上面又出现了一个少女的面庞。我注视着她的容貌,浅金色的头发遮住了蓝色的眼眸和淡色的睫毛,陶瓷一般白皙的皮肤上覆盖着不少浅色的雀斑。我被她完美无瑕——就像瓷娃娃,仿佛一碰就会碎掉——的皮肤迷住了,等我终于吐出一口气时,才想起把手臂放下。

我认出了那个女孩。

"我说的是蕾西,"那个女孩三天前就坐在这个接待厅里,梅丽莎凝视着电视上的那双眼睛,又有一滴泪珠从她脸颊上滑落,"蕾西·德克勒失踪了。"

第十三章

我父亲杀害的第二个女孩叫罗宾·麦吉尔，那是他犯下的另一起案件。罗宾少言寡语、沉默内敛，她的面色苍白、体形瘦削，头发像夕阳一样火红，整个人看上去就像一根行走的火柴棍。她没有一处像莉娜，但这不重要，因为这一切挽救不了她。莉娜失踪的三周后，罗宾也失踪了。

罗宾的失踪引起了更大的恐慌，是莉娜失踪时的两倍不止。只有一个女孩失踪时，你会有很多猜测。也许她在沼泽地玩耍时，一不小心滑入其中，然后被潜伏在水面下的某个动物咬住拖走。这是一场悲剧，而不是谋杀。也许是一起激情犯罪，她可能把某个男孩气得够呛。又或许，她发现自己怀孕之后离家出走了，这种理论像沼泽的雾气一样，在镇上流传得最广。这种情况一直持续到罗宾的脸出现在电视屏幕上，因为所有人都不相信罗宾会怀孕逃跑。罗宾是一个非常聪明，喜欢看书的女孩，虽然她总是独来独往，但她很低调，穿的裙子也是长过膝盖、遮住一截小腿的那种。在罗宾失踪前，我一度相信了那些言论。如果是青少年离家出走，出走的人还是莉娜，那没有什么不可能的，再说这种事以前也不是没发生过。在布鲁桥这样的小镇上，这种事可比谋杀案寻常多了。

不过，一个月内连着失踪两个女孩，就很难说是巧合，是意外，或者是环境导致的问题了。这更像早有预谋的诡谲案件，比我们以前经历过的所有事，比我们能想到的所有可能，都要可怕得多。

蕾西·德克勒的失踪也不是巧合。我发自内心地这么觉得，这种感觉和我在新闻里看到罗宾的脸时产生的感觉一模一样。此刻，我站在接待厅里，眼睛紧盯着电视屏幕，蕾西那张布满雀斑的脸也回望着我，仿佛我又回到了十二岁的那天黄昏，我从夏令营的校车上下来，从那条尘土飞扬的老路一路跑回家。我看到父亲正蹲在门廊上等我，便飞身朝他扑去。那时候，我应该逃开的。恐惧感紧紧攫住了我，就像有一只手掐住了我的喉咙。

又出现杀人凶手了。

"你没事吧？"梅丽莎的声音把我从震惊中唤醒，她一脸担忧地看着我说，"你的脸色看上去有些苍白。"

"没事，"我说，"我只是……想起了一些事。"

她点点头，知道这个时候不该刨根问底。

"你能帮我把今天的预约都取消吗？"我问，"然后你就回家吧，好好休息休息。"

她又点了点头，似乎松了一口气，然后缓步走回办公桌，开始拨打电话。我转身继续看起电视，用遥控器调大了音量。新闻主播的声音逐渐变大，充斥了整个房间。

刚刚调至本台的观众朋友，根据我们得到的最新消息，路易斯安那州巴吞鲁日地区又有一个女孩失踪了，这是一周内发生的第二起失踪案。重复一次，我们已经证实，失踪的十五岁女孩奥布里·格拉维诺的尸体于6月1日，就是上星期六，在柏树墓园被发现。两天后，又有一个女孩失踪了，这次是十五岁的蕾西·德克勒，同样是巴吞鲁日人。我们的通讯记者安吉拉·贝克正在巴吞鲁日磁力高中进行直播。安吉拉？

镜头从演播间和蕾西的照片上切换到现场，来到距离我办公室只有几个街区的磁力高中。摄像机前的记者点头示意,把手指按在耳机上,然后开始讲话。

  谢谢,迪恩。我现在就在巴吞鲁日磁力高中,蕾西·德克勒是这所高中的高一学生。蕾西的母亲珍妮·德克勒对当地警方说,上星期五下午,她在学校田径训练结束后来这里接蕾西,然后带她去几个街区之外的一家诊所。

我瞬间屏住了呼吸,瞥了一眼梅丽莎,不知她有没有听到刚才那句话,但她好像完全没有留意这边的动静。梅丽莎正一边打电话,一边敲打着笔记本电脑的键盘,重新安排今天的预约。像今天这样取消一整天的预约,给她添这么多麻烦,我感到很抱歉,但我现在这样的状态实在没法见客户。这对我的客户不公平,他们向我支付费用,买我的时间,却无法得到我全部的注意力。可我现在真的没办法专心处理他们的问题,因为我的心思早就跑到了别的地方。我会不由自主地想奥布里、蕾西和莉娜。

我再次看向电视。

  从诊所出来之后,蕾西本应步行前往她朋友家,在那里度过一个周末。但她始终没有到她朋友家。

镜头再次切换,这次出现在画面里的是一个女人,是蕾西的母亲,她正对着镜头边哭边解释,说她以为蕾西只是把手机关机了,她有时会这样做——"她不像别的孩子,会不停地刷新自己的社交平台界面。她很敏感,偶尔需要断网休整一下。"接着,她说因为奥布里的尸体被找到了,所以她最终决定将女儿的失踪报告给警方。她的这种做法是女性的典型辩解方式,她觉得她必须为自己辩护,向别人证明自己是一位好母亲，一位细心的母亲，发生这样的事不是她的错。我听着她啜泣着说"我做梦也想不到她会出事，否则我一定会早点报警……"，突然意识到，蕾西在星期五下午的咨询结束后，便离开了这里。因为她没能抵达下一个地点，她走出我的房门之后便消失不见了，所以这就意味着这间办公室，我的办公室，成了她最后一次活着被人目击的地方，而我，正是最后一个见到她的人。

"戴维斯医生？"

我转过身来。说话的不是梅丽莎，她正站在办公桌后，紧紧地握着挂在脖子上的耳机，无措地盯着我。这个声音更加低沉，是男性的嗓音。我猛地朝门口看去，只见两名警察正站在外面。我忍不住咽了一口唾沫。

"有什么事吗？"

他们一起走了进来，站在左边的那个稍微有点矮的警察伸手向我出示了他的警徽。

"我是迈克尔·托马斯警探，这是我的同事科林·道尔警官，"他侧过头示意站在他右边的那个身材高大的男人，"关于蕾西·德克勒的失踪，我们想和你聊两句。"

第十四章

　　警察局里很暖和,是那种令人不太舒服的暖和。我记得,警长办公室里到处都摆着小风扇,将屋内滞涩的空气吹得流动起来,他办公桌上贴着的便利贴在温热的微风中来回摆动,我细细的发丝在微风中来回飘动,蹭着我的脸颊,把我的脸弄得痒痒的。豆大的汗珠从杜利警长的脖子上滴落,浸湿了他的衣领,在那上面留下一块深色的汗渍。秋季的第一天来了又走,但闷热的天气依旧令人难以忍受。

　　"克洛伊,亲爱的,"我母亲用满是汗水的手握住我的手指,"你把今天早上拿给我看的东西给警长看一下,好吗?"

　　我低头看着自己膝盖上的盒子,不愿去看母亲的眼睛。我不想给警察看,不想让他知道我知道的事情,不想给他看我看到的东西——盒子里的东西。因为一旦给他看了,一切就会结束,所有事情都会改变。

　　"克洛伊。"

　　我抬头看着警长,他隔着办公桌朝我倾身过来。他的声音深沉又严厉,但不知怎的,还有些甜腻,也许是因为南方的口音太过明显,从他口中说出来的每个字都显得厚重而缓慢,就像滴落的糖浆。他盯着我腿上的盒子。那是一个老旧的木制首饰盒,去年圣诞节时父亲给母亲买了一个新的,在那之前,母亲一直用这个旧首饰盒装钻石耳环和奶奶给她的旧胸针。这个盒子里有一个跳芭蕾的女孩,只要把盖子打开,它就会随着优美的钟琴旋律旋转起舞。

　　"没关系,亲爱的,"他说,"你现在做的事是对的。我们从头开始说，你从哪里找到这个盒子的？"

"今天早上，我觉得有点无聊，"我紧紧地搂着怀中的盒子，指甲不断扣着木盒上的木刺，"天气有点热，所以我不想到外面去，就想梳梳头发、化化妆，玩打扮游戏之类的。"

我的脸涨得通红，母亲和警长都假装没看见。我一直是个假小子，和梳头发相比，我更愿意和库珀在院子里打打闹闹。可自从那天我和莉娜说完话，我开始留意起身上那些以前不曾留意过的事，比如把刘海别到耳后能让我的锁骨凸显出来，在嘴唇上涂唇釉能让它们看上去更水润。我突然想到我嘴上还残留着一些唇釉，连忙松开盒子，用小臂擦了擦嘴。

"好的，克洛伊，你继续说吧。"

"我走进爸爸妈妈的卧室，在他们的衣柜里找东西，我不是故意偷看的……"我看向妈妈，继续说，"真的，不骗你们，我就是想找条围巾什么的绑在头发上，然后我就看到了用来装那些漂亮胸针的首饰盒。"

"亲爱的，没关系，"她小声说，一滴眼泪顺着她的脸颊滚落，"我没生气。"

"然后我就把它拿出来，"说着，我又看向那个盒子，"打开了。"

"你在里面发现什么了？"警长问。

我的嘴唇颤抖起来，再次紧紧地抱住那个盒子。

"我不想搬弄是非，"我低声说，"也不想给别人找麻烦。"

"我们只是想看看盒子里面有什么，克洛伊，现在还没人会有麻烦。让我们看看盒子里面有什么，然后再商量怎么办。"

我摇摇头，终于意识到事情的严重性，我真不该把这个盒子给妈妈看，不该透露任何消息。我应该盖上盖子，把它放回满是灰尘的角落，然后将它彻底遗忘。可我却做了相反的选择。

"克洛伊，"杜利警长一边说一边坐直身体，"这很重要，你母亲提出了一项很严重的指控，所以我们必须看看盒子里有什么。"

"我改变主意了，"我惊慌地说，"我刚才糊涂了，这肯定不是什么要紧的东西。"

"你和莉娜·罗兹是朋友，对吗？"

我咬住舌头，缓缓点了点头。消息总会不胫而走，尤其是在这样的小镇里。

"是的，先生，"我说，"她对我一直都很好。"

"那好，克洛伊，有人谋杀了那个女孩。"

"警长……"我妈妈像要阻拦一般俯身向前。警长伸手示意她不要激动，然后继续盯着我说道。

"有人谋杀了那个女孩，把她的尸体扔在了某个可怕的地方，我们到现在还没有找到她，甚至没办法找到她的尸体，把她还给她的父母。对于这件事，你怎么看呢？"

"这实在太过分了。"我小声说道，一滴泪水滑过我的脸颊。

"我也这么觉得，"他说，"但这还不是全部。这个人在杀害莉娜之后没有就此停手，又继续谋杀了五个女孩。也许在今年之内，他还会再杀五个人。所以，如果有关这个人的身份，你知道些什么，克洛伊，你一定要告诉我们。我们必须在他再次行凶之前把他揪出来。"

"这会给我爸爸惹麻烦的，我不想给你看，"我泪流满面地说，"我不想让你们把他带走。"

警长坐回椅子上，眼神中流露着同情。他沉默了一分钟，又靠了过来，开口说道："即使这么做能挽救一个人的生命？"

我抬头看了看坐在我面前的两个人——托马斯警探和道尔警官。他们走进我的办公室，坐在为患者们准备的躺椅上，凝视着我。他们在等，等我先开口说点什么，就像二十年前杜利警长一直在等我开口一样。

"很抱歉，"我开口道，在椅子上坐直了一些，"我刚才有点走神了。

你能再说一遍问题吗?"

他们两人对视一眼,接着,托马斯警探把一张照片放到我的桌子上,朝我推过来。

"蕾西·德克勒,"他用手指敲了敲照片,说道,"你对这个名字或面孔有印象吗?"

"有,"我说,"我认识蕾西,她是我的一个病人。上星期五下午我见过她。刚才看到了新闻,我想你们就是为这件事来找我的吧。"

"没错。"道尔警官说。

这是道尔警官来到这里后说的第一句话,我猛地扭头看向他。我记得他的声音,是上周末在墓园里听过的那个刺耳又窒息的声音。他是我们找到奥布里的耳环时跑过来的警察,那名从我手中把耳环抢走的警察。

"上星期五下午,蕾西大约什么时候离开你办公室的?"

"她、她是我那天最后一位病人,"我把目光从道尔警官身上收回,再次看向警探,"所以我想她应该是六点三十分左右离开的。"

"你看见她离开了?"

"是的,"我犹豫着说,"也不算是。我看着她离开了我的办公室,但没有见她离开这栋大楼。"

那名警官疑惑地看着我,好像认出了我。

"这么说你觉得她没离开这栋大楼?"

"我觉得她应该已经离开了这栋大楼。"我压下心中的烦躁继续说,"只要出了这个大厅,这栋大楼就没什么地方能待人了,只能离开。那边还有一个清洁工使用的衣柜,但那里一直上着锁,前门那边还有一间浴室,就没有别的房间了。"

他们点点头,对此似乎没有疑问。

"你们在咨询时都聊了些什么?"托马斯警探问。

"这我不能说,"我调整了一下坐姿,"心理学家和病人之间的谈话内容是要严格保密的,我不会把客户在这个房间里对我说的任何事告诉其他人。"

"即使这么做能挽救一个人的生命?"

我的胸口仿佛挨了一拳,把肺里的空气都打出去了。女孩失踪,警察问话,简直和过去发生的事情一模一样。视野的周边区域开始出现强光,我使劲儿眨了眨眼睛,想从那种感觉中挣脱出来。有那么一瞬间,我觉得自己快要晕过去了。

"我——我很抱歉,"我结结巴巴地说,"你刚才说什么?"

"如果蕾西在上星期五的治疗中,告诉了你可能救她一命的事,你会告诉我们吗?"

"我会的。"我的声音有些颤抖,低头看了看办公桌的抽屉,看到那个装满药物的避难所,它离我只有咫尺之遥。我需要一粒药片,现在就需要。"我肯定会这样做的。如果她对我说了什么,让我觉得她可能处于危险之中的事,我一定会告诉你们的。"

"如果她什么问题都没有,为什么要来看心理医生?"

"我是心理医生,"我的手指开始不受控制地颤抖起来,"这只是我们的第一次咨询,只是简单地相互了解一下。她有一些……家庭方面的问题,需要有人帮她分析。"

"家庭方面的问题。"道尔警官重复了一遍。他看我的眼神依旧透着怀疑,至少我是这么认为的。

"是的,"我说,"实在抱歉,我能告诉你们的真的只有这些了。"

我站起身,用动作示意他们该离开了。我去过墓园,那个警方找到奥布里尸体的犯罪现场,而且这名警察刚好撞上拿着证据的我,现在我又成了蕾西失踪前见过的最后一个人。前有这双重的巧合,后有我的姓氏,这下警方不调查我都不行了,而这也是我最不希望发生的事情。我环视着办公室,看看有没有什么东西会暴露我的身份,暴露我的过去。我没在这里摆放任何私人物品,没有家庭照片,没有能让人联想到布鲁桥镇的东西。他们知道我的名字，但也仅限于我的名字，不过，万一他们真想调查更多有关我的信息，一个名字就足够了。

他们再次对视了一眼，然后同时站起来，椅子剐蹭地板的刺耳响声让我胳膊上的汗毛都竖了起来。

"那好吧，戴维斯医生，感谢你抽出宝贵的时间。"托马斯警探点头说，"如果你后续再想起什么可能与我们调查有关的事，什么事情都可以，只要你认为我们应该知道……"

"我就通知你们。"说着，我露出礼貌的微笑。他们来到门口，打开门，外面的接待大厅已经空无一人。这时，道尔警官犹豫着转过身来。

"不好意思，戴维斯医生，还有一件事。"他开口道，"你看着很眼熟，但我想不起来在哪里见过你，我们以前见过吗？"

"没有，"我抱起双臂，"我不认为我们见过面。"

"你确定？"

"我很确定。"我说，"好了，如果你们不介意的话，我要开始工作了，今天的预约已经排满了，九点钟的病人应该马上就到。"

第十五章

我走进接待厅,在寂静中,我的呼吸声像是被放大了一样。托马斯警探和道尔警官已经离开了。梅丽莎的包不见了,电脑屏幕也漆黑一片。电视还开着,屏幕上依旧显示着蕾西的脸,她带来的影响和她的面孔一样,依旧流连在这里。

我没对道尔警官说实话。我们的确见过,就在柏树墓园,他还从我的手里拿走了死者的耳环。而且,我没说今天的预约全部取消了。明明是我要求梅丽莎这么做的,她也已经全都处理好了。现在,星期一上午九点十五分,我没有事情要做,只是坐在空荡荡的办公室里,任由脑海中的黑暗将自己吞噬,最后只留下一具枯骨。

但我不能这样沉沦,不能让历史再度重演。

我握着手机,思考着该找谁聊一聊,能给谁打电话。我不能找库珀,他一定会非常担心我,然后问我一大堆我不想回答的问题,最后直接抛出我在极力回避的结论。届时他会忧心忡忡地看着我,用眼角余光偷瞄我的抽屉,收回视线后还会暗自猜测,思考着那个黑暗的抽屉里究竟都藏了些什么药,而那些药又在我的脑海中制造了怎样扭曲的想法。不能找他,我需要的是一个冷静且理性的人,一个让人安心的人。接着,我想到了丹尼尔,但是他现在正在开会,我不该为了这件事去打扰他。这倒不是说他忙碌到没空理我,正相反,他肯定会放下手头上的事马上冲过来帮我。但我不能让他这么做,我不能把他牵扯进来。再说,这件事究竟是什么事呢?不过是我的回忆和没能解决的心魔再次涌上心头罢了。而且他也无法解决这个问题，那些安慰人的话对我也没什么作用。再说我现在需要的不是这些，而是有个人能听我说话。

我猛地抬起头，就在这个瞬间，我知道自己该去哪里了。

我一把抓过手提包和钥匙，锁上办公室的门，跳上车一路向南驶去。几分钟后，我驶过一块印着河畔疗养院字样的标志牌，远处隐约可见淡黄色的建筑群。我总是猜想疗养院选择这个颜色是为了体现阳光、快乐等温暖人心的元素。有一段时间，我真的相信颜色能产生激励人心的效果，我对自己说，给建筑物涂上某种颜色的油漆，可以人为提升住在里面的居民的情绪。但那些曾经耀眼明亮的黄色如今已经变得暗淡，墙壁在天气和岁月的无情侵蚀下已经褪色了，百叶窗残缺不全的样子就像大楼的窗户上挂着一个锯齿形的笑脸，杂草从人行道的裂缝中探出头来，仿佛它们也在努力地逃离那里。我越靠近这群建筑，越看不到那颜色反射出的阳光，感受不到温暖、活力与欢乐。现在那颜色更像是脏污的床单，或是泛黄的牙齿，那是被人忽视的颜色。

如果我是病人，我一定会对自己这么说。

你这是在投射，克洛伊。你在这群建筑中感受到了忽视，有没有可能是因为你忽视了住在里面的什么人？

是，是。我知道答案是肯定的，但这并不能让我心里好受些。我一个急转弯驶入门口的停车位，下车后甩上车门，通过自动门进入大厅。

"你好啊，克洛伊！"

我转向前台，对朝我招手的女人露出笑容。她身材高大，胸部丰满，头发向后挽成一个紧致的发髻，穿着一件褪色却舒适的花纹洗手衣。我也朝她挥了挥手，然后把胳膊搭在前台的台面上。

"嗨，玛莎，你今天好吗？"

"嗯，还不错，还不错。你来看你妈妈吗？"

"是呀，玛莎。"我笑着说。

"你有一段时间没来了。"她一边说一边拿出访客记录本，推到我这边。我没理会她语气中的责备,低头去看那个本子。本子翻到了最新的一页,我在最上面签了自己的名字,扫了一眼右上角的日期,6月3日,星期一。我用力咽了一下口水,尽可能地忽视胸口传来的疼痛。

"我知道,"我还是开口道,"最近一直很忙,但这不是借口,我早就该来了。"

"你快结婚了,对吗?"

"婚礼就在下个月,"我说,"你敢相信吗?"

"真的吗?亲爱的,这真是太好了。你妈妈一定会为你高兴的。"

我又朝她笑笑,对她善意的谎言表示感激。我也希望母亲能为我高兴,但事实是,人们根本无法知道她究竟在想什么。

"去吧,"说着,她把记录本收回去放到腿上,"你认识路,这个时间,应该正好有护士陪她。"

"谢谢你,玛莎。"

我转过身,面向大厅朝内的一侧,这边有三条走廊,分别向不同的方向延伸出去。左边那条走廊通往自助餐厅和厨房,住在疗养院的人每天可以在固定时间去那里用餐,餐盆里的食物都是批量制作的饭菜,有出水严重的炒鸡蛋、肉酱意大利面、炖鸡,搭配浸在咸沙拉酱里的蔫生菜。中间那条走廊通往客厅,客厅很宽敞,有电视机、桌面游戏,还有无比舒适的躺椅,我已经不止一次在那里坐着坐着就睡着了。我要去的是右边那条走廊,也就是三号走廊。这条走廊上铺着大理石纹的油毡地毯,一眼望去仿佛没有尽头,走廊上有几间病房,沿着走廊就能走到424号房间。

咚咚咚,咚咚咚,我敲着半开的房门问:"妈妈,你在吗?"

"请进,请进!我们正在给你妈妈收拾呢。"

我朝屋里看了一眼,这是我这个月第一次来看她,她和平时一样,看上去既熟悉又陌生。熟悉是因为她和过去的二十年一样毫无变化,陌生则是因为现在的她和烙印在我脑海中的模样截然不同。母亲在我的记忆里年轻、美丽、充满活力,色彩缤纷的背心裙滑过她古铜色的膝盖,长长的波浪式卷发披在两侧,脸颊被炎炎夏日晒得通红。而现在,出现在我眼前的她正面无表情地坐在轮椅上,苍白、虚弱的双腿从衣袍的开口处露出来。她的头发被剪到了齐肩的长度,护士正在帮她梳理,她则呆呆地凝视着窗外,俯瞰着停车场。

"嘿,妈妈,"我走了过去,微笑着坐到她的床边,"早上好。"

"早上好,亲爱的。"这是一位新护士,我以前没见过她,她似乎察觉到了这点,继续说道,"我叫谢丽尔,这几个星期你妈妈和我的关系越来越好了,是不是,梦娜?"

她轻轻地拍了拍我母亲的肩膀,又笑着给她梳了几下头发,然后把梳子放到床头柜上,转动着轮椅把母亲的脸转向我这边。即使过去了这么多年,在每次见到她的面容时我还是会感到震惊。她没有毁容,所以我依旧能认出她的相貌,可即便如此她还是变得完全不一样了,所有让她个性鲜明的小细节都变了。她曾经修剪得整整齐齐的眉毛现在长得很长,让她看起来像个男人。她面容蜡黄,没有化妆,头发是用廉价的商店自有品牌洗的,发梢又乱又翘。

还有脖子,那里依然能看到一条又长又粗的伤疤。

"那我不打扰你们了,"说着,谢丽尔朝门口走去,"如果你有什么需要,喊一声就行。"

"谢谢你。"

房间里只剩下我和母亲两人,她的目光落到我身上,让我又产生了那种被忽视的感觉。妈妈自杀未遂后被送入了布鲁桥镇的一家疗养院,当时我和哥哥一个十二岁,一个十五岁,都还太小,不能照顾自己,所以我们被送到城郊的一位姨母家里。我们本来打算到了能自己生活的年龄就把她接出来,亲自照顾她。可等库珀终于成年,我们却发现母亲没法和他一起生活,库珀坐不住,也不能一直在家里待着。而母亲需要有规律地生活,简洁明了的规律。所以,我进入路易斯安那州立大学后,就带着她搬到了巴吞鲁日，打算毕业之后由我来照顾她……没想到的是，等到我真的毕业了，又有了其他的问题。如果照顾残疾的母亲，我要怎么取得博士学位呢？要怎么遇到合适的人，谈恋爱，结婚呢？虽然以我的处事方式，就算不照顾她我也很难做到谈恋爱、结婚。反复权衡后，我们把她留在了河畔疗养院，并对自己说，这一切都只是暂时的，只要毕了业，只要我们攒下足够的钱，只要我开了自己的诊所，就把她接走。

但一年又一年的时间过去了，我们始终选择每周末来这里探望她，以此来消除自己的罪恶感。慢慢地，我和库珀开始轮流探望，他一周我一周，我们把探望母亲穿插在其他要做的事情中间，匆匆忙忙地赶来，到了这里依然不断查看手机。等到了现在，我们几乎只在护士打电话要求我们过来的时候才过来。她们都是很好的人，但我敢保证她们一定会在背后议论我们，谴责我们遗弃自己的母亲，把照顾她的责任全都推给陌生人。

可她们不明白，她也遗弃了我们。

"抱歉，这段时间没来看你。"我边说，边仔细观察她脸上的表情，看有没有一丝一毫的变化，有没有任何生命的迹象，"婚礼定在7月，所以我有很多细节需要敲定。"

寂静在我们之间蔓延开来，而我对此早就习以为常。我只是在自言自语，知道她不会给我任何回应。

"我保证我很快就会带丹尼尔来看你，他是一个很好的人。"

她眨了几下眼睛，用手指轻轻敲了敲轮椅扶手。我的目光扫过她的手，然后停在那里。我又问了一次："你想见他吗？"

她又用手指轻轻敲了敲，我不禁露出了笑容。

父亲被判刑后不久，我在母亲卧室的衣柜旁找到了倒在地板上的她，就是我发现盒子的那个衣柜。那个盒子后来决定了父亲的命运。即使我那时只有十二岁，也明白这意味着什么。她刚刚用我父亲的一条皮带上吊自杀，但木梁断了，所以她摔到了地上。我发现她的时候，她脸色青紫，双眼凸出，双腿在不断地抽动。我还记得自己当时尖叫着喊库珀过来，让他说点什么，做点什么，可他只是呆愣地站在走廊里，一动也不动。"做点什么！"我又喊了一声。他这才眨了眨眼睛，甩了甩头，跑过来尝试给她做心肺复苏。在某个时刻，我突然想到这个时候应该打911，就赶紧去打了电话。我们救了她，但只救了她的一部分，不是她的全部。

母亲昏迷了一个月，我和库珀尚未成人，不能做医疗方面的决定，所以决定权落到了正在坐牢的父亲手里。父亲不想拔掉生命维持装置。他不能亲自过来看她，但是关于母亲的情况我们都转告给他了——她再也不能走路和说话，也不能自主做任何事了。这些他全都知道，可还是拒绝放弃她。这当中的象征意味没有逃过我的眼睛——他没坐牢之前一直在夺取生命，现在坐牢了，却决心挽救生命。我们连续几周看着母亲一动不动地躺在医院的病床上，她的胸腔在一台机器的帮助下上下起伏，直到某天早上，她自己动了一下，然后她的眼睛在眨动几下之后睁开了。

不过她再也不能动弹，也不能开口说话了。她的大脑曾经严重缺氧，医生使用了大范围和不可逆这样的专业术语，说她陷入了微意识状态[1]。她没有完全恢复，但也不是一直昏迷。我们一直没弄清楚她到底还有多少意识。我有时会漫无目的地谈论我和库珀的生活，谈论我们在她抛弃我们、不愿再为我们继续活下去之后的见闻和经历，这时，我能看到她眼中泛起的泪光，这说明她听懂了我说的话，并对我们感到抱歉。

可其他时候，我看着她乌黑的瞳孔，除了我自己的倒影，什么也没有。

她今天状态不错，能听见我说的话，也能明白那些话的意思。她不

---

[1] 微意识状态是一种严重的意识障碍形式。

能用语言交流，但可以动动手指。这么多年过去，我也逐渐明白了这些轻敲的意义，她在用这种方式表示点头，用这种微小的动作告诉我们她在倾听。

不过这也可能是我自己的一厢情愿，这个动作也许根本没有任何意义。

我看着母亲，她仿佛是承载了我父亲造就的一切伤痛的化身。说实话，这也是我这么多年来一直没把她接走的原因。照顾她这样患有严重残疾的人，肯定是很大的负担，可如果真的想做，也不是办不到。我可以花钱雇人帮我，或者请一位住家护士。但事实上，我并不想这么做。我无法想象自己每天都要看到这双眼睛，被迫一遍又一遍地回忆我们找到她的那一刻。我竭尽全力地维持着家里的正常生活，所以根本不敢想象，如果那些记忆像潮水般席卷了我会怎么样。我抛弃了母亲，因为这么做更容易，正如抛弃了童年时代生活过的家。我宁愿让那里的一切都留在原地，坏掉或者烂掉，也不愿带走它们，让它们提醒我那里曾经发生过的恐怖之事，仿佛只要我不去理会，那些事就没那么真实了。

"我会在婚礼之前把他带来的。"我这一次是认真的。我想让丹尼尔见见母亲，也想让母亲见见他。我把手放到她的腿上，那触感是那么柔软，那么虚弱，我差点儿把手缩回来。她的腿有二十年没动过了，肌肉早已退化，只剩下骨头和皮肤。我强迫自己把手放在那里，轻轻捏了捏她。"但是，我来这里其实不是为了说这个，而是想说些别的事情。"

我低头看着自己的膝盖，心里很清楚，这些话只要说出，就再也收不回来了。说出去的话，就像泼出去的水。那些话会留在母亲的大脑里，而那里就像一个上着锁，却丢了钥匙的盒子。一旦把它们放进去，她就没办法把它们弄出来了。她无法像我一样谈论这些事，把它们化为语言，像我一样将它们宣泄出来，像我这样，像我此时此刻要做的这样。忽然间，我觉得这种做法非常自私，可我还是忍不住开了口。

"又发生女孩失踪、死亡的案件了，就在巴吞鲁日。"

我觉得她的眼睛稍微瞪大了一些,不过也可能是我想多了。

"上星期六在柏树墓园里发现了一具十五岁女孩的尸体。我也在那里,还有搜索队的人。他们在现场找到了一只耳环。今天早上,另一个女孩失踪了,也是十五岁。这次失踪的女孩是我认识的人,我的一个病人。"

房间陷入了寂静,这是我自十二岁之后第一次如此渴望听到母亲的声音。我迫切地需要她说点什么,因为她的话语总能像冬天盖在我肩膀上的毯子一样,为我带来安全感,为我带来温暖。

"这件事的确非同小可。亲爱的,你别想太多,小心点,保持警惕就行了。"

"这次的事感觉很熟悉,"我望着窗外说,"就好像……我说不好,一模一样?就像我全都经历过。警察到我的办公室找我谈话,那个场景让我不禁想起……"

我停下来,望向母亲,想知道她是不是跟我一样,还记得我们在杜利警长办公室里的谈话。那湿热的空气,在微风中翻飞的便利贴,还有我腿上的木制盒子。

"我想起了整场谈话。"我说,"就像我又完完整整地经历了一回。但很快,我又想到了上一次我有这种感觉的时候……"

我第二次停下,想到我母亲并不知道这段过去,她不知道我上一次有这种感觉的经历。那是上大学的时候,记忆再次涌上了心头,还是那么真实,真实得以至于我难以区分过去和现在,分不清此时和彼时,现实和虚幻。

"也许是快到那件事的周年了,所以我有些疑神疑鬼。"我说,"你知道,我的意思是,我比平时更多疑了。"

我嗤笑一声,把手从她的腿上拿开,捂住了嘴巴。我的手拂过自己的脸颊,感到有些湿润,原来是一滴泪珠从我脸上滑落。我没意识到自己哭了。

"总而言之，我只是需要大声说出来，和别人说说，然后听听这些话有多傻。"我擦去脸上的泪水，在裤子上擦了擦手，"天哪，我很高兴在和别人说之前先和你说了。我也不知道自己在担心什么，爸爸还在坐牢，他又不可能牵涉其中。"

母亲盯着我，眼中充满了疑问，我知道她有不少问题。我低头望向她的手，看见她的手指又在抽搐了。

"我回来了！"

我吓了一跳，连忙转身去看传来声音的地方。原来是谢丽尔，她正站在门口。我捂住胸口，呼了一口气。

"亲爱的，我不是故意要吓你的。"她大笑着说，"你们聊得开心吗？"

"开心，"我回头看了一眼母亲，点头道，"是的，见面聊聊的感觉真好。"

"梦娜，你这周有不少访客呀，是不是？"

我笑了。听到库珀遵守承诺，前来看望母亲，我松了一口气。

"我哥哥什么时候来的？"

"不是你哥哥。"谢丽尔说。她走到我母亲身后，扶住轮椅的推手，用脚把车轮的刹车松开。"是另一个男人，他说他是你们家的朋友。"

我眉头紧锁地看着她。

"什么另一个男人？"

"是个有点时髦的人，不是本地人。他说他是从城里来的。"

我想到了什么，这让我的胸口一紧。

"棕色的头发？"我问道，"戴着玳瑁眼镜？"

谢丽尔打了个响指，把手指指向我："就是他！"

我立即起身，抓起床上的包。

"我得走了。"我说，接着快步走到我母亲身边，抱住她的脖子，"妈妈，我为……所有事感到抱歉。"

我从敞开的房门跑了出来，穿过长长的走廊，每跑一步，心中的怒

115

火就烧得更旺盛一些。他好大的胆子！好大的胆子！我喘着粗气跑到前台，重重地撞到柜台上。我已经猜到了这个神秘的访客是谁，但我还需要确定一下。

"玛莎，给我看看访客记录本。"

"亲爱的，你已经签过字了，记得吗？就在你刚进来的时候。"

"不是，我要看之前的来访者，上周末来的。"

"这可能不行，亲爱的……"

"这栋楼里有人让没有授权的人进来见了我母亲，他说他是我们的朋友，但他不是，他很危险。我需要知道他到底来没来过。"

"危险？亲爱的，如果他没得到授权，我们是不会……"

"拜托了，"我说，"求你了，就让我看一下吧。"

她凝视了我一会儿，俯身从桌子上拿出访客记录本，放在台面上推过来，我小声说了句谢谢，然后翻到前面，查看起写满签名的那一页。我翻到了昨天——我在客厅沙发上消磨了一整天——的那一页，从上往下地浏览签名，当我看到那个我最不想看到的名字时，心跳差点儿都暂停了。

签名就在那里，那个笔触凌乱的文字正是我要找的证据。

亚伦·詹森，他来过这里。

第十六章

只响了两声,电话那头便响起了熟悉的声音。

"亚伦·詹森。"

"你这个浑蛋!"我连自我介绍也没做,上来就怒斥道。我冲过停车场,朝我的车子跑去。刚才还了访客记录本后,我马上给办公室的语音信箱打了个电话,重播了亚伦上星期五晚上给我的最后一条留言。

你可以直接回拨这个号码联系我。

"克洛伊·戴维斯,"他声音里透着笑意,"我就猜到你今天会给我打电话。"

"你去看我母亲了?你无权这么做。"

"我早就提醒过你。我给你留了言,说会联系你的家人。"

"没有,"我摇头说道,"你说的是我父亲,你可以去找我父亲,但我母亲不行。"

"那我们见个面吧。很明显,我已经来巴吞鲁日了。我可以当面和你解释清楚。"

"去你的!"我唾弃道,"我才不会和你见面,你这么做太缺德了。"

"你真的想和我谈论道德?"

我停下了脚步,离车还有十几厘米远。

"你这话是什么意思?"

"我们今天见个面吧,我会长话短说的。"

"我很忙,"我撒了谎,打开车门后坐进车里,"我还有病人要见。"

"那我去找你。我可以在你办公室的接待厅里等你，等你有空我们再聊。"

"不行——"我吐了一口气，闭上眼睛，把额头靠在方向盘上。我意识到这样的争执毫无意义，他是不会放弃的，他特地从纽约坐飞机来巴吞鲁日就是要和我见面。为了让他远离我的生活，不再打听我的过往，我必须和他见面谈谈。"不行，你别过来。我答应和你见面，行了吧？我现在就去找你，我们在哪里见面？"

"现在时间还早，"他说，"就在咖啡店见吧，我请客。"

"河边有一家咖啡店，"我捏着鼻梁说，"叫小山咖啡，二十分钟后在那里见吧。"

我挂断电话后甩上车门，猛地倒车，然后朝密西西比河的方向驶去。虽然这里距离咖啡店只有十分钟的车程，但我想赶在他之前到达那里，在他进门的时候，我已经在我选定的座位上坐下了。我要掌握这次谈话的主动权，而不是像一个毫无选择权的乘客那样随波逐流。我绝不能再像刚才那样毫无防备，被别人打一个措手不及。

我在咖啡店附近停好车，然后迅速走进店里。这家咖啡店是滨河路上的一家宝藏小店，藏身于长满灰绿色叶子的橡树之间。店内十分昏暗，我点了杯拿铁，然后朝放置奶和糖的柜台旁边看去，那里有一个贴着传单的布告栏。在小提琴补习班广告和即将举行的音乐会海报的夹缝之间，出现了蕾西·德克勒的脸，上面用记号笔潦草地写着"失踪"两个字。那下面还有一张纸，只露出了一角，我伸手把蕾西的照片推至一边，下面是奥布里的寻人启事。奥布里的照片已经被取代了，就像坏掉的自动贩卖机。

我走向摆在角落的桌子，选了面朝门口的座位。我不安地用手指触碰着咖啡杯的边缘，每一个毛孔都散发着紧张的气息，但我强迫自己好好握住杯子，不要乱动，就这样静静地等候着。

十五分钟过去了，拿铁已经放凉了，我刚想让服务员帮我热一下，就看见亚伦走了进来。我在网上看见过他的照片,所以立刻认出了他,他穿着格子衬衫,鼻梁上架着那副愚蠢的防蓝光眼镜。不过他的身材并不像照片里那么单薄,比我预想的更撑得起衣服,他背着沉重的皮制电脑包,绷紧的布料勾勒出结实的肌肉轮廓。这令我有些意外,不知道那张照片是多久以前拍的,没准是大学刚毕业,他还是个年轻小伙子的时候拍的。我继续观察着他,只见他不慌不忙地走进咖啡店,看了看放糕点的冷藏柜,然后眯着眼睛看起了挂在吧台后面的菜单。他点了一杯卡布奇诺,并打算用现金付款。我看见他懒洋洋地舔了舔手指,点数出钞票,然后把找零放进小费罐里。他一边等着浓缩咖啡煮好,一边欣赏着墙上的画作。忽然,水壶发出的尖锐鸣响声把我吓了一跳。

他的冷静让我很不舒服。我以为他会跑着进来,像我渴望击败他一样迫切想要击败我。我想让他喘息、流汗、奋力追赶,在发现我早已坐在这里等他时表现出惊慌失措、猝不及防。但是他没有,他不仅迟到了,还表现得慢条斯理、悠然自得,仿佛他才是发号施令的人,我这时才意识到——

他知道我在这里,他知道我正在观察他。

这种冷静且漫不经心的态度像是为我准备的一场表演,他想激怒我,想让我失去控制。一想到这里,就让本不该生气的我更加愤怒。

"亚伦,"我大声喊道,朝他用力地挥舞手臂,然后我看见他转过头看向我这边,"我在这里。"

"克洛伊,嗨。"他一边笑着,一边走了过来,把背包放到椅子上,"感谢你答应和我见面。"

"请称呼我戴维斯医生,"我说,"况且你也没给我多少选择的余地。"

他咧嘴一笑。

"稍微等我一下,我还有一杯卡布奇诺,"他说,"你喝什么?"

"不用了,"我示意了一下手中的咖啡,"我已经点好了,谢谢。"

"你到很久了?"他问,"你的咖啡好像已经凉了。"

我看着他,不明白他是怎么看出来的。我的困惑肯定表现在脸上了,因为他先是戏谑一笑,接着指了指我手里的咖啡。

"没有水蒸气。"

"我提前到了几分钟。"我说。

"啊,"他盯着我的咖啡继续说,"好吧,如果你要我帮你热一下……"

"不用。我们开始吧。"

他笑着点了点头,转身去吧台取他的饮料。

好吧,我确定了,我把拿铁举到唇边,心不甘情不愿地喝了一口已经变为室温的咖啡,暗自想,他是个浑蛋。亚伦迅速在我对面的椅子上坐下,趁着我把杯子放下的空当从包里掏出了笔记本。我偷偷看了一眼他整齐地别在衬衫衣领边缘的记者证,最上面一行印着大大的《纽约时报》的标志。

"开始做记录之前,有件事情我得先说清楚,"我说,"这不是采访,我只想明确地告诉你,不要再骚扰我的家人了。"

"我只给你打过两次电话,我认为这不能算是骚扰。"

"你已经去过我母亲所在的疗养院了。"

"这倒是,不过,"他把袖子撸到胳膊肘的地方,"我在她房间里最多只待了两三分钟。"

"你一定听说了不少事吧,"我瞪着他说,"我母亲很健谈,对吧?"

他没有说话,在桌子的另一头盯着我看。

"说实在的,我不知道她的……残疾……这么严重。我感到很抱歉。"

我点点头,这个小小的胜利让我感到很高兴。

"但我去那里不是为了和她谈话,"他说,"真的不是。我以为会在那里获得一些有用的信息,但这不是主要的,我这么做是为了引起你的注意。我知道只有这样才能让你同意和我见面。"

"你为什么这么想和我见面?我已经告诉你了,我很久没和我父亲说过话了,我们没有任何关系了,我也没法给你提供任何有价值的东西。说实话,你这就是在浪费时间……"

"我改变主意了,"他说,"我打算换一个角度切入。"

"好吧,"我有些不太确定我们接下来会谈些什么,"你现在打算从什么角度切入?"

"奥布里·格拉维诺,"他说,"现在换成了蕾西·德克勒。"

我的心跳开始加速。虽然咖啡店里没什么人,可我还是忍不住环视整个店面,连说话的音量都降到了最低。

"你为什么觉得我会知道那些女孩的事?"

"因为我觉得她们的死……不是巧合,这起案件可能和你父亲有关,而你可以帮我弄清楚这是怎么回事。"

我摇了摇头,双手紧紧地握着咖啡杯,以此克制住手指的颤抖。

"听着,我知道你为了让自己写出来的文章更有吸引力,会夸大其词地描述,但你是专门撰写谋杀案文章的记者,应该清楚这种案件并不少见。"

亚伦笑了笑,露出佩服的表情。

"你对我做了调查。"他说。

"没错,毕竟你对我十分了解。"

"好吧,这很公平。"他说,"不过你好好想想,克洛伊,这两起案件有毫无疑问的相似之处。"

我想起了早上对母亲说的话。我告诉她,我有一种毛骨悚然的似曾相识感,一种令人不安的熟悉感。这不是我第一次产生这种感觉,也不是我第一次在大脑里重现我父亲的罪行。这种事以前就发生过一次,而那一次我错得一塌糊涂。

"你觉得对,它们的确有相似之处。"我说,"十几岁的女孩孤身走在街上时被变态杀死了,这很不幸,但就像我刚才说的,它并不罕见。"

"二十周年就快到了,克洛伊。即便绑架案时常发生,但连环杀手并不常见。案件在这个时间、这个地点发生，肯定有某种理由、某种关联。你知道我说得有道理。"

"等等，谁说这和连环杀手有关系？你这个结论太草率了。现在只找到了一具尸体，一具！至于别的，我们目前只知道蕾西离家出走了。"

亚伦看着我，眼中闪过一抹失望。现在换他压低了嗓音。

"你我都很清楚，蕾西没有离家出走。"

我叹了口气，越过亚伦的肩膀，看向窗外。外面起风了，西班牙苔藓在风中摇曳。天空正快速从知更鸟蛋的蓝色变成深灰色，就算待在室内，我也能感觉到大雨将至。寻人启事上的蕾西正用双眼盯着我，她的目光从我身上转到这张桌子上。我没法让自己回望那双眼睛。

"那你认为发生了什么事？"我依然盯着窗外，眺望远处的树木，"我父亲在监狱里，他是个怪物，我不否认这一点。但他不是妖怪，没办法从监狱里跑出来杀人。"

"我知道，"他说，"很显然这次凶手不是他，但可能是某个想要成为他的人呢？"

我咬住嘴唇，再度看向亚伦。

"我觉得这是个模仿犯，而且我敢说在这周结束之前，还会有人死去。"

第十七章

每个连环杀手都有自己的专属签名，正如艺术家希望自己的作品能被人认出来，能永垂不朽，能在他们死后依然被人铭记，于是他们在画的角落签上自己的名字，或者在电影的某个场景放一个彩蛋。

这些签名并不像电影里那样可怕。电影里的杀人凶手也许会在皮肤上划出谜样的名字，或分尸后把不同的身体部位丢弃在不同的地点，但在现实生活中，这些签名有时候非常普通，就比如犯罪现场被清理得很干净，或尸体被摆在地上的方式。不知情的目击者会通过那些跟踪方式，或者重复性的特定行为、仪式性的流程，总结出凶手的犯罪模式。其实普通人也一样，人们往往会用相同的方式，有条不紊地完成铺床、洗碗等晨间日常活动。我早就明白人是习惯性的动物，一个人用怎样的方式夺走他人的生命，可以揭示出有关这个人的很多东西，就像指纹一样，每场杀戮都是独一无二的。但我父亲没有留下任何带有他印记的东西，不管是尸体还是犯罪现场，他甚至没留下指纹供人提取或分析。这让布鲁桥镇的人们感到十分疑惑：没有画布，他要怎么留下签名呢？

答案就是他没法留下签名。

1999年，布鲁桥镇的警察用了一整个夏天来寻找线索，调查凶手的身份。他们寻找一切能指向嫌疑人的细微线索和证据，无孔不入地搜寻犯罪现场，搜寻那种不会被轻易找到的"签名"。但他们什么都没找到。有人杀害了六个女孩，却连一个目击证人都没有，没人见过在镇子里的游泳池附近出现的可疑人物，也没人见过在夜里沿着街道慢慢开车、跟踪猎物的人。最后，只有我，一个十二岁的小女孩，在用妈妈的化妆品玩化妆游戏时，找到了答案。我为了找一条能绑在头上的围巾，在父母卧室里的衣柜深处翻找，接着，我看到了那个小小的木制盒子，把它抱起来，在好奇心的驱使下打开，然后我看到了那些其他人没见过的东西。

父亲没留下任何证据，因为他把它们带走了。

"即使这么做能挽救一个人的生命，克洛伊？"

我看着汗水从杜利警长的脖子上滴落。他用一种我从未见过的凌厉眼神盯着我，瞪着我，瞪着我手中的盒子。

"只要你把这个盒子交给我，就能挽救一条生命。如果有人明明可以救莉娜一命，却因为害怕惹事而放弃救她，你会怎么想呢？"

我低头看着自己的膝盖，轻轻地点了点头，趁着自己还没改变主意赶紧把盒子递了出去。

警长那双戴着胶皮手套的手滑腻而温暖，我手中的盒子被他小心地接了过去。他低下头看向那个盒盖，把手指放在盒子上，掀开了盒盖，钟琴的音乐声随即填满了整个房间。我盯着芭蕾女孩缓慢地进行着完美的旋转，没去看他的表情。

"是个首饰。"我依旧盯着那个跳舞的女孩看。她穿着褪了色的粉色芭蕾舞裙，双臂高高举起，不断旋转着，令人着迷。她让我想起了莉娜在小龙虾节上用手指缠绕自己头发的样子。

"嗯。你知道它属于谁吗？"

我点点头，知道他想要答案，可我实在说不出口。至少没法主动说出口。

"克洛伊，这个首饰属于谁？"

我听到身旁的母亲呜咽了一声，朝她的方向看了一眼。她的手捂着嘴，用力摇着头。她已经看过盒子里的东西，我在家里的时候就给她看了。当时我心里已经有了答案,也是唯一合理的答案,但我还是希望她能告诉我另一种可能。可她没有。

"克洛伊?"

我又看向警长。

"那个脐环属于莉娜,"我说,"就在盒子里,中间那个就是。"

警长把手伸进首饰盒,拿出那只银色的小萤火虫。它一直被放在黑暗里,已经好几个星期没见过太阳了,现在它已经失去了光泽,像死了一样。

"你怎么知道它是莉娜的?"

"莉娜在小龙虾节上戴过,她给我看过。"

他点点头,把脐环放回盒子里。

"别的呢?"

"我认得那条珍珠项链。"母亲带着哭腔说。警长看了她一眼,伸手从盒子里拿出一串珍珠项链。那些珍珠是粉红色的,很大,后面用丝带系在一起。"那个属于罗宾·麦吉尔。我……我见她戴过那条项链,有个星期日去教堂的时候。我曾说它非常特别,很喜欢它。理查德当时就在我身边,他也看到了。"

警长吐了一口气,点点头,把项链放了回去。接下来的一个小时,警方又确定了另外几件首饰的主人,钻石耳环是玛格丽特·沃克的,纯银手镯是嘉丽·霍利斯的,白金耳圈是苏珊·哈迪的,蓝宝石戒指是吉尔·史蒂文森的。这些首饰全部被仔细清洗过,首饰盒也被擦干净了,上面没有检验出任何人的 DNA,但女孩们的父母证实了我们的猜测。它们有的是八年级毕业典礼的礼物,有的是庆祝坚信礼[1]的礼物或生日礼物。这些首饰本该是纪念她们成长过程的物品,而不应该被用来缅怀她们过早离世。

---

1 坚信礼是一种基督教仪式。

"你提供的证据对我们很有帮助,谢谢你,克洛伊。"

我点了点头,钟琴的旋律抚慰了我,让我进入一种精神恍惚的状态。杜利警长啪的一声合上盖子,打破了那种迷离的感觉,让我猛地抬起头。他把手放在紧闭的盒盖上,凝视着我。

"你看到过你父亲和莉娜·罗兹,或其他失踪的女孩有任何形式的互动吗?"

"看到过。"我一边说,一边回忆起小龙虾节时的情形,他盯着她看,盯着她裸露出来的、平坦的腹部看。他一发现有人看他,就把头低下了。"有一次在小龙虾节上,我看到他在看莉娜。她当时正在向我展示她的脐环。"

"他当时干什么了?"

"只是……看着,"我说,"她撩起了衣服,发现他在看,还挥了挥手。"

我母亲在旁边摇了摇头,露出不以为然的表情。

"谢谢你,克洛伊,"警长说,"我知道这对你来说很不容易,但你做了一件正确的事。"

我点点头。

"关于你父亲,你还有什么事想告诉我们吗?什么都行,任何你觉得我们应该知道的事情。"

我吐了口气,用胳膊紧紧抱住自己。房间里十分闷热,但那个瞬间,我感觉自己在颤抖。

"我有一次看见他拿了一把铁锹。"我避开母亲的目光,她并不知道这件事,"他从我家屋后的沼泽地走回来,刚好穿过院子。那时天已经黑了,但是……我在那里看见他了。"

没人说话,这个新发现就像清晨的浓雾一般笼罩了整个房间。

"看见他的时候,你在什么地方?"

"我在自己的房间里。那天晚上我睡不着,我房间的窗户下面有一条长凳,我很喜欢在那里读书……对不起,我没有早点把这件事告诉你们,"我说,"我……我不知道……"

"这很正常,亲爱的,"杜利警长说,"这很正常。你做的已经够多了。"

一阵雷鸣响彻了整座房子,倒挂在酒柜上的红酒杯像打战的牙齿,颤抖不已。又一场夏季风暴即将到来,我仿佛能感觉到空气中的电荷,品尝到即将来临的大雨。

"科洛,你听见我说话了吗?"

我抬起头,目光从装着半杯赤霞珠红酒的高脚杯移开。有关杜利警长的记忆慢慢变得模糊,橱柜前的丹尼尔则愈发清晰,他把袖子撸到肘部,手中握着一把菜刀。他从今天下午的会议中提早离开了,我从办公室一回到家,就看到整个料理台上铺满了今天晚餐的食材,他正穿着我的方格围裙,伴着路易斯·阿姆斯特朗的音乐跳舞,从厨房的一头跳到另一头。看到这个场面,我不禁笑了起来。

"抱歉,没有,"我说,"你说什么了?"

"我说你做的已经够多了。"

我握着酒杯的手更用力了,纤细的杯梗差点儿被我捏断,我绞尽脑汁地回忆我们刚才在聊什么。这几天,我一直沉浸在思考与回忆当中。尤其是丹尼尔不在家的时候,整座房子空荡荡的,我仿佛又回到了过去。有时丹尼尔跟我说话,会让我分不清是真的,还是我凭空幻想的,幻想着他说出我内心深处的话语,让他反复说给我听。我刚要开口,他就打断了我。

"那些警察无权闯入你的办公室。"他盯着下方的切菜板继续说,手上动作不停,行云流水般地切完了胡萝卜,用刀把它们推到切菜板边上,然后开始切西红柿,"幸好当时你那里没有客户,不然肯定会损害你的名声,你知道吗?"

"对,没错。"我答道。我现在想起来了,我们刚才在聊蕾西·德克勒，还有托马斯警探和道尔警官来办公室盘问我的事。我觉得应该把这件事告诉他，万一媒体把蕾西最后出现的地方是我办公室的事公布出去，事情就复杂了。"我想我是最后一个看见她还活着的人。"

"她有可能还活着，"他说，"不是还没找到她的尸体吗？现在已经一个星期了。"

"这倒是。"

"另一个女孩……她被找到之前失踪了多久，三天？"

"对，"我摇晃着手里的酒杯说道，"没错，三天。看来你一直关注着这起案件，对不对？"

"嗯，你知道的，现在新闻报道的全是这起案件，想不知道都难。"

"新奥尔良也是？"

丹尼尔继续切菜，没有回答。西红柿的汁水从切菜板上流下来，淌到料理台上。外面又响起一阵雷声，房子再次震动起来。

"你觉得是同一个人干的吗？"我尽量让自己的语气保持轻松，"你觉得它们……有关联吗？"

丹尼尔耸了耸肩，不置可否。

"我不知道。"他用手指擦去刀上的西红柿汁，然后把手指塞进嘴里，"我觉得现在下结论还为时尚早。话说回来，那些人都问你什么了？"

"其实也没问什么。他们想让我透露一下我们在治疗时都谈了些什么，但我什么都没告诉他们，他们就生气了。"

"没说挺好。"

"他们问我有没有看见她离开大楼。"

丹尼尔看着我，眉头紧锁。

"你怎么说的？"

"没有，"我说，"我看着她离开了我的办公室，但没有亲眼看着她离开大楼。她应该离开了，因为那栋楼里没有其他能待的地方，除非她是在楼里被绑架的，但是……"

我停顿了一下,低头看着杯中的红色液体。

"那种可能性不大。"

他点了点头,再次看向切菜板,把切好的菜盛起来放进热好的锅里。房间里顿时充斥着大蒜的香味。

"其他的就没有什么了,"我说,"我觉得他们好像没什么头绪。"

屋外突然下起了大雨,仿佛无数手指敲击着房顶,想要闯进来。丹尼尔朝窗外瞥了一眼,走到窗边打开了窗户,夏季暴风雨带来的泥土气息瞬间涌入厨房,和饭菜的香味混合在一起。我盯着他看了一会儿,他从容淡定地在厨房里走来走去,一会儿把胡椒粉撒进炒菜的锅里,一会儿把摩洛哥香料抹在粉色的三文鱼上。他强壮结实的肩膀搭着一条洗碗巾,一切都是那么完美,他是那么完美,我心里忽然生出一股暖意。我永远不会明白他为何选择我,选择破碎的克洛伊。他仿佛在遇到我的那一刻,在知道我名字的那个瞬间就爱上我了。但我还有好多事情,他都不知道,也不明白。我想起那个藏在办公室里的私人药房,那里储存着许多以他的名义开出的处方药;我还想起我的童年,我的过去;那些我看到的东西,做过的事情。

他不了解你,克洛伊。

我想把库珀的话从我的大脑里删除,但我知道他说得没错。除了我的家人,丹尼尔是世界上最了解我的人,但这并不能说明什么,毕竟这种了解仅限于表面,我还没有向他展露真实的自己。因为我知道,如果我把全部的自己都展露出来,展露出破碎的克洛伊,暴露我跳动着的、腐臭的内核,他只要略微嗅到一点,就会落荒而逃。他不可能喜欢这样的我。

"不提这些了,"他说着朝我俯过身来,往我没剩多少酒的杯子里又倒了一些酒,"你这一周其余的时间过得怎么样?婚礼的计划都完成了吗?"

我回想起上个星期六早晨的事情,丹尼尔去了新奥尔良,我原本打算敲定一些婚礼上的细节,就打开笔记本电脑,回了几封邮件,可新闻上铺天盖地的都是关于奥布里·格拉维诺的报道,过去的回忆如潮水般涌入我的大脑,而我就像一台逐渐淹没在水中的汽车。我记得自己走出家门,漫无目的地开车穿过市中心,在柏树墓园遇到了搜索队,找到了奥布里的耳环,我离开那里后没过几分钟,人们就找到了她的尸体。我想起亚伦·詹森拜访了我的母亲,他把他的想法,那个我这星期一直极力否认的想法说了出来。今天已经是星期五了,亚伦预计下一具尸体会在星期一之前被发现。不过直到目前为止,这件事还没发生,每过去一天,我就感觉自己肩上的重量减轻了一点。他的想法也许是错的,这么一想,我就会稍微松一口气。

我暗自思忖,该告诉丹尼尔些什么,最后还是决定先不告诉他,至少最近这几件事,我还没准备好告诉他。包括为了让自己平静下来,服用药物麻痹自己;为了寻找过去二十年来不断被追问的那些问题的答案,加入了墓园的搜索队。因为丹尼尔不会让我躲避,也不允许我恐惧。他给我举办惊喜派对,把婚礼时间定在7月,他对我所有非理性的恐惧不屑一顾。如果让他知道在他离开的这一周里,我用药物让自己陷入昏睡,上了一个记者的当,还把自己既无法反抗也不会反驳的母亲拖进了这个烂摊子里,他一定会感到羞耻。我也会感到很羞耻。

"挺好的,"我喝了一小口酒,最后说道,"我最后定了焦糖蛋糕。"

"不错的进展!"丹尼尔大声说道,接着靠向我这边,吻上我的嘴唇。我回吻了他,然后略微后退,凝视他的面容。他也细细打量我的脸,探寻的目光拂过我每一寸皮肤。

"怎么了?"他伸手揉了揉我的头发,轻轻抱住我的头,我将脑袋靠在他张开的手掌心上,"克洛伊,你怎么了?"

"没什么。"我笑着说。一阵雷声低沉地穿过房间,不知是因为外面闪烁的电流,还是因为丹尼尔的手拂过我的脖子,在耳垂那处敏感的皮肤上慢慢摩挲,让我的皮肤产生些许刺痛的感觉。我闭上了眼睛。"你回来真好。"

第十八章

我醒来的时候,雨还在下。雨声舒缓而慵懒,似是想要把你再度拉回梦境。我躺在黑暗之中,贴着丹尼尔赤裸的皮肤,感受着来自他的体温,倾听着他缓慢且富有节奏的呼吸。外面还有轻微的雨声和低沉的雷声,我闭上眼睛,想象蕾西的身体正在某个地方,半埋在土里,无论之前有什么痕迹残留在那里,现在都已被雨水冲走了。

此时是星期六的早晨,自奥布里的尸体被发现已经过去整整一个星期了。新闻报道的蕾西失踪案,以及我跟亚伦·詹森见面,已经是五天之前的事情了。

"你觉得这是模仿犯干的,有什么证据吗?"我弓着背喝着冷掉的咖啡,"我们对案件基本一无所知。"

"地点,时间。在莉娜·罗兹失踪二十周年的前几周,两名十五岁女孩失踪并死亡,而且她们刚好与你父亲那起案件的受害者特征一致。不仅如此,这两起案件还发生在巴吞鲁日,迪克·戴维斯的家人现在居住的城市。"

"好吧,但情况并不完全相同,警察一直没有找到二十年前案件受害者的尸体。"

"没错,"亚伦说,"但我觉得这个模仿犯希望尸体被发现。他想让别人知道他做的事,他将奥布里丢在墓园,而那里刚好是她最后被目击的地方,她被发现只是早晚的事。"

"是的,这也正是我要说的。这并不像是模仿我父亲,而像随机选择了奥布里,当场杀掉她,然后在匆忙之间把尸体留在了那里。这不是蓄意犯罪。"

"又或许他抛尸的地方别有深意,毕竟,那个地点有特殊的含义。她身上也许存在着某些凶手想让人找到的线索。"

"柏树墓园对我爸爸没有任何特殊意义,"我有些激动地说,"她被杀害的时间,只是一个巧合……"

"既然是这样,那蕾西被绑走也只是巧合,在她离开你的办公室仅仅几分钟之后?"

我犹豫了。

"就算你以前在附近见过这个凶手,我都不会觉得意外,克洛伊。模仿犯模仿别人的作案手法是有原因的,他们也许想对他们模仿的人表达敬意,也许想亵渎他们。但不管是哪一种情况,他们都会复制那些犯罪者的风格,选择相似的受害者,他们想要成为那些犯罪者,甚至可能想在他们的杀戮中超越那些犯罪者。"

我挑起眉毛,又喝了一口咖啡。

"模仿犯是因为迷恋另一个杀人凶手才去杀人的。"亚伦把手臂放在桌上,身体俯向前方继续说道,"他们非常了解自己想要模仿的人,这意味着他可能对你也非常了解。他也许一直在监视你,也许看到蕾西从你的办公室走出来了。我只想让你相信自己的本能,留意你身边的情况,相信自己的直觉。"

我又想起在柏树墓园时的感觉。在我回到车子里,开车回办公室的时候,我一直有种被人注视的感觉。我在座位上不安地动了动,感觉越来越不舒服。每次谈到我父亲,我都会感到内疚,却不知那种内疚从何而来。是因为我背叛了他,所以感到内疚吗?或者因为我是唯一一个把怀疑指向他,并让他在牢狱里度过余生的人?还是说,这种内疚源于我是他的血脉,和他有着一样的基因和姓氏?在谈到我父亲时,我无数次产生想要道歉的冲动,我想对亚伦道歉,想对莉娜的父母道歉,想对布鲁桥镇道歉,甚至想为自己的存在对所有人道歉。如果理查德·戴维斯从未出生就好了,那样的话,这个世界上就会少很多痛苦。

但没有如果,正因如此,我才会坐在这里。

我察觉到身旁有动静,朝丹尼尔看了一眼,他已经醒了,正在盯着我这边看。他在看我,看我陷入回忆,盯着天花板时不时地眨着眼,回想着和亚伦谈话的样子。

"早上好。"他叹了口气,声音中透出浓浓的睡意。他用手臂环住我,把我朝他那边拉去。他的皮肤让我觉得温暖、安全。"你在想什么呢?"

"没什么。"说着,我向他靠得更近了。我抚摸着他的屁股,面露笑容,他内裤上凸起的部位摩擦着我的腿。我转身面对着他,把腿紧紧环在他的腰侧,接着便开始在彼此困倦的缄默中亲热起来。我们的身体紧贴在一起,因清晨出的汗而有些许潮湿,他狠狠地吻我,将舌头探入我的喉咙,用牙齿碰触我的嘴唇。他的双手在我身上游走,抚摸我的双腿,拂过我的腹部,接着来到我的胸部,并继续往上移到了我的脖颈。

我继续吻着他,努力忽略他把手放在我脖子上的感觉,等待他把手移到别的地方去,哪里都好,只要放到别的地方就好。可他并没有这么做。他持续着动作,可双手依旧停留在我的脖子上。随着他的力度加大,速度也越来越快,他的双手开始收紧,勒住我的脖子。我尖叫了一声,猛地向后躲去,想离他远远的。

"怎么了?"他一下坐了起来,露出惊讶的表情,"是我弄疼你了吗?"

"不是。"我的心脏怦怦直跳,"不,你没有,我只是……"

我看着他的脸,从他的眼神中看到了困惑,也看到弄疼我后产生的担忧,以及他痛苦的神情,因为我想逃开他的碰触。他的手指像火柴一样,在我的皮肤上留下烧灼的痕迹。但我又想到他昨晚在厨房里亲吻我的样子,他温柔而牢固地圈住我的脖子,用手指触碰我颈侧的脉搏。

我把头靠回枕头,叹息了一声。

"对不起。"我闭上眼睛揉捏着鼻梁,我需要放空自己的大脑,"我现在有点紧张,不知为什么,最近很容易受到惊吓。"

"没关系。"他伸手搂住我的腰。我知道自己毁了这一刻,他的兴致已经消退了,我的也一样,但他依旧抱着我。"最近发生的事太多了。"

他知道我在想奥布里和蕾西,我很清楚这一点,但我们两个谁也没提这件事。我们听着雨声,静静地躺了一会儿。就在我以为他又睡着了的时候,他用很小的声音开口道:

"克洛伊?"

"嗯?"

"你有什么事想告诉我吗?"

我没说话,沉默已经代替我作了回答。

"你可以和我说说,"他说道,"我们可以聊任何事,我是你的未婚夫,应该倾听你的烦恼。"

"我知道。"我也是这么想的,所以我才把和我父亲、和我的过去有关的一切都告诉了他。只不过,仅把那些事情当作已经发生的事实,用超然的态度把它们讲出来是一回事,在丹尼尔面前重温那些回忆就是另一回事了。那些因为恐惧而产生的幻觉,在每个黑暗的角落看到父亲的脸,听到母亲的话语与别人的声音重叠在一起,等等。更糟糕的是,我以前也出现过这种似曾相识的感觉。我永远不会忘记多年前的那一天,库珀盯着我看时脸上流露出来的表情,我想解释,解释我的理由,但他关切的表情中却夹杂着真正的恐惧。

"我没事,"我说,"真的,我没事,只是这么短的时间里发生了太多事,那些女孩的失踪,还有我父亲那起案件的周年又快到了……"

忽然,床头柜上的手机振动起来,屏幕的亮光照亮了依旧昏暗的卧室。我用手肘撑起身体,眯着眼睛查看屏幕上的未知来电。

"是谁呀?"

"我也不确定,"我说,"星期六一大早打来的电话,应该不是工作上的事情。"

"接吧,"他翻过身来,说道,"不一定是什么重要的事。"

我拿起还在振动的电话,划动了一下屏幕,将它举到耳边。清了清嗓子,我开口道:

"我是戴维斯医生。"

"你好,戴维斯医生,我是迈克尔·托马斯警探,我们星期一去过你的办公室,讨论蕾西·德克勒的失踪案。"

"是的,"我看了一眼正在用手机查看邮件的丹尼尔,"我记得,你找我有什么事吗?"

"我们今天早上在你办公室后面的小巷中发现了蕾西的尸体,很抱歉我不得不在电话里告诉你这件事。"

我倒吸了一口气,本能地捂住嘴巴。丹尼尔放下手机看向我。我默默地摇着头,眼里充满了泪水。

"我们想让你现在来一趟停尸间,看一下尸体。"

"我,嗯……"我犹豫了一下,不确定自己是不是没听清他说的话,"抱歉,警探,我只见过蕾西一面,你应该让蕾西的母亲去辨认尸体吧?我才认识她不久……"

"已经确认过尸体的身份了。"他说,"但她是在你办公室外面被发现的,而且她妈妈最后一次见她,就是送她去你办公室的时候,所以我们现在有理由认为你是最后一个见过她的人。我们希望你能来看一下尸体,看看有没有什么和你们谈话时不一样,或者不对劲的地方。"

我吐了一口气,把手从嘴边移到额头上,感觉室内的温度似乎越来越高,屋外的雨声也越来越大。

"我真不确定自己能帮上什么忙,我们待在一起的时间只有一个小时,我连她穿了什么都不太记得了。"

"什么都行,"他说,"也许你看到她就会想起来了。快点过来吧,越快越好。"

我点点头，答应下来，然后挂断电话，倒回床上。

"蕾西死了。"这句话与其说是在告诉丹尼尔，不如说是在告诉我自己，"他们在我办公室外面找到了她的尸体，她就在我办公室外面被杀了。那个时间，我应该还在楼上。"

"我就知道你会这么想。"他靠在床头上，他的手在床单下找到我的手，和我手指交握，"克洛伊，你改变不了过去，你那时候并不知道会发生这样的事。"

我想起了父亲，还有他扛着的那把铁锹。他像一道墨色的人影慢慢出现在我家后院，好像一点也不着急。而我就在楼上，蜷缩在我的长凳上，就着那盏小小的阅读灯，透过窗户朝外面看。我在父亲做那件事的时候明明一直在场，却完全没意识到自己究竟目睹了什么。

对不起，我没有早点把这件事告诉你们。我……我不知道……

蕾西有没有告诉过我一些能挽救她生命的事情？我那天有没有看到在我办公室周边徘徊，而我却没注意到的可疑人物？就像以前一样？

亚伦的话在我脑海中盘旋。

他可能对你也非常了解。他也许一直在监视你。

"我得走了。"说着，我松开丹尼尔的手，抬腿下了床。一从被单里出来，我赤裸的躯体不再像几分钟前那样亲密、有力，现在它充满了脆弱和羞耻的气息。我在黑暗中穿过卧室，走进浴室，我能感觉到丹尼尔的目光一直停留在我身上，于是我加快了步伐，关上身后的房门。

第十九章

"死因是勒死。"

我俯身查看蕾西的尸体,她苍白的脸颊浮现出冰块似的蓝色。验尸官手里拿着一个写字板站在我的左侧,托马斯警探站在右侧挨着我。我不知道该说些什么,所以什么也没说,只是一个劲儿地盯着这个我几乎不认识的女孩。一个星期之前,就是这个女孩来到我的办公室,把她的问题告诉了我,她相信我能帮她解决所有的问题。

"你可以看一下她的瘀伤,就在那里。"验尸官用笔指着她的脖子继续说,"你看这些指印,它们的大小和间距都和在奥布里身上发现的指印一样,手腕和脚踝上也有同样的勒痕。"

我瞥了验尸官一眼,咽了口唾沫。

"所以,你认为这两起案件有关联,对吗?是同一个人干的?"

"这个我们等会儿再说,"托马斯警探打断我的话,"你现在要做的就是仔细看看蕾西。我跟你说过,尸体是在你办公室后面的巷子里发现的。你去过那里吗?"

"没有。"我低头打量着眼前的尸体。她的金发被雨水打湿,像蜘蛛网一样粘在脸上;她原本就苍白的皮肤此时更加苍白了,凸显出她身上的伤疤,那些红色的割痕纵横交错地分布在她的手臂、胸部和腿上。"那条巷子是为处理垃圾箱的垃圾车留出来的,我很少去,大家都把车停在前门。"

他点点头,大声地叹了一口气。我们相对无言地站了一会儿,他让我仔细观察眼前的可怕景象,然后想想有什么不同。这一刻,我忽然意识到,我的人生虽然一直被死亡包围着,但还是第一次看见真实的尸体。这是我第一次亲眼看到尸体,我想它足以激起我的回忆,让我回忆起蕾西的脸,回忆起那天下午,她在我办公室里的样子,没有变成尸体之前的样子,但我此时的大脑里只有一片空白。我一点也想不起蕾西的样貌,无论是她红润的皮肤、抖动的手指、噙满泪水的双眼,还是她坐在那张皮质躺椅上谈论她父亲时的模样。我的眼前只有此刻的蕾西,死去的蕾西,躺在解剖台上,被陌生人戳来戳去查找线索的蕾西。

"你发现有什么不一样的地方了吗?"他等待了片刻,轻轻地推了推我,问道,"少了什么衣物吗?"

"我真的说不上来。"我一边观察她的身体,一边回答。她穿着黑色T恤衫和褪了色的牛仔短裤,两侧都带涂鸦、稍微有点脏的匡威运动鞋。我试着想象她在学校里觉得无聊了,用圆珠笔在鞋子上画画来打发时间的模样。但我想象不出那个场景。"我刚才说过,我当时没怎么留意她的穿着。"

"好吧,"他说,"没关系,你继续想,慢慢来。"

我点点头,不由得想起莉娜,不知道在她被杀一周后,躺在某处田野或挖得不深的土坑里时,是不是就是这个样子;不知道在她皮肤脱落、衣服腐烂之前,是不是就是这个样子。就和蕾西一样,在潮湿炎热的空气中,面色苍白,浮肿不堪。

"你们聊过那些事吗?"

托马斯警探歪头示意我看她的手臂,她皮肤上的那些伤口。我点点头。

"聊过一些。"

"这个呢?"

他指着蕾西手腕上那道更大的伤疤问我。这正是我前几天看到的那道厚厚的鼓起的紫色锯齿状疤痕。

"没有,"我摇了摇头,"我们还没说到这个。"

"真没天理,"他小声说,"她还这么小,不该经历这些痛苦。"

"是啊,"我点头道,"是啊。"

房间里安静下来,有那么一会儿,我们三个谁也没说话,不仅是在哀悼这个惨死的女孩,也是哀悼她所经历的人生。

"你们之前没检查过那条巷子吗?"我问,"我是说,在你们刚得知她失踪的时候?"

托马斯警探看向我,脸上闪过一丝愤怒。蕾西的尸体被发现的位置距离她最后被目击的地点只隔了几米,可警方用了足足一周的时间才找到她,这说明警方办事不力,而他也明白这一点。

"当然。"过了一会儿,他大声叹了口气,说,"我们检查过那条巷子,当时要么是没被我们发现,要么是她在别的地方被杀,后来才被挪到那里。"

"那地方很小,"我说,"很狭窄,垃圾箱占了大部分。如果你们检查过那里,不会看不到她,那里没多少地方能藏……"

"你又没去过那里,怎么会知道这些事?"

"我能从接待厅看见那里,"我说,"窗户就是朝那个方向开的。"

他盯着我,考虑我是不是在撒谎。

"我们窗外的风景不怎么好。"我补充道,努力让自己挤出笑容。

他点点头,不知是对我的回答感到满意,还是打算先不谈这个话题,等以后有时间再说。

"发现她的人,"他最后说,"就是清洁工。尸体卡在垃圾箱后面,他们把垃圾箱举起来清空的时候,尸体就掉了下来。"

"那她肯定被移动过,"验尸官插话道,他拍着蕾西的手臂说,"这是尸斑,也就是淤积的血液,这表明她死的时候是仰卧的姿势,不是坐着,也不是卡在哪里。"

我的胃里泛起一阵恶心,我想别过脸,不再继续观察她的身体,审视她的伤口，但我做不到。我现在知道了，她身上的那些淤青，苍白的皮肤显出大理石状的花纹，是重力导致血液淤积的地方。验尸官还提到了勒痕，我的目光顺着她的四肢从肩膀来到指尖。

"你还发现什么了？"我问。

"她被下药了，"验尸官说，"我们在她的头发里发现了大量的地西泮。"

"地西泮？那是安定剂，对吗？"托马斯警探问道。我点点头。"蕾西在服用抗焦虑或抗抑郁的药吗？"

"没有，"我摇摇头，"她没吃药，我给她开了一些，但她还没开始吃。"

"头发的生长速度表明，她大约一周前摄入了这些药物，"验尸官补充道，"正好是她被谋杀的时候。"

托马斯警探听到这个新发现，瞥了验尸官一眼，突然变得很不耐烦。

"你什么时候才能验完尸？"

验尸官看了看警探，又看了看我。

"我越早继续我的工作，就能越早把验尸报告给你。"

两道目光全都投向了我，无言地控诉着我一点忙都没帮上。但我仍然盯着蕾西的手臂，盯着她皮肤上遍布的细小割痕，手腕上的勒痕，还有静脉上的紫色锯齿状疤痕。

"那个，无意冒犯，戴维斯医生，我可不是带你来这里闲聊的，"托马斯警探说，"如果你实在想不起别的事情，就可以离开了。"

"等等，我想起来了。"我一边说，一边盯着她用刀片划出的歪歪扭扭的痕迹，心想，蕾西当时一定流了很多血吧。"我想起那天的蕾西和现在有什么地方不一样了。"

"好。"他换了条腿支撑身体，仔细打量着我，"说来听听。"

"她的伤疤。"我说，"我上星期五时看到了那道伤疤，她当时想用手链遮住,那是一条挂着银质小十字架的木珠手链。"

警探低头去看蕾西的手臂,那里却空空如也。我记得那条手链就在那里,正好挡住血管,她也许想用它来提醒自己,在产生自残冲动时寻找更好的应对方式。那天下午,她来我的办公室,在皮制躺椅上坐立不安的时候,她手腕上肯定戴着那条手链。然后她站起身离开我的办公室,在门外被掳走,被下药,被杀害,那时候那条手链一直都在她的手腕上。

那条手链现在却不见了。

"有人把它拿走了。"

第二十章

当我终于走到停在停尸房外的车边时,我的呼吸有些困难,不停地喘着粗气,试着集中精力,思考刚才看到的一切意味着什么。

蕾西的手链不见了。

我试着告诉自己,那条手链也许是掉在哪里了,毕竟奥布里的耳环就是在柏树墓园的泥土里找到的,也许蕾西在挣扎的时候把手链甩掉了,或是警察把尸体从垃圾箱后面搬出来的时候,手链夹在了垃圾箱的侧面。它也许掉进了垃圾里,永远也找不到了。但我觉得亚伦不会同意我的观点。

我只想让你相信自己的本能。相信自己的直觉。

我吐了口气,想止住手指的颤抖。我的直觉对我说了什么?

验尸官刚才陈述了蕾西脖子上的瘀伤和手臂上的勒痕,这一切都指向了一个事实——奥布里·格拉维诺和蕾西·德克勒都死于同一个人之手。这两起案件的杀人手法完全相同,死者脖子上的手指印也完全相同。虽然我之前很想否认这一点,我对自己说,蕾西也许离家出走了,也许自杀了,毕竟她以前也这样做过,但在内心深处,我一直都知道她已经遇害了。绑架案时有发生,尤其是涉及漂亮女孩的绑架案。但一周之内发生两起绑架案?而且两起案件的地点相隔只有几公里?

再怎么解释也过于巧合了。

不过,虽然有证据表明奥布里和蕾西是被同一个人杀死的,但这并不意味着凶手是个模仿犯,或者这些案件和我父亲、和我有任何关联。

他将奥布里丢在墓园，而那里刚好是她最后被目击的地方。

我忍不住想到蕾西，凶手把她丢在了那条巷子里的垃圾箱后面，我办公室后面的巷子，而我的办公室正是她最后被目击的地方。她就被藏在人们能够一览无余的地方。不只如此，现在我又得知，凶手是故意把她的尸体搬到那里去的，说明凶手不是随机选择了她，然后当场杀掉，我原本以为奥布里就是那样死的。但蕾西不一样，凶手把她从我的办公室外掳走，给她下药，在另一个地点杀了她，然后又把尸体带了回来。

有那么一瞬间，我的心跳仿佛停止了，一个离奇的想法浮现在我的脑海中，但它实在太可怕了，我甚至不敢细想。我想摆脱这个想法，想把它归结为我的妄想，或者似曾相识，抑或纯粹的原始而杂乱的恐惧。这个想法是我的大脑为了在毫无意义的事情中寻找意义而快速生成的一种不理智的应对机制。

我尽可能地忽视这个想法，但它还是冒了出来。

如果凶手真的希望有人发现尸体……但他不希望是被警方发现呢？凶手会不会是想让我发现那些尸体呢？

奥布里的尸体在我离开搜救队的几分钟后被发现了。我去过那里。这个人是不是采取了某种手段，得知我会去那里？

更可怕的是——他是不是也在那里？

我转而思考起蕾西的事情，凶手把她丢弃在那条巷子里，那个离我办公室大门只有几米远的地方。我告诉托马斯警探的是实话，我很少走那条巷子，但透过办公室的窗户可以很清楚地看到那里，看到那个垃圾箱。要不是我这个星期实在心烦意乱，我完全有可能透过接待厅的窗户，看到垃圾箱后面的蕾西。

这个人是不是也清楚这件事呢？

她身上也许存在着某些凶手想让人找到的线索。

我的大脑不受控制地飞速运转着。尸体上的线索，尸体上的线索。丢失的手链可能就是线索。凶手也许是故意把它拿走的，他也许知道，如果是我发现的尸体，同时又注意到那条手链不见了，我就能把一切拼凑起来，知道这是怎么回事。

虽然车里的温度高达85华氏度（29.4摄氏度），热得令人窒息，但我还是起了一身鸡皮疙瘩。我发动引擎，打开了空调，让凉风吹向我的头发。我看了一眼储物箱，想起上周买的那瓶赞安诺。我开始幻想自己把药片放在舌头上，尝到药的苦味，让它融入我的血液，紧接着我的肌肉放松下来，头脑也变得昏昏沉沉。于是我打开了储物箱，药瓶呼啦一下滚了出来。我拿起它，在手上翻来覆去地摆弄着，最后还是拧开瓶盖，倒了一片出来。

手机在一旁振动起来，我看向发光的屏幕，上面显示着丹尼尔的名字和照片。我低头看了看手掌中的药片，又看了看电话，叹了口气，滑动手指接了电话。

"嘿。"我手中还拿着一片赞安诺，一边细细打量指间的药片，一边说道。

"嘿，"他语气中带着犹豫，"你那边结束了吗？"

"嗯，结束了。"

"怎么样？"

"很糟，丹尼尔。她看起来……"

我又想起了解剖台上蕾西的尸体，她的皮肤呈现出冻疮的颜色，眼睛像是用蜡制成的。我想起她皮肤上那些像野樱桃味嘀嗒糖[1]一样的小伤口，想起她手腕上巨大的疤痕。

"她看起来太可怕了。"我实在想不出还能用什么词来形容那一切。

"我很抱歉，让你一个人面对这件事。"他说。

"唉，没事。"

"你帮上忙了吗？"

---

[1] 嘀嗒糖是费列罗旗下的一个糖果品牌。

我想到那条丢失的手链，刚要开口，但转念一想，如果不解释一下之前发生的事，很难说清楚这条手链的前因后果。为了解释那条消失的手链的重要性，我必须告诉他，我去过柏树墓园，找到了奥布里的耳环，然后她的尸体就被发现了；告诉他我见过亚伦·詹森，他认为凶手是一个模仿犯；再重温一遍我这个星期不断回想起的那些黑暗瞬间，当着丹尼尔的面，和丹尼尔一起重温。

我闭上双眼，用手指揉了揉眼睛，直到眼前冒出了金星。

"没有，"我说，"我什么忙都没帮上。我和警探说了，我和她只在一起待了一个小时，我什么都不知道。"

丹尼尔吐了口气，我能想象到他从床上坐起来，用手理了理头发，赤裸着上半身靠在床头，把手机夹在耳朵与肩膀之间，用手指揉着眼睛。

"回家吧，"他最后说，"回家，回床上来，咱们今天好好休息一天，好吗？"

"好，"我点头道，"好，这是个好主意。"

我有些坐立不安，把药片放回药瓶后，又将药瓶塞回了储物箱。就在我把身体挪回驾驶位时，亚伦的声音又在我的耳边响起，我顿时有些犹豫不定，是不是该回到停尸间，把一切都告诉托马斯警探，把亚伦的观点告诉他。如果我不说，还会有多少女孩失踪呢？

但我不能这么做，至少现在不行，我还没准备好被推到舆论中心。如果我要解释清楚亚伦的观点，就必须告诉他们，我和我的家人是谁，有着怎样的过去。但我并不想打开那扇门，因为只要一打开，就再也关不上了。

我没有立刻答应丹尼尔，而是说道："我得先去办点事，应该不会超过一个小时。"

"克洛伊……"

"我没事，真的没事，我午饭前就能到家。"

在丹尼尔说服我改变主意之前，我连忙挂断了电话，接着拨打了另一个号码，然后不耐烦地用手指敲打着方向盘，直到电话那头传来一个熟悉的声音。

"我是亚伦。"

"嗨，亚伦。我是克洛伊。"

"戴维斯医生，"他轻声说，"我们这次通话可比上次愉快多了。"

我看向窗外，露出浅浅的笑容，从今天早上托马斯警探给我打电话到现在，这是我今天第一次露出笑容。

"听着，你还在巴吞鲁日吗？我想和你谈谈。"

第二十一章

我和杜利警长谈完话,他给我们提供了两个选择,要么留在警察局,等他们拿到批准逮捕我父亲的逮捕令;要么回家,不把这件事告诉任何人,然后耐心等待。

"逮捕令要多久才能办下来?"母亲问。

"不一定,可能是几小时,也可能是几天。但有了这些证据,我想天黑之前我们就能逮捕他。"

母亲看着我,好像在等我的回答,好像我才是那个该做决定的人,可我那时才十二岁。待在警察局里无疑是最明智、最安全的做法。她知道,我知道,杜利警长也知道。

可她却说:"我们回家。我儿子还在家里,不能让库珀单独和他待在一起。"

杜利警长在椅子上调整了一下坐姿。

"我们可以找到你儿子,把他带到这里来。"

"不,"母亲摇了摇头,"不行,那样太可疑了。万一理查德在你拿到逮捕令之前就怀疑……"

"我们会派警察在附近的街区巡逻,都是便衣警察,不会让他跑掉的。"

"他不会伤害我们的,"母亲说,"他不会的,他不会伤害家人的。"

"恕我直言,女士,他是个连环杀人犯,一个涉嫌杀害六个女孩的犯罪嫌疑人。"

"要是发生什么让我觉得危险的事,我们就马上离开。我会打电话报警,请警察到我家里去。"

就这样,她做出了决定,我们就回家了。

杜利警长的脸上写满了不理解,不理解她为什么非要回到我父亲身边呢?我们刚才交给他的证据足以证明她的丈夫就是个连环杀手,她却依然想要回家。但我不觉得奇怪,我知道她会做什么决定,知道她会回家,因为她总会回家,回到父亲身边。即便她把那些男人带进家门,带进她的房间,每天晚上她还是会回到父亲身边,为他做晚饭,把饭端到他的座位上,然后悄悄躲回卧室,关上身后的房门。我看着母亲,看着她脸上固执的表情。她也许依旧心存疑虑,也许想再见他最后一面,想用独属于她的不易被察觉的方式向他告别。

又或许,她想得没有那么复杂,只是不知道怎么离开他罢了。

杜利警长叹了口气,脸上流露出明显不赞成的表情,他从办公桌后面站起身来,打开办公室的门,让我和母亲离开了警察局。回家的路上,母亲开着她那辆红色的卡罗拉走走停停,我坐在副驾驶座上,15分钟的路程,我们一句话也没说。副驾驶的坐垫上有一个洞,我把手指伸进去把它扯得更大。他们让我把父亲装战利品的盒子留在警察局,我很喜欢那个盒子,它里面有钟琴的旋律,还有随着音乐旋转的芭蕾女孩,不知道我还能不能把它拿回来。

"宝贝,你做得对。"母亲终于开了口,她的声音还是那么温暖,说出的话却让人觉得空洞,"但我们要尽量表现得正常一点,我知道这很难,但我们不用坚持太久。"

"好。"

"我们到家之后,你回自己房间,把房门关上。我和你爸爸说你身体不太舒服。"

"好。"

"他不会伤害我们的。"她又说了一遍,不过这次我没接话,因为我觉得这句话是对她自己说的。

我们驶进了那条长长的通向我家的车道。我总是从那条碎石路上跑过，会用鞋子踢起尘土，树影在一旁斑驳晃动。我知道，我以后不必再那么奔跑了，不必再那么胆战心惊了。但是，当我透过布满小虫的挡风玻璃，看见离我家越来越近时，我产生了一种强烈的冲动，一种打开门从车上跳下去，迅速躲进树林里的冲动，我感觉树林里比家里更安全。我的呼吸开始变得急促。

"我不知道自己能不能做到。"我一边说，一边开始又快又急地喘气，很快，我就产生了过度呼吸的症状，眼中的世界开始变得斑驳耀眼。有那么一瞬间，我甚至以为自己会这样死在车里。"我能不能把这件事告诉库珀？"

"不行。"母亲说。她看见我的胸口以惊人的速度不断起伏着，连忙从方向盘上腾出一只手，把我的脸转向她，用手指揉搓我的脸颊。"克洛伊，呼吸。你能呼吸吗？用鼻子吸气。"

我闭上嘴巴，用鼻子深深地吸进一口气，让空气充满整个胸腔。

"现在用嘴呼气。"

我噘起嘴巴，缓缓地吐出空气，心跳似乎稍微放缓了一些。

"再来一遍。"

我又做了一遍，用鼻子吸气，用嘴巴呼气。随着一下又一下的呼吸，我的视线开始逐渐恢复。等母亲把车停在门廊前，关掉汽车引擎的时候，我的呼吸已经恢复如常了，通过模糊的视线可以隐约看见我家就在眼前。

"克洛伊，我们对谁也不要说，"母亲重复道，"一切都等警察来了再说，知道吗？"

我点点头，一滴泪水顺着脸颊流淌下来。我转头去看母亲，注意到她看着我们房子的眼神就像那里闹鬼了一样。她板着脸，用自信掩盖眼底的恐惧，这一刻，我突然明白了她的真实意图，明白了我们回到这里的真实原因。她这么做并不是因为她非这么做不可，并不是因为她太过软弱，而是因为她想通过这种方式向自己证明，证明她是可以对抗父亲的，她现在是一个坚强的、无所畏惧的人，不再是从前那个总是逃避问题、逃避父亲，假装这一切都不存在的人。

可此时此刻，她害怕了，和我一样害怕。

"我们走吧。"说着，她打开了车门。我也打开了车门，然后砰的一声关上，一边朝车头走去，一边打量着我家的环绕式门廊，在微风中咯吱作响的摇椅，还有那棵我最喜欢的玉兰树，它的树影落在几年前父亲绑的吊床上。

我们推门进屋时发出了咯吱声，母亲把我推上楼，让我回到自己的卧室去。就在这时，一个声音叫住了我。

"你们两个刚才去哪里了？"

我僵在原地，转过头来，看见父亲坐在客厅的沙发上，正朝我们这边看。他手里拿着一瓶啤酒，手指抠着瓶身上湿漉漉的商标，折叠桌的托盘里放着一小堆纸屑和一些散落的瓜子。他应该洗过澡，头发整齐地梳向脑后，胡子也刮干净了。他看上去很精神，衣着也十分整齐，衬衫还扎进了卡其色的裤子里。不过他的神色看着很疲惫，甚至可以说是筋疲力尽。他的皮肤松弛，眼眶凹陷，似乎几天几夜没合过眼了。

"我们去吃午饭了，"母亲说，"女士们的聚餐。"

"真不错。"

"但是克洛伊身体有些不舒服，"母亲看着我说，"我想她可能生病了。"

"哎呀，没事吧？亲爱的，到爸爸这里来。"

我看了妈妈一眼，见她轻轻点了点头，便走下台阶，来到客厅。我朝父亲走过去，心脏怦怦直跳。他看着站在他面前的我，眼神里充满了好奇。我突然开始担心，担心他是不是发现那个盒子不见了，担心他会问我这件事。他伸手在我的额头上摸了一下，然后说："是有点热，亲爱的，你出汗了，还有些发抖。"

"是有点，"我低头看着地板说，"我想躺一会儿。"

"过来。"他拿起啤酒瓶，贴在我的脖子上。我瑟缩了一下，冰凉的玻璃让我感觉皮肤发麻，瓶子上的水珠顺着我的胸口滑下，打湿了我的衬衫。我感觉自己的脉搏正一下一下地拍打着冰凉的啤酒瓶。"管用吗？"

我点点头，勉强露出一个笑容。

"你说得对，"他说，"你是应该躺下，小睡一会儿。"

"库普在哪里？"我突然发现哥哥不在这里，于是问道。

"他在自己的房间里。"

我点点头。库珀的房间在楼梯左侧，我的房间在右侧，不知道能不能趁父母不注意的时候溜进他的房间，蜷缩在他的床上，用被子盖住眼睛。我不想自己一个人待着。

"去吧，"他说，"去躺一会儿，我过几个小时再去给你量体温。"

我依然用瓶子按着脖子，转身朝楼梯走去。母亲跟在我身后，这种亲密的感觉让我有些许安慰，我们刚一进走廊就听见父亲喊道：

"梦娜，你等一下。"

她转身面向他，没有说话。于是父亲再次开口说道："你有什么事情要告诉我吗？"

当我凝视着窗外的河流时，亚伦的目光一直追着我，简直要钻进我的大脑里。我转头看他，不确定自己听得对不对，还是说过去的回忆又冲击了我的潜意识，影响着我的判断，扰乱着我的大脑。

"那个……"他继续问道，"有吗？"

"有，"我缓缓说道，"这正是我给你打电话的原因。托马斯警探今天早上给我打了一通电话……"

"等一下，在说这个之前，我们先说一件别的事。你骗了我。"

我又把目光转向那条河，把咖啡杯端到唇边。此时，我们正坐在岸边的长椅上,在雾气的笼罩下,远处大桥的工业感更强了,同时也透着凄凉。

"我什么事情骗你了?"

"这件事。"

他把手机举到我面前,我用另一只手接了过来。屏幕上显示着一张我徘徊在人群中的照片,我立即想到这张照片是在哪里拍摄的。照片中,我穿着灰色的T恤衫,头发乱蓬蓬的,背景里有被西班牙苔藓覆盖的斑驳树干,以及远处若隐若现的黄色警戒线。这张照片是一个星期前在柏树墓园里拍的。

"你从哪里找到的?"

"网上的一篇文章。"他说,"我在查看本地的报纸,想看看有没有什么我能采访的人,然后就看到了这张搜索队的照片。你肯定不知道我在这张照片里看见你时有多惊讶。"

我叹了一口气,暗自责怪自己对那些脖子上挂着相机的记者放松了警惕。希望看过那篇文章的人中不包括丹尼尔,或者道尔警官,让他们看到就太糟糕了。

"我从没说过我不在那里。"

"你是没说过,可你说过柏树墓园对你家没有任何特殊意义,没理由怀疑凶手把奥布里的尸体丢弃在那里是故意为之。"

"的确没有,"我说,"那个地方什么特殊意义也没有。我只是在那里偶然遇到了搜索队,好吗?我想让自己的头脑清醒一些,所以开车在附近转了转,然后看见了远处的墓园,就想去那里看看。"

他眯起眼睛死死地盯着我。

"干我们这一行,信任就是一切,诚实就是一切。如果你不对我说实话,我们就没法合作了。"

"我没有骗你,"我举起双手,"我发誓。"

"那你为什么想去那里看看?"

"我也不太清楚。"说着,我又喝了一口咖啡,"我想可能是好奇吧,当时我满脑子全都是奥布里,还有莉娜。"

亚伦没有说话,依然盯着我看。

"莉娜是个什么样的人?"他见我不再说话,只好开口询问,语气中透着好奇。他不可能不好奇,我知道他忍不住,没人能忍住。"你和她是朋友吗?"

"算是吧。我小时候曾经觉得我们是朋友,可现在我才看清这种关系的本质。"

"什么本质?"

"她是那种年长一些的很有个性的孩子,照顾我这个年纪小一些的书呆子。"我说,"她对我很好,会把她不要了的旧衣服送给我,还会教我化妆。"

"那她就是你的朋友,"亚伦说,"要我说,还是最好的那种。"

"没错,"我点头道,"没错,我想你是对的。她身上带着某种……我也说不清楚,某种磁场,你能理解吗?"

我看向亚伦,他会意地点了点头。不知道他是不是也有一个这样的朋友,一个属于他的莉娜。我想每个人的人生中都会遇到一个属于自己的莉娜,他们像流星,耀眼却转瞬即逝。

"她有时会利用我,我知道,但我不在乎。"我用手指敲着咖啡杯继续说,"她在家里过得并不好,所以把我家当成了一个可以逃避的地方。除此之外,她可能喜欢我哥哥。"

亚伦扬起眉毛。

"所有人都喜欢我哥哥。"我的嘴角翘起一丝微笑,沉浸在回忆里,"但我哥哥对她没有男女之情,所以我认为,这才是她经常过来的原因。我记得有一次……"

我没有继续往下说,在太过投入之前把自己拉了回来。

"对不起,"我说,"我扯远了,你也许对这些事情并不感兴趣。"

"不，我很感兴趣，"他说，"你继续说吧。"

我呼出一口气，把手指插进头发里。

"那年夏天，在一切都还没有发生之前。有次莉娜来我家，她总能找到各种理由往我家跑，她想让我闯进库珀的房间。我从没干过这样的事……就是，打破规则的事。但是莉娜在说服别人上很有一套，她能让你主动打破限制，无所畏惧地生活。"

我清晰地记得那个下午。午后的阳光是那么炙热，刺痛了我的脸颊，我和莉娜躺在我家后院的草坪上，草叶扎着我的后背，在我的脖子上挠痒痒。我们看着天空中的云朵，把它们想象成各种各样的东西。

"你知道什么东西能让这一刻变得更加开心吗？"她用沙哑的声音说道，"大麻。"

我侧过头去，看见她的目光仍然盯着云朵，目不转睛地盯着，牙齿咬着嘴唇。她一只手拿着打火机，用咬烂的指甲心不在焉地摆弄它，让它一会儿点着，一会儿熄灭；另一只手则放在火焰之上，越压越近，直到手掌上出现一个黑色的小圆圈。

"你哥哥那里就有，我敢肯定。"

我看到一只蚂蚁慢慢爬上她的脸颊，朝她的眉毛爬去。我觉得她一定知道蚂蚁就在那里，能感觉到它在慢慢靠近。她是在考验它，也是在考验她自己，就像让火苗灼烧皮肤一样，她想看看自己到底能忍多久，想看看在她忍不下去伸手把它拂去之前，它能靠多近。

"库普？"我歪头问道，"不可能，他不吸毒。"

莉娜哼了一声，用胳膊肘把自己撑起来。

"噢，克洛伊，我太喜欢你的天真了，这就是当一个小孩子的美妙之处吧。"

"我不是小孩子了，"我也坐了起来，"再说了，他的房门锁着呢。"

"你有信用卡吗？"

"没有。"说着，我觉得尴尬起来。莉娜有信用卡吗？我认识的十五岁的孩子都没有信用卡，库珀肯定没有，但话又说回来，莉娜总是和别人不一样。"我有一张借阅卡。"

"你当然有啦。"她从草地上爬起来，朝我伸出手掌。她手上有不少草叶硌出来的痕迹，上面还沾着泥土。我拉住她的手站起来，发现她的掌心有不少汗。我看着她取下粘在大腿后面的野草。"我们走吧。真是的，什么都得我教你。"

我们进了屋，先去我的房间把装着借阅卡的包拿上，然后来到位于走廊另一侧，库珀的房间门前。

"你看，"我转动着门把手说，"上锁了。"

"他总锁门吗？"

"自从我在他的床底下发现了那些恶心的杂志之后，他就开始锁门了。"

"库珀！"她扬起眉毛说道。她的表情不是厌恶，而是佩服。"真是个顽皮的男孩。来，把借阅卡给我。"

我把借阅卡递给她，看着她把卡片插进门缝里。

"首先，检查铰链，"她一边说，一边用手去推那张卡片，"如果你看不见铰链，那它就是我们能用卡片打开的门锁类型。你要让锁舌的斜边那面对着你。"

我努力压下翻涌的恐慌，说道："好。"

"接着，调整好角度，把卡片插进去，等卡片的一角插进门锁扣板，就把卡片摆正，像这样。"

我入迷地看着她把卡片朝门缝里越推越深。随着莉娜力道的加大，卡片开始弯曲，我暗自祈祷它不要折断。

"你怎么会这招？"我等了一会儿，终于开口问道。

"哎呀，这个嘛，"她说，"如果你父母总是禁止你外出，你也一定会想办法跑出来的。"

"你父母把你锁在房间里？"

她没理我，又狠狠推了几下卡片。终于，门被打开了。

"嗒嗒！"

莉娜一脸满足地转过身，表情却发生了变化。她惊讶地张大嘴巴，瞪大眼睛，接着又笑了起来。

"哎呀，"她单手掐腰道，"嘿，库普。"

亚伦笑了出来。他喝完自己的拿铁，把外带杯放在脚边。

"这么说，你们俩还没来得及进去，"他问道，"你哥哥就逮到你们啦？"

"唉，可不是嘛。"我说，"他一直站在我身后，从楼梯那里看到了整个过程，还在那里等着看我们到底能不能进去。"

"那你没抽到大麻？"

"没有，"我说，"这就要等到几年之后啦。不过，我觉得莉娜不是为了那个才想进库珀房间的，她应该是存心被逮住的。她想引起他的注意。"

"成功了吗？"

"没有，"我说，"这种行为对库珀从来都不管用，甚至还起到了反作用。那天晚上他找我谈话了，说让我不要吸毒，还说好榜样的重要性什么的，说了一大堆。"

太阳从雨幕中探出头，气温瞬间升高了几度，湿度也上升了，空气变得像奶油般浓稠。不知是因为阳光的照射，还是因为和陌生人分享了这段私密的回忆，我感到有些不好意思，脸颊开始微微发烫。真不明白我为什么要跟他说这些话。

亚伦察觉到我想改变话题，于是问道："你今天为什么改变主意，又想见我了？"

"我今天早上看到蕾西的尸体了。"我说，"而且我们上次见面的时候，你告诉我要相信自己的直觉。"

"等等，往前倒一点，"他打断我的话，"你说你看到蕾西的尸体了？怎么看到的？"

"有人在我办公室后面的巷子里发现了她的尸体，就藏在垃圾箱后面。"

"我的天哪！"

"警察让我去看看尸体，看能不能找出一些和我上次见她时不一样的地方，或者少没少什么东西。"

亚伦没有插话，等着我继续说。我吐了一口气，转向了他。

"蕾西少了一条手链。"我说，"在墓园里的时候，我偶然发现过一只耳环，那是属于奥布里的耳环。我一开始以为，那只耳环是凶手把奥布里的尸体拖到墓园时不小心掉下来的，但后来我觉得凶手是故意把它放在了那里。她还有一条和耳环配套的项链。我没有见过奥布里的尸体，但是如果尸体上没有项链……"

"你认为凶手拿走了她们的首饰，"亚伦打断了我的话，"作为一种战利品。"

"那是我爸爸的习惯。"我说道，即使过了这么多年，直接讲出这种话依然让我觉得恶心，"警方之所以能抓住他，就是因为我在他的衣柜深处找到了一个盒子，里面装着所有受害者的首饰。"

亚伦先是瞪大双眼，接着垂下了眼帘，思考起我刚才提供的信息。等待了片刻，我继续说道："我知道这很牵强，但至少值得深入调查一下。"

"不，你说得对，"亚伦点头说道，"这是一个我们不能忽视的巧合。都有谁知道这件事？"

"嗯，我的家人，他们当然知道，警方和受害者的父母也知道。"

"只有这些人吗？"

"我爸爸接受了认罪协议，"我说，"所以有些证据没有对外公开。我知道的知情人只有这些，除非这些信息不知不觉间传出去了。"

"你觉得这些人当中有谁会这么做？比如某个过于沉迷这起案件的

警察?"

"没有,"我摇摇头,"没有,警察都很……"

我停住了话语,脑海中闪过一个想法。我的家人,警方。

受害者的父母。

"有一个男人,"我再次开口,慢慢说道,"他是受害者的父亲,莉娜的爸爸,伯特·罗兹。"

亚伦看着我,点头示意我往下说。

"他……这件事对他打击很大。"

"他的女儿被谋杀了。遭遇了这种事,大多数人都会深受打击的。"

"不,那不是普通的悲伤,"我说,"那是另一种情绪,是愤怒。即使在谋杀案发生之前,他也不太……正常。"

我回想起莉娜撬我哥哥的门锁时,曾无意中提到的那件事。后来我继续追问她,她却假装没有听见我的话。

"你父母把你锁在房间里?"

亚伦点了点头,缓慢地呼出一口气。

"那天你是怎么说模仿犯来着?"我问,"他们要么表达敬意,要么想要亵渎?"

"是的,"亚伦说,"一般来说,模仿犯分为两类。一类是崇拜犯罪者,他们想通过模仿别人的作案手法来表达自己的敬意;另一类则鄙视那些犯罪者,他们也许持有和犯罪者相反的观点,也许单纯觉得那些罪行被夸大了,换成他们来做,一定可以做得更好,想通过犯下相似的罪行把大众的注意力从原本的犯罪者那里夺走。无论是哪一种,犯下这些罪行对模仿犯来说,都只是一场游戏。"

"嗯,伯特·罗兹憎恨我爸爸。虽然情有可原,但这很不健康,他就像是着了魔一样。"

"嗯,"亚伦思考了片刻终于说,"好的,谢谢你告诉我这些,你打算把这些告诉警察吗?"

"不,"我稍显急躁地说,"我暂时还不打算告诉他们。"

"怎么,还有别的事吗?"

我摇摇头,决定先不和他提我的另一个想法——掳走这些女孩的人在跟我对话。他在嘲笑我、试探我,想让我把零散的线索串联起来。我不希望亚伦质疑我的头脑是否清醒,如果我说得太多,他也许会怀疑我刚才说的内容是否真实可信。我打算自己先做一些调查。

"不是,我只是还没做好准备,现在还为时尚早。"

我站起身,整理了一下前额被风吹乱的头发,吐了口气,转身准备向亚伦道别。这时,我突然发现他正用一种我从未见过的眼神看我,那眼神中充满了关心。

"克洛伊,"他说,"等一下。"

"怎么了?"

他犹豫了一下,似乎还没想好该不该把话说出来,但最终还是下定了决心。他凑上前,用低沉、平稳的声音跟我说道:"你要答应我,自己小心一点,好吗?"

第二十二章

在布鲁桥高中年终演出的时候,我在观众席上见过一次莉娜的父母,伯特和安娜贝尔·罗兹。就在谋杀案发生的那一年。当时上演的剧目是《油脂》,莉娜扮演的是桑迪,每当礼堂的灯光从某个角度照在她身上,她穿的紧身皮裤就会闪闪发光。她没有把头发梳成平时的那种法式辫子,而是烫了头发,一边耳朵上还夹着一根假香烟(不过我非常怀疑那根烟不是假的,也许等到幕布落下,她就会去停车场把那根烟抽掉)。库珀也参加了演出,所以我们才会去观看。库珀擅长运动,却不擅长表演。在海报上的演员表中,他扮演的是一个被命名为学生丙的小配角。

但莉娜不一样,她是大明星。

我和父母穿过一排排座椅,一边寻找连在一起的三个空位,一边为撞到其他已经坐好的家长的膝盖而连连道歉。

"梦娜,"我父亲挥手喊道,"这边。"

他指了指礼堂中央的三个座位,坐在旁边的正是罗兹一家。我母亲的脸上短暂地露出了意外的神色,接着脸上便挂起了笑容,把我用力往前推。

"嘿,伯特,"父亲微笑着说,"安娜贝尔。这些座位有人坐吗?"

伯特·罗兹回了我父亲一个微笑,示意那些座位没人坐,完全没有理睬我母亲。那一刻,我觉得他粗鲁极了。他见过我母亲,就在几周之前,我还在家里见到过他。他是安保系统的安装员。我想起他跪在我家后院的泥地里工作时，露出晒成古铜色的结实手臂的情景，后来母亲拍了拍他的肩膀，请他进屋。我透过窗户看到他抬头看母亲，用手臂抹去额头上的汗水，母亲拉着他进屋，发出不自然的笑声。他们进了厨房，在里面小声交谈。我从楼梯的栏杆边往里看，只见她俯身靠在料理台的台面上，手臂夹着胸部，把它们拢到一起，手里捧着一杯冰凉的甜茶。

我们刚入座，灯就熄了。紧接着，莉娜跳上舞台开始表演，她不断地转圈，白色的裙摆在她的腰间飞扬。我父亲在座位上调整了一下坐姿，然后跷起了二郎腿。伯特·罗兹则清了清嗓子。

我记得自己当时往伯特·罗兹那边看了一眼，发现他的姿势十分僵硬。我又看向母亲，她则一直目不转睛地盯着舞台。父亲夹在两人中间，对这一切浑然不觉。我这才明白，伯特·罗兹并非粗鲁，而是心虚。他隐瞒了一些事，母亲也是。

父亲被捕后，母亲婚外情的消息也传了出来。这令我大为震惊，也许所有孩子都觉得父母的生活简单而幸福，仿佛他们不是活生生的人，生活里不应该有感情、意见、问题和需求。我十二岁的时候就是如此，不懂得生活、婚姻和人际关系有多复杂。我父亲白天要工作，只留我母亲一人在家。我和库珀大多时候要么待在学校里，要么在摔跤社团里或去野外露营，我从未好好想过她每天都做些什么。等到晚上，我们雷打不动地在折叠桌上吃晚餐，然后父亲躺在他那张真皮躺椅上打盹，母亲收拾好厨房后就拿一本书回卧室里去。对这种日常生活我早已习以为常，从未想过这种生活有多孤单、多乏味。我从来没见过他们亲密的样子，就连一次接吻、一次牵手也没见过，只是单纯觉得他们这种生活方式很正常，甚至不知道还有亲密关系这回事。所以那年夏天，在母亲邀请各种各样的男人——园丁、电工，还有那个后来丢了女儿的安保系统安装员——进屋的时候，我以为这不过是南方人好客的表现，她只不过想为他们倒上一杯消暑降温的自制甜茶。

有人猜测我父亲是发现了伯特和我母亲的事后，为了报复他们才杀害了莉娜。也许他的第一个受害者就是莉娜，在那之后，黑暗侵蚀了他，使他邪恶的欲望变得越来越强烈，越来越难以控制。伯特·罗兹对这种说法深信不疑。

我想起在第一次电视新闻发布会上，他站在莉娜母亲身旁的情景。当时莉娜还不是被推定死亡，而是失踪。女儿失踪还不到四十八小时，他就已经一蹶不振，连一句完整的话都说不出来了。当警方确定我父亲杀了莉娜后，他彻底崩溃了。

记得有一天早晨，库珀把我拉进了屋里，因为伯特·罗兹正像一只发疯的野兽，在我家前院走来走去。其他人都只是站在远处朝我家扔垃圾，我们一驱赶他们，他们就会跑开。可伯特·罗兹不是，他是个气得发狂的成年男性。当时母亲——至少从精神层面来说——已经离开了我们，我和库珀不知道该怎么办，只能一起待在我的房间里，透过窗户朝外看。我们看到他踢着地面的泥土，朝我家大骂脏话，还一边朝我们所在的方向尖叫，一边撕扯自己的衣服和头发。最后，库珀忍无可忍地冲了出去。不管我如何拽住他的衬衫袖子，泪如雨下地恳求他别出去，都毫无用处，只能无助地看他从前门廊的台阶走到前院，用手指点着伯特结实的胸膛，大声地驳斥他。伯特最后离开了，可他临走前依然扬言要报复我们。

我们走着瞧！他这样喊道，粗哑的声音回荡在这个曾经被叫作家的茫茫虚空中。

我们后来才知道，就是他用长满老茧的手朝母亲的房间扔石头，砸碎了玻璃，也是他划破了父亲卡车的轮胎。在他看来，这一切都是自己的错，因为他和一个已婚女人发生了关系，他的女儿才会在同一个夏天被那个女人的丈夫杀害。他罪有应得，但这种罪恶感让他难以承受，更令他愤怒至极。如果伯特·罗兹在我父亲认罪后有机会见到他，他一定会杀了我父亲，他绝不会仁慈地给他一个痛快，而是要慢慢地折磨他，让他在痛苦中死去。他会很享受那个过程的。

不过，他当然不可能有那样的机会，不可能见到我父亲。警方拘留了父亲，将他锁在安全的铁窗内。

但父亲的家人还在，所以他盯上了我们。

我打开前门，朝屋里瞥了一眼，想看看丹尼尔还在不在。我遵守约定，在午饭前回了家，咖啡的香气从厨房飘来。我的电脑还在客厅里放着，我把它拿起来，开始疯狂打字。

我想多了解一些伯特·罗兹的事情。

他知道莉娜有脐环。他知道在集市上，在校园演出时，还有她俯卧在我家地板上翘起那双长腿时，我父亲是用怎样的目光看他女儿的。其他女孩——罗宾、玛格丽特、嘉丽、苏珊和吉尔——虽然是受害者，却是凶手随机选择的，也许是出于需要，也许是出于方便，也许两者兼而有之。总之，她们在错误的时间出现在错误的地点，就在那一刻，黑暗悄然而至。我父亲已经品尝过那种滋味，对一个年轻、天真、毫无防备的女孩下手的滋味，便再也无法抵御住这种诱惑，他掐住她，使出全部力气，直到他心中的黑暗像甲虫逃窜着躲避阳光般缩回角落。但莉娜不可能只是个受害者，因为莉娜在任何时候都能影响别人。父亲会杀死莉娜是有针对性的。她是我父亲的第一个受害者，而他之所以选择她，是因为她的身份，是她让他产生的那种感觉，是她消失在人群中之前向他摇动手指调戏他；还有伯特刚和他妻子上了床，转身就在公众场合冲他微笑，假装还是他的朋友。

我穿过走廊走进客厅，坐到了沙发上，抓起电脑放到腿上，接着按开了电脑的电源开关。伯特·罗兹暴力、愤怒、残酷无情，一直对我们怀恨在心。那起案件虽然已经过去二十年了，可他是否依然沉湎其中？他肯定不会忘记我父亲的罪行，会不会也不想让我们将它遗忘呢？我觉得自己好像抓住了什么，于是连忙敲打键盘，在搜索引擎中输入他的名字，按下回车键。一系列文章随即出现在电脑屏幕上，几乎都和布鲁桥镇的命案有关。我一边往下翻，一边浏览那些文章的标题，这些文章我几乎全都读过，没什么新内容。我又把搜索范围缩小到伯特·罗兹、巴吞鲁日，然后再次点击查询。

这一次，屏幕上出现了一个新的搜索结果，是一家总部设在巴吞鲁日，名叫报警安全系统公司的安保公司网站。我点开链接，一个新的网页出现了，是网站的主页，我开始阅读起来。

  报警安全系统公司是一家由本地人创办和经营的安保公司，根据客户需求，全天候提供服务。我们训练有素的专业安装人员可以随时上门安装安保系统，并提供监控服务，全天候保护您和您家人的安全。

我点开团队介绍的标签，看到伯特·罗兹的脸赫然出现在电脑屏幕上。我审视着他的照片，他曾经轮廓分明的下颌现在堆满了多余的脂肪，松弛的皮肤像比萨饼的面团一样抻开然后耷拉下来，而且他还谢顶了，看起来更加年迈，更加肥胖。说实话，他看起来糟透了。但照片里的人就是他，绝对是他。

这时，我突然想到了一件事。

他住在这里。伯特·罗兹住在这里，住在巴吞鲁日。

我全神贯注地盯着他的照片。照片里的他看着镜头，脸上没有任何表情，既不高兴，也不悲伤或愤怒，他只是存在于那里，仿佛一个人形的躯壳，内里空空如也。他嘴角下撇，眼睛里一片漆黑，没有一丝感情，照相机闪光灯发出的亮光像是被他的双眼吞噬了一样，没有一丝其他人物照片中反射出来的光亮。我贴近显示器，全神贯注地盯着屏幕上的画面，看着故人的面容，完全没察觉到走过来的脚步声。

"克洛伊？"

我把手抚上胸口，吓了一大跳。抬头一看，丹尼尔正居高临下地看着我,我下意识地合上了笔记本电脑。他看了电脑一眼。

"你在看什么?"

"抱歉。"我把视线从电脑屏幕移到他的身上。丹尼尔穿戴整齐,手里拿着一个巨大的马克杯,正盯着我。他把杯子递给我,我勉强接了过来。我不太想喝咖啡,因为半小时前才和亚伦一起喝了一大杯,那些咖啡因——至少我觉得是咖啡因的缘故——已经足以让我焦虑了。

见我没答话,他又问道:"你刚才去哪里了?"

"就是去办点事。"我把笔记本电脑推到一边,"我想反正都去市里了,不如就把事情办了……"

"克洛伊,"他打断我的话,"你到底去干什么了?"

"没干什么。"我厉声说,"丹尼尔,我很好,真的。我只是想开车兜兜风,好吗?"

"好吧,"他举起双手说,"好吧,我知道了。"

说完,他转身离开了。刹那间,一股负罪感席卷了我。我想起过去那几段因为我没办法让别人走进我的内心,没办法相信别人,在还没开始就已结束的感情。偏执与恐惧占据了我,盖过了身体里其他所有的情绪,无论它们怎样呐喊都没有用。

"等等,对不起。"说着,我朝他伸出手臂。我晃了晃手指,他转过身又朝我走来,坐到我旁边的沙发上。我把胳膊搭上他的后背,把头靠在他的肩膀上。"我知道这件事我没处理好。"

"我能帮上什么忙吗?"

"我们今天一起做些什么吧。"我坐直身体说道。虽然还想继续用电脑调查伯特·罗兹,但我现在得和丹尼尔在一起,总不能三番五次地冲他发泄怨气。"你之前说我们可以在床上躺上一整天,可我现在需要的不是那个,我需要找点事情做。我们出门吧。"

他用手指理了理我的头发,叹了口气,看向我的目光里混杂着爱恋和悲伤。我预感自己不会喜欢他接下来要说的话。

"克洛伊,很抱歉,我今天要开车去拉斐特。你记得那个我很想约见的医院吗?他们今天给我打电话了,那时候你刚好……在办事,他们说今天下午能给我一小时的时间,我想我也许能说服几位医生和我共进晚餐。现在我准备出门了。"

"这样啊,那好吧。"我点点头。刚进门的时候自己没注意到这些细节,原来他不仅穿戴整齐,而且还打扮得相当不错,一身符合工作场合的打扮。"好吧,那……当然没问题,你去做正事吧。"

"但你的确应该出门走走,"他说着,戳了戳我的胸口,"你应该找点事情做,呼吸呼吸新鲜空气。很遗憾我不能和你一起去,但明天一早我一定赶回来。"

"没关系,"我说,"我有一些婚礼相关的事情需要处理,还有邮件要回复。我先把它们处理了吧,也许晚些时候会和香农喝一杯。"

"真不错。"他说着,把我拉过去吻了吻我的额头。他就这样停顿了一会儿,我感觉他依然盯着已经合拢的笔记本电脑。他一只胳膊把我搂在胸前,另一只手则偷偷朝我的电脑伸去,将它拉近了一些。我刚要伸手去够,但他先拽住了我的手腕,死死握住,然后把电脑拉到他腿上,一言不发地掀开了电脑屏幕。

"丹尼尔。"我叫他,但他没理我,反而更用力地握住我的手腕。"丹尼尔,别这样……"

屏幕发出的光照亮了他的脸,我使劲咽了一口唾沫,等他浏览我没来得及关闭的网页——报警安全系统公司,还有伯特·罗兹的照片。他沉默了一会儿,我知道他一定认出了那个名字,知道我在干什么,毕竟他知道莉娜的事情。我正打算开口解释,他却抢在我前面开了口。

"你一直在做这些事吗?"

"听着,我可以解释。"我努力挣扎,想要摆脱他的束缚,"奥布里的尸体出现以后,我开始担心……"

"所以你想在家里安装安保系统?"他问道,"你担心伤害那些女孩的人接下来会袭击你?"

我哑口无言,不知道该让他继续这么想,还是把真相解释给他听。

我再一次准备说些什么,他却继续说道:"克洛伊,你为什么不告诉我呢?天哪,你一定害怕得不得了。"他松开我的手腕,我感觉血液又重新开始流通,一种冰冷的刺痛感在我的手指间流转,刚才都没注意他竟然握得这么紧。他再次把我拉进怀里,手指从我的脖子一路沿着脊柱向下顺去。"这件事一定勾起了你不少的回忆……我想说的是,我知道你这段时间一直在想这件事,想着和你父亲有关的事,但我没想到事情已经发展到这个地步了。"

"对不起。"我说,把嘴唇印在他的肩膀上,"只是……这有点可笑,是不是?我这么害怕。"

这不完全是真相,但也不算撒谎。

"你不会有事的,克洛伊。没什么好担心的。"

我的脑海中闪现回到二十年前,我和母亲还有库珀在某个早晨的对话。我背着背包蹲在走廊上哭,母亲则说着劝慰我的话。

"她是该担心,库珀。这可不是儿戏。"

"无论他是谁,他都只喜欢青少年,你不记得啦?"

我吞了口唾沫,点点头,在他说下一句话之前,我就知道他会这么说了。我好像又回到了过去,站在门厅里,让母亲擦掉我的眼泪。

"别上陌生人的车,别一个人走黑暗的小巷。"

丹尼尔向后撤身,笑着看我,我勉强挤出了一个微笑。

"如果安装安保系统能让你觉得舒服一些,那就这样做吧。"他又说,"给这个家伙打电话,让他过来吧。这样你至少能安心些。"

"好,"我点头道,"这些东西挺贵的,我再查一查。"

丹尼尔摇了摇头。

"你的安心更重要,"他说,"那可是无价之宝。"

我笑了出来,这次是发自内心的笑,我又搂住了他。他看出我这几天有些鬼鬼祟祟的，所以我不怪他生我的气，也不怪他对我的行为感到好奇；可他并不知道我其实不是想购买安保系统，不是想在屋子里安装安保设备，而是想要调查屏幕上的那个男人。但不管怎么说，我听得出他声音里流露的真挚情感，他是认真的。

"谢谢你，"我说，"你最好了。"

"你也是。"他吻了吻我的额头，然后站起身来，"我得走了，先把工作完成。我到了拉斐特以后给你发短信。"

第二十三章

我一看到丹尼尔的车驶出车道，便立刻跑回电脑前，拿起手机，给亚伦发了一条短信。

"伯特·罗兹就住在这里，住在巴吞鲁日。"

我不知道怎么处理这条消息。这当然是一条线索，他与我住在同一个城市不可能是巧合，可只有这些还不够，仅凭他住在这里说服不了警察。据我所知，他们还没发现丢失的首饰这条线索，我也不想做那个让他们串联起一切线索的人。几秒钟之后，我的手机振动起来。亚伦给我回短信了。

"我去查一下，给我十分钟时间。"

我放下手机，看向电脑屏幕，伯特的照片还显示在那里，他的脸庞显示出他所经历的一切。人的身体遭受伤害就会留下淤青和伤痕，而感情和精神一旦遭受伤害，那么留下的就不仅仅是表面的痕迹了。你可以从他们的眼睛里看到每一个不眠之夜，从他们的脸颊上看到落下的每一滴眼泪，从他们额头的皱纹上看到每一处愤怒的痕迹，从他们干裂的嘴唇上看到他们对血债血偿的渴求。面对这个支离破碎的人，我迟疑了，我开始同情他，开始对自己的想法产生疑惑。他以如此悲惨的方式失去了女儿，怎么可能会选择同样的方式夺走其他人的生命？怎么可能让另一个无辜的家庭遭受相同的痛苦？可紧接着，我又想起了我的客户们，另一些我日复一日亲眼见到的饱受折磨的灵魂。我想起了我自己，想起我在学校里了解到的那个令我遍体生寒的数据——童年时期遭受虐待的人中有40%的人，在成年后会成为施虐者。不是每个人都会变成这样，但这种事情的确会发生，它是周期性的，和权力与掌控有关，或者说得更准确一些，和缺乏掌控有关，所以他们才要夺回掌控权，宣称掌控权属于他们自己。

我比别人应该更了解这点。

我的手机再次振动起来，屏幕上出现了亚伦的名字。电话铃只响了一声我就接了起来。

"你发现什么了？"我问道，眼睛依然盯着电脑屏幕。

亚伦答道："人身伤害、公共场合醉酒、酒驾，他在过去这十五年里经常犯事，在监狱里进进出出。另外，他妻子好像在不久前因遭受家庭暴力而提出了离婚，还申请了限制令。"

"他做了什么？"

亚伦沉默了一会儿，我不知道他是在认真查资料还是不想回答这个问题。

"亚伦？"

"他勒住了她的脖子。"

我一下子有些没反应过来，但很快，便感觉到房间里的温度下降了二十华氏度。

他勒住了她的脖子。

"这也许只是巧合。"亚伦说。

"也可能不是巧合。"

"愤怒的醉汉和连环杀人犯可有天壤之别。"

"他有可能还在升级，"我说，"十五年的暴力行径足以证明他能做出更可怕的事情来。他袭击妻子的方式和他女儿被袭击的方式如出一辙，亚伦，这也与奥布里和蕾西被杀害的方式一样……"

"好吧，"亚伦说，"好吧，那我们得盯紧他。如果你真的担心他是凶手，就应该立刻告诉警察，把那个模仿犯的理论告诉他们。"

"不,"我摇头道,"还不能说,我们还需要更多信息。"

"为什么?"亚伦问,他的声音听上去十分激动,"克洛伊,你上次就这么说,可这个消息就是'更多信息'了呀,你为什么这么害怕警察?"

他的问题让我大吃一惊。我想起自己如何对托马斯警探和道尔警官撒谎,如何向调查人员隐藏证据。我从来不觉得自己害怕警察,但这让我回想起上一次的结局,我曾在大学时代卷入过此类事件,结局非常糟糕。那次我真是大错特错。

"我没有害怕警察。"我说。亚伦没说话,这让我觉得自己应该继续往下说,做一些解释,我应该说我害怕的其实是我自己。但我最后只是叹息一声,没有将这句话宣之于口。

"我不想和他们分享信息的理由,与我不想和你分享信息的理由是相同的,"我的语气比预想中的更加严厉,"又不是我想卷进这一切的。"

"可你已经被卷进来了。"亚伦反驳道。他听起来很受伤,我们的关系在他从码头上听我讲述与莉娜的那段往事时就变了,我们不仅仅是记者和采访对象了,而此刻,这种感觉变得更加强烈,我们之间开始产生私人情感了。"不管你愿不愿意,你都已经卷进来了。"

我望向窗户,正好透过百叶窗看到一辆汽车驶入我家车道。我不知道有人要来找我,便看了一眼挂钟,自丹尼尔离开已经过去三十分钟了。我环顾四周,猜想他是不是落了什么东西所以回家来取。

"听着,亚伦,我很抱歉,"我一边说,一边用手指捏了捏鼻梁,"我不是针对你,知道你只是想帮忙。有一点你说得很对,不管我怎么想,我都已经被卷进来了。只要有我爸爸在,我就躲不开。"

他没有回答,但我能感觉到电话那头的人已经冷静下来了。

"我想说的是,我还没做好让警察调查我生活的准备。"我继续说,"如果我把这些告诉他们,如果我告诉他们我是谁,我就不能回头了,我要重新经历一遍调查,事无巨细的调查。可亚伦,这里是我的家,是

171

我的生活，我在这里是一个正常人……或者说我在努力做一个正常人，我尽力了，我对现在的生活感到很满足。"

"好吧，"他沉默了片刻后终于说道，"我明白了，抱歉，是我太心急了。"

"没关系，如果我们能再多找到一些证据，我就把一切告诉警察，我保证。"

外面传来关车门的声音，我转头看到一个男人正顺着车道往我家走来。

"我得挂了，丹尼尔好像回家了。我等会儿再打给你。"

我挂断电话，把手机扔到沙发上，朝前门走去。我听到楼梯上传来的脚步声，于是在丹尼尔进门之前先开了门，把另一只手搭在腰间。

"你就是不能离开我，是吧？"

但当我看清眼前的男人是谁时，笑容马上从脸上消失了，我的表情从戏谑变成了恐惧。眼前的男人不是丹尼尔。我搭在腰间的手垂了下来，上下打量他健壮的体格和肮脏的衣服，他布满皱纹的皮肤和阴沉得仿佛一潭死水的眼睛。那双眼睛甚至比他照片里还要阴沉，此刻，那张照片依然显示在我的电脑屏幕上。我的心跳开始加速，有那么一秒，我甚至扶住了门框，免得自己因恐惧而昏过去。

站在我家门口的不是别人，正是伯特·罗兹。

第二十四章

我们凝视对方,都在等对方先开口,时间仿佛静止了。我的嘴唇完全僵住,就算有话想说,现在也说不出来了。伯特·罗兹本尊的出现给我带来了绝对的恐惧,令我动弹不得。我动不了,也说不出话,只能干瞪着他,目光从他的眼睛转到他那双脏兮兮、长满老茧的手上。那双手很大,我不禁想象着它们轻而易举地掐住我的脖子,然后开始慢慢收紧,并不断加大力度。我的指甲抓着他的手,逐渐鼓胀的双眼瞪着他,试图在黑暗中寻找一线生机,最后我的视线停留在他干裂的嘴唇咧开的笑容上。当我的尸体被找到时,托马斯警探会在我的皮肤上发现手指形状的瘀伤。

他清了清嗓子。

"这里是丹尼尔·布里格斯的住所吗?"

我又盯着他看了一会儿,接着像是从昏迷中突然清醒过来似的眨了几下眼睛。我不确定自己有没有听清他说的话——他要找丹尼尔?见我没回答,他再次开口。

"我们大约半小时前接到丹尼尔·布里格斯打来的电话,他想让我们来这个地址安装安保系统。"他低头看了看自己的写字板,又看了看身后的街道指示牌,好像在检查是不是找对了地方。"他说很着急。"

我瞥向他身后那辆停在我家车道上的车,车子侧面印着报警安全系统公司的标志。丹尼尔一定是刚坐进车里就给他们打电话了,这是很贴心的做法,是他的一番好意,但也直接把伯特·罗兹引到了我身边。丹尼尔完全不知道他的行为会让我陷入多么危险的境地。我再次把目光转向眼前这位站在我家门前，礼貌地等着被邀请进屋的故人。我慢慢明白过来。

他没有认出我。他不知道我是谁。

我之前因为太过紧张，没有察觉到自己的呼吸变得非常急促，而且随着自己每一次急促的呼吸，胸口都会剧烈地上下起伏。与此同时，伯特好像也注意到了我的异常，他注视我的目光充满了怀疑，不明白为什么他的到来会引得一个陌生人紧张到过度呼吸。我得赶紧冷静下来。

"克洛伊，呼吸。你能呼吸吗？用鼻子吸气。"

我想象着母亲正在对我说话，合上嘴唇，用鼻子深深地吸进一口气，让空气充满整个胸腔。

"现在用嘴呼气。"

我噘起嘴巴，缓缓地吐出空气，心跳似乎稍微放缓了一些。我双手紧握，这样它们才能停止颤抖。

"是的。"说着我侧过身请他进屋，盯着他的脚跨进我的家门、我的庇护所。这里本该是我的避风港，我逃避现实的去处，我费尽心思地装修这里，就是为了让它显得正常，显得一切尽在掌控中，可伯特的到来却轻而易举地打破了这种幻象。气氛陡然一变，紧张的气息让我手臂上的汗毛倒立。他此时此刻就站在我身旁，与我只相隔一米。虽然上次和他同处一室时我只有十二岁，但他似乎比我记忆中的更加高大。他对这一切浑然不觉，似乎一点也没察觉到我是谁，他没认出我，那个和杀害他女儿的凶手血脉相连的十二岁小女孩，那个在他扔石头砸穿我母亲卧室窗户时惊声尖叫的小女孩，那个在他满身是威士忌酒、汗水和泪水的味道出现在我家门口时害怕得躲到床底下的小女孩。

他似乎一点也没想起我们共同拥有的过往。而现在，他就站在我家里，不知道我能不能充分利用这一点。

他走进屋里，环顾四周，察看走廊、附属客厅、厨房和通往二楼的楼梯。他走了几步,检视着每个房间,然后自顾自地点点头。

一个可怕的念头忽然涌上我的心头,万一他真的认出我来了怎么办?万一他这么做只是想确认我是不是一个人在家呢?

"我丈夫在楼上。"说着我把目光投向楼梯间。丹尼尔为了应对有人闯入我家的危险,在卧室的衣柜里放了一把枪。我努力回想着那个放枪的盒子的准确位置,以防万一,我得找个借口上楼取一下。"他正在参加电话会议,不过要是你需要什么东西,我可以去问他。"

他眯着眼睛打量了我一下,接着舔了舔嘴唇,笑着摇了摇头,我能明显感觉到其中的讽刺意味。他知道我在撒谎,丹尼尔并不在家,只有我一个人在这里。他朝我走了过来,我注意到他用手在裤子上摩擦了几下,好像在擦手上的汗水。我有些恐慌,想立刻逃到外面去,这时他转身指着门,用食指敲了两下。

"不用,我只是评估一下你的进入点。这里分别有两个主门,前门和后门;房子的窗户很多,我建议安装一些玻璃破碎传感器。需要我去楼上看看吗?"

"不用,"我说,"看楼下就够了。你说的……都挺有道理,谢谢你。"

"你需要摄像头吗?"

"什么?"

"摄像头。"他重复道,"我们可以在整座房子里安装上这些小东西,然后你可以通过手机查看它们传输的画面……"

"哦,好啊,"我心不在焉地快速说道,"可以,当然,那太好了。"

"好的。"他点点头,在写字板上潦草地记了些笔记,然后递给我,"你先在这里签字,然后我去拿我的工具。"

我接过写字板,低头查看订单,他出门朝他的车子走去。我肯定不能在上面签我的名字,我真实的姓名,那样他就知道我是谁了。于是我签下了伊丽莎白·布里格斯这个名字,它是我的中间名加丹尼尔的姓。伯特一回来,我就把写字板还给了他。我看到他扫了一眼我的签名,就回到沙发上。

"感谢你在这么短的时间内赶来,"我一边说,一边合上笔记本电脑,把手机塞进裤子后兜里,"你来得可真快。"

"根据客户需求,全天候提供服务。"他说的是公司网站上的广告语。他来回走动起来,为每扇窗户贴上传感器。一想到这个人可以准确知道每个传感器的位置,我就感到一阵担忧,说不定他会故意留出一个地方,记在心里,等再来的时候,他就可以偷偷从那扇没有传感器的窗户爬进来。也许这就是他挑选受害者的方式,在去她们家中安装安保系统的时候,他第一次见到了奥布里和蕾西,然后进入她们的卧室,偷看她们的内衣柜,了解她们的生活规律。

我静静地观察他那边的动静。只见他穿行于我家各处,把头伸进各个角落,手指触碰过每一条缝隙。他拿过一个梯子,爬上去的时候喉咙里发出了呼噜呼噜的声音,他在客厅的角落里安装了一个小小的圆形摄像头。我凝视它,那个小小的眼睛也回望着我。

"你是公司的老板吗?"我终于开口询问。

"不是。"他说。我希望他能再多说一些,可他没有,于是我继续提出问题。

"你干这行多久了?"

他从梯子上爬下来,张了张嘴,似乎想说些什么,可想了一下又闭上了嘴巴,沉默着走到前门,从工具箱里拿出一把电钻,然后把安全面板固定在墙上。屋子里回荡着电钻的声音,我看着他的后脑勺,决心再尝试一次。

"你是巴吞鲁日人吗?"

电钻的声音停了下来,我注意到他依旧保持着背对我的姿势,可肩膀处的肌肉却绷紧了,空荡的房间里响起他的声音。

"你真以为我不知道你是谁吗,克洛伊?"

他的回答惊得我哑口无言。我僵立在原处,就这样直直地盯着他的后脑勺,直到他慢慢转过身来。

"你一开门我就认出你了。"

"对不起,"我咽了口唾沫,"我不知道你在说什么。"

"你知道我在说什么!"他握着电钻向前迈了一步,"你是克洛伊·戴维斯,你未婚夫打电话时说了你的名字,还说他在去拉斐特的路上,你会让我进屋的。"

我慢慢明白他在说什么,震惊得瞪大了双眼——他知道我是谁!他一直都知道我是谁,他知道我现在一个人在家。

他又朝我迈了一步。

"你在订单上写了假名,这说明你也知道我是谁,我真不明白你问我这些问题是在耍什么把戏。"

我的手机就在裤子后兜里,我可以直接拿出手机拨打急救电话。可他就站在我面前,我担心如果我轻举妄动他会马上朝我扑过来。

"你想知道我为什么来巴吞鲁日?"他问道。他现在很生气,我看到他的皮肤逐渐变红,眼神变得更加阴沉,从舌头上喷出的唾沫星子越来越多。"我来这里有一段时间了,克洛伊。安娜贝尔和我离婚之后,我需要换一个环境,一个新的开始。我在布鲁桥镇那个黑暗的地方待太久了,所以我得收拾东西搬走,离开那个该死的小镇,忘掉关于那里全部的回忆。和那时相比,后来的日子其实过得也还可以。可就在几年前,某个星期日,我翻开了报纸,猜猜我看到谁了。"

他等了一会儿,嘴角勾出一个笑容。

"我看到了你的照片,"他用电钻指着我,继续说,"还有那些恶心的标题,说什么你受童年创伤的启发之类的屁话,你也在巴吞鲁日。"

我记得那篇文章,刚去巴吞鲁日综合医院工作时,我接受过报纸采访,还以为那篇文章能成为某种形式的救赎,成为重新定义自己、讲述自己亲身经历的契机。结果却事与愿违,它只是又一场对我父亲的探索,用新闻报道做伪装对暴力进行华丽的美化。

"我读了那篇文章,"他接着说,"读了那上面每一个该死的字。告诉你,它又一次激怒了我。你在给你爸爸找借口,你利用他的所作所为来为你的事业铺路。我还读到了你妈妈的消息,她助纣为虐之后想用自杀一了百了,以为这样就不用为这一切悔恨终生了。"

我听着这些话,沉默了,他看向我的眼睛里满是纯粹的恨意,用力握紧电钻的手指关节已经泛白,好像骨头马上就要冲出他的皮肤一样。

"你们这一家子都让我恶心,"他说,"我无论怎么做,好像都没法躲开你。"

"我从不曾为我父亲找借口,"我说,"也没利用过什么。他的所作所为……是不可原谅的。它们也让我恶心。"

"是吗?也让你恶心?"他歪着头说,"告诉我,拥有属于自己的诊所让你恶心吗?那个在市中心的漂亮小办公室让你恶心吗?六位数的薪水让你恶心吗?这该死的花园区二层小楼和十全十美的未婚夫呢?他们让你恶心吗?"

我用力吞了口唾沫。是我小看了伯特·罗兹,我不该邀请他进屋,不该扮演侦探试探他。他不仅了解我,还了解和我有关的一切。正如我会研究他,他也一直在研究我,而且时间要长得多。他知道我的诊所,我的办公室。这就意味着他可能知道蕾西是我的病人,可能蕾西失踪的那天,他就在外面等着她。

"现在你告诉我,"他咆哮道,"凭什么迪克·戴维斯的女儿能长大成人,过上完美的生活,而我的女儿却要被那个浑蛋杀掉,甚至连尸体都不知道被丢在哪里腐烂?"

"我的生活并不完美,"忽然之间,我的怒火也被点燃了,"你根本不知道我经历了什么,我父亲做了那些事之后我的生活有多糟糕。"

"你经历了什么?"他再次用电钻指向我大声喊道,"你想谈你经历了什么?你的生活有多糟?那我女儿呢?她又经历了什么?"

"莉娜曾经是我的朋友,罗兹先生,她是我的朋友。不是只有你一个人在那个夏天失去了重要的人。"

他的表情有了些许变化，眼神变得柔和了一些，额头上的皱纹也松开了一些，突然间，他看我的眼神好像在看十二岁时的我。或许是我称呼他的方式影响了他，罗兹先生，我妈妈在厨房介绍我们认识的那个晚上，我就是这么称呼他的。当时我刚从营地跑回来，浑身是汗，脏兮兮的，也不知道这个男人是谁，为什么在母亲身边站得很近？又或许是我提到了她的名字——莉娜。他可能很久没有听到过有人大声喊她的名字了，这个名字是那么甜美，说出它的感觉就好像有香甜的汁液顺着树皮滴在我的舌尖上。我想利用这瞬间的变化，便再接再厉。

"对于你女儿的遭遇，我真的很难过。"我一边说一边后退了一步，拉开我们之间的距离，"我真的这么认为。我每天都会想起她。"

他叹息着放下电钻，转向另一边，透过百叶窗凝视着窗外，他的思绪似乎飘到了很远的地方。

"你想过那是什么感觉吗？"他终于开口问道，"我以前经常彻夜难眠地想这件事，想那个场景，一遍又一遍地想。"

"我也曾日思夜想，但我想象不出她经历了什么。"

"不，"他摇了摇头，"我说的不是她，不是莉娜。我从不好奇失去生命会是什么感觉，说实话，就算没命了，也没什么关系。"

说完，他又转向了我。此刻，他的眼睛再次变成两个漆黑的空洞，不见一丝一毫的感情，表情也变得平淡、冷漠、毫无生命力。他现在看起来几乎不像人类，而是一个挂在漆黑墙壁上的空虚面具。

"我说的是你父亲，"他说，"我说的是杀人的感觉。"

第二十五章

我没有动,直到我听见引擎发出的轰鸣声,他的卡车倒到马路边上发出砰的一声,接着便沿着我家门前的车道开走了。我一动不动地站在那里,听着从我家驶离的汽车声越来越微弱,直至周围再次陷入寂静。

你真以为我不知道你是谁吗,克洛伊?

他的话困住了我,让我在他转身看向我时,下意识地动弹不得,就像那晚我看到父亲手里拿着铁锹溜进后院时一样僵立在原地。我知道自己正在目睹某种邪恶、可怕、危险的事情,知道自己应该尖叫着逃跑,应该挥舞着双臂,从敞开的大门冲出去。但正如我父亲那缓慢而笨重的脚步困住了我一般,伯特·罗兹的眼睛也迷惑了我,将我的双脚牢牢地定在地板上,动弹不得。他的声音像蛇一样缠住我的身体不肯松开,也像浓稠的海水一样包裹着我。我想从那里、从他的身边逃离,可就像试图穿过满是厚重泥浆的沼泽,脚踝被它们紧紧包裹,越是努力,便越觉疲惫,越虚弱无力,于是陷得更深了。

又过了一分钟,直到我确定他已经离开,才慢慢向前迈出一步,脚跟的重量使我脚下的木板发出嘎吱嘎吱的声音。

我说的不是她,不是莉娜。我从不好奇失去生命会是什么感觉。

我小心翼翼地又往前迈出一步,可总有种他还潜伏在敞开的前门后,正等着对我发动攻击的感觉。

我说的是你父亲,我说的是杀人的感觉。

我走完最后一步,终于来到前门,砰的一声把它关上并且上了锁,然后脱力般靠在木门上。房间开始在我眼前变得明亮，随之而来的是身体剧烈地颤抖，突然飙升的肾上腺素退去之后，虚脱的感觉席卷全身，我努力抵抗着它带来的手指抽搐、视力模糊和呼吸急促等，顺着门板滑下来坐在地板上。我把手指插进发丝间，努力不让自己哭出来。

最后，我抬头看了看我头顶上方，安装在墙壁上的安全面板正闪着光亮。我站起身来，点击键盘设置了密码，然后按下启动按钮，小小的门锁图标随即从红色变为绿色。我呼了口气，心里依然觉得它不会太有用。他很可能没有好好安装它，比如跳过几扇窗户或者设置一个置换码。丹尼尔为了我才安装的安保系统，希望我能因此更有安全感，可现在我却感受到了前所未有的恐惧。

我得把这件事告诉警察，不能再拖延下去了。伯特·罗兹不仅知道我是谁，还知道我住在哪里。他知道我独自一人在这里，也许还知道我已经盯上他了。虽然我再也不想卷入女孩失踪案的调查，但这次见面，我已经找到一直想找的证据了。伯特·罗兹说的那些话，对我的生活、我的职业产生的愤怒，对杀人体验的好奇，都跟承认自己犯下的罪行，以及将来可能再次采取的暴力行动无异。我用颤抖的手从裤子后兜掏出手机，翻出之前的通话记录，找到今天早上我在手机上接通的那个电话号码，就是那个证实了我最大的担忧——蕾西·德克勒已经死亡的号码，然后拨通了它。我听着电话那头的铃声，暗自振作精神，为接下来的一场我一直极力避免的谈话做好准备。

铃声突然停止，电话另一头的人向我打了声招呼。

"我是托马斯警探。"

"你好，警探，我是克洛伊·戴维斯。"

"戴维斯医生，"他似乎很惊讶，"你有什么事情吗？是不是又想起了什么？"

"是的，"我说，"我又想起了一些事，我们能见一面吗？越快越好。"

"当然可以。"我听到电话那头传来一阵窸窸窣窣的声音，他似乎正在翻动文件,"你能来警察局一趟吗?"

"可以,"我说,"我能过去,一会儿就到。"

我挂断了电话,脑海中疯狂想着应对方案,动作却没停,抓起钥匙就走出家门,出门后还仔细检查了房门有没有锁好。我钻进车里,发动引擎,不用任何指引就能开到警察局去,因为我认识路。我曾经去过巴吞鲁日警察局,希望一会儿自己表明身份时那段往事不会被人扒出来。应该不会,可谁知道呢,就算真的被扒出来,我除了努力解释也别无他法。

我把车开进来访者专用停车场,熄灭引擎,凝视着警察局大门。这座建筑和十年前差别不大,只是变得更加陈旧衰败。棕黄色的砖墙离远看还是老样子,但接缝处的涂料已经开裂,大块的墙皮已经剥落,掉在混凝土道路上。警察局与邻近的商业街之间的铁丝网围栏已经弯曲摇晃,所见之处满是斑驳的锈色。我从车上下来,便赶紧关上了车门,趁自己改变主意之前快步走进警察局。

我来到前台,隔着透明的塑料板看到桌子后面坐着一个女人,她正在用涂着指甲油的手指敲打键盘。

"嗨,"我开口道,"我约了迈克尔·托马斯警探。"

我脱口而出的话与其说是在陈述,不如说是在提问,是因为我在家时虽然很想把一切都告诉警察,可在我踏进这里的瞬间,那种感觉就消失殆尽了。她从塑料板后面看了我一眼,露出狐疑的神色,似乎在斟酌该不该相信我的话。

"我可以给他发信息。"我一边说一边举起手机,既是在劝说她,也是在劝说我自己,"请帮我告诉他,我已经到了。"

她又看了我几眼,这才拿起电话拨通了分机号码,然后把电话夹在肩膀和下巴之间继续打字。我听见电话声响起,接着托马斯警探的声音传了出来。

"有人要见你。"她一边说一边对我扬了扬眉毛,似乎在询问我的名字。

"克洛伊·戴维斯。"

"一个叫克洛伊·戴维斯的人,"她重复了一遍我的名字,"她说和你有约。"

很快,她挂断了电话,指了指右侧的一扇配备了金属探测器的门,边上还站了一位保安,那位保安看起来焦虑而疲惫。

"他说你可以进去。把所有金属制品和电子产品放在箱子里。右手边第二扇门。"

我刚通过那扇门,托马斯警探的房门便打开了。我把头探进去,轻轻敲了敲木制门板。

"请进。"说着,他隔着桌子上的一大堆东西看向我。他的桌面上摆放着各种各样的文件,马尼拉文件夹,还有一盒已经打开、内包装被抽出一半的咸饼干,木制桌面上还散落着不少饼干渣。他顺着我的目光低头看向桌面,继而把饼干塞回包装盒里顺便扣上了盖子。"抱歉,这里有点乱。"

"没关系。"我边说边走了进去,顺手把门关上。稍等了片刻,我才看见他用手指了指对面的椅子。我坐了下来,回想起这周稍早的时候,我们俩坐的位置正好和现在的相反,我坐在我的办公室里,我的桌子后面,请他坐在我指定的位子上。我长舒一口气。

"好吧,"他双手交叠着放在桌面上,"你记起什么了?"

"先回答我一个问题,"我说,"奥布里·格拉维诺被发现时戴着首饰吗?"

"我不太明白这和案件有什么关系。"

"有关系。我是说,这得看这个问题的答案是什么,这可能有关系。"

"你还是先告诉我你想起了什么吧,然后我们试着从线索里找出点关联。"

"不行,"我摇了摇头,"我必须先确定这点,然后才能把我知道的事情告诉你,我向你保证,这关系重大。"

他又看了我一会儿，考虑着该怎么办。最后大声叹了口气，让我知道这要求令他十分苦恼，然后才翻开桌子上的文件夹，拿出了其中一份打开翻了几页。

"没有，她被发现时没有戴任何首饰。"他说，"不过有一只耳环，是在墓园里发现的，就在尸体不远处。那只耳环是纯银的，上面带有一颗珍珠和三颗钻石。"

他抬头看向我，同时挑起了眉毛，好像在说你现在高兴啦？

"也就是说没有项链？"

他的目光又在我身上停留了几秒，才低头浏览起文件。

"没有，没有项链，只有耳环。"

我吐了口气，把手指插入头发里。他又仔细打量起我来，等我说些什么，或者做点什么。

我靠在椅背上把自己的想法说了出来。

"那只耳环其实来自一套首饰，"我说，"她在被绑架的时候应该还戴着一条配套的项链。她在所有的照片里都会戴着一整套首饰，比如她那张寻人启事的照片，她的年鉴照片，还有她传到社交媒体上的照片。只要她戴着那对耳环，就会戴那条项链。"

他把文件夹放回桌上。

"你怎么知道这些事？"

"我查过了。"我说，"我得先确认清楚，然后才能告诉你。"

"好吧，那你为什么觉得这件事很重要？"

"因为蕾西也戴了一件首饰，你还记得吗？"

"对，"他说，"你说过她有一条手链。"

"是一条木珠手链，上面还带着一个银质十字架。我在办公室的时候看见她手腕上戴着那条手链，她用它遮挡手腕上的伤疤。可今天早上我看到她的尸体时……手链不见了。"

房间里寂静得令人不安。托马斯警探继续盯着我，不知道他是在认真思考我提供的线索,还是在担心我的精神状态,我加快了语速。

"我觉得凶手拿走了受害者的首饰,把它们当作纪念品。"我说,"而且我觉得他之所以会这么做,是因为我爸爸过去就是这样做的。我爸爸叫理查德·戴维斯,嗯,就是布鲁桥镇的那个。"

我等着看他恍然大悟的反应。每次有人认出我,他们都会有相同的反应,先是面部明显松弛下来,接着下巴绷紧,好像必须用尽力气才能克制从桌子对面朝我扑过来的冲动。我和我父亲拥有相同的姓氏和相似的容貌,总有人对我说我的鼻子很大,还有点歪,这点和我父亲的鼻子特别像,所以它一直是我最讨厌的五官部位。这不是因为虚荣,而是因为我每次照镜子时,它总会提醒我和父亲拥有相同的遗传基因。

"你是克洛伊·戴维斯,"他说,"迪克·戴维斯的女儿?"

"很遗憾,就是我。"

"我之前好像读到过一篇关于你的文章。"他指了指我,挥动手指,在脑海里翻找记忆,"我只是……没把它们联系到一起。"

"嗯,那是几年前的报道了,很高兴你把它忘了。"

"你认为这些谋杀案与你父亲犯下的案子有某种联系?"

他盯着我的眼神依旧透着怀疑,好像我不是人类,而是盘旋在地毯上的幽灵。

"我一开始没这么想,"我说,"但下个月我爸爸的案件就满二十周年了,而且我最近有一个发现,我爸爸杀死的其中一个女孩的父亲目前就住在巴吞鲁日。他叫伯特·罗兹。他……很愤怒,也有前科,曾经企图勒死他妻子……"

"你觉得凶手是模仿犯?"他打断我的话,"受害者的父亲成了模仿犯?"

"他有前科,"我重复道,"而且……我的家人,他憎恨我的家人。我是说,这可以理解,但他今天到我家来了,他很生气,我觉得他对我的人身安全有威胁……"

"他不请自来的？"他坐直身体，伸手去拿笔，"他威胁你了吗？"

"这倒不是，他不完全是不请自来的。他是安保系统公司的安装员，我未婚夫给他的公司打了电话，让他们来……"

"也就是说，是你邀请他到你家来的？"他又把笔放了回去，靠回椅背上。

"你能不能别再打断我了？"

话一出口，我才发现自己的声音很大，托马斯警探惊讶地看着我，表情中混杂着震惊与不安，房间再次陷入令人不安的寂静。我紧咬住嘴唇，这种表情我以前见过，在库珀的脸上见过，也在这里，在这座大楼的警察和探长脸上见过，我真是太痛恨这个表情了。这个表情中暗含的担忧并非出于对我的人身安全，而是出于对我的精神状态。它让我觉得没有人会相信我说的话，这会让我的心态崩溃，而且崩溃的速度会越来越快，直到我失去控制，很快我就会走向毁灭。

"对不起，"说着，我做了一个深呼吸，强迫自己冷静下来，"抱歉，我只是觉得你没有仔细听我说话。你今天让我来看蕾西的尸体，让我想到什么重要的事情就告诉你，我现在对你说的就是我觉得很重要的事情。"

"好吧，"他举起双手，做出投降的姿势，"对，你说得没错，是我不对，你继续说吧。"

"谢谢。"说完，我觉得自己的肩膀稍微放松了一些，"总之，凶手既了解当初那起案件的细节，又住在案发现场附近，还有动机杀害这些女孩，用我爸爸二十年前杀害那些女孩的方法。能这样做的人没有几个，而伯特·罗兹正是其中之一，甚至可能是唯一的一个，这是不容忽视的巧合。"

"那你认为他的动机是什么？他认识这些女孩吗？"

"不认识……我是说，我不知道。我觉得他应该不认识她们。但是查清楚这些难道不是你的工作吗？"

托马斯警探挑起眉毛。

"抱歉,"我再度道歉,"我只是……你看,其中也许有很多事情,对吧?这可能是复仇,他把我认识的女孩当作目标,以此来折磨我,或是想让我尝尝他女儿被绑架时感受到的那种痛苦,以眼还眼的报复。也可能是悲伤,或者想要控制,就是因为这种原因,许多曾经遭受虐待的人都会成为施虐者。除此之外,他可能想要阐明自己的观点,或者单纯是个变态。他在二十年前就不是个好父亲,就算我那时还小,我也能感觉出来他有些地方不太对劲。"

"好吧,但'感觉'可不是动机。"

"那好,你再听听这个算不算动机?"我说,"他今天告诉我,在莉娜死后,他开始好奇杀人是什么感觉,还对此念念不忘。谁会说这种话?谁会在自己女儿被人杀掉之后想象杀人是什么感觉?让他好奇的难道不该是受害者会有什么感觉吗?可他却在和施害者共情。"

托马斯警探沉默了片刻,叹了口气,像是妥协了。

"好吧,"他说,"好吧,我们会调查他的。我同意你说的话,这的确是值得调查的巧合。"

"谢谢你。"

我刚要从椅子上站起来,警探又瞧了我一眼,问了一个问题。

"戴维斯医生,我还有个小问题,不会占用你太多时间。你说这个男人,这个……"

他低头去看手边的纸,但上面没做任何笔记。突然,一股愤怒涌向我的喉咙。

"伯特·罗兹,你应该把它写下来。"

"对,伯特·罗兹,"他在一张纸的角落里潦草地记下这个名字,又圈了两下,"你说他有可能在专门针对你认识的女孩下手?"

"是的,有这个可能。他说他知道我办公室的位置,也许这就是他掳走蕾西的原因。他可能监视我的时候,正好看到她走出来。他把蕾西的尸体丢弃在我办公室后面的巷子里,也许是因为他知道我可能会发现那具尸体，留意到丢失的首饰，将这些线索串联起来，然后不得不承认这些女孩会死全是因为……"

我顿了一下，咽了口唾沫，然后强迫自己说出后半句话。

"因为我爸爸。"

"好吧，"他一边说一边在纸的边缘画着什么，"这是一种可能性。那你和奥布里·格拉维诺有什么关系？你怎么认识她的？"

我盯着他，脸颊开始发热。这是一个相当合理的问题，可我之前竟从未问过自己。我在奥布里的尸体被发现之前，正好出现在墓园里，这似乎是个巧合，接着我得知蕾西在离开我的办公室后失踪了，这一切就上升到一个新层面了。但说到我和奥布里之间具体有什么联系……我实在想不出来。我记得自己在新闻上第一次看到她的照片时，对她的相貌产生了一种熟悉感，我好像在哪里见过她，也许是在梦里吧？可我每周都会在我的诊所里见不少这样的女孩，她们身上有很多相似之处。

现在，我开始怀疑这一切的背后也许还有别的原因。

"我不认识奥布里，"我坦言道，"实在想不出我们之间有什么联系，不过我会想清楚的。"

"好。"他点点头，依旧盯着我，"好了，戴维斯医生，很感谢你能过来，我保证会跟进这条线索的，有了什么新消息我再通知你。"

我从椅子上站起来，转身准备离开，突然他的办公室变得狭窄起来，门窗紧闭，所有台面上都堆着杂物，我开始掌心冒汗，心脏在胸腔里怦怦直跳。我快速朝门口走去，一把抓住门把手，同时我能感觉到托马斯警探朝我望过来的目光。显然，托马斯警探对我讲述的事情持谨慎态度，我早就猜到会是这个结果，毕竟这的确是个惊人的推断。不管怎么说，我还是到警察局把我的想法告诉了警察，希望这么做至少能让他们把关注点放在伯特·罗兹身上，对他进行详细调查，让他无法再继续潜伏在暗处。

但事情的结果恰恰相反，警察似乎把注意力放在了我身上。

第二十六章

　　回到家已经是傍晚时分,一进入门厅,新的安保系统就发出哔哔哔的声音,让我感到一阵心悸。我关上房门立即重启系统,把警报声调到最大,才环视整个屋子。这里静悄悄的,没有一点声响。我虽然已经竭尽所能地不去想他,可伯特·罗兹的身影还是无处不在。他的声音似乎还回荡在空旷的客厅里,他阴沉的目光似乎从每一处拐角的后面窥伺着我,我甚至能闻到他的气味,是汗味和淡淡的酒精味混合在一起的味道,随着他在我家来回走动,这个味道沾染到每一个地方,他触碰过的墙壁、检查过的窗户。他又一次闯入了我的生活。

　　我走进厨房,在料理台边坐下,把包放在台面上,从里面掏出原本放在车上小储物箱里的赞安诺药瓶。我捏着它轻轻摇晃,听着药片在瓶子里翻滚发出的咔咔声。今天早上离开停尸房时我就想吃一片赞安诺,当时我坐在车里,手里拿着药片,回想着蕾西肤色青白的尸体,那画面让我的手指颤抖不已。这明明只是几个小时之前发生的事,却让我觉得它仿佛是上辈子的事情了,尤其是在这之后发生了太多事。我拧开瓶盖,往手上倒了一片药,在另一通电话将我打断之前把它咽了下去。无意中瞥见冰箱,我才想起这一整天都没怎么吃过东西了。

　　我起身从料理台离开,来到冰箱前,打开门,倚靠着冰凉的不锈钢冰箱边。只是这样做,我就已经好受了不少。我把伯特·罗兹的事情告诉了托马斯警探,他似乎不太相信,但我能做的只有这么多了。他会调查伯特的。他肯定会监视他,监视他的行动,他的生活规律,把他去安装过安保系统的房子记录下来,要是这些房子中再有哪个女孩失踪,托马斯警探就会知道。他会明白我说的是对的,他看我的目光里就不会再流露出我是个疯子的神情,或者觉得我是个有事情隐瞒警方的人。

我看向昨晚剩下的三文鱼,把盛着它的玻璃容器拿了出来,取下盖子后放进微波炉。很快,厨房便充斥了各种香料混合在一起的味道。午饭时间早已过去,我可以把这一餐当作提前吃的晚餐,这就意味着我可以再享用一杯赤霞珠葡萄酒。昨晚就是这样搭配的,那味道很棒。我走到酒柜前,拿起玻璃杯,往里面倒了满满一杯红宝石色的液体。我喝了一大口,又把瓶子里剩余的红酒倒进杯中,随即扔掉了酒瓶。

就在我要把高脚凳拉出来的时候,敲门声忽然响起。拳头敲打房门的声响把我吓了一跳,惊得我连忙用手捂住胸口,接着一个熟悉的声音传来。

"科洛,是我,我要进来了。"

我听见来人把钥匙插进锁孔,门闩从锁好的位置滑出,发出咔嚓一声轻响。我看着门把手开始转动,突然想起了安保系统。

"先别进来,等一下!"我大声叫喊着跑到门边,"库普,别进来,等一下。"

就在门打开前的一瞬间,我摸到键盘,输入了密码。门开了,我转头看向门廊,哥哥正瞪大双眼惊讶地看着我。

"你安装了安保系统?"他抓着一瓶红酒,站在写着欢迎字样的地垫上发出疑问,"要是想让我把钥匙还给你,你可以直说。"

"别开玩笑了。"我笑道,"以后你来之前得提前通知我了,不然这东西就会叫警察过来抓你。"

我在键盘上敲了几下,示意他进来,然后走回料理台,俯身靠在冰凉的大理石台面上。

"你要是闯进来,我能在手机上看见你。"

我把手机举起来晃了晃,然后指了指角落里的摄像头。

"那东西真在录像？"

"当然啦。"

我打开手机上的安保应用程序，转过去给库珀看，只见他正站在我手机屏幕的中央。

"嗯。"说着，他转过去朝摄像头挥了挥手。等他再次看向我时脸上挂着笑容。

"再说，"我开口道，"虽然我很欢迎你的来访，但这个家现在可不止我一个人住。"

"没错，没错。"库珀倚在高脚凳上说，"说到这个，你未婚夫呢？"

"去外地了，"我说，"出差。"

"整个周末都出差？"

"他工作很忙的。"

"哦？"库珀一边说一边在桌子上旋转他拿来的那瓶梅洛酒，瓶中的液体在厨房灯光的照射下泛着光，在墙壁上投下血红色的影子。

"库珀，别这样，"我说，"我现在不想谈这个。"

"我什么也没说。"

"但是你马上就要说了。"

"你不觉得讨厌吗？"他迫不及待地说，好像现在不说就再也没机会说了，"他经常出门吗？我也不知道该怎么说，科洛。但我始终觉得你应该和一个能陪着你，让你有安全感的人在一起，你经历了那么多事，至少应该有个人陪在你身边吧，这是你应得的。"

"丹尼尔经常陪我。"我伸手拿起酒杯，喝了一大口，"他让我很有安全感。"

"既然如此，你干吗还要安装安保系统？"

我用指甲敲打着带有凹槽的玻璃杯，想着该如何回答。

"这是他的主意。"片刻之后，我开口道，"你看，这样就算他不在这里也能保护我。"

"好吧，随你怎么说。"库珀从高脚凳上站起身，走到橱柜前，抓起一个开瓶器，拧开那瓶酒的软木塞。就算我有所准备，开盖时发出的声响还是让我吓了一跳。"总之，我来这里只是想和你喝一杯，不过我看你已经喝起来了。"

"你到底过来干吗，库珀？你是来和我吵架的吗？"

"怎么会呢，我来这里是因为你是我妹妹，"他说，"我来这里是因为我担心你。我就是想确认一下你没事。"

"既然如此，我很好，"我抬起双手，耸了耸肩道，"我不知道怎么跟你说你才会相信。"

"你处理这么一大摊事不容易吧？"

"我处理什么，库珀？"

"得了吧，"他说道，"你心里清楚。"

我叹了口气，把目光投向空荡荡的客厅，投向那个突然显得舒适、诱人的沙发。我稍微放松了一下肩膀，那里太紧绷了。我太紧绷了。

"这件事勾起了过去的回忆，"我喝了一口酒，说道，"这是当然的。"

"没错，我也一样。"

"我有时候很难分清哪些是真实的，哪些是我幻想的。"

话一说出口我就后悔了，这些话语仿佛还在我的舌尖，我倾尽全力地想要咽下这句话。我假装什么也没说，低头看向自己的酒杯。酒杯已经空了一半，于是我又看向库珀。

"我只是想说这一切都太熟悉了，有那么多相似之处。你不觉得这件事太巧了吗？"

库珀盯着我，嘴唇轻启道："什么相似之处，克洛伊？"

"算了，"我说，"没什么。"

"克洛伊，"库珀靠近我，"那是什么？"

我顺着他的目光看到了料理台上的那瓶赞安诺，那个小小的橙色药瓶里还装着许多小药片。我再次低头看向自己的酒杯，看着杯中所剩不多的液体。

"你一直在吃那些药?"

"什么?没有,"我说,"不,它们不是我的……"

"是丹尼尔给你的?"

"不是丹尼尔给我的,你为什么这么问?"

"瓶子上有他的名字。"

"因为那就是他的。"

"那为什么他出门了这些药还在这里?"

我们谁都没有再说话。我看向窗外,太阳即将落山。夜晚嘈杂的声响开始出现,有蝉的鸣叫,蟋蟀的低吟,各种动物都在黑暗中活跃起来。路易斯安那州的夜晚的确很吵闹,但相比于万籁俱寂,我更喜欢这样吵闹的氛围。因为你在周围过安静的时候能听见任何声音,比如远处传来低沉的呼吸声,踩在枯叶上的声音,还有铁锹铲泥土的声音。

"我一直很担心这个。"库珀用手指捋了捋头发,叹息着说,"考虑到你的病史,他不该把那些药带回家,这不安全。"

"你说那些药是什么意思?"

"他是医药代表,克洛伊。他的公文包里全是那种东西。"

"所以呢?我也能接触到这些药,我有开药的资格!"

"但你不能给自己开。"

我感觉眼泪在我的眼眶里打转。我不想让丹尼尔为此背锅,但又实在想不到别的解释,我不能告诉库珀我用丹尼尔的名义给自己开药。所以我没说话,让库珀觉得他说得对,可这种做法只会让他越来越不信任我的未婚夫。

"我不是来找你吵架的。"他从高脚凳上起身朝我走过来,然后紧紧地抱住我,他粗壮的臂膀温暖而熟悉,"我爱你,克洛伊。我理解你为什么这么做。我只是希望你能停止这种行为,去寻求一些帮助。"

我感觉有一滴泪珠从我的脸颊滑落,留下一道咸咸的痕迹。它落到库珀的腿上,那里出现了一小块深色的印迹。我用力咬住嘴唇,强忍住泪水。

"我不需要谁来帮助我,"我捂住眼睛,"我自己就能应付。"

"对不起让你不高兴了,"他说,"只是……你现在这段感情,不是很健康。"

"我们没有问题,"我把头从他肩膀上抬起,用手背擦了擦脸,"倒是你,你该离开了。"

库珀不解地歪着头。这是我在一周之内第二次威胁我哥哥,如果非要我在他们两人中做选择,我就选择丹尼尔,抛下我哥哥。我回想起订婚派对那晚,我们在后门廊发生的对话,我对他说的那番话。

"我希望你能来参加婚礼,可就算你不来,婚礼也会如期举行。"

我能从他受伤的眼神中看出他并不相信我。

"我看得出来你在努力尝试,"我说,"而且我能理解你的想法,库珀。真的,你想保护我,你在乎我,我都知道。但不管我怎么说,你都没办法改变自己对丹尼尔的看法。他是我未婚夫,下个月我们就要结婚了。所以,如果你还是觉得他不够好,那我想我对你来说也不够好。"

库珀往后退了一步,攥紧拳头。

"我只是想帮你,"他说,"想照顾你,这是我的职责,我是你哥哥。"

"这不是你的职责,"我说,"再也不是了。你现在该离开了。"

他又盯着我看了一会儿,目光在我和桌上的药之间徘徊,接着伸出了手臂。就在我以为他打算抓起药瓶带走时,他递给我一个钥匙圈,上面挂的是我家的备用钥匙。我想起自己刚把钥匙给他时的情景,那已经是好几年前的事了,那时我刚刚搬进来,想让他保管备用钥匙。那天我们刚刚组装完床头柜,累得满头大汗,盘腿坐在卧室的床垫上休息,地上摆着中餐外卖的餐盒,炒面上的油蹭到了硬木地板上。我对他说这里永远欢迎你,而且我也需要有人在我不在家时帮我浇花。我盯着他食指上挂着的钥匙不愿接过来,我知道,一旦把它收回来就再也没有转圜的余地了。库珀见我没接，便把钥匙轻轻放在台面上，转身走出了大门。

我盯着那把钥匙，忍住想要把它拿起来、冲出去、塞进库珀手里的冲动。而是把它和那瓶赞安诺都扔进包里，走到门口重新设置了警报，然后一把抓起库珀带来的酒瓶又给自己倒了一杯，端着酒杯和已经冷掉的三文鱼回到客厅，在沙发上坐好，打开了电视。

我想到今天发生的一切，便有一种精疲力竭的感觉。今天我先是去看蕾西的尸体，然后和亚伦见了一面，之后和丹尼尔产生了摩擦，又遇到伯特·罗兹，再去见托马斯警探，把一切都告诉了他。最后，我还和哥哥吵架，在他看见那些药片，看见我一个人在厨房里喝酒，眼中流露着担忧之后。

忽然之间，比起疲惫，我更觉得孤单。

我拿起手机，摁亮了屏幕。我刚想打电话给丹尼尔，就想到他可能正在某家五星级意大利餐厅里享用晚餐，酒已喝完，他坚持要再点一瓶，最后一瓶就好，然后逗得大家发出阵阵笑声。他依旧是派对的主角，和大家勾肩搭背，不断抛出笑话。一想到这里，我就感觉更孤单了，也放弃了给他打电话的想法。我向上划动屏幕，打开联系人列表。

列表的最上面显示着另一个名字——亚伦·詹森。

我想我可以给亚伦打电话。我可以把我们上次谈话后发生的一切告诉他。他可能正独自一人待在人生地不熟的城市里无所事事呢，也许和我一样，双腿上摆着剩菜，正坐在沙发上半醉半醒。我的手悬在他的名字上，还没点上去，屏幕就变黑了。我呆愣地坐了一会儿，脑子还有点模糊，就像被厚厚的羊毛毯裹住了一样。我决定先不打电话，于是放下手机，闭上眼睛，开始幻想。我幻想着要是我把伯特·罗兹出现在我家门口的事告诉他，他会做何反应；幻想着当我告诉他我还把伯特·罗兹放进屋里时，他在电话里对我大声吼叫的样子。一想到他会担心我，担心我的安全，我的嘴角便勾起坏笑。我会告诉亚伦，我怎样把伯特·罗兹赶出去，打电话给托马斯警探，去了警察局，还会把我和警探之间的对话一字不落地复述给他。我知道他一定会为我感到骄傲，脸上不禁又露出了微笑。

我睁开眼睛，又吃了一口三文鱼，把注意力放在自己咀嚼的声音，叉子撞击玻璃盘的声音，还有我沉重的呼吸声上，电视的嗡鸣声变得越来越遥远，电视屏幕上的画面也开始变得模糊。我意识到，每喝一口酒，我的眼皮就变得更加沉重。很快，我的四肢就开始发麻了。

我有权这样，我一边想，一边在沙发里陷得更深。我有权休息，有权睡觉。我真的太累了，非常非常累。这真是漫长的一天。我把手机关机——省得自己被打扰——放到肚子上，然后把剩下的晚餐推到咖啡桌上。我又喝了一口酒，好像有几滴酒顺着我的下巴流了下去。我闭上眼睛，只闭了一会儿，就感觉自己进入了梦乡。

等我醒来时，外面的天已经全黑了。我昏头昏脑地躺在沙发上，睁大双眼，看见半满的酒杯夹在我的胳膊和肚子之间，里面的酒没洒出来真是奇迹。我坐起身来轻敲手机，想看一眼时间，才恍然想起手机已经关机。我眯起眼睛朝电视看去，新闻节目里的时间显示现在刚过十点。电视发出的荧光在一片漆黑的客厅里散发着怪异的蓝光，我拿起遥控器将电视关掉，然后才从沙发上爬起来。我看了看手里的酒杯，喝光了剩下的酒，把杯子放到茶几上，然后上楼躺倒在床上。

我躺到床上，很快就再次进入梦乡，或者进入一段回忆，又似乎二者兼而有之，既有些奇怪，也有些熟悉。我回到了自己十二岁的时候，坐在我专属的阅读角里，卧室里一片漆黑，只有那盏小小的阅读灯照亮了我的脸。我扫视着膝盖上的书页，全神贯注地阅读书上的文字，忽然，外面传来一阵声响打断了我的专注。我朝窗外望去，看见远处的黑暗中有个人影悄悄地从我家的院子走过来。那个人影的身后就是我家院子里的那片树林，穿过那片树林，就是绵延数千米的沼泽。

我眯起眼睛打量那个人影，很快便发现那是一个成年人，似乎正在拖拽着什么东西。拖拽声沿着后院传到了这边，顺着窗户传入我的耳中，我很快就分辨出那是金属摩擦泥土的声音。

那是一把铁锹。

那个人影离我的窗户越来越近，我折起正在阅读的书页的一角，然后把书放下，将脸贴在玻璃上。外面依旧很黑，所以我没法看清对方的五官。他又走近了一些，几乎就站在我窗户的正下方，这时，一盏灯突然亮了起来，我眯起眼睛用手挡住脸，努力适应着这突如其来的光亮。等我把手拿开，终于看清窗下那个被照亮的人时，困惑淹没了我。那段记忆里出现的人明明是我父亲，可这次看到的不是我原先以为的男人的身体，更不是我的父亲。

这次的人影是个女人。

她好像知道我一直在那里似的，抬头看向了我。我们四目相对，一开始我没认出她是谁，只觉得有些面熟，却不知道为什么。然后我审视起她的面部特征，她的眼睛，她的嘴巴，她的鼻子，我恍然大悟，血色瞬间从我的脸上褪去。

窗下的那个女人就是我。

十二岁的我凝视着年长二十岁的我的眼睛，惊恐在我胸中翻腾。那双眼睛和伯特·罗兹的眼睛一样，都被黑色占满了。我眨了眨眼睛，低头看向她手中那把沾满红色液体的铁锹，不知为什么我觉得那是血。她的嘴唇缓缓勾勒出一丝微笑，我惊恐地尖叫起来。

我一下子坐直了身体，浑身都是汗，尖叫声还回荡在整座房子里。紧接着，我便意识到那不是我的尖叫声，然后我大口喘着粗气，但没有发出一点声音。那个声音和警笛一样响亮刺耳，好像来自别的地方。

是警报声。我的警报。我的警报响了。

我突然想起伯特·罗兹，想起他在我家往窗户上贴传感器的情景，想起他用电钻指着我的模样，想起了他警告我的话。

我从不好奇失去生命会是什么感觉。我说的是杀人的感觉。

我听到楼下传来一阵疯狂的脚步声，连忙从床上爬起来。他可能想破坏警报，让铃声停下，再上楼用他杀害那些女孩的方式掐死我。我朝衣柜跑去，打开柜门后，蹲在地板上摸索丹尼尔用来放手枪的盒子。我以前没用过手枪，也不知道怎么用，但它就在这里，里面装满了子弹。只要在伯特闯进来时，我的手里握着枪就还有一线生机。

楼梯上响起脚步声，我一边把脏衣服胡乱地丢到地板上，一边不断摸索那个盒子。我低声念叨着：快点，快点，它在哪里？我抓到几个鞋盒，打开之后发现里面只有靴子，便赶紧丢到一旁。脚步声越来越响，同时也在不断朝我逼近。报警器依旧发出尖厉的声响，我想邻居肯定都被吵醒了，他跑不掉的。只要警报一直响下去，他就杀不了我。我继续寻找着装手枪的盒子，直到我的手碰到另一个被推到角落里的盒子。我一把把它拽了出来，放在身边查看。它看上去像是一个首饰盒，可丹尼尔怎么会有首饰盒？不过它形状细长，大小也适合装枪，于是我连忙打开盒子，因为我感觉来人已经站到紧闭的卧室门外了。

看着腿上被打开的盒子，我瞬间停止了呼吸。这个盒子里没有手枪，却有一件比手枪恐怖得多的东西。

那是一条长长的银制项链，吊坠的底端有一颗珍珠，顶部则有三颗钻石。

第二十七章

克洛伊——

卧室门外的声音差点儿淹没在尖厉的警报声中。有人喊我的名字,但我仍然直勾勾地盯着手中的盒子,我在衣柜深处找到了装着奥布里·格拉维诺项链的盒子。突然间,我身边的声音全都消失了,仿佛又回到了十二岁,我坐在父母的卧室里,看着那个小小的芭蕾女孩不断地旋转;耳边仿佛响起了钟琴声,那催眠曲般的节奏让我精神恍惚,死死盯着那堆从死人身上扒下来的首饰。

克洛伊!

我抬起眼帘,看见卧室的门把手正吱吱作响,房门随即被打开。我本能地合上盒子,把它推回衣柜深处,还往盒子上扔了一堆衣服。我环顾了一下四周,想要找到某样能保护自己的东西,什么东西都可以。就在这时,我看到一条属于男人的腿迈入卧室,接着他整个人走了进来。我十分笃定自己将会看到伯特·罗兹那双死气沉沉的眼睛,他会张开双臂朝我扑过来。当那个人转过来盯着蜷缩在地板上的我时,我根本没注意那是丹尼尔的脸。

"克洛伊,我的天啊!"他说,"你在干什么呢?"

"丹尼尔?"我从地板上爬起来朝他跑去,可又忽然想起了那条项链,于是停了下来。那条项链怎么会跑到我家衣柜里?除非是有人故意放在那里……我知道肯定不是我做的。我犹豫着开口道:"你在这里干什么?"

"我给你打电话了。"他大声说,"怎么关掉这该死的东西?"

我这才回过神,从他身边挤过去跑到楼下,在安全面板上输入了一串数字,这才关闭了警报。震耳欲聋的警报声被震耳欲聋的寂静取代,我感觉丹尼尔在我身后,站在楼梯上看着我。

"克洛伊,"他说,"你在衣柜旁干什么呢?"

"我在找枪。"我害怕得不敢回头,小声说道,"我不知道你今晚回家,你说明天才会回来。"

"我给你打过电话,"他又说了一次,"可你手机关机了,我还给你留了言。"

听着他走下楼梯,走到我身后,我知道自己应该转身面对他,但我做不到,我没法去看他的表情,因为我不敢看,害怕我会发现什么。

"我不想整晚都待在外面,"他说,"我想回到你身边。"

他的手臂像蛇一样环住我的腰,把脸埋进我的肩膀慢慢吸气,然后吻了吻我的脖子,我咬住嘴唇。他的味道……不一样了,那是汗水混合了蜂蜜和香草味香水的味道。

"很抱歉,我吓到你了,"他说,"我想你了。"

我咽了口唾沫,紧紧靠着他的身体变得僵硬,之前服用药物产生的平静感已经完全消失,取而代之的是心脏剧烈撞击胸口的感觉。丹尼尔似乎也感觉到了,把我抱得更紧了。

"我也想你了。"我小声说,除此之外我不知道还能说些什么。

"我们回床上去吧。"说着,他把手滑进我的衬衫,摸了摸我的腹部,"对不起,把你吵醒了。"

"没关系。"我想要挣脱他的掌控,但没成功。他把我转过来让我面对着他,双臂把我搂得更紧了,嘴唇紧紧贴到我的耳朵上。我的脸颊能感受到他灼热的呼吸。

"嘿,你不用害怕了,"他小声说,用手指理了理我的头发,"我在这儿。"

我想起父亲也跟我说过同样的话，下巴顿时绷紧了。我跑过那条碎石路，爬上台阶，撞进他张开的怀抱里。他像一个温暖又安全的容器，紧紧抱着我，保护着我，在我耳边低语。

我在这儿，我在这儿。

这也是一直以来丹尼尔给我的感觉——温暖、安全、守护。他不仅保护我不受外界的伤害，也保护我不被自己伤害。但这一刻，他把我锁在怀里，呼出的热气让我背脊发凉，汗毛倒竖。我家衣柜深处藏着一条属于受害者的项链，我没法不怀疑这个男人是不是有我不知道的一面。我回想起每当自己与什么人交往时，总会忍不住去想一个问题——他们隐瞒了什么？他们有什么事情没对我说？

我想起哥哥说的那些话，还有他的警告。

你用一年时间就能真正了解一个人？

丹尼尔放开了我，但依旧搂着我的肩膀朝我笑。他看起来十分疲惫，皮肤异常松弛，头发也乱蓬蓬的，不知道他今晚做了什么，才变成这个样子的。他似乎留意到了我的目光，用手拍了拍脸，又揉了揉眼睛。

"我今天很忙，"他叹了口气，"一直在开车。我先去洗个澡，然后咱们就睡觉吧。"

我点点头，目送他转身上楼。我一动不动地站在原地，直到听见莲蓬头喷水的声音响起才松了一口气，松开握紧的拳头，上了楼，然后尽可能地把自己紧紧裹在我们一同使用的那床被单里。丹尼尔从浴室里出来时，我假装已经睡着了，可在他把裸露的皮肤贴到我身上，用手抚摸我的脊背时，甚至是在他几分钟后钻出被单，踮着脚穿过卧室关上衣柜的门时，我都努力克制着想要躲开的冲动，保持原来的姿势。

第二十八章

我醒来的时候,闻到了煎培根的油脂香气,还听到客厅传来埃塔·詹姆丝朴实的歌声。我不记得自己是什么时候睡着的,只记得丹尼尔用双臂紧紧地抱着我,像裹尸袋一样把我裹得严严实实的,那时我一直努力让自己保持清醒。但睡着也是不可避免的,我不可能一直保持清醒,况且我在他回家之前吃过一片赞安诺,喝了一些酒。我从床上坐起来,努力忽略隐隐作痛的脑袋,努力睁开肿胀的双眼,挤出两道月牙形的缝隙,扫视了一圈房间——他不在这里,他正在楼下给我做早餐,他总是如此。

我从被单里爬出来,蹑手蹑脚地走下楼,侧耳听有没有他轻轻哼唱的声音。我听见了他的声音,确定他就在楼下,也许他正穿着格子围裙蹦蹦跳跳地翻着巧克力薄饼,也许还在上面用牙签画了一只长着胡须的笑脸小猫和一个心形图案。我悄悄回到楼上的卧室,打开衣柜的门。

我不仅在寻人启事上看到过那条项链,还亲眼见过和它配套的耳环,把那个耳环拿在手里仔细检查过那上面的三颗钻石和顶端的珍珠,因此我才确定昨晚找到的项链毫无疑问就是属于奥布里·格拉维诺的。我把要洗的衣服推到一边,红酒和赞安诺的作用已经消失,我的头脑现在清醒多了。回想我告诉过亚伦的那个名单,知道我父亲拿走受害者的首饰并将其藏进衣柜的人的名单。

我的家人、警察,以及受害者的父母。

还有丹尼尔。我告诉过丹尼尔,我曾经把一切都告诉了他。

我甚至没把丹尼尔放进名单里……因为,我为什么要这么做呢?我有什么理由怀疑自己的未婚夫呢?我现在依旧不知道这个问题的答案,但这正是我要弄清楚的。

我记得我把路易斯安那州立大学的运动衫扔到那个盒子上了,我拿起那件衣服,伸手去够盒子……可它不在那里。那个盒子不在那里了。我又推开好几件要洗的衣服,接着抓过更多的衣服扔到一边,伸进双臂在衣柜里摸索,希望能在一条牛仔裤、缠在一起的腰带或是一只旧鞋子下面摸到它。

但我没摸到,也没看到。它不在这里了。

我瘫坐在地上,心也跟着沉了下去,我知道自己看见过它,记得自己拿出那个盒子,捧在手里,打开盖子,看见了里面的项链……但我也记得自己昨晚听到丹尼尔关衣柜门的声音。也许他在那时把盒子拿走藏在别的什么地方了,又或许今天早上他趁我还在睡觉的时候把它拿走了。

我缓慢吐了一口气,在心里盘算着下一步的行动方案。我得找到那条项链,弄清楚它为什么会出现在我家。一想到我要把这些证据交给警察——把丹尼尔交给警察——我的胃就一阵翻腾。这件事太荒谬了,几乎算得上可笑。但我不能对它视而不见,不能假装自己没见过它,不能假装昨晚没注意到他身上的香水味和被汗水浸湿的衣领。另一段记忆忽然浮现在我的脑海,是关于我哥哥的,我想起他昨天晚上用疲惫的目光注视的那瓶药。

他的公文包里全是那种东西。

我想起了蕾西的尸检,想起了验尸官拨弄她僵硬的四肢时的情形。

我们在她的头发里发现了大量的地西泮。

丹尼尔能弄到药品,也有机会这么做。他经常一连消失好几天,而且都是独自一人出差。回想着那些我不知道,或者记不得的差旅,我从未质疑过他,反而责怪自己没有记住。我没有多少能证明伯特·罗兹与案件有关的线索,可我昨天还是去找了托马斯警探,说实话,我告诉他的那个理论多少跟环境、怀疑和我的一点歇斯底里有关。但是这个……这不是怀疑,不是歇斯底里,而是真正的、确凿的证据,它能证明我未婚夫参与了本该与他无关的、非常可怕的事件。

我站起来合上衣柜门,坐到床边,听着平底锅放入水槽的咔嗒声,打开水龙头冲洗平底锅滚烫的锅底时发出嘶嘶的蒸汽声。我必须弄清楚究竟发生了什么,就算不是为了我自己,也要为那些女孩,为奥布里、为蕾西、为莉娜弄清楚,哪怕我找不到那条项链,也得找到别的什么能帮我找到答案的东西。

我做好面对丹尼尔的准备,再次走下楼梯,转过拐角,看见他正站在厨房里,把两盘薄煎饼和培根放在我们的早餐桌上,料理台上还有两杯热气腾腾的咖啡和一壶外面淌着冷凝水的橙汁。

就在一周之前,我还觉得这一切是上天对我的补偿,因为我有一个糟糕的父亲,所以得到了一个最完美的未婚夫。可现在,我不那么确定了。

"早上好。"我站在门口说。他抬头冲我露出一个貌似发自内心的微笑。

"早上好。"说着,他拿起一个杯子走过来递给我,又吻了吻我的头顶,"昨晚真搞笑,是吧?"

"是啊,关于那件事,真是对不起。"我挠了挠他刚才亲过的地方,"我想我当时吓傻了,你知道的,睡着觉突然被警报吵醒,也不知道楼下的人是你。"

"我知道,我也很过意不去,"他靠在料理台上说,"我一定把你吓坏了。"

"是啊,"我说,"是有点。"

"至少我们知道了报警器很管用。"

我努力挤出一个笑容:"是呀。"

这不是我第一次不知道该和丹尼尔说些什么。以前是因为没什么语言足以表达我的感情，表达我对他爱得有多深，我在这么短的时间里爱他爱得多么彻底。但这次的原因完全不一样，连我自己也很难弄清楚是怎么回事，发生这样的事情太难以置信了。忽然间，我瞥见放在料理台上的包，那瓶赞安诺就藏在里面。我想起自己昨晚先是吞了一片药，喝了两瓶酒，接着就像跌落云层一样瘫倒在沙发上。然后我想起警报响之前，经历的那场状似回忆的梦境，以及发生在大学时代的类似情况，那次我也是鲁莽地把药物和酒精混在一起喝了下去。最后我想起警察盯着我的样子，那眼神就和昨天托马斯警探在他办公室里盯着我的眼神一模一样——和库珀盯着我的眼神一模一样——一言不发地质疑我的理智，质疑我的记忆，质疑我。

有那么一瞬间，连我自己都不禁怀疑那条项链的真实性了，它会不会是我幻想出来的？其实它根本不存在，我是不是又像以前经历过无数次的那样犯糊涂了，混淆了过去和现在。

"你在生我的气。"丹尼尔走到桌边坐下，示意我坐在对面的椅子上。我听了他的话，把手机放在桌面上，坐了下来，眼睛盯着面前的食物。那看起来不错，但我不饿。"这不怪你。我总是……不在家。发生了这么多事情，我还总把你一个人留在家里。"

"什么'发生了这么多事情'？"我盯着棕色面饼上露出来的巧克力碎块问道。我拿起叉子戳了一块巧克力碎块，再用牙齿刮掉叉子上的痕迹。

"婚礼呀，"他说，"你安排了一切，还有，你知道的，新闻上的那件事。"

"没关系，我知道你一直很忙。"

"但今天还行，"说着，他切下一块薄煎饼放进嘴里，"我今天不忙，而且一整天的时间都归你，我还为我们安排了活动。"

"你说的活动是？"

"一个惊喜。穿得舒服些,我们一会儿就出门。你能在二十分钟内准备好吗?"

我迟疑了片刻,不确定该不该和他出去,刚想张口找个借口,料理台上的手机就突然振动起来。

"等一下。"我推开椅子,终于有借口离开这里,停止我们之间的对话。我走到料理台边,看到屏幕上显示着库珀的名字。这个瞬间,我们昨晚的争论已经变得微不足道了,库珀也许是对的,也许他一直都清楚丹尼尔身上的异常,但我从未察觉。也许他一直想提醒我。

你现在这段感情,不是很健康。

我用手指划动屏幕,然后躲进客厅。

"嘿,库普,"我压低嗓音道,"接到你的电话真让我高兴。"

"是,我也是。听着,克洛伊,昨晚的事我很抱歉……"

"没关系,"我说,"真的,我已经不介意了,是我反应过度了。"

电话那头没有说话,但我能听见他的呼吸声,听起来有些不稳,他似乎走得很快,踩在人行道上的沉重步伐连带着他的脊柱产生了震动。

"你没事吧?"

"其实,"他说,"有点事。"

"怎么了?"

"是妈妈。"他停顿片刻说道,"河畔疗养院今天早上给我打来电话,说有紧急情况。"

"什么紧急情况?"

"他们说她一直不吃东西。"他说,"克洛伊,他们觉得她坚持不了多久了。"

第二十九章

不到五分钟,我就走出了家门,连鞋都没来得及穿好,运动鞋鞋跟处的材质磨得脚跟有些疼,我就这样跑到车道上。

"克洛伊,"丹尼尔推开前门,在我身后呼喊道,"你干吗去?"

"我得走了,"我大声回答,"我妈妈出事了。"

"你妈妈出什么事了?"

他一边往头上套着白色T恤衫,一边从房子里冲了出来。我在包里胡乱翻找着车钥匙。

"她不吃东西,"我说,"已经好几天了。我得走了,我得……"

我停下动作,用双手捂住了脸。这么多年了,我一直无视母亲,把她当作不愿意去碰触的瘙痒。也许我觉得自己一旦把注意力放在她身上,就会被那强烈的情感压倒,再也无法专心做其他事。但如果我忽略她的存在,那痛苦最终会自行消失。但那种感觉永远不会真的消失——我知道它会永远存在,只要我一想到就会立刻刺透我的皮肤——只是变得像背景噪声或电视屏幕上的雪花那样,没那么引人注意了。她和她的所作所为,以及她对待我们的方式就和父亲一样令我难以承受。我曾希望她就那样离开,但一次也没有想过如果她真的离开了,就这样孤孤单单地死在河畔疗养院那间发霉的屋子里,无法说出她的遗言,无法说出她临终的想法,我会有怎样的感受。一直沉淀在我心底的想法突然浮上心头,那感觉就像透过浸湿的毛巾呼吸一样,厚重又令人窒息。

我抛弃了她,我让母亲孤独地死去。

"克洛伊，等一下，"丹尼尔说，"告诉我到底怎么回事。"

"不行，"我摇着头，又把手伸进包里，"现在不行，丹尼尔。我没这个时间。"

"克洛伊……"

身后传来钥匙的叮当声，我僵立在原地，慢慢转过身，看见丹尼尔正在我身后举着我的车钥匙。我伸手去抓，他却拿着钥匙躲开，故意不让我够到。

"我和你一起去，"他说，"你需要我。"

"丹尼尔，不行，把车钥匙给我……"

"我和你一起去，"他说，"该死的，克洛伊。这件事没什么好说的，赶紧上车。"

我看着他，对他那突然爆发的怒火、涨红的皮肤和鼓起的眼球感到震惊。接着他的表情又像刚才一样突然变了回去。

"对不起。"他叹了口气，向我伸出手，把他的手覆在我的手上，我瑟缩了一下。"克洛伊，对不起，但你别再这样把我推开了，让我帮助你吧。"

我又看了他一眼，他的脸在几秒钟内完全变了个样，变得眉头紧锁，额头上满是深深的皱纹。我放下双手表示自己投降了，我不想让丹尼尔去那里，不想让他和我母亲——我那垂死的、脆弱的母亲——待在同一个房间里，但我实在没精力、没时间和他吵架。

"好吧。"我说，"那你开快点。"

我们一开进疗养院的停车场，就看到了库珀的车。我没等丹尼尔把车开进车位就跳下了车，直接冲向自动门。我听见丹尼尔的运动鞋踩在瓷砖上发出的吱吱声，知道他就在我身后，努力想追上我，可我没等他，向右转跑入通往母亲房间的走廊，穿过一扇扇带有裂缝的门，听到一片电视或收音机产生的嗡嗡声，然后我跑进了母亲的房间，看见我哥哥正坐在她的床边。

"库普。"我朝他跑过去,瘫倒在母亲床边,库珀一把抱住了我,"她怎么样了?"

我望向母亲,她闭着眼睛,本就瘦骨嶙峋的身体看起来更加消瘦,仿佛一个星期内瘦了十斤,手腕仿佛一碰就会折断,像薄纸一样的皮肤贴在两个空洞的颧骨上。

"你一定是克洛伊吧?"

我被角落里传来的声音吓了一大跳,进来时没注意到还有一位医生站在角落里,他穿着白大褂,下口袋挂着写字板。

"我是格伦医生,"他说,"河畔疗养院的值班医生。今天早上我和库珀通过电话,我们之前应该没见过面。"

"对,我们没见过。"我瘫坐在床边说道。再次望向母亲,她的胸部轻微地起伏着。"从什么时候开始的?"

"不到一星期。"

"一星期?怎么现在才通知我们?"

走廊里传来的一阵声音吸引了我们的注意。是丹尼尔,他的身体撞到了门框上,我看见一滴汗珠从他额头上滴落,他用手背将它擦去。

"他来这里干什么?"库珀说着就要起身,我把手放在他的腿上阻止了他。

"没关系,"我说,"先不提这个。"

"我们一般能处理这种事,你应该想象得到,这种情况在老年患者中相当常见。"医生来回看着我和丹尼尔,继续说道,"可这种状况如果持续下去,我们就不得不把她转到巴吞鲁日综合医院。"

"知道原因是什么吗?"

"她的身体没有任何问题,我们没诊断出会导致她不愿进食的疾病。所以,简单来说,我们不知道是什么原因导致她绝食。她在这里住了这么多年,从来没有出现过这种问题。"

我低头看着她,看她脖子上松弛的皮肤,以及像两根鼓槌一样伸出

209

来的锁骨。

"她和往常一样醒来,然后好像突然就决定不吃东西了。"

我瞥了一眼库珀,想从他脸上找到答案。在我的人生中,每当我有什么疑问,总能从他的表情里找到答案。他忍住笑意时嘴唇会产生难以察觉的抖动,思考问题时脸颊会略微凹陷。在我的记忆里,他的脸上只有一次出现了毫无头绪的茫然,只有那一次。当时我们站在客厅里,眼睛紧紧盯着电视屏幕,看着父亲脚上铐着锁链讲述他的黑暗,父亲流下的眼泪滴落在笔记本上。我转向库珀,惊恐地发现连他也没有办法了,那别人就更没办法了。

此刻我再度看到了那个表情。库珀没有与我对视,而是直直地盯着前方,看着丹尼尔的眼睛。他们两人都怔住了。

"你们的母亲无法交流,"格伦医生没有留意到房间里的紧张气氛,继续说,"但我们还是想找你们过来和她聊聊,这也许能帮她解开心结。"

"是的,当然。"我说,不再去看库珀,而是低头看我母亲。我握住她的手,她一开始没动,可没过多久,我便感到一阵轻柔的叩动,她的手指在我手腕上慢慢地敲动着。我低头去看那微弱的动作,她的眼睛依旧闭着,可手指却在活动着。

我回头看了看库珀、丹尼尔和格伦医生,他们似乎都没有察觉到母亲的动作。

"我能单独和她待一会儿吗?"我紧张极了,心脏剧烈地跳动着,手掌因汗水变得滑腻,但我没有松开她的手,"可以吗?"

格伦医生点点头,默默地从她床边走出房门。

"还有你们,"我先看向丹尼尔,又看向库珀,"你们两个都先出去。"

"克洛伊。"库珀刚要开口,我就摇头打断了他。

"拜托了,就几分钟。我想,你知道的……我怕万一。"

"好吧。"他点点头,把手覆盖在我的手上,然后捏了捏,"你说了算。"

他站起来推着丹尼尔一言不发地走到走廊上。

现在只剩下我和母亲两个人了,上一次和她见面时的记忆浮现在我的脑海里。我对她说了那些失踪女孩的事情,还有这起案件和当初那起案件的相似之处。如果格伦医生说的时间没有错,那她就是从知道这件事起开始绝食的。

"我也不知道自己在担心什么,"我当时说,"爸爸还在坐牢,他又不可能牵涉其中。"

当时她的手指疯狂抽动,紧接着我就冲出了房间,拜访就这样戛然而止了。我没把母亲能沟通这件事告诉库珀、丹尼尔,或是其他任何人,我相信她能沟通,她能用手指动作代替沟通,轻拍代表"是的,我听到了"。说实话,我原本也不太确定她是否真的能沟通,但现在我觉得这也许是真的。

"妈妈,"我小声说道,不知怎地觉得既有些好笑又有些害怕,"你能听见我说话吗?"

轻敲。

我低头看向她的手指。它们又动了,我知道它们动了。

"你不吃饭,是因为我上次来时说的话吗?"

轻敲,轻敲。

我呼了一口气,视线从她的手掌移到走廊,门仍然开着。

"关于这些被谋杀的女孩,你知道些什么吗?"

轻敲,轻敲,轻敲。轻敲,轻敲。

我把视线从走廊转回手上,看向母亲在我手掌上疯狂敲动的手指。这一定带着某种含义,肯定不会是巧合。我仰头望向母亲的脸,随即大惊失色,突如其来的恐惧与肾上腺素差点儿把我掀翻,我从她的手掌中抽回自己的手,难以置信地捂住嘴巴。

她睁开的眼睛正死死地盯着我。

第三十章

我和丹尼尔坐在车里,四周一片安静,只有风从窗户吹进车里发出轻微的声响,为我带来了现在最需要的新鲜空气。我满脑子都是母亲和刚才在她房间里的对话。

"你能拼出来吗?"泪水像露珠一样粘在她颤抖的睫毛上。我望着她瞪大的泪眼结结巴巴地说,低下头,就看见她的手指正在我掌心不断地抖动。"等我一下。"

我来到走廊,探头窥视着等候室。丹尼尔和库珀隔着好几把椅子、背对背地坐在里面,沉默且僵硬。于是我悄悄穿过大厅,走向生活区,在一大堆书页泛黄、满是樟脑味的旧书中翻找,又把一堆捐不出去也没人想看的DVD光盘推到一旁,终于找到了那些桌面游戏。我连忙赶回母亲的房间,从口袋里掏出刚拿到的天鹅绒小袋子。是拼字游戏。

"好啦。"我有些紧张,把字母牌全部倒在毯子上,再一个个翻到正面排成一个完整的字母表。我不敢保证这一定成功,但至少值得一试。"接下来我会指向一个字母,从简单的开始——Y代表是,N代表否。如果指的是你想要的字母,你就动动手指。"

我低头看向她床上排成一列的字母,二十年来,这是我第一次与母亲进行一场真正的交谈,这种感觉让我既兴奋又有些恍惚。做了一次深呼吸之后,我开始这次谈话。

"你知道我们要怎么做吗?"

我指向N,她没有动。接着,我又指向了Y。

轻敲。

我吐了口气,心跳变得更快了。原来这么多年以来母亲什么都知道,她能听见,也能听懂我说的话,只是我从没给她时间让她回答。

"关于这些被谋杀的女孩,你知道些什么吗?"

N——没有动作。Y——轻敲。

"这些谋杀和布鲁桥镇的那起案件之间存在某种联系吗?"

N——没有动作。Y——轻敲。

我停下来认真思考接下来要提出的问题。我知道时间有限,库珀、丹尼尔或者格伦医生过不了多久就会进来,我不希望他们看到我这个样子。看了看这些字母牌,我问出了最后一个问题。

"我要怎么证明这一点呢?"

我用手指从左上角的A开始指——没有动作,然后我移动到B,然后是C。终于,当我指向D的时候,她的手指做出了动作。

"D?"

轻敲。

"好,第一个字母是D。"

然后我再次从A开始。

轻敲。

我的心开始剧烈地跳动着。

"D-A?"

轻敲。

她拼的是丹尼尔。我噘着嘴慢慢吐了一口气,努力保持着镇定。我抬起手指,指向了N,然后直直地盯向她的手指……突然,走廊传来一阵声响,我当即停下了动作。

"克洛伊?"我听见库珀走了过来,他的脚步声离门只有一米多,"克洛伊,你还好吗?"

我伸出手臂一把扫过被单,把字母牌全都兜起来攥在手心里,然后才转过身,库珀刚好出现在门口。

"我就是想看看你怎么样了。"他说道,目光扫过我和母亲。他一边朝我们走过来一边露出一个温柔的微笑,然后坐到了床边。"你让她睁开眼睛了?"

"是啊,"我说,"我做到了。"手心里的字母牌因为我的汗水而变得滑腻,我有些握不住了。

丹尼尔打开了车灯,我们驶入一条碎石路,弹起的碎石子打到挡风玻璃上发出咔嗒咔嗒的声音,他只好关上了车窗。我缓缓抬起头,从回忆回到了现实,这才发现我们到了一个陌生的地方。

"这是哪里?"我问。我们正沿着一条尘土飞扬的小路蜿蜒前行,不知究竟开了多久,但这肯定不是回家的路。

"我们就快到了。"丹尼尔说着,对我笑了笑。

"就快到哪里了?"

"过一会儿你就知道了。"

忽然之间,我觉得这里密闭的空间令我恐惧。我伸手去拧空调的旋钮,把它拧到了最右边,身体前倾,让冷风吹在我身上。

"丹尼尔,我要回家。"

"不行,"他说,"不能回家,克洛伊,我不能让你就这么回家,让你陷入消沉。我之前和你说过,今天安排了活动,我们现在就是要去做这件事。"

我深吸一口气,转头望向窗外,随着树木不断掠过车窗,车子驶入树林的深处。我惦记着母亲拼出丹尼尔名字的事情,她是怎么知道的?如果他们从未见过面,她怎么会知道他是谁?今天早上的不安感此刻再度来袭,我低头查看手机,状态栏上只剩一格信号,而且时有时无。我现在和一个拥有受害者项链的男人待在一辆车上,离家好几公里远,甚至连呼救都做不到。也许我昨晚把盒子藏回衣柜的速度没有自己以为的那么迅速，他也许看见我拿着它了。我的脚无意中踢到了我的包，我突然想到包的最底下还放着防狼喷雾，至少我还有一件防身工具。

别胡思乱想，克洛伊，他不会伤害你的，他不会的。

一股力量突然袭击了我的身体，我意识到我的语气和我母亲一模一样。我就是我母亲，就是那个坐在杜利警长办公室里，面对堆积如山的不利证据仍然为他找各种理由开脱的母亲。我的眼睛一酸，泪水模糊了视线，马上就要涌出眼眶。我赶紧抬手把眼泪擦掉，小心地不让丹尼尔看到。

我想着被困在河畔疗养院的病床上，生活被限制在不断缩小、充满烦恼的心灵之墙中的母亲。原来是这样，我突然明白了，也终于理解了她那么做的理由。我一直以为她选择回到父亲身边是因为她太软弱，因为她不想独自一人，因为她不知道怎么离开他——她压根就不想离开他。可现在，就在这一刻，我比过去任何时候都更了解母亲，她之所以选择回到他身边，是因为她迫切想要找到相反的证据，抓住一根救命稻草，从而证明她没有爱上一个怪物。而当她找不到那个证据的时候，她审视的目光便不得不落回自己身上。她脑海中曾经产生的疑问现在也盘旋在我的脑海中，我现在的想法有多压抑，她那时候也必定如此。

她不得不承认自己确实爱上了一个怪物，可如果她爱上了一个怪物……她自己又算什么？

车速开始放缓，我又瞥向窗外，看见我们已经身处茂密的树林中，林间有一条泥泞的小溪，它也许和一片更大的水域相连。

"我们到啦，"他一边说着一边停车熄火，把钥匙塞进口袋，"下车吧。"

"这是哪里？"我尽量让自己的声音显得轻松一些，又问了一次。

"一会儿你就知道了。"

"丹尼尔，"我刚要开口，他就已经下车走到副驾驶这一侧为我打开了车门。我过去觉得这个举动很有绅士精神，可现在却只觉得不祥，仿佛他在逼我下车一样。我不情不愿地握住他的手走下车子,在他砰的一声关上车门后,懊悔和恐惧突然增多,我的包、手机和防狼喷雾都还在车上。

"闭上眼睛。"

"丹尼尔……"

"闭上。"

我闭上眼睛,感受着周围的万籁俱寂。不知道他是不是把奥布里和蕾西带来过这里,不知道他是不是就在这里杀害了那两个女孩。这里位置偏僻且隐秘,是个完美的犯罪地点。他不会伤害你的。我听到蚊子在我们身边发出了嗡嗡声,远处有动物走动间踩到树叶发出的沙沙声。他不会的。我听到了脚步声,是丹尼尔发出来的,他走回车子旁,打开后备箱,似乎是拿了什么东西出来。他不会伤害你的,克洛伊。砰的一声,他把拽出来的东西放到地上,然后拿着它朝我走来。我听见那东西拖拽在地面上的声音,那是金属与泥土摩擦发出的声音。

一把铁锹。

我一下子转过身,打算冲进树林中躲起来,大声呼救,希望附近有人能听到我的叫喊过来帮我。丹尼尔见我回头吓了一跳,他没想到我会转过来,没想到我会反抗。我低头看向他的手,看他攥在手心里的那个细长的东西。我怕他会用那个东西打我,于是举起手臂保护自己,可仔细一看才发现……那不是铁锹。丹尼尔拿的不是铁锹。

而是船桨。

"我想我们可以去划皮划艇。"他一边说一边望向水面。我转过身,看向分开树木的小溪,沼泽水流进来的开口。它旁边有一个在树叶后半隐半现的木架,木架里有四艘覆盖着树叶、泥土和蜘蛛网的皮划艇。我松了口气。

"这里虽然隐蔽,但已经有些年头了。"他握着船桨,有些不好意思地说。他走过来把船桨递给我。我接过船桨,感受着手中沉甸甸的重量。"皮划艇可以免费使用，但需要自己带船桨。我的车里装不下，所以今天早上拿了你的车钥匙，把它装到了你的车子的后备箱里。"

我细细打量着他，如果他要拿它当作武器就不会递给我。我低头看了看船桨，又看了看皮划艇，看了看平静的水面和万里无云的天空，最后再次看向我的车。它是我离开这里的唯一方法，可车钥匙还在他的口袋里，没有汽车，我是没办法离开这里的。在这一刻，我下定了决心，如果他能演戏，我也能演戏。

"丹尼尔，"我耷拉着脑袋说，"丹尼尔，对不起，我也不知道自己这是怎么了。"

"你就是太紧绷了，我完全理解，克洛伊。这正是我们来这里的原因，我可以帮你放松放松。"

我看着他，依旧无法确定是否应该相信他。我没办法无视过去几小时中出现的大量证据。那条项链；香水味；库珀在河畔疗养院里瞪视他的眼神，那眼神仿佛能感知到他身上存在的某些我感知不到的东西——某种邪恶、黑暗的东西；我母亲的警告；还有他昨天抓着我的手腕把我按在沙发上的样子，以及今天早上他冲我发火时拿着车钥匙不给我的样子。

可是，他也有与之相反的一面。他在家里安装了安保系统，送我去河畔疗养院看母亲，为我举办惊喜派对，还为我们安排了这次约会。从我们第一次见面，他把那箱书从我怀里夺走放在他的肩膀上开始，这种浪漫之举就从未间断，我本来很期待余生都能享受这种浪漫。我看着他露出不安的笑容，忍不住也笑了出来——我想这已经成为我的一种习惯——就在这一刻，我做出了决定，丹尼尔或许会伤害别人，但他一定不会伤害我。

"好吧，"我点头道，"好吧，咱们走吧。"

丹尼尔的笑容更灿烂了，他大步走到皮划艇架子前，取下一个皮划艇，把它从树林间的空地拖出来，拍掉上面的小碎屑和蜘蛛网，然后把它推入水中。

"女士优先。"说着，他便朝我伸出手臂。我把手给他，迈着摇摇晃晃的步伐踏上了皮划艇，本能地抓住他的肩膀，在他的帮助下坐进了皮划艇。等我坐稳，他才跳到我身后的座位上，用船桨推了一下岸边，然后我们乘坐的皮划艇就这样漂走了。

一来到宽阔的水面，我便情不自禁地为这个地方的美丽感到惊叹。宽阔而舒展的河口周围长满了柏树，它们的枝干从浑浊的水面上伸出，像是想要抓住什么东西的手指。西班牙苔藓如帘布一般倾泻而下，将阳光打碎成无数闪烁的光斑，青蛙从喉咙发出声响，它们潮湿的叫声连成了一片。藻类在水面上悠闲地漂浮着，忽然，有一只缓慢爬行的短吻鳄出现在我的视野中，它锐利的眼睛正紧盯一只白鹭，直到对方优雅地抬起纤细的双腿，扇着翅膀飞到安全的树枝上。

"这里多美啊，是吧？"

丹尼尔在我身后静静地划动船桨，掠过皮划艇的水流声让我陷入一种恍惚的状态。我还在看那只鳄鱼，看它悄无声息地潜伏，然后慢慢消失在我的视野中。

"美妙绝伦，"我说，"它让我想起……"

我停下了话语，那没能说出口的想法让空气变得沉重凝滞。

"它让我想起我原来的家，但……我是在夸这个地方。我和库珀以前经常去马丁湖，看那里的鳄鱼。"

"你妈妈肯定很喜欢那里吧？"

我被他逗笑，想起我们在树林里大喊大叫"再见啦，小鳄鱼"，想起我们徒手抓海龟，数海龟壳上的环，看它们几岁了。我们像参加战争的士兵一样，在脸上涂上泥巴，在灌木间相互追逐，然后跑回家，用力摔上前门，伴随着母亲的责骂声一路嬉皮笑脸地进入卫生间，母亲为了将我们洗干净，把我们的皮肤搓得又红又肿。我们还用指甲在腿上的蚊子包上掐一个十字形，让自己变得像人形的井字棋盘一样。不知为何，只有丹尼尔能让我记起这些回忆。自从我在电视上看到父亲哭泣的脸庞,明白他哭泣的原因不是因为他夺走了六条生命,而是因为自己被发现了,我就把这些记忆封存起来了。但丹尼尔不一样,只有他能把它们从藏身之处哄出来,从我内心深处的隐蔽角落里哄出来,从我将它们封存的密室里哄出来。只有丹尼尔让我觉得,在家中度过的那段童年岁月并不全都是坏事。我靠在皮划艇上闭上了眼睛。

"这是我最喜欢的地方。"丹尼尔说道,把我们的船划向一处拐角。我睁开眼睛,看到远处的柏树马舍。"只剩下六个星期了。"

从水面上看,那座农场更加令人叹为观止,巨大的白色农舍隐约可见,周围是上万亩精心修剪过的草坪。圆形的柱子支撑着三重环绕式门廊,门廊处的摇椅在微风中摆动着。我看着它们来回摇摆,想象着自己从那些华丽的木制台阶上走下来,朝河流这一侧走来,走向丹尼尔。

托马斯警探的话突然冒了出来,回荡在水面上,扰乱了我瑰丽的幻想。

你和奥布里·格拉维诺有什么关系?

我和她没关系,我不认识奥布里·格拉维诺。我试着平息那个声音,可不知为何,我没办法把它、把奥布里从脑海中抹去。我真的没办法把她从脑海中抹去。她涂了眼线的双眼和灰褐色的头发,她又长又细的胳膊,她洋溢着年轻气息的古铜色皮肤。

"我在看见它的那一刻就决定选择它了。"丹尼尔在我身后说,但我几乎没听到他的声音。我的注意力全都放在了那张摇椅上,看着它在风中前后摇摆,椅子上却空无一人。但那里并非一直没人,曾经有一个女孩坐在上面。一个皮肤晒成古铜色,身材纤瘦的女孩,她穿着被阳光晒褪色的老旧皮靴,懒洋洋地踢着那些柱子。

"那是我孙女,这片土地是我们家族世代相传的。"

我记得丹尼尔那时挥了挥手,还记得那女孩合拢双腿,把裙子往下拽了拽。她低下头,朝我们挥手的样子显得有些难为情。突然空无一人

219

的门廊，逐渐归于平静的摇椅。

"她有时放学后喜欢到这里来，在门廊上做作业。"

直到两周前，她再也不会来这里为止。

第三十一章

我盯着笔记本电脑上显示的奥布里的照片，我从未见过这张照片。照片很小，一点击放大她的脸部就会出现马赛克，但足以让我看清这就是她。

她坐在地上，双手撑在修剪得整整齐齐的绿色草坪上，双腿塞在一件白色连衣裙底下，穿着一双及膝马靴。这是一张全家福，她被她的父母、祖父母、叔叔婶婶还有表兄弟围着。这张照片中有长满青苔的橡树，和我设想中点缀在婚礼过道上的橡树一样，它们的枝条像边框一样环绕着画面中心；照片背景里的那些白色台阶连接着那个巨大的环绕式门廊，在我对婚礼的设想中，我会从门廊那里走下来，佩戴的面纱拖尾会在身后扫过每一层阶梯；照片里还有那些仿佛永远不会停止摇摆的椅子。

我把装着咖啡的纸杯放到唇边，继续浏览那张图片，又在柏树马舍的官方网站上查到了农场所有者的信息。格拉维诺一家的确在那里经营几百年了，农场始建于1787年，原本是甘蔗农场，后来逐渐转变为马场，现在转型为承接各类活动的场所。格拉维诺家族已经在那里生活了七代，他们生产了路易斯安那州最好的甘蔗糖浆，等他们认识到人们对他们生活的那片土地充满了向往之情后，便开始翻修农舍，对谷仓的内外进行装修，让农场的内部装饰和外观都更趋于完美，从而为婚礼、企业活动和其他类型的庆祝活动提供一个完美的带有路易斯安那风情的场地。

我想起看到奥布里的寻人启事时产生的那种模糊的熟悉感,总觉得自己应该见过她,现在终于找到了原因。我们去柏树马舍那天,她也在,我们参观并且预约场地的时候,她就在那里。我见过她,丹尼尔也见过。

现在,她死了。

我的目光从奥布里的脸移到她父母的脸上。两周前,我在新闻上见过他们。她的父亲一直在哭,母亲则对着镜头不断恳求,想要回他们的孩子。接着,我又看向她的祖母。她正是那个善良的不太会用平板电脑的女人,向我们保证婚礼当天会有空调,还会在草坪上喷洒杀虫剂,试图抚平我那些编造出来的担忧。奥布里·格拉维诺也许来自一个非常著名的家族,新闻或许报道过这一点,但我没有留意。她的尸体被发现后,我为了避开那些新闻,选择在城里开车转悠,同时也没有打开收音机。后来,蕾西的照片取代了她的照片,这些细节便不再重要了,世界上每天都有新的事情发生,媒体都会蜂拥到下一起案件上。有很多和奥布里一样的失踪少女,她只是无数这样的面孔中的另一个略带熟悉感的面孔而已。

"戴维斯医生?"

我听见敲门声,抬头看向门口,看见梅丽莎正从门缝后朝里看。她穿着运动背心和短裤,头发扎成一个小髻,肩上背着健身包。现在是早上六点三十分,窗外的天空正从黑色变为蓝色。清晨的时光,尤其是四周只有你一个人的时光,总会产生一种深入骨髓的孤独感。当你一个人打开咖啡机,破旧的高速公路上只有你的车在飞驰,独自来到空荡荡的办公楼,打开那里的灯时,这种感觉格外明显。我置身于绝对的寂静中,把注意力全都投放在奥布里的照片上,以至于没有听见她进来的动静。

"早上好。"我笑着朝她挥了挥手,"你来得可真早。"

"你不也是吗?"她走了进来,顺手带上办公室的门,擦着额头上的汗珠说道,"今天早晨有预约吗?"

我看得出她有些恐慌,一方面担心自己漏掉了什么预约,另一方面担心自己穿着运动服就来了办公室。我摇摇头。

"没有,只是有一些耽搁了的工作要处理。你知道的……上周,我的注意力都放在别的事情上。"

"是啊,我们都是。"

其实我这么早就来办公室,是因为有丹尼尔在的房间我一分钟也不想多待。我坐在皮划艇上遥望远处的柏树马舍,感受着水波荡漾,那一刻,我终于允许自己感到恐惧,不是怀疑,而是真正的恐惧。我对坐在我身后的男人感到恐惧,对他的双手就在我脖子旁边感到恐惧,我怕这个和我生活在同一屋檐下的人是个怪物,隐藏在人群里的怪物,是只潜伏在水中的鳄鱼,我怕他和我父亲二十年前一样。那条项链,还有库珀对他的不信任,母亲对我的警告,都在我的脑海中挥之不去。现在我又有了一个新发现,另一个死掉的女孩也和我、和丹尼尔有关系。就像我有事情瞒着丹尼尔一样,这一刻,我确定他也有事情瞒着我。库珀说得对,我们并不了解对方,我们结婚的决定做得太草率了。我们生活在同一个屋檐下,睡在同一张床上,但我们,我和这个男人,依旧是陌生人。我不了解他,不知道他能做出什么样的事来。

"我有些头疼。"我这样说道。这并不完全是谎言,看着远处的房子,看着那些仿佛被幽灵踢动的摇椅,我的胃里泛起阵阵恶心。不知道奥布里被杀的时候是否戴着那条项链,那条此刻正藏在我家某处的项链。"我们能回去了吗?"

丹尼尔在我身后没说话,也不知道在想什么。他为什么带我去那里?想看我会做何反应?看我接近真相却抓不住重点,对他来说是一种乐趣?还是说,他在警告我?他知道我发现了真相?我想起自己曾和亚伦谈论柏树墓园是否有某种特殊意义。我该早点想到的,我第一次见到奥布里就是在柏树马舍,她的尸体后来是在柏树墓园发现的。这个名字太常见了，我以前从来没觉得这有什么奇怪之处，可现在回想起来，这件事就和蕾西的尸体出现在我诊所后面的巷子里一样，都过于巧合了。如果它们真的是偶然事件，这些巧合未免过于完美了。丹尼尔想让我在发现奥布里尸体时就认出她来吗？还是说，他以为哪怕再给我一个线索，我也看不出已经浮出水面的作案模式？

"丹尼尔？"

"可以。"他低沉的声音中透出一丝不满，"当然可以，我们可以回去。你没事吧，科洛？"

我点点头，强迫自己不再去看农舍，而是看点别的东西，什么都行。我们回到岸边，开车回家的路上一直保持着沉默，丹尼尔紧盯路面，嘴唇紧闭，我则把头靠在窗户上，用手指按摩太阳穴。车子一驶入我家的车道，我便咕哝着说要小睡一会儿，然后就回到卧室锁上房门，爬上了床。

"嘿，梅尔，"我抬眼看着我的助理问道，"我能问你一个问题吗？关于订婚派对的。"

"当然。"她一边笑着回答，一边在我办公桌对面坐下。

"丹尼尔是几点到的？"

她认真思索了片刻。

"说实话，没比你早到多少。库珀、香农和我先到了。丹尼尔加了会儿班，所以是我们开门让大家进来的，他后来才出现，比你早到大约二十分钟吧。"

我的胸口再次涌起熟悉的疼痛感。库珀不信任丹尼尔——也许正是因为如此——却还是努力把自己的情绪放到一边，一直陪在我身边。我想象着他站在我家客厅后面，把面容隐藏在人群之中，看到我惊声尖叫，看到我把手伸进包里疯狂摸索，再看到丹尼尔把我拉过去，搂住我的腰，带动整场派对的气氛。我想，库珀肯定觉得难以忍受吧，看着丹尼尔展现他那灿烂的笑容，操纵我，让我屈服。于是他在我看到他之前就转身离开，独自一人带着香烟躲进后院，在那里等我。真想不通我为什么以前没看出来，也许是我的固执，也许是我的自私。但现在一切都真相大白了，库珀跟以前一样，隐藏在背景里静静地陪伴着我，小龙虾节那天也是如此，他掠过人海，从人潮中挣脱出来，在我感到孤独的时候找到我，安慰我。

"好。"我点点头，努力集中注意力，尝试回想那天的情形。蕾西在六点三十分离开办公室，之后我花了些时间保存她的记录，把办公室收拾妥当，接到亚伦的电话，在快到八点的时候离开。然后我先去了一趟CVS药房，再开车回家，大约八点三十分到家。这样算的话，丹尼尔有两个小时的时间，足够他在我办公室外面把蕾西抓走，带到某处杀害，把她的尸体带回来藏到垃圾箱后，再抢在我之前赶回家中。

这可能办到吗？

"他到家后做了什么？"

梅丽莎在座位上调整了一下坐姿，一只脚从后面勾着另一只脚，比刚进来的时候更紧张了，她知道我提的问题里可能有什么隐情。

"他上楼收拾了一番，好像洗了澡，还换了身衣服。他说他开了一整天的车。等车道上亮起你的车灯，他才再次下楼，倒了几杯酒，然后……你就进来了。"

我再次微笑着点头，感谢她告诉我这些信息，不过此刻我的内心深处只想尖叫。我清楚地记得那一刻，就在那个瞬间，丹尼尔从分开的人群中走出来；就在那个瞬间，他拿着红酒杯走到我面前，一把搂住惊慌失措的我，将我拉入他的怀中，让我顿时如释重负。我现在还记得那时候他身上的沐浴露香味，他笑起来时露出的洁白牙齿；记得他站到我身旁的那一刻，我觉得自己有多幸运。可现在……我无法不去想他在那之前做了什么。他故意用那么香的沐浴露是不是为了遮掩别的什么东西的味道？他换掉的衣服还在我家吗？还是已经被他扔在路边的某个地方，或用火柴烧掉了？他是不是已经把那些可能将他与犯罪行为联系到一起的证据都烧掉了？那天晚上，当我们赤裸的身体在床上交叠在一起时，他的皮肤上是不是就有她留下的某种痕迹？在某个谁都没发现的地方，是不是就有她的一根头发、一滴血液，或者一小片被扯掉的指甲？奥布里呢？奥布里失踪那晚是什么情况？丹尼尔在杀了奥布里，回到家后又和我一起做了什么？他是不是和平常一样，长时间开车后一回到家就直接走进浴室？我那晚有没有进去和他一起洗澡，在浴室逐渐升腾的水雾中把他的衣服一件件脱掉，帮他把她的痕迹冲走？

我闭上了眼睛，捏了捏鼻梁。这种想法让我感到恶心。

"克洛伊？"梅丽莎轻柔的、带着担忧的嗓音响起，"你没事吧？"

"我没事。"我抬起头来，勉强挤出一个浅笑。各种各样的情况一股脑地压在我的肩头，让我倍感沉重。我又一次不明不白地卷入案件，这种感觉让我想起二十年前，我同样看见了，却没有意识到那是什么；同样在不知情的情况下，把女孩们引向了猎食者，或者更确切地说，把猎食者引向了她们。我没法不去想，要不是因为我，她们所有人都不会死。

这一刻我深感疲惫，异常的疲惫。我昨晚几乎没怎么睡觉，丹尼尔的皮肤就像火炉一样散发着热气，提醒我不要靠得太近。我低头看向办公桌抽屉，感觉那些药丸似乎正在黑暗中等待我的召唤。我现在就可以请梅丽莎离开，拉上窗帘，逃离这一切。现在还不到七点，还来得及取消今天的预约。可我不能那样做，我知道我不能。

"今天的预约情况怎么样？"

梅丽莎把手伸进包里掏出手机，打开日历程序，浏览着今天的日程安排。

"今天的预约很满，"她说，"有好几位是上周取消之后重新安排的。"

"好吧，那明天呢？"

"明天的预约到四点钟结束。"

我叹了口气，用拇指按摩起太阳穴。我知道我该做什么，只是没有时间去做。我不能一直取消客户的预约，否则过不了多久我就没客户了。

可母亲的手指在我手掌上疯狂敲动的画面在我脑海中挥之不去。

我该怎么证明呢？

丹尼尔。答案是丹尼尔。

"这个星期四你的预约不多，"梅丽莎一边用食指在手机屏幕上划动一边说道，"只在上午有预约，中午之后就没了。"

"好，"说着我坐直身体，"那天不要加新的预约，星期五也一样。我得出一趟门。"

第三十二章

"我为你骄傲，宝贝。"

我坐在卧室地板上，抬头看向靠着门框朝我微笑的丹尼尔。他刚洗完澡，腰上缠着一条洁白的浴巾，赤裸着上身，双臂交叉抱在胸前。他走到卧室另一侧，翻出衣柜里熨好后挂成一排的白色衬衫。我看着他完美的古铜色身躯、健美的手臂和光滑的皮肤。忽然，我眯起了眼睛，他身上有一道伤痕，从肚子一直延伸到背部，看起来像是前不久刚受的伤，我尽量不去想这道伤痕从何而来，他又在哪里受了伤。相反，我再度把目光落到我的行李袋上，看着里面的那些衣服。它们主要是牛仔裤和T恤衫这种实用的衣服，我可能需要再带一条连衣裙和一双细高跟鞋，毕竟参加单身派对多少还是需要打扮一下的。

"你能再告诉我一遍参加的人都有谁吗？"

"只是一场小型派对，"我把一双高跟鞋塞进行李袋的角落，心里十分清楚它们绝不会派上用场，"香农、梅丽莎，还有一些工作上的老朋友。我不想搞得太大。"

"嗯，我觉得挺好的。"说着，他从衣架上挑了一件衬衫套在身上，扣子还没扣上，就朝我走过来。若是在平时，我一定会站起来，抱住他裸露的皮肤，用手抚摸他背部的肌肉；我还会亲吻他，甚至把他再次领回床上，等我们再次起身去上班时，身上早就没了沐浴露的气味，只剩下彼此的味道。

但我今天没有这么做，我没法那么做。我依旧坐在地板上，对他笑了笑,然后继续低头整理着膝盖上的衬衫。

"这是你的主意。"我努力避开他的目光,但依旧能感觉到他盯着我的目光有多么炙热,仿佛要钻进我的大脑,"你在订婚派对那天说的,还记得吗?"

"当然记得啦,我很高兴你听进去了。"

"订婚派对之后,就是你去新奥尔良的时候,我觉得这个主意不错,应该会很有趣,"我一边说,一边抬头看了他一眼,"开车没多远,也不贵。"

我看见他的嘴唇轻微地抽搐了下,要不是已经知道了真相——他从没去过新奥尔良——我不可能察觉得到这个微小的动作。他向我详细讲述了参加会议期间的事情,星期六的社交、星期日的高尔夫球,以及他在那个星期其余时间做的事情,但他说的这些事其实并没有发生,全都是他的谎言。那场会议的确存在,全国的医药销售代表都汇集到那座城市,只是丹尼尔没有参加。我知道他没去,因为我查到了那个会议的网站,给酒店打了电话,我自称是丹尼尔的助理,需要提交费用报告,请他们寄一份发票的复印件。可他没有去过那里,没有叫丹尼尔·布里格斯的人办理入住或退房,更不用说会议签到了。我没法证明他之前有没有去拉斐特,但凭直觉,我知道那也是谎言。他每次出差工作一整个周末,或者通宵开车之后,虽然会感到极度疲惫,却比之前更有活力。我觉得这些出差都只是他为了掩盖其他更黑暗的事情编造的借口,要是想确认这点只有一个办法。

我对我的未婚夫还有太多不了解的地方,但与他一起生活了这么长时间,有一件事我十分清楚——他是一个按习惯行事的人。他每天下班回家第一件事就是把公文包整理好后上锁,放到餐厅的角落里,以便随时都能拎包就走。另外,他每天清晨都会出去跑步,围着我们居住的街区跑六到十公里再回家洗个热水澡。因此,这个星期的每天早晨,我都会在他亲吻我的额头,离开家去跑步之后,偷偷跑到餐厅,来回拨弄密码锁上的数字,试着找出公文包的密码。这比我想象的容易,从某个角度来说,他其实是个很好猜的人。我努力回忆着丹尼尔生活中所有可能对他有意义的数字,例如他的生日、我的生日、我家的地址。毕竟,我从亚伦那里明白了一个道理,那就是模仿犯其实很感性,他们整个生活都被某些隐藏的信息与密码包围着。可几天下来,我一无所获。我坐在餐厅的地板上苦思冥想,一会儿看看他的公文包,一会儿还不忘看向餐厅的窗户,以防他突然回来。

就在这时,一个念头突然出现在我的脑海中,我站了起来。

又看了看窗外,我才尝试起另一组密码——72619。我记得自己把数字对着密码锁边上的小刻度整齐排好,然后推开滑块,密码锁咔嗒一声打开了,公文包的铰链也被打开了,包里排列整齐的东西瞬间展现在我面前。

打开了公文包,用这个密码把公文包打开了。72619。

2019年7月26日。

我们结婚的日子。

"我要给香农发信息,让她一定要拍张照片发给我。"丹尼尔转身走向梳妆台,打开他的内衣抽屉,一边笑一边穿上红绿格的四角裤,那是我圣诞节时送他的四角裤。"我想要你和波旁街那些酒保的合影,你知道的,就是那些用试管喝酒的……"

"别。"我回答得太快,语气也许太过急促,便连忙转向他。看到他的眼睛略微眯起,我意识到自己要赶紧想一个能说服他别给香农、梅丽莎或其他任何人发消息的理由,因为她们不会参加我的单身派对,连我自己都不会去,因为这个单身派对根本不存在。

"你别这样。"我垂下眼帘说,"我的意思是,这是我的单身派对,丹尼尔,我不想让自己因为老想着她们会给你发照片而觉得不自在,时刻担心自己出丑。"

"哎呀，得了吧，"他说着把手放到我屁股上，"你从什么时候开始担心自己喝多后的样子了？"

"我们不该讨论这件事！"我尽量用打趣的口吻说道，"这只是一个周末。再说，我觉得她们不会回复你的，我看过单身派对的规则了，不准打电话，不准发信息。我们应该断开联系，好好享受女孩们的周末。"

"好吧，"他举手投降道，"在新奥尔良发生的事就留在新奥尔良吧。"

"谢谢。"

"那你星期六回家？"

我点了点头。一想到接下来整整四天我都不会被人打扰，就高兴得简直要瘫倒在地了，这真是一种解脱。只要离开这里，我就不用一直伪装了。希望我这次旅行结束之后就再也不用伪装了，不用假装自己什么都不知道，不用继续贴在他身上睡觉，也不用在他吻上我的脖子时忍住因畏缩而产生的颤抖。希望我在这次旅行中找到证据，这样我就可以去警察局报警，而他们也会相信我说的话。

即便如此，这也不会让我接下来要做的事情变得轻松一些。

"我会想你的。"他坐在床边说道。他知道我自从警报那晚一直在疏远他，他能感觉到我在躲避他。我把一绺头发别在耳后，强迫自己走过去，在他身边坐下。

"我也会想你的。"我说道，在他把我拉过去亲吻的时候屏住了呼吸。他用手捧着我的头，用那种熟悉的方式抚摸着我。"但现在我得走了。"

我抽身出来，起身走到行李袋旁，盖上盖子，拉上拉链。

"我今天早上还有预约，结束之后我就从办公室直接过去。梅丽莎和我一起走，再顺路去接香农。"

"好好玩。"他笑着说。我看到他手指交叉着搭在大腿上，独自坐在床边，神色有些沉重。有那么一瞬间，我感觉他身上散发着一股过去从未有过的悲伤。那是一种迫切的渴求，在尚未遇到丹尼尔之前，在人群中依旧倍感孤独的时候，我也曾体会过。背着某个人偷偷调查他的过去是我最厌恶的事，以前我总责备别人对我做这种事，若是换作几周之前，我这样做一定会感到十分愧疚，胸口也会因为自己对所爱之人撒谎而产生熟悉的疼痛。可这次不一样，现在事态严重，我顾不得那么多了。我一直都知道丹尼尔和我不是一类人，但我现在愈发相信他和我父亲是一类人了。

我背着行李袋，比预约的时间早三十分钟抵达办公室。我快步走过梅丽莎桌边时，她正喝着拿铁，我朝她挥了挥手，不想说太多和这次旅行有关的事情，只告诉她我为了婚礼事宜需要出城几天，说得很模糊，没有交代任何细节。整个计划中，最让我担心的部分是如何让丹尼尔相信我的借口，不过到目前为止，我觉得一切都还算顺利。

"戴维斯医生。"梅丽莎把杯子放到桌上。正当我即将走进办公室的时候，她的话语传来，"对不起，你有一位访客。我告诉过他你今天早上有预约，但……他坚持要等你。"

我转身走向候诊室，瞥了一眼进来时完全没有留意到的在角落里的那组沙发，看见托马斯警探正坐在其中一张沙发的边缘，腿上放着翻开的杂志，他朝我笑了笑，接着把杂志合拢放回茶几上。

"早上好。"他站起来向我打招呼，"你这是要去哪里？"

我看了一眼自己的行李袋，又抬头看向警探，他向前迈了几步，把我们之间的距离缩短了一半。

"只是一次小小的旅行。"

"去哪里呀？"

我很在意身后的梅丽莎，纠结着该如何作答。

"新奥尔良，"我说，"处理一些婚礼相关的事情，那里有几家精品店，我也想看看不同的供应商。"

我发现如果一定要说谎，最好的办法就是说得简单点，尽可能说同一个版本。如果我告诉丹尼尔我要去新奥尔良，那么最好也这么告诉梅丽莎和托马斯警探。我注意到托马斯警探瞥了一眼我手上的戒指,然后抬起头轻轻点了点。

"我只占用你几分钟的时间。"

我引着他穿过候诊室,往我的办公室走去,同时转身对梅丽莎笑了笑。虽然我的心里泛起了恐慌,还是希望她觉得我是镇定自若,一切尽在掌控之中的。警探跟着我进入办公室,关上了房门。

"警探,请问我能为你做点什么?"

我走到桌子后面,把行李袋放到地上,拉出椅子坐下。我希望他也这样做,可他没有坐下。

"我来是想通知你,我这周都在跟进你提供的线索,伯特·罗兹。"

我早就把伯特·罗兹抛在脑后了,故而有些惊讶地挑起眉毛。过去这一周实在发生了太多事,我关注的事情早已发生了改变,现在在我家衣柜里的项链、奥布里·格拉维诺的身份、丹尼尔衬衫上的香水味、开会的谎言,还有他身上的伤痕。我去探望了母亲,还在丹尼尔的公文包里发现了东西,那东西现在已经被我装进了自己的行李袋里。我一直在寻找的证据,还打算在这周末的旅行中找到的证据。伯特·罗兹在我家拿着电钻和我对峙的事,仿佛是十分久远的回忆。不过我依然记得那种因为恐惧而动弹不得的感觉,即使危机感越来越强烈,我的双脚依然无法挪动一寸。不过,即便是那么危险的情况,也无法和当下事态的危险程度相提并论,至少我不用和伯特·罗兹生活在同一屋檐下,只要我锁上房门,他就进不来了。我不禁对上周产生了怀念之情,渴望重回那个时刻——背靠房门站在自家走廊里,那个时候至少善与恶还是泾渭分明的。

托马斯警探换了个姿势,我忽然感到一阵愧疚,是我让他掉进这个兔子洞的。没错,伯特·罗兹不是个好人,没错,他给我一种危险的感觉。但我在过去一周里找到的证据并未指向他,我该把这一点告诉托马斯警探。但我还是好奇托马斯警探会告诉我什么。

"真的吗？你们发现了什么？"

"首先，他想申请一项限制令，是针对你的。"

"什么？"这话把我吓了一跳，我猛地站起身，被我撞开的椅子摩擦着地板，发出钉子刮黑板的声音，"你这话是什么意思，限制令？"

"请坐下，戴维斯医生。他告诉我他去你家的时候觉得受到了威胁。"

"他感觉受到了威胁？"我不禁提高了嗓门，梅丽莎肯定能听到我说的话，但我现在没空管那么多，"他怎么可能感觉受到了威胁？应该是我感觉受到了威胁！我可没有武器。"

"戴维斯医生，坐下吧。"

我又盯了他一会儿，才眨眨眼睛，压住自己的疑惑慢慢坐回椅子上。

"他说你用假借口把他骗到你家，"他一边朝我的桌子迈近一步，一边接着说，"他抵达你家时，本以为自己只是来完成一项工作，但进屋后却发现你另有企图。你审问他、激怒他，想让他承认自己有罪。"

"这太荒谬了，不是我把他叫到家里来的，是我未婚夫。"

未婚夫这个词让我的心脏猛地一跳，但我强迫自己把那种感觉压了下去。

"你未婚夫是怎么知道他的号码的？"

"应该是从网站上看到的。"

"那你又为什么看那个网站呢？考虑到你的过去，这未免也太凑巧了。"

"听我说。"我用手捋了捋头发，心里已经能预见我们的谈话会走向何方，"我的确打开了那家公司的网站，我那时刚刚发现伯特·罗兹也住在这座城市，就像你说的，这未免也太凑巧了。我当时一直在想那些女孩的事，急于弄清楚她们身上究竟发生了什么。可我未婚夫在我的笔记本电脑上看到了那个网站，就瞒着我打了电话。这只是个愚蠢的误会。"

托马斯警探朝我点了点头，但我能看得出来他并不相信。

"就这件事吗?"我的语气中带着愤怒,问道。

"不,还有别的事。"他说,"我们发现这不是你第一次这么说,跟踪、阴谋论的东西,还有限制令,它们听起来有种诡异的熟悉感。你对伊森·沃克这个名字有印象吗?"

第三十三章

我第一次见到他,是在一次家庭聚会上,当时他正在把一个塑料杯浸入装有荧光红色液体的冷却器中。他身上有一种让我说不清道不明的特质,可以说是空灵。他是一个闪闪发光的人,仿佛只要站在那里就能把周围的光全都吸到他的身上,让房间里其他所有人都黯然失色。

我拿着杯子,喝了口里面的液体,蹙起眉头,兄弟会的派对从来都只提供劣质酒水,但这不是重点。我现在醉得刚刚好,有些微醺,有些麻木。安定剂在我的血管里流动,帮助我平复了神经的鼓噪,我的头脑处于一种被化学物质诱导出的平静状态。低头看向杯中仅剩的一点液体,我一口干掉了它们。

"那是伊森。"

我转头看向左边,我的室友莎拉就站到了我的身旁,点头示意我刚才一直盯着的那个男孩,伊森。

"他很可爱,"她说,"你应该去和他聊聊。"

"也许吧。"

"你盯着他一整个晚上了。"

我瞥了她一眼,脸颊通红。

"我才没有呢。"

她露出一脸坏笑,转了转手中的杯子,喝了一口。

"好吧,"她说,"你要是不去,那我可就去了。"

我看着莎拉慢悠悠地朝他走了过去,似乎带着某种决心,像一个正在执行任务的女人,穿过醉酒的人群和噪音。我仍然站在原地,靠着墙,这是我常待的地方,可以让我打量整个房间,时刻注意周围的环境,没有人能从我身后出现,没有人能吓到我。莎拉总会做这样的事,她只要看出我想要什么东西,就会把它们夺走——一开始是宿舍下铺的床位,接着是我们现在租住的公寓里带步入式衣帽间的卧室,申请变态心理学课程的最后一个名额,以及挂在服装专卖店橱窗里仅剩一件的中号米色上衣,就是她身上现在穿的那件上衣。

现在轮到伊森了。

我看见她靠近伊森,轻拍他的肩膀。他看了她一眼,笑得很开心,然后友好地拥抱了她一下。这没什么,我想,反正他也不符合我清单上的要求。这是真的,他对我来说太过高大,他把莎拉揽在自己胸前,胳膊上的肌肉鼓了起来。只要他愿意,他可以一直搂着她,像一条蟒蛇一样,用力地抱着她,直至她的骨头全部断裂。他太受欢迎了,也太习惯于得到自己想要的东西。他看起来是个自以为是的人,如果我中途突然反悔,他会非常气愤,我从不和这类人交往。

我看了看前门,从那里出去,我就能离开这个闷热的屋子,走进秋日的路易斯安那州立大学凉爽又清新的空气中。我给自己定下的规矩是永远不要一个人走回家,可现在看来,莎拉会在这里待上一段时间,我只能自己回家了。我的公寓钥匙上挂着一个防狼喷雾钥匙链,而且这里离公寓只有几个街区远。我站在那里有些犹豫不决,不知是该过去和她道别,还是该直接离开,好像就算我这么走掉了,也不会有人注意到。

我做出了决定,打算走之前再打量一下周围,我的目光从前门转到派对上,发现他们正在看着我。伊森和莎拉都朝我看了过来,莎拉用她纤细的手挡在嘴前,在伊森耳边小声说着什么,他则微笑着轻轻点头。我的心仿佛跳到了嗓子眼,赶忙低头去看手中的空杯子,里面要是有什么东西能让我喝一口就好了,最起码让我有事可做,而不是像现在这样手足无措地站着。我还没来得及离开,伊森就朝我走了过来,直视着我

237

的眼睛，好像整个房间里除了我再没有其他人了似的。他身上的某种特质让我感到紧张，男人总会让我感到紧张，让我感到警惕和焦虑，但他让我紧张的方式不一样，那是一种正向的紧张，是兴奋的感觉。我用力握紧手中的塑料杯，将它捏得咔咔作响。最后，他来到我身边，用粗壮的胳膊碰到了我的胳膊，他穿的棉质亨利领衬衣十分柔软。

"嗨！"他露出整齐洁白的牙齿，朝我露出一个大大的笑容，身上还散发着经过商场店铺时扑面而来的那股冷冽的香水味。我当时不知道那是丁香和檀香的味道，但在接下来的几个月里，我逐渐熟悉了那种味道。即便后来我的枕头上已经再没有他的体温，可那味道却长久地萦绕在上面，持续了好几个星期，他去过的地方也好，他不该出现的地方也好，无论在哪里闻到这个味道，我都能立即辨认出来。

"你就是莎拉的室友？"他推了推我，问道，"我和她是在课上认识的。"

"对。"说着，我朝莎拉看了一眼，但她已经不在那里，消失在人群中了。我在心里默默向她道歉，因为我总会把事情往最坏的地方想。"我是克洛伊。"

"伊森。"他递过来的不是他的手，而是一杯饮料。我接了过来，把它插进我的空杯里，然后就着叠成双层的杯子喝了一口。"莎拉说你是读医学预科的？"

"心理学，"我说，"我想明年秋天在这里攻读博士学位，当然，我首先要拿到硕士学位。"

"哇，"他说，"这太酷了。嘿，这里有点吵，你想找个安静的地方聊聊吗？"

我记得当自己听到这句话时，紧张的心立马沉了下来，我知道他也和其他人一样。但我不该为此责怪他，毕竟我过去也曾这样，利用别人，利用他们的身体，让自己不那么孤单。但这次我的感受变了，因为我是被利用的一方。

"其实我原本正打算离开……"

"我好像说了奇怪的话,"他举手打断了我,"我知道男生总说这种话,安静的地方,比如我的卧室,对吗?但我不是这个意思。"

他不好意思地笑了笑,我咬住嘴唇,想知道他刚才到底是什么意思。我的清单久经考验,一直保护着我的情感和人身安全,而他,完全不符合清单上的条件。他拥有完美无瑕的微笑和一头蓬乱的金发,他的手臂好像从未认真健过身似的,没有特意锻炼的痕迹,但轮廓分明。和他说话能同时感觉到安全和危险,就像坐过山车,你的身体随着链条发出的咔嚓声一点点地向前移动,胸口逐渐向下沉,想要回头时才发现为时已晚。

"那里怎么样?"

他指了指厨房,那里堆满了用过的杯子,料理台上还堆着几个空了的"自然光"牌啤酒箱,厨房门框上的铰链被卸了下来。那里没有人,是一处足够安静,可以聊天的地方,同时外面的人也能看到里面,让人觉得有安全感。我点点头,由他带着我穿过拥挤的走廊,进入闪着荧光灯的房间。他用毛巾在料理台上擦出一块干净的地方,笑着拍了拍那里。我走过去靠在边缘处,双手撑着台面一跃而上坐了上去,悬空的双脚荡来荡去。他坐到我身旁,用他的塑料杯碰了一下我的。我们一起喝了一口酒,然后一边拿着塑料杯一边凝视对方。

接下来的四个小时,我们一直坐在那里。

第三十四章

"戴维斯医生,请回答我的问题好吗?"

我抬头去看托马斯警探,眨了眨眼睛,从回忆回到现实。可我的手仿佛还能感受到酒水洒在台面上变干以后的黏腻感,还能感受到用一个姿势在那里坐上好几个小时后腿部产生的酸痛感。我们完全沉浸在交谈中,对那间破旧的厨房外面的世界浑然不觉,四周的派对嘈杂声仿佛消失了,只过了一瞬间,我们就成了最后离开派对的人。我们在一片黑暗中安静地往公寓走,秋风从校园的树林中拂过,伊森的手指轻柔地勾着我的手指。他带我沿着人行道走回我住的公寓,站在街角守护着我,等我打开前门向他挥着手道晚安后才转身离开。

"是的,"我小声说道,感觉喉咙堵得更厉害了,"是的,我认识伊森·沃克,但想必你已经知道了。"

"你能向我介绍一下他吗?"

"他是我大学时的男朋友,我们曾经交往了八个月。"

"你们为什么分手?"

"大学谈的恋爱,"我重复道,"哪有那么认真,不合适就分手了。"

"我听说的可不是这样。"

我怒视着他,胸腔里涌上一股恨意,同时也把我自己吓了一跳。显然,他已经知道答案了,他只是想让我自己说出来。

"不如你把事情原原本本地给我讲一遍吧,"托马斯警探说,"从头开始。"

我叹了口气,瞥了眼挂在办公室门上的时钟,还有十五分钟,今天预约的第一个患者就要来了。这个故事我已经讲过上百遍了,我知道他完全可以去查警察局的记录,也许还能听到我讲述这个故事时的录音。但我希望他能在我的患者来办公室前离开这里,所以我耐着性子又讲了一遍。

"我刚才说了,我和伊森交往了八个月。他是我第一个真正意义上的男朋友,我们的感情升温很快,对我们当时那个年龄的孩子来说也许太快了。他总待在我的公寓里,几乎每晚都住在那里。可到了那年夏天,也就是学期刚结束的时候,他开始和我保持距离。大约在同一时间,我的室友莎拉突然失踪了。"

"你有当作失踪案报警吗?"

"没有。"我说,"莎拉是个随性而为的人,她有一个自由的灵魂。大家都知道她的为人,她可能会在周末来一场旅行,或是做一些类似的事情。但那一次的情况让我觉得有些不对劲,她失踪了三天,但我没有任何她的消息,我很担心她出事。"

"听上去没什么不对劲的地方,"托马斯警探说,"你报警了吗?"

"我没报警。"我又说了一遍,明白这话听上去有些不合理,"你要知道,那可是在2009年,当时的人并不像现在这么离不开手机。我一直努力说服自己,也许她只是来了一场说走就走的旅行,刚好忘了带手机。但没过多久,我发现伊森的行为变得怪异起来。"

"怎么个怪异法,你能具体说说吗?"

"我只要一提起莎拉的名字,他就会显得很慌张,胡乱说些话来转变话题,似乎丝毫不担心她的不辞而别,随口就说她可能只是去了什么地方。他会说'现在是暑假,她也许回家看望父母了',但只要我提及给他们打电话,确认一下她是不是真的回了父母家,他就说我反应过度,说我不该管别人的闲事。这让我不禁思考他的行为,越想越觉得他似乎不希望别人找到她。"

托马斯警探朝我点了点头。我不知道他是否在警察局的录音中听到过这些，总之他的表情没有透露任何信息。

"有一天，我进到她的房间四处翻找，看看能不能找到一些能证明她去了哪里的线索，我没有明确的目标，只是觉得也许能找到张字条什么的。"

当时的记忆鲜活地浮现在我的脑海里，我用一根手指推开她卧室的房门，门发出了咯吱声。我悄无声息地走了进去，担心自己是否打破了某种潜规则，担心她会随时冲进来，撞见我翻看她的衣服或日记本。

"我扯下床上的床单，发现床垫上有血迹，"我说，"很大一块血迹。"

我现在依然能清晰地回想起那块血迹，那是莎拉的血。那块血迹几乎把床垫的整个下半部分都染红了，不是那种鲜红色的血迹，而是一种仿佛什么东西烧焦了一般的锈红色。我记得自己伸手去按压床垫时，感觉好像有湿气从其中某个地方渗出来。我揉搓了下手指，看着上面猩红色的污迹，还是湿的，还是新鲜的。

"我知道这听起来很奇怪，但我在她的床上闻到了伊森的味道，"我说，"他身上有一种非常……独特的味道。"

"好吧，"他说，"到了这个时候，你总该去报警了吧？"

"不，没有，我没去。我知道我应该那么做，但是……"我停顿了一下，让自己恢复镇静，免得说错了话，"在报警前，我想先确定是否真的发生了谋杀案。我才搬到巴吞鲁日不久，想要逃避有关我的名字、我的过去的一切，不希望那些再被警察翻出来。我才开始拥有正常的生活，不想马上就失去。"

他点点头，眼神却流露出责备。

"但是，就像我邀请莉娜来我家，把她介绍给我父亲一样，我对莎拉和伊森也产生了同样的感觉。"我继续说，"我把公寓的钥匙给了伊森，现在莎拉失踪了，而且似乎遇到了危险，如果这和伊森有关，我觉得自己有义务尽我所能地查明真相。我觉得自己有这样的责任。"

"好吧,"他说,"后来发生什么了?"

"伊森在那周和我分手了,很突然地和我说要分手。我当时非常意外,它就发生在莎拉失踪的那段时间,因此我觉得这是一个证据。一个证明他有所隐瞒的证据。他告诉我他要出城几天,回他父母家解决一切。于是,我决定趁机闯进他的公寓调查。"

托马斯警探扬起了眉毛,我强迫自己在他再次打断我之前继续说下去。

"我觉得自己可以找到一些能交给警察的证据,"我想起父亲衣柜里的首饰盒,它简直就是铁证一样的存在,"我从父亲犯下的谋杀案中明白了证据的重要性——没有证据,一切都只是怀疑,别说实施逮捕,就连指控也办不到。我不知道自己具体要找什么,什么东西都好,只要它能证明我的精神没有问题,没有再次疯狂起来就好。"

疯狂这个词令我感到畏惧,我继续往下说。

"我知道有一扇窗户他从来都不锁,就从那扇窗户闯进了他的公寓。可刚翻找没一会儿,就听见卧室里有动静,我这才意识到他此时就在里面。"

"你进入他的卧室后看到了什么?"

"他就在里面。"一想起当时的场面,我的脸一下子变得通红,"莎拉也在。"

那一刻,我站在伊森卧室门口,眼看他和莎拉在那张破旧的床单上翻滚。我想起我们相遇的那一晚,他们也在派对上拥抱了。我想起她用手挡着嘴,凑到他身边,在他耳旁低语的样子。伊森和莎拉是同班同学,这不假。可我后来发现他们的关系并非仅限于此,他们前一年就混在一起,在我们交往了几个月后,他们背着我和好了。事实证明我对莎拉的看法是对的,她总会把我想要的抢走。介绍我们认识对她来说只是一场游戏,这可以让她经常出现在伊森面前,并再次把他夺回去,她想用这种方式来证明她比我强。

"他对你那样闯进去,闯进他的公寓做何反应?"

"他的反应肯定不会好,"我说,"他冲我大吼,说他这几个月来一直想和我分手,是我太黏人,根本听不进去他的拒绝。他把我描绘成一个强闯他公寓的疯狂前女友……还申请了限制令。"

"莎拉床垫上的血迹是怎么回事呢?"

"她好像是意外怀孕了,"我用理所当然的语气麻木地说道,"但是流产了,她非常难过,又不敢声张。她不想让别人知道这件事,更不想让人知道孩子的爸爸是她室友的男朋友。整整一周的时间,她都躲在伊森的公寓里平复心情,所以伊森才不让惊慌失措的我给她的父母打电话,也不让我报警说她失踪了。"

托马斯警探叹了口气。我不禁觉得自己很傻,就像想用漱口水把自己灌醉,又因此而被训斥的青少年。我没有发疯,我只是很失望。我等他说点什么,说什么都行,但他只用质疑的眼光继续审视着我。

"你干吗非让我给你讲这件事?"曾经的愤怒又在我的心中升腾,见他没有说话,我终于忍不住问道,"你显然已经知道了一切,再说那和现在的案子又有什么关系?"

"我希望通过重新讲述这段记忆,让你看到我看到的事。"说着,他又朝我走了一步,"你曾经被你爱的人、信任的人伤害过,你对男人有一种深入骨髓的不信任感,这一点毋庸置疑——在经历了你父亲的所作所为之后,谁能为此责怪你呢?但你要知道,你的男朋友不能对你毫无保留并不代表着他是杀人犯。你经历这件事后应该明白这个道理。"

我突然感觉喉咙被堵住了,同时想到了丹尼尔——另一个我主动进行调查的男朋友(不,是未婚夫),想到了我脑海中的种种猜测,以及我为这个周末制订的计划。这些计划和通过公寓窗户闯入伊森的住处没有任何区别,都是对隐私的侵犯,就像偷看别人的日记一样。我的目光掠过脚边拉着拉链、准备就绪的行李袋。

"你不相信伯特·罗兹也不代表他就会杀人,"他继续说,"这似乎已经成了你的一种行为模式——投身于和自己毫无关系的冲突之中，试图自己找到答案，成为英雄。我理解你为什么这么做，是你把自己的父亲送进了监狱，你是那个英雄，所以你觉得你有责任这么做。但我现在告诉你，你必须停止这种行为。"

这是我一周内第二次听到这句话，上一次是库珀在厨房里看见那些药时，对我说了这句话。

我理解你为什么这么做。我只希望你能停止这种行为。

"我没投身于任何事情，"我的手指甲深深地扎进掌心中，"我也没想成为英雄，无论那是什么意思。我只想帮帮你们，只是想给你们提供一些线索。"

"错误的线索比没有线索更糟糕！"托马斯警探说，"我们在这家伙身上耗费了将近一周的时间，我们本可以用这些时间调查其他人。我现在并不觉得你有什么恶意，我真的相信你在努力做你认为正确的事，但我觉得，你应该去寻求一些帮助。"

库珀恳求的声音在我耳畔响起。

去寻求一些帮助。

"我是一名心理学家，"我盯着他的眼睛，把我对库珀说的话，那些自从我成年以后就在脑海中反复背诵的话再次重复了一遍，"我知道要怎么帮助自己。"

寂静笼罩了整个房间，我仿佛听到外面梅丽莎发出的呼吸声，她可能正把耳朵贴在紧闭的房门上。她肯定听见了我们全部的对话。预约的病人也许已经坐在外面的候诊室里了，如果是这样的话，她肯定也听见了。我能想象到她听见有警察对她的心理医生说，她需要帮助时，惊讶得瞪大双眼的画面。

"伊森·沃克在你闯进他的公寓后申请了限制令，还提到了你在大学时期滥用药物的问题。你滥用处方药地西泮，还把它和酒精混在一起。"

245

"我早就不那么做了。"说着,我感觉紧靠着那一抽屉药物的腿正隐隐发烫。

我们在她的头发里发现了大量的地西泮。

"你一定知道那些药有相当严重的副作用,偏执,混乱,难以分辨什么是真实发生的,什么是幻想出来的。"

我有时候很难分清哪些是真实的,哪些是我幻想的。

"我没开过任何处方药,"这不完全是谎言,"我没有偏执,也没有混乱。我只想帮忙。"

"好吧。"托马斯警探点点头。我能感觉到他在为我难过,他在同情我,这意味着他再也不会把我说的话当回事了。我原本以为自己不可能比以前更孤独,但我觉得自己错了,现在的我更孤独了。"好吧。我想我们没什么可说的了。"

"是的,没错。"

"感谢你抽出时间见我。"他说完就朝门口走去,他的手刚伸到门把边,又犹豫地转过身来对我说,"对了,还有一件事。"

我挑起眉毛,无声地示意他继续说。

"如果再让我们发现你出现在哪个犯罪现场,我们就会对你进行适当的惩戒。篡改证据可是刑事犯罪。"

"什么?"我大吃一惊地问道,"什么篡改……"

忽然,我明白他在说什么,赶紧闭上了嘴。他说的是柏树墓园,奥布里的耳环,一名警察从我手中把它拿走了。

你看着很眼熟,但我想不起来在哪里见过你,我们以前见过吗?

"你去过奥布里·格拉维诺那起案件的犯罪现场。我们第一次来你办公室的时候,道尔警官就认出你了。我们什么也没说,想看看你会不会主动提起你曾经去过那里,说那只是巧合。"

我紧张地咽了一口唾沫,震惊得动弹不得。

"可你什么也没说。所以,后来你因为想起一些事来警察局找我的时候,我以为你打算把那件事告诉我,"他换了一个姿势继续说,"可你还是没有,反而说了关于模仿犯的理论,还有被偷走的首饰、伯特·罗兹。你说蕾西的尸体让你想到了这个理论,但我很难接受这种说法,因为蕾西的事情发生在道尔警官看见你拿着奥布里的耳环之后,这说不通。"

我回想起那个在托马斯警探办公室的下午,想起他看向我的眼神中流露出的不安与怀疑。

"我怎么可能有奥布里的耳环?"我问道,"要是你真认为是我把它放在那里的,那就表示你认为我……"

我僵住了,没继续把话说完。他不会认为我跟这一切有关吧……是吗?

"有好几种猜测。"他用小拇指的指甲抠了抠牙缝,然后看了看指甲,"但我可以告诉你,那上面没有她的指纹,只有你的指纹。"

"你想说什么?"

"我想说的是,我们无法证明那只耳环是怎么跑到那里去的,能把它们联系起来的似乎只有你,所以拜托你别再增加自己的嫌疑了。"

我忽然意识到,就算我能在家里找到奥布里的项链,警察也不会相信我了。很显然,他们认为是我故意篡改了证据,把他们引到错误的调查方向上,而我这么做的目的,只是为了证明一个异想天开的想法,把罪责推到另一个我遇见过的不值得信任的男人身上。更糟糕的是,他们或许认为我与这个案件有关,我是最后一个看见蕾西活着的人,是第一个发现奥布里耳环的人,还是迪克·戴维斯的血脉,是怪物的后代。

"好吧。"我与他争论或试图解释这些都毫无意义。托马斯警探听到我的回答满意地点了点头,转身离开了我的办公室。

第三十五章

恍惚间,一个上午就过去了。连续三次治疗,中间几乎没有休息的时间,但我在谈话结束后却对此没有留下任何印象。这是我第一次如此庆幸电脑桌面上有那几个小图标,等我没那么心烦意乱,注意力更集中的时候,还能再听一遍录音。一想到谈话录音里自己那毫无感情的应答、心不在焉的附和,什么正经问题都没问出来的样子,我便有些抵触。沉默半晌,我的目光重新聚焦,想起了自己在哪里,刚才在做什么。托马斯警探走出去时,第一位预约患者就在候诊室里,等我终于振作精神起身前往接待厅时,我看到了她脸上的表情。她的目光在我和门口之间来回游移,仿佛拿不准是该跟我走进办公室还是起身直接离开这里。

十二点零二分,我从座位上起身——我不想显得太过急切——拎起行李袋,关掉电脑电源,然后打开办公桌抽屉,点了点那堆药片。我看到角落里的地西泮,犹豫了一下,还是决定带上一瓶赞安诺,有备无患。我锁上抽屉,快步从梅丽莎身边走过,草草嘱咐她离开时记得锁门。

"你星期一回来,对吗?"她站起来问道。

"对,星期一。"我转过身,努力挤出一个微笑,"我只是去买一些婚礼用品,把该办的事情全都办完。"

"对,"她目不转睛地看着我,"你说你会去新奥尔良?"

"没错,"我想说点什么,说点平常的话题,却什么也说不出来,一种既尴尬又安静的氛围在我们之间蔓延,"好啦,要是没有别的事情……"

"克洛伊。"她一边抠着自己指甲边的死皮一边说。梅丽莎是个公私分明的人,在办公室的时候她从来不叫我的名字,她这样称呼我看来是有些私事想要对我说。"你没事吧?到底发生什么事了?"

"没事,"我又朝她笑了笑,"什么事都没有,梅丽莎。我是说,除了我的病人被谋杀了,还有我再过一个月就要结婚了之外,什么事都没有。"

这个玩笑并不好笑,我想自嘲地笑笑,可发出的笑声却像被人勒住了脖子似的,于是赶忙用咳嗽来化解尴尬。梅丽莎没有笑。

"我只是这段时间压力太大了,"我想这应该是我这段时间对她说的第一句实话,"我需要休息一下,精神方面的休息。"

"好吧。"她犹豫着说,"那个警探呢?"

"他这次来又问了一些关于蕾西的问题,谁让我是最后一个见到她的人呢?如果他们最重要的证人只有我,可真是没什么线索了。"

"好吧,"她重复道,但这一次语气变得稍微安心了一些,"好吧,你好好休息,希望你回来的时候能精神百倍。"

我走到自己的车边,像删除垃圾邮件似的把行李袋扔到副驾驶位上,然后坐到驾驶位,发动了引擎。我掏出手机,从联络簿里找到我要找的人,开始输入信息。

我在路上了。

从我的办公室到汽车旅馆开车只需要四十五分钟,所以我很快就抵达了那里。星期一的时候房间就订好了,就在我告诉梅丽莎别再为我增加新预约之后。我定的是网上搜出来的第一家评价超过三颗星的廉价旅馆,我打算用现金支付,另外我也不会在房间里待太久。把车开进停车场后,我走进休息大厅,在取钥匙的时候尽量避免与服务人员闲聊。

"12号房间。"服务人员在我面前晃动着钥匙。我一把抓过钥匙,露出淡淡的、有些歉意的微笑。"你真幸运，房间紧挨着制冰机。"

我打开房门，口袋里的手机振动起来，我取出手机看了一眼消息——"我到了"。我把房间号码发了过去，就把包扔到单人床上，环视整个房间。

房间里的灯是那种高速公路边的汽车旅馆才会使用的荧光灯，在这种灯光的照射下，房间里的一切显得更加荒凉。另外，这里的装修也加深了这种悲凉感，床头上方挂着批量生产的海滩风景画，枕头上摆放的巧克力已经变软了，黏黏糊糊的。我看了眼床头柜，拉开抽屉，只见里面放着一本撕掉了封面的《圣经》。我走进浴室，洗了把脸，把头发盘到头顶。这时，敲门声响了起来，我慢慢吐出一口气，又看了一眼镜中的自己，尽力忽略刺眼光线下格外明显的眼袋。我强迫自己关上灯，来到门口，一个人影在拉上的窗帘后若隐若现。我握紧门把手打开了房门。

亚伦正站在人行道上，双手插在口袋里，看上去很不自在，不过这也可以理解。我挤出一丝微笑，想让气氛变得轻松些，希望他别太在意我约他在这种地方——巴吞鲁日郊区一家不起眼的汽车旅馆里见面。我还没告诉他我把他约到这里来的理由，我们即将要做的事情，也没告诉他这里明明离我家没多远，只有一小时车程，我为什么不能回家睡觉。星期一给他打电话的时候，我只说掌握了一条他绝对无法忽视，而我需要他帮忙跟进的线索。

"嘿，"我一边说一边靠在门上，它被我的体重压得咯吱作响，我只好又挺直腰板，双臂交叉抱在胸前，"谢谢你来帮我，稍等，我拿一下包。"

我请他进入房间，他并未拒绝，只是跨过门槛时还有些不太自在。他环顾四周，对我这个新住处不以为然。自从上周末我请他去调查伯特·罗兹，我们就没怎么说过话了，现在回想起来，那仿佛是很久以前的事了。他不知道我和伯特发生过对峙，不知道我去过警察局，也不知道托马斯警探后来警告过我不要介入案件的调查——和我现在打算做的事情正相反。此外，他不知道我的怀疑对象已经从伯特·罗兹变成了我的未婚夫，而我现在想让他帮我证明我的想法是正确的。

"你的报道写得怎么样了？"我十分好奇他有没有挖到更多的信息，我找不到的信息。

"我的编辑让我下周末之前必须找到更多素材，"说着，他坐到了咯吱作响的床垫边缘，"否则就收拾东西滚回去。"

"空手而归？"

"没错。"

"但是你已经大老远跑来了，你的那个理论怎么办？模仿犯的理论？"

"我觉得这个理论没问题，"亚伦耸了耸肩，一边说，一边用指甲抠着被子上的接缝，"但说实话，我没查出什么东西来。"

"这个嘛，我也许能帮上点忙。"

我来到床边，在他身旁坐下，床垫被我压得微微塌陷，让我们靠得更近了。

"怎么帮？和你说的神秘线索有关吗？"

我低头看着自己的双手，谨慎地想，我该怎么说才能把他需要知道的信息告诉他，而不透露别的信息。

"我们要找一个女人聊聊，她叫戴安。"我说，"她的女儿在我父亲犯案期间失踪了，和他的其他几个受害者一样，她的女儿也是一个年轻貌美的女孩，尸体一直没有被找到。"

"好吧，但是你爸爸从没承认过杀了她，对吧？他只承认杀了六个人。"

"对，他没承认过，"我说，"那里也没有她的首饰。她不符合我父亲的作案模式……但考虑到警方一直没有查明是谁绑架了她，这件事还是值得调查一下的。我想，无论绑架她的人是谁，这个人都很可能是

251

我们要找的模仿犯。他也许从很早以前就开始模仿我父亲了，比我们想象的要早，甚至可能在我父亲还在作案的时候就开始了，不过他后来潜伏了一段时间，然后在最近，也就是那起案件的二十年之后，突然开始再次犯案。"

亚伦看着我，让我有些担心他会觉得被冒犯了，然后转身离开这里，毕竟我只有这么一个靠不住的线索，就让他大老远跑来见我。可他拍了一下大腿，大声呼了一口气，从凹陷的床垫上站起身。

"嗯，好吧。"他伸手扶我站了起来。我不确定他是不是真的相信我说的话，还是因为实在没办法了，只能盲目听从我的线索，又或者是为了让我开心才配合我。但无论是哪种理由，我都很感激他。"我们去和戴安谈谈。"

第三十六章

亚伦开车，我用手机帮他导航。我们从中产阶级居住的模块化住宅慢慢驶入巴吞鲁日市的另一片区域，一片破败得令人无比陌生的角落。在我几乎还没来得及察觉的时候，街道两边的景物就完全变了样子，上一分钟，我还透过车窗看到一个幼童在充气游泳池里戏水，他的母亲把脚泡在泳池里，一只手端着柠檬水，一只手玩着手机；下一分钟，我就看到一个骨瘦如柴的女人推着装满垃圾袋和啤酒的超市购物车缓慢前行。此刻，街道两边的房屋已经不再整洁完好，有些窗户上安装了铁栏杆，有些外墙油漆已经脱落。不一会儿，我们驶入一条长长的碎石路，最后在一栋双层楼房的塑胶墙板上看见了钉着的375号门牌，我示意亚伦在前方停车。

"我们到了。"我解开安全带，从后视镜里偷偷看了自己一眼，离开汽车旅馆前，我戴上一副厚厚的老花镜遮住了脸。用眼镜做伪装感觉很幼稚，像烂电影里的桥段。戴安应该没看过我的照片，但我不能确定，为了避免被她认出来，我必须乔装打扮一下，并且打算让亚伦和对方沟通。

"好了，你再说一遍，我们的计划是什么来着？"

"我们先去敲门，告诉她我们正在调查奥布里·格拉维诺和蕾西·德克勒的谋杀案，"我说，"你可以让她看看你的证件，这样能显得更正式一些。"

"好。"

"告诉她,我们知道她的女儿在二十年前被绑架了,但警察一直没有抓到嫌疑人。我们想知道她能不能把她女儿案件的相关信息告诉我们。"

亚伦点点头,没再提出疑问,而是把电脑包从后座抓过来放到腿上。他有些紧张,但我看得出他在强装镇定。

"那你的身份是?"

"你的同事。"我说完就下了车,顺手关上了车门。

我朝着那栋房子走去,四周满是烟味,不是刚抽完的烟味,也不是刚刚有人从屋里出来坐到门廊上偷偷抽一根烟的烟味,而是早已渗入到周围环境里的味道,是从放着烟味香包的衣柜里拿出的衣服,衣服上散发的那种渗进布料里、挥之不去的气味。我登上台阶,往前门廊走,亚伦在我身后砰的一声关上车门,紧紧跟上我。我转身朝他挑了一下眉毛,好像在问"你准备好了吗"。亚伦朝我点点头,歪了一下脑袋,然后伸手在门上敲了两下。

"谁呀?"

一个尖厉刺耳的女性嗓音从屋内传出来。亚伦看看我,这次换我伸手敲门了。还没等我敲门,门就突然开了,从里面走出一个看起来年纪很大的女性,她隔着纱门怒视着我们。我注意到纱门的网眼里还卡着一只死苍蝇。

"什么事?"她问道,"你们是谁?要干吗?"

"呃,我叫亚伦·詹森,是《纽约时报》的记者。"亚伦低头看向自己的衬衫,指了指别在衣领上的记者证,"我能不能问你几个问题?"

"什么记者?"那个女人问道,目光从亚伦转到我身上。她盯着我看了一会儿,皱起了眉头,鼻子右侧浮现出一道深蓝色的阴影。她的眼睛像凝胶一样黏稠,带着除胶剂似的黄色,仿佛连泪管也躲不开尼古丁的浸染。"你说你在报社工作?"

那一瞬间我非常害怕她会认出我,但她的目光很快就再次转向亚伦,眯着眼睛看他衬衫上的证件。

"是的,女士,"他说,"我正在写一篇关于奥布里·格拉维诺和蕾西·德克勒被害案的报道。在调查过程中,我注意到你也在二十年前失去了女儿,而且她失踪后一直没有被找到。"

我仔细审视着这个女人,她面容疲惫,仿佛再不相信这世界上的任何一个人。我又上下打量了她一番,她穿着一件大得不合身的破旧衣服,袖子上满是飞蛾啃咬出来的小洞;她患有关节炎的拇指像小胡萝卜似的又粗又弯,手臂上遍布的红紫相间的痕迹像大理石花纹一样,我几乎能从中分辨出小拇指的印迹。这一刻,我忽然意识到,她眼睛下面的青色不是阴影,而是淤青。我清了清嗓子,把她的注意力从亚伦身上吸引到我这边。

"关于你女儿,我们有几个问题想问你。"我说,"即使过去这么多年,查明她当年遭遇了什么,和查明奥布里与蕾西身上发生的事同样重要。我们希望,我希望能从你这里获得一些帮助。"

那个女人看了我一眼,又回头朝屋里看了看,最后像被打败了一般叹了口气。

"好吧,"她推开纱门,请我们进去,"但你们得快点,在我丈夫到家之前你们就得离开。"

我们进了屋,发现屋里到处都是垃圾,那一瞬间我仿佛被垃圾压倒了。所有的房间,每个角落,全都堆满了垃圾,黏着食物的纸盘在地板上堆成一座斜塔,苍蝇围着沾有番茄酱和油脂的快餐袋嗡嗡作响。一只脏兮兮的猫躺在沙发边上,斑驳的皮毛还湿漉漉的。那个女人用力拍了它一下,它便尖声叫着蹿到了地板上。

"坐吧。"她指着沙发说。我和亚伦对视一眼,又瞧了瞧那沙发,虽然想在成堆的杂志和脏衣服间找到能坐下的地方,可奈何实在没地方可坐,最后只能坐在它们上面,被我压在身下的纸发出了很大的声音。她坐在茶几对面的座位上,从地板上捡起一盒香烟——烟盒被胡乱扔在地上,老花镜也被随意丢在房间的各个地方——用潮湿的薄唇从中叼出一根烟,拿起打火机,把烟举到火焰上方,深深吸了一口气,然后朝我们这边吹出一口烟雾。"说吧,你们想知道什么?"

亚伦从公文包里掏出一本笔记本,翻到了空白页,在腿上不断按动笔的笔帽。

"戴安,请先把你的全名告诉我,我做个记录。"他说,"然后我们就可以聊聊你女儿的失踪案了。"

"好吧。"她叹了口气,又吸了口烟,当她再度吐出烟雾时,目光开始变得幽邃,她凝视着窗外缓缓说道,"我叫戴安·布里格斯,我女儿索菲在二十年前失踪了。"

第三十七章

"你能和我们说说索菲吗？"

戴安朝我的方向瞥了一眼，仿佛早已忘记我的存在。我不该以这种方式来见我未来的婆婆。显然，她不认识我，只要我不说出自己的名字，她就不会知道我是谁。我早就不再使用社交媒体，也从不把自己的照片发到网上，不过，就算我发过也没有关系，因为丹尼尔早就不和他的父母说话了。他没有邀请他们参加婚礼，我不知道他们知不知道他已经订婚了。

她抓了抓胳膊上粗糙的皮肤，似乎在考虑怎么回答这个问题，好像她已经忘记了那些事。

"我能和你们说说索菲吗？"她把问题重复了一遍，抽完最后一口烟，把烟头放到木桌上，"她是个好女孩，聪明、美丽。她很美丽，那就是她，就在那里。"

戴安指着墙上挂的相框。那是一张学校的肖像照，照片里是一个皮肤白皙，长着一头金色卷发的女孩，她正在微笑，身后的绿松石色背景似乎是泳池的水面。我看着墙上的学校照片觉得有些奇怪，它摆放得很不自然，似乎经过精心的布置，就像一座悲伤的神龛。不知道布里格斯一家是不喜欢拍照，还是真的没什么值得纪念的时刻，我打量着周围，没有看到一张丹尼尔的照片。

"在她失踪以前，"她接着说道，"我对她有很高的期待。"

"什么样的期待？"

"哦，有期待啊，我想她能离开这个地方，"她指了指我们所处的房间，"她应该生活在更好的地方，她比我们都强。"

"我们指的是谁？"亚伦用笔的尾端贴着脸，问道，"是指你和你丈夫吗？"

"我，我丈夫，我儿子。我一直以为索菲会是离开的那个，那个能干一番大事的孩子。"

听她提到丹尼尔，我的胸口感到一阵疼痛，我试着想象他如何在这缭绕的烟雾和如山的垃圾堆里长大。我发现自己曾经对他的看法是错误的，他完美的牙齿、光滑的皮肤、昂贵的学费和高薪的工作，都让我以为他是依靠家庭、依靠自己的特权才走到了今天这一步，我以为他天生就比我强，比破碎的克洛伊强。但事实并非如此，他并非表面看上去的那么光鲜亮丽，真实的他早已千疮百孔。

他不了解你，克洛伊。你也不了解他。

难怪他现在特别爱干净，打扮得这么完美。他一直努力成为一个与这里截然不同的人。

或者说，他一直在努力隐藏真实的自己。

"你能和我们说说你的丈夫和儿子吗？"

"我丈夫，厄尔，我相信你们一定已经看出来了，他脾气不怎么好。"她看着我露出会意的笑容，好像我们对男人、对他们所做的事情有着某种相同的、只可意会的了然。男孩就是男孩，永远长不大。我早就别过眼不再看她眼睛下面的淤青了，但这个女人不笨，她一定注意到我的目光了。"至于我儿子嘛，嗯，我现在已经不怎么了解他了，但我总担心有其父必有其子。"

我和亚伦对视一眼，点头示意他继续提问。

"这话是什么意思？"

"意思就是他的脾气也不怎么样。"

我想起丹尼尔紧紧抓住我手腕的样子。

"他以前会在他爸喝醉酒之后为了保护我而反抗他，"她继续说，"但随着他不断长大，我也说不好，他不再试着保护我，而是放任不管了。我觉得他变麻木了，这也许都要怪我自己。"

"好吧。"亚伦点了点头，又在他的笔记本上草草写了几句，"那你儿子，抱歉，你能再说一次他的名字吗？"

"丹尼尔，"她说，"丹尼尔·布里格斯。"

我有些紧张，绞尽脑汁地回想自己是否和亚伦提过丹尼尔的全名。我应该没有提过。我看了亚伦一眼，他的额头上挤出了皱纹，正全神贯注地在本子上快速记下丹尼尔的名字。他好像从未听说过它。

"好，那丹尼尔对索菲的失踪有什么反应？"

"老实说，他好像不太在意。"她伸手去拿烟，又点着一根，"我知道这么说不太像个母亲，但我说的是实话。我心里总有种怀疑……"

她停了下来，凝视着远方，然后轻轻摇头。

"怀疑什么？"我问道。她转向我，这才稍稍回过神来。她的眼神里带有某种强烈的情绪，有那么一瞬间，我相信她知道我是谁，她是在对我说话，对克洛伊·戴维斯，对同她儿子订婚的那个女人说的。她在提醒我。

"怀疑他是不是和那件事有关。"

"你为什么这么说？"亚伦问，他抛出一个又一个问题，声音也变得越来越急切，他想记住全部细节，写字的速度也加快了，"这是相当严重的指控。"

"我不知道，只是一种感觉，"她说，"我想你可以称之为母亲的本能。索菲刚失踪的时候，我问过丹尼尔知不知道她在哪里，我感觉到他在撒谎，他隐瞒了一些事。我们有时看新闻，看到新闻里报道她的失踪案时，他会微笑——不对，应该说是坏笑，好像有些事情全世界都不知道，只有他一个人知道的那种窃喜。"

我能感觉到亚伦在看我，但我没理他，紧紧盯着戴安。

"丹尼尔现在在哪里？"

"谁知道。"戴安后靠在沙发上，"他高中一毕业就搬出去了，从那以后，我再也没听到过关于他的任何消息。"

"我可以四处看看吗？"我突然想尽快结束这场谈话，以免亚伦透露太多信息，于是开口问道，"我们能去丹尼尔的房间里调查一下吗？看看能不能找到什么有用的线索？"

她伸手指了指楼梯。

"随便看吧。"她说，"早在二十年前我就和警察说了这件事，但他们一点也不在意。"也许在警察看来，没有哪个十几岁的男孩能在犯下这样的案件之后继续逍遥法外。

我站起身，高抬着腿跨过客厅里的各种障碍物，走到楼梯旁边。台阶上的米色地毯十分脏，满是污渍。

"右手边第一间，"我一步一步走上台阶，戴安在楼下大喊，"我好多年没进过那个房间了。"

一上楼，我就看到了那扇关着的门，拧着门把手把门打开，映入眼帘的是一间少年的卧室。卧室里的灯全都关着，只有一缕阳光透过窗户照进来，照耀着飘在空中的灰尘。

"索菲的也一样。"她继续说道，可声音听起来十分遥远。我听到亚伦也从沙发上起身，跟着我上了楼。"我没有理由再上去了。说实话，我真不知道该拿那两个房间怎么办。"

我鼓起腮帮子、屏住呼吸，小心翼翼地走进这间卧室，就像小孩在跨越人行横道上的裂缝时会做的那样。这是一个奇怪的习惯，我觉得这种时候如果呼吸就会有坏事发生。这是丹尼尔的卧室，墙上贴着涅槃乐队和红辣椒乐队等二十世纪九十年代摇滚乐队的海报，它们的边缘已经磨损了；床垫直接放在地板上，上面凌乱地铺着一条蓝绿相间的格纹被子，好像他才起床没多久似的。我想象着丹尼尔躺在床上，听见他父亲喝得醉醺醺地回到家里，生气地大喊大叫。我想象着那些尖叫声、锅碗瓢盆的碰撞声,还有身体撞在墙上的声音。我想象着他一动不动地听着这一切,面带微笑,却麻木不仁。

"我们该走了,"亚伦悄悄地走到我身后,小声说道,"想要的信息都已经到手了。"

但我没听他的,我也没法听他的。我继续往前走,用力感受着丹尼尔的过去。我的指尖沿着墙壁摸索,来到一个书架前,那上面摆放着几排书页泛黄、落满灰尘的书籍,几副扑克牌,还有包裹着一个旧棒球的棒球手套。我扫了一眼书脊上的文字,有斯蒂芬·金、洛伊丝·洛利、迈克尔·克莱顿等作家的名字。这里的一切看起来都是那么稚气未脱、那么正常。

"克洛伊。"亚伦叫了我一声,我忽然觉得有两团棉花堵进了我的耳朵,奔涌的血流敲打着我的耳膜,让我几乎听不见他的声音。我伸手从书架上抽出一本书,脑海中又响起丹尼尔的声音,是我们第一次见面那天的声音,他那天从我的箱子里取出了同一本书,手指抚过封面,双眸发亮地捧着我的那本《午夜善恶花园》。

"没有批评的意思,"他翻着书页说,"我很喜欢这本书。"

我吹掉封面上的灰尘,凝视那尊著名的雕像,那是一个天真的小女孩的雕像,她歪着头,似乎在问"为什么"。我像他一样用手指抚摸着它光滑的封面,然后翻到侧面,看到书页之间有一条缝隙,和我那本插着名片的书一样。

你对谋杀感兴趣?

"克洛伊!"亚伦又叫了我一次,我依旧没理他。深吸了一口气,我将指甲插入那条缝隙,翻到相应的那一页。书被打开的一瞬间,我的胸口泛起和上次这样做时一样的感觉,只不过这次我看到的名字不是丹尼尔,插在其中的也不是名片,而是一沓在这里夹了二十年,早已变得平整的旧剪报。我的手不禁颤抖起来,但还是强迫自己把它拿了出来。黑色的大字标题横贯报纸顶部:《布鲁桥镇连环杀人案已破获,凶手是理查德·戴维斯，尸体尚未被找到》。

上面赫然印着我父亲的照片。

第三十八章

"克洛伊,那是什么?"

亚伦的声音听起来十分遥远,仿佛在隧道的另一头呼唤我。我看着父亲的眼睛,无法移开视线。我已经很久没有见过这双眼睛了,上一次看见还是十二岁的时候,当时我蜷缩在客厅的地板上,透过电视屏幕上的雪花凝视它们。这一刻,我回想起自己把父亲的事告诉丹尼尔的那个晚上。我对他详细讲述了父亲犯下的可怕而特殊的罪行,他听着,脸上露出了担忧的表情,他摇着头说他从来没听说过这些事,对它们一无所知。

他撒谎了。我们之前的一切都是谎言。他早就知道我父亲的事,知道他所犯下的罪行。他保存的这篇文章几乎描述了案件的每一个细节,而他将它藏在儿时的卧室里,像书签一样夹在小说的书页间。他很清楚该怎么带走那些女孩,怎么把她们的尸体藏在隐秘的地方,让人永远找不到。

丹尼尔对他妹妹也做了这么可怕的事吗?是我父亲启发了他吗?他直到现在依旧如此吗?

"克洛伊?"

我抬头看向亚伦,眼眶里溢满了泪水。这时我突然想到,如果丹尼尔早就知道我父亲的事,那他一定也知道我的事。回想起我们是如何在医院邂逅的,我不禁怀疑那究竟是命运的安排,还是精心策划的结果?我在哪家医院工作并不是什么秘密,报纸刊登的文章证明了这一点。我想起他看见我时的样子,仿佛早就认识我,看见我就像看见老熟人一样,还有他探头看我的箱子时的样子,以及我把名字告诉他时,他脸上浮现的微笑。在那之后,他似乎立刻爱上了我,自然而然地融入了我的生活,正如他能自然而然地融入一切,与每个人融洽相处一样。

"真不敢相信我现在和你一起坐在这里。"

我没法不怀疑这是他计划的一部分,我是他计划的一部分。破碎的克洛伊,又一个对他毫无防备的受害者。

"我们得走了,"我低声说,颤抖着双手把剪报叠起来塞进裤子后兜,"我……我得走了。"

我从亚伦身边快步走过,冲下台阶,回到丹尼尔母亲的身边。戴安仍然坐在客厅的沙发上,从她的眼神可以看出她的心并不在这里。她见我们回来,抬头冲我们笑了笑。

"找到什么有用的东西了吗?"

我摇了摇头,感觉亚伦正紧紧盯着我的脸,一脸怀疑地看着我。她轻轻点头,似乎对此毫不意外。

"我就知道。"

这么多年过去了,她声音里的失望依旧非常明显。我明白这种感觉,无法停止的怀疑,永远也没办法放手。虽然不想承认,可依旧抱着一丝希望,想着总有一天自己能理清真相,能明白一切,也许这一切等到了最后都会是值得的。我忽然被这个刚见面没多久的女人吸引了,我们是一样的,我和她的相通之处正如我与我母亲的相通之处,我们都爱着同一个男人,同一个怪物。我走向沙发,坐到坐垫边缘,把自己的手放到她的手上。

"感谢你愿意和我们谈话,"我轻轻握住她的手,"我知道这很不容易。"

她点点头,目光落到我们握在一起的手上。她的头缓缓歪向一边,似乎在查看什么东西,接着突然把我的手翻转过来死死抓住。

"它是哪里来的?"

我低头看着戴在手上的订婚戒指,它是丹尼尔的传家宝,此刻正在我手指上闪闪发光。她举起我的手,更仔细地查看起来。我心里涌起一阵恐慌。

"你从哪里得到这枚戒指的?"她紧紧盯着我的眼睛,又问了一遍,"这是索菲的戒指。"

"什、什么?"我结结巴巴地说,用力想要抽回自己的手,但被她死死抓着,怎么都抽不出来,"对不起,你说这是索菲的戒指是什么意思?"

"这是我女儿的戒指。"她重复了一遍,这次声音更大了,她再次把目光投到戒指上,仔细观察着戒指上的椭圆形切割钻石和它的光晕。这枚暗沉的14K金指环此刻正松松垮垮地套在我细瘦的手指上。"这枚戒指在我家已经传了好几代人了,它曾是我的订婚戒指,索菲十三岁那年,我把这枚戒指给了她。她总戴着它,总是戴着,即便在她……"

说着,她看向了我,瞪大的双眼流露出恐惧。

"在她失踪那天。"

我站起身,把手抽了出来。

"对不起,我们得走了。"我从亚伦身边走过,甩开纱门,"亚伦,快走。"

"你是谁?"戴安在我们身后喊道,巨大的震惊让她一下无法从沙发上站起来,"你是谁?"

我穿过纱门,跑下门廊的台阶,因为速度太快产生了眩晕感。我怎么会忘记摘掉戒指?我怎么能把这件事忘了呢?我伸手去拉车门,但它纹丝未动。车门锁上了。

"亚伦?"我大声吼着,声音却有些哽塞,仿佛被人死死掐住脖子,"亚伦,你能把门打开吗?"

"你是谁?"她还在我的身后叫喊着。我听见她站起身,从屋子里跑了出来，纱门开了又关，在我转身之前，车门响起开锁的声音。我再次拉动门把手，这次车门开了，我连忙钻了进去。亚伦紧跟着我钻进驾驶位，发动了引擎。

"我女儿在哪里？"

汽车向前摇晃了一下，接着掉转车头沿着道路全速驶离了这里。后视镜里映出车子扬起的灰尘和丹尼尔的妈妈，她在车后不断地追赶，却离我们越来越远。

"求求你告诉我，我的女儿在哪里？"

她挥舞着双手，拼命地奔跑，直到突然跪倒在地，把脸埋进手掌中痛哭起来。

我们开车穿过小镇回到了高速公路上，车子里一片安静。我垂在大腿上的手止不住地颤抖，那个可怜的女人一路追赶我们的画面让我心如刀绞。手指上的戒指突然令我倍感窒息，我抓住它用力地扯下来丢在地垫上，盯着地垫上的戒指，我脑海中浮现出丹尼尔从他妹妹那冰冷的、失去生命的手指上轻轻将它取下的画面。

"克洛伊，"亚伦盯着前方的道路，小声对我说道，"刚才是怎么回事？"

"对不起，"我说，"对不起，亚伦，我真的很抱歉。"

"克洛伊，"他又叫了我一次，这次声音更大，更加生气，"刚才到底是怎么回事？"

"对不起，"我用颤抖的声音重复道，"我之前不知道。"

"她是谁？"他紧握着方向盘再度发问，"你是怎么找到那个女人的？"

见我沉默着不肯回答，他转而开口问："你的未婚夫就叫丹尼尔吧？"

我没有回答。

"克洛伊，回答我！你的未婚夫是不是叫丹尼尔？"

我点点头，眼泪顺着脸颊流淌下来。

"是的,"我说,"是的!但是亚伦,我之前并不知道。"

他摇着头说:"克洛伊,我把我的名字告诉了那个女人,她知道我在哪里工作,我的老天,我会为这件事丢掉工作的!"

"对不起,"我重复道,"亚伦,求求你,因为你我才想明白了我父亲收集首饰的行为都有谁知道。是丹尼尔,丹尼尔知道,丹尼尔知道所有的事。"

"这只是一种直觉吗?还是……"

"我还在衣柜里发现了一条项链,和奥布里失踪那天戴的那条很像。"

"我的老天。"他又说了一遍。

"接着我开始注意到一些事……我发现他每次出差回来,身上都沾着不同的味道。是香水味,别的女人的香水味。他在奥布里和蕾西被绑架时都说自己去出差了,但他并没有出现在他说他会去的地方。我不知道那么多天他究竟去了哪里,也不知道他都做了什么……直到我翻开他的公文包,看到了那些收据。"

亚伦终于转过了头,但他看我的眼神仿佛我是他的灾星,仿佛只要不是和我待在一起,让他去哪里都可以。

"什么收据?"

"回到汽车旅馆我就拿给你看。"我说,"亚伦,求你了,我需要你的帮助。"

他用手指敲打着方向盘,犹豫着。

"我以前和你说过,"他的声音比以往任何时候都要小,"干我们这行,信任就是一切,诚实就是一切。"

"我知道,"我说,"我保证等会儿就把一切都告诉你。"

我们把车开进停车场,眼前就是荒凉的汽车旅馆。亚伦关掉汽车引擎,沉默地坐在我身边。

"我们去房间里吧。"我想把手放在他腿上,可刚一碰到他,就被他躲开了。但我看得出他没有刚才那么不愿意理我了。他一言不发地解开安全带，推开车门走了出去。

我打开嘎吱作响的房门，进门后又顺手关上。房间里又冷又暗，每扇窗户都被窗帘遮得密不透风，行李袋依然放在床上。我走到床头柜边，按动了电灯开关，灯管立即发出光亮，亚伦站在门口，他的脸在灯光下被阴霾覆盖。

"我发现了这个。"我拉开行李袋的拉链，刚把手伸进去，就摸到了放在最上面的赞安诺，我把它推到一边，转而去拿那个白色的信封。我的手指颤抖不已，仿佛我还在家里，在餐厅的地板上，啪的一声打开丹尼尔的公文包，在马尼拉文件夹和三圈活页夹装着的文件中不断翻找。他像收纳棒球纪念卡一样把包里的药物样品用隔板整齐地摆好，我认识那些药，因为我办公桌的抽屉里面也有，是阿普唑仑、甲氨二氮䓬和地西泮。我看到最后那个药名时，脑海中浮现出一根发丝像羽毛般飘落在地的画面，顿时有种被人掐住脖子的感觉。我强迫自己继续翻找，最后终于找到了我要找的东西。

收据。我要看收据，无论是酒店、餐饮，还是加油站和汽车维修，丹尼尔只要花钱就会保留收据。

我打开信封，把里面的那堆收据倒在被单上，接着一个又一个地把它们翻过来，扫视着收据最下面的地址。

"这些是在巴吞鲁日的收据，这是当然的。"我说，"还有一些收据的地址在杰克逊[1]的餐馆和亚历山德里亚[2]的酒店。这些收据能清晰地告诉我他都去过哪里，底部的日期可以告诉我他去那里的时间。"

亚伦走过来坐到我身旁，他的腿紧紧靠着我的。他拿起最上面一张收据，眼睛紧紧盯住收据底部的信息。

"安哥拉[3]，"他说，"那里也是他负责的区域吗？"

---

[1] 杰克逊广场，位于美国路易斯安那州新奥尔良的法国区。
[2] 美国路易斯安那州中部城市，有"会议城"之称。
[3] 安哥拉监狱，位于美国路易斯安那州，是美国境内最大的监狱。

"不是，"我摇了摇头，"但他经常去那里。就是这张收据引起了我的注意。"

"为什么？"

我从他手里拽出那张收据，用大拇指和食指夹着，仿佛它有毒或者会咬人一样拿得离自己远远的。

"安哥拉是路易斯安那州立监狱，"我说，"也是美国最大、安全级别最高的监狱。"

亚伦抬起头，看着我，朝我扬起了眉毛。

"我父亲就被关在那里。"

"真要命。"

"他们也许认识彼此。"我说着又看向那张收据。一瓶水、二十美元的汽油、一袋瓜子。我还记得父亲每次都会吃一整袋瓜子，就像啃指甲似的，然后那些瓜子皮就会出现在家里的各个地方，粘在每样东西上，在餐桌缝隙里，在我的鞋底上，还会堆积在杯子底部，仿佛到处都是瓜子皮。

我想起母亲用手指拼出的丹尼尔的名字。

"这就是他做一切的原因，"我说，"也是他会找到我的原因。他们之间有联系。"

"克洛伊，你得去找警察。"

"亚伦，警察不会相信我的，我已经试过了。"

"你说你已经试过了是什么意思？"

"我有一段对我很不利的往事，他们觉得我疯了……"

"你没有疯。"

他的话打断了我的思绪，让我一下愣住了，好像他张嘴吐出的是法语一样。这几个星期以来，第一次有人相信我，站在我这边。被人相信，被人发自内心地关心，而不是被怀疑、担忧或愤怒的目光注视的感觉真好。我和亚伦相处的点点滴滴浮上心头，我想让他别再打扰我，想假装发生的一切都没有意义；我们一起坐在桥边，分享着自己的曾经；我喝醉的那个晚上独自一人躺在沙发上，想给他打电话。我看得出他还想说点别的什么，赶在他开口之前，赶在这种感觉消失之前，我倾身吻上了他。

"克洛伊。"我们的脸近在咫尺，额头贴在一起。他看我的样子像是想将我推开，应该将我推开的，可他没有这么做，反而抚摸我的腿，抚过我的胳膊，接着把手伸进我的头发里。一眨眼的工夫，他就开始回吻我，用力地吻我，抚摸我的全身。我也把手插进他的发丝中，顺着他衬衫的纽扣滑到他的裤子上。我仿佛又回到了大学时代，把自己和另一个跳动的心脏贴在一起，让自己不再那么孤独。他紧紧拥抱着我，把我轻轻放在床上，粗壮的手臂将我的手抬起，固定在头顶。他的嘴唇顺着我的脖颈一路亲吻到我的胸部，几分钟后，亚伦进入我的体内，而我则放空自己，什么都不去想。

结束的时候外面已经漆黑一片，只有床头柜上的台灯发出的微弱光亮。亚伦躺在我身边，用手指摆弄着我的头发。我们一语未发。

"我相信你，"他终于开口道，"关于丹尼尔，你知道的，对吧？"

"是的，"我点头，"是的，我知道。"

"那你明天会去警察局吗？"

"亚伦，他们不会相信我的。真的。我一直在想……"我犹豫了一下，转头看向他。他仍然盯着天花板，看着灯光下的黑色剪影。"我一直在想，我是不是应该去见见他，我的父亲。"

他坐了起来，赤裸的后背靠在床头柜上，转向我这边。

"我只是觉得，也许只有他才知道真相，"我继续说，"只有他才能帮我理解……"

"那太危险了，克洛伊。"

"怎么会危险？亚伦，他被关在监狱里，伤害不到我。"

"不，他能伤害你。他在监狱里照样可以伤害你，也许不是身体上的伤害，可……"

他没再说下去，用手擦了擦脸。

"你先考虑一晚上吧，"他说，"答应我，你会考虑一晚上，好吗？我们可以明天再做决定。要是你想让我陪你去，我就陪你去。我陪你和他谈谈。"

"好，"我沉思片刻说道，"好，我会好好考虑的。"

"很好。"

他把腿从床上伸了出去，弯腰拾起地板上的牛仔裤。我看他戴上眼镜，走进浴室，打开了里面的灯。我闭上眼睛，听见水龙头发出吱吱的声音，接着响起了水声。等我再睁开眼睛的时候，他已经回到了床边，手中还端着一杯水。

"我的编辑已经一整天没有收到我的消息了。"他把水杯递给我，我接过来喝了一小口，"所以我得离开一会儿，你自己没事吧？"

"我没事。"我一边说，一边翻身躺回枕头上。我看向亚伦，只见他低头看着地板，俯身捡起我放在行李袋里的那瓶赞安诺。

"你要吃一片这个吗？帮你入睡？"

我盯着那药瓶和里面的小药片，又看见亚伦扬了扬眉毛，便点了点头，伸出手掌。

"要是我吃两片，你会责怪我吗？"

"当然不会。"他笑着打开瓶盖，往我掌心倒了两片，"你今天太辛苦了。"

我看了眼掌心的药片，把它们丢进嘴里，和水一起吞了下去。我的喉咙里像有锯齿状的钉子顺着嗓子往上爬，有一种仿佛被撕裂了似的疼痛感。

"我觉得我有责任。"我靠着床头说。我想起了莉娜，想起了奥布里、蕾西，还有每个死去的女孩，她们每个人都让我良心不安。我无意之中将她们引向一个怪物——过去是我父亲，现在是丹尼尔。

"这些事情不怪你。"亚伦又坐回床边,抬起手拨了拨我的头发。就在这时,房间开始缓慢地旋转,我的眼皮不由自主地下沉,就在我闭上眼睛的瞬间,梦中的画面浮现在我的脑海中——我站在儿时的房间窗户下面,手里握着一把沾满鲜血的铁锹。

"都是我的错。"我含糊不清地说,依然能感觉到亚伦温暖的手抚摸着我的额头,"这些全都是,我的错。"

"睡一会儿吧。"他说话的声音就像从远处传来的回声,他俯身在我额头上落下一吻,我依然能感觉到他的嘴唇贴在我的皮肤上,"我会锁好门的。"

我点点头,很快意识便飘走了。

第三十九章

床头柜上传来手机振动的声音，惊醒了我。手机在木制床头柜上剧烈振动了一会儿，啪的一声，翻了过来摔在地板上。我睁开蒙眬的睡眼，眯着眼睛看了一眼闹钟上显示的时间。

晚上十点。

我努力睁大眼睛，但视线依旧模糊，头也在嗡嗡作响。我想起了去丹尼尔家的事情——他母亲居住的破旧小屋，还有那本书里夹着的剪报。我突然感到一阵恶心，连忙从床上爬起来，跑进浴室，掀起马桶圈呕吐起来。可除了又苦又酸的胆汁，我什么也没吐出来，舌头紧接着传来一阵烧灼感，卡在喉咙里的唾液让我再次呕吐起来。我用手背擦了擦嘴，走进卧室坐到床边，想伸手去够桌上的水杯，却发现杯子已经倒了，水正顺着杯口滴到地毯上。肯定是我的手机把它撞翻的。我没去管它，转而捡起手机，按下侧面的按钮点亮屏幕。

屏幕上显示着几个未接来电，是亚伦打来的，还有一些短信。我忽然想起他压着我的身体，把手按在我的手腕上，用嘴唇亲吻我的脖子的感觉。我们不应该这么做，但现在可不是想这些事的时候，我往下划动屏幕，翻看其余的未接来电和短信。它们大多是香农发来的，还有一些来自丹尼尔。

怎么有这么多未接来电？我感到很奇怪，现在才十点，我顶多睡了四个小时。可我突然注意到屏幕上显示的时间。

现在是晚上十点。星期五。

我睡了一整天。

解开锁屏，我开始查看收到的短信，一条条看下来之后，我的脑中警铃大作。

"克洛伊，快给我回电话，有要紧的事。"

"克洛伊，你在哪里？"

"克洛伊，现在就给我回电话。"

该死的，我揉了揉太阳穴，那里还在一跳一跳地疼，大声朝我抗议着。空腹吃下两片赞安诺是个错误的决定，虽然我吃的时候就知道自己不该这么做。可当时的我只想睡觉，忘掉一切。毕竟我已经一个星期没怎么睡觉了，丹尼尔一直躺在我身旁，这让我很难放心地入睡。但显然，这些缺的觉都是要补回来的。

我找到香农的名字，拨打了她的电话号码，铃声很快响起，我把手机拿到耳边。看来他们已经发现我在撒谎了，丹尼尔说过他会给香农发短信，就算我明确要求他别那么做，他一定也会发。他们发现我对他们都撒了谎，而且他们此刻既不知道我的下落，也不知道我和谁在一起，便开始着急了。可我现在一点也不在乎这些，我不能回家去找丹尼尔，也没法去警察局——托马斯警探已经把话说得很明白，他不许我参与调查。但现在我手里掌握着好几条线索，有旧剪报、订婚戒指，还有安哥拉的收据，以及从丹尼尔母亲那里获得的信息，这也许能引起警方的注意。他们也许会听我说的话。

突然一个念头从我的脑海中闪过——订婚戒指。我把它摘下来扔到了亚伦的车上，后来没有捡起来。我看了看空空如也的手指，转身在皱巴巴的被子上来回摸索。我摸到了一个硬物，掀起被子一看，盖在下面的不是戒指，而是亚伦的记者证。我的眼前忽然闪现出解开他衬衫的纽扣，把它从他肩膀上甩开的画面。我捡起那张记者证，拿到眼前仔细查看，思考了片刻，又觉得昨晚未必是个错误，也许我们命中注定要经历这样曲折离奇的过程才能找到彼此。

铃声停了下来，香农的声音传来的瞬间，我就知道出事了。她在抽泣。

"克洛伊，你到底在哪里？"

她嗓音沙哑，嗓子就像被砂纸擦过似的。

"香农，"我坐直身体，把亚伦的证件塞进口袋里，"出事了吗？"

"是的，出事了。"她崩溃地说，轻轻的呜咽声从喉咙里溢了出来，"你在哪里？"

"我……还在市里，我想理清一些头绪。发生什么事了？"

手机里又传出一声呜咽，这次声音更大了，那声音就像打了我一巴掌似的，让我猛地打了一个激灵。我把手机拿远，听着电话那头的声音。香农正哀号着，努力想从嘴里挤出更多的词，想把话说明白。

"是……是莱莉……"她说。听到这个名字的瞬间，我的胃里一阵翻腾，我已经知道她接下来要说什么了。"她……她不见了。"

"你说'她不见了'是什么意思？"我心里明白她在说什么，但还是问了这个问题。我想起莱莉在订婚派对上的样子，她纤瘦的双腿跷着二郎腿，懒洋洋地坐在客厅里，脚上穿着一双运动鞋，漫不经心地踢着椅子腿，一手拿着手机，一手摆弄着头发。

我想起丹尼尔盯着她看的样子，还有他对香农说的话。我本以为那是安慰香农的话，现在想来却用心险恶。

总有一天，这些事都会变成遥远的回忆。

"我是说，莱莉不见了。"她喘了三口气，"我们今天早上起床，发现她不在房间里，以为她又从窗户溜出去了。可是直到现在她还没回家，已经一整天了。"

"你给丹尼尔打过电话吗？"我希望自己声音里的紧张不会让她产生怀疑，"我的意思是，在你们联系不上我之后。"

"打了，"她的声音一下子紧张起来，"他以为我和你在一起，在你的单身派对上。"

我闭上眼睛，垂下了脑袋。

"你们两人之间显然有些矛盾，你一直在对我们撒谎。但你知道吗，克洛伊，我现在没工夫管那些，我只想知道我女儿在哪里。"

我沉默了，一时不知该从何说起。她的女儿遭遇了危险，莱莉遭遇了危险，我很清楚这危险是什么，可我该怎么告诉她呢？我该怎么让她知道可能是丹尼尔把她抓走了？怎么告诉她莱莉顺着从卧室窗户扔出去的床单爬进夜色里的时候，丹尼尔也许正在外面伺机而动？该怎么告诉她，丹尼尔知道这一切，是因为那晚香农在我家亲口告诉了他？而丹尼尔之所以会选择昨晚动手，是因为我不在家，让他有机会随心所欲地四处游荡？

我该怎么告诉她，是因为我，她的女儿可能已经死了？

"我这就过去，"我说，"我现在就过去，把一切和你解释清楚。"

"我不在家，"她说，"我现在正开车到处找，我要找我的女儿，但我们需要你帮忙。"

"好，"我说，"告诉我去哪里。"

我挂断电话，按照香农的指示，准备开车去他们家方圆两公里内的每一条路上沿街搜索。我站起来，低头看了眼脚边的行李袋、那个白色的信封，还有堆在它上面的一沓收据。我把它们塞回行李袋里，拎着带子把它背到肩上，又低头查看手机上丹尼尔发来的短信。

克洛伊，请你给我回个电话，好吗？

克洛伊，你在哪里？

我还收到一条语音留言，有那么一瞬间，我想删掉它。我现在听不了他的声音，听不了他的借口。可要是莱莉在他手里怎么办？要是我现在还有机会救她一命呢？于是我点开了那段留言，把电话举到耳旁。他的声音随即渗入我的大脑，像油一般丝滑地填满每个角落、每处缝隙，覆盖了一切。

嗨，克洛伊。听着……我不知道你究竟怎么了。你没办单身派对，我刚和香农通过电话。我不知道你在哪里，但很显然事情不太对劲。

电话那头沉默良久。我看向手机，想知道语音留言是不是结束了，但进度条还在往前走。终于，他又开口了。

等你回家时，我已经不在了。天知道你现在在哪里！我明早就离开这里，这是你的房子，无论你在努力解决什么问题，都不该觉得不能在自己家里解决。

我有一种强烈的不安。他要离开，他要逃跑。
"我爱你，"他说，语气宛如叹息，"你不知道我有多爱你。"
留言戛然而止，我独自站在汽车旅馆的房间中央，丹尼尔的声音依然回荡在我的四周。"我明早就离开这里"。我又看了一眼闹钟，现在已经十点三十分了，他有可能还在那里，还在我家。我也许能赶在他离开之前回去，弄清楚他打算逃到哪里去，然后通知警察。

我快步走出旅馆房间，走进停车场。此时太阳早已落山，昏暗的路灯让树枝化为扭曲的影子。我停下脚步，本能地惧怕黑暗，惧怕夜幕的降临。但我很快就想起了莱莉，想起了奥布里和蕾西，想起了莉娜，我想起了那些女孩，失踪的所有女孩，于是我强迫自己继续朝真相走去。

第四十章

一驶入我家车道，我便关掉了车大灯，不过我很快就发现这么做根本没有任何意义，丹尼尔看不见我回来了，他已经离开了。我开车驶过空空如也的车道时就意识到了这一点。屋里屋外没有一盏灯是亮的，我的房子再次变得死气沉沉。

我把头抵在方向盘上。我回来得太晚了，他现在可能逃到了任何地方——带着莱莉逃到任何地方。我绞尽脑汁地思考他下一步行动会是什么，我想推测出他会去什么地方。

我倏地抬起头，脑海中闪过一个想法。

我想起了摄像头，伯特·罗兹在我家客厅里安装的针孔摄像头。我拿出手机，点开安保系统的应用程序，大气也不敢喘地盯着屏幕，等图像加载出来。不久，我家客厅的画面出现了——漆黑一片，空荡荡的。虽然不可能，但我还是期待着在屏幕上看到丹尼尔躲在黑暗的角落里，等着我进屋。我拖动屏幕底部的进度条，想回放之前的画面，室内灯光亮起，丹尼尔终于出现了。

三十分钟之前，丹尼尔还在房间里走来走去，擦桌子，把信件叠整齐然后分门别类地放好。看他做这些普通得令人抓狂的家务，连环杀手几个字又闪现在我的脑海中。我想起二十年前，我父亲也是这般用手清洗盘子，小心翼翼地把盘子擦干，以免不小心把盘子的边缘弄碎，一想到这些，我的心里便有一种五味杂陈的感觉。他不是连环杀手吗，为什么对盘子那么小心？为什么一个把人命视如草芥的连环杀手会那么小心翼翼地对待祖母留下的盘子？

丹尼尔走到沙发边坐下，心不在焉地摸着下巴。在这一切发生之前，我也曾无数次地偷偷看他，观察他不经意间的小动作。他在厨房做晚饭的时候会把酒瓶里的最后一点酒倒进我的杯子，用手指擦掉瓶口残留的液体，再把手指上沾的酒舔干净；他从浴室出来以后，会先用手拨弄额前的一缕缕湿头发，再用梳子把它们整齐地梳到一边。每当我看着他，目睹他这些私密的时刻，总会感到敬畏，总会想，这个世界上怎么会有如此完美的人，他太不真实了。

现在，我知道原因了。

他本来就不是真实的，至少不完全是。我认识的丹尼尔、爱上的丹尼尔是一个虚构的形象，是他为了掩盖自己的真实面目而佩戴的面具。他就像诱骗那些女孩一样诱骗了我，他向我表现出我想看到的，对我说出我想听到的，让我感觉自己是安全的，自己是被爱着的。

但现在，我想起了所有除此之外的时刻——所有放松戒备，暴露出自己真实一面的时刻。我早该看穿他的。

归根结底，他们都属于亚伦描述的两类模仿犯，要么表达敬意，要么想要亵渎。丹尼尔显然是尊敬我父亲的，他跟随我父亲二十年，从十七岁起就开始模仿父亲的犯罪手法。他还会去监狱探视我父亲，但不知从何时开始，这么做已经不能满足他了。杀人，把她们抛尸荒野，对丹尼尔来说已经远远不够了。即使他依然要夺走她，但这一次，他要把她留在身边，他要像我父亲一样，夺走我的生命，霸占我的生命，像我父亲那样每天都把我玩弄于股掌之中。我现在看着他，不禁想起了曾经，他用那双手把他妹妹的戒指套到我的手指上，标记下他的领地；他用那双手，在亲吻我的时候用力握紧我的喉咙。他戏弄我、考验我，仿佛我和藏在衣柜里的珠宝别无二致，都是他的战利品，是他取得"成就"的现实证据。我就这么看着他，愤怒如潮水般在我的胸口翻涌，越涨越高，最终将我吞没，把我活活淹死。

我看见丹尼尔站在那里，手从裤兜里掏出了一样东西，盯着它看了一会儿。我眯着眼睛仔细去辨认，可它实在太小了，怎么都看不清，于是只好用手指滑动屏幕将它放大。这下我马上认出来了！他拿的是一条细细的银链，其中一截从他手腕处垂下，一小颗钻石在灯光的照射下闪闪发光。

我想起他那晚从床上爬起来，蹑手蹑脚走到卧室的另一边，把衣柜的门关严。一股无比强烈的情绪聚集在我的胸口，涌上我的喉咙，我的脸颊变得通红，接着眼圈也泛红了。

我想得没错。那条项链确实是他拿走的。

我想起过去丹尼尔令我陷入自我怀疑，令我对自己的理智产生怀疑的时刻，哪怕只有一瞬间。"我要去新奥尔良，你不记得了吗？"他让我质疑自己看到的东西是否是真实的，哪怕我心底知道它们千真万确。他盯着自己的手掌看了许久，最后吐了口气，把它重新塞回裤兜，朝门口走去。这时我看到走廊上放着的手提箱和靠在墙上的电脑包，他把它们拎起来，转身再次环视了一圈房间，最后抬手关了灯，就像用嘴把火苗吹灭，一切陷入了黑暗。

我把手机放在杯架上，思考着我刚刚看到的画面。它能提供的信息不多，但聊胜于无。丹尼尔在半个小时之前还在这里，没比我提前太多，只要推测出他会去的地方，我仍然有可能追上他。但可能性实在太多了，他带着手提箱，说明他可能去任何地方。他可能正在开车穿越全国，可以藏身于沿途的某家酒店客房，甚至可以向南进入墨西哥——这里离边境只有不到十小时的车程，明天一早就能出境。

可我又想到了那条项链，他曾用手指抚摸过那条银链。接着我就想起现在还没被找到的莱莉，她的尸体也还没有出现。所以我认为他现在并非在逃亡，因为他的任务还没有完成，他还有事情要做。

我从验尸官那里得知，受害者的尸体是死后才被移到别的地方去的。凶手将她们带到别处杀害，然后再把尸体运回她们消失的地方。如果这一切属实，那么莱莉现在在哪里呢？他会把她关在哪里呢？他把她们都关在哪里呢？

突然脑海中灵光一现，我想我知道了。不知怎么的，我的内心深处好像一直都知道这个问题的答案。

趁自己还没打消这个念头，我已经发动了车子，打开车灯，驶离了这里。我试着分散自己的注意力，去想些别的事情，就是不要想我此刻正要去的地方。随着时间一分一秒地过去，目的地离我越来越近，我的心跳变得越来越快，呼吸也愈发急促。三十分钟过去了，四十分钟过去了。我知道此行的目的地就快要到了，瞥了一眼车上的时间，已接近午夜时分。正当我把目光从仪表盘上移开，再次转向公路上时，我望见了它，它正离我越来越近。那个我熟知的金属标志牌已经十分陈旧，上面粘着很多泥土和污垢，边缘也已经生锈了。标志牌离我越来越近，萦绕在我心头的恐慌也越来越浓，掌心因汗水变得滑腻。闪烁的灯光将它笼罩在一种病态的光芒之中。

世界小龙虾之都
布鲁桥镇欢迎你

我要回家了。

第四十一章

我打开转向灯,在下个出口下了高速公路。布鲁桥镇,一个十多年前我去读大学后就再也没有回来过的地方,我从未想过自己有朝一日会再度踏足这个地方。

我开车穿过城镇的街道,经过一排排安装着苔绿色遮阳篷的老旧砖房。我对这里的回忆被清晰地分为两个部分——在那之前和在那之后。在前一部分的回忆里,一切都是那么阳光灿烂,美满幸福。在这里度过的童年时光充满了欢乐,我会在加油站的超市里买蛋筒冰激凌,也会从寄售店[1]购买旱冰鞋;每天下午三点,我总会第一时间冲进面包店,拿一片免费试吃的酸面包,那会儿面包刚出烤箱,还是热气腾腾的。然后我一边吃一边从学校往家走,下巴上会粘着一些融化的黄油。走在路上的我会跳过人行道上的裂缝,偶尔还会摘一束野花,一回到家就赶紧找个空果汁瓶把花插进去,再把它送给妈妈。

而在后一部分回忆里,阴云笼罩了一切。

我经过举办小龙虾节的集市场地,那里现在空荡荡的。我看到自己当初和莉娜站在一起的地方,我的额头抵在她温暖的肚子上,她的汗水打湿了我的皮肤。在莉娜的手心里,一个银质的萤火虫正散发着光芒。我望向场地另一头,父亲就远远地站在那里,盯着我们,盯着她。我开车经过了我曾经就读的学校,经过了那个垃圾箱,我的头曾经被撞在那

---

[1] 寄售店是人们将不再需要的物品(如旧衣服、鞋子和设备等)拿到店铺里出售的一种商店。

上面。当时一个高年级男生一边恐吓我,说要对我做我父亲对他妹妹做的事情,一边拽着我的头往那个垃圾箱上撞。

我忽然意识到,在过去的几个星期里,丹尼尔已经在这条路上往返过好多次了,他消失在这样的夜色中,然后汗流浃背、疲惫不堪,却又神奇地、充满活力地回到家。我开进那条通往我曾经生活过的那个房子的道路,把车停在路边,前面就是那个房子的车道。我看着那条长长的道路,曾经自己无数次在这里奔跑,扬起尘土,然后跑进树林中。我会一路跑上台阶,一头扎进父亲的怀抱中。这里是藏匿失踪女孩的绝佳地点,一座废弃的老宅,周围是四万平方米的荒地。没人会来这里,没人能想到这座房子。人们都觉得这里闹鬼,他们都谣传迪克·戴维斯每次埋葬受害者的尸体后,都会到我的卧室里给我一个晚安吻。

我想起我和丹尼尔躺在客厅沙发上的那次谈话,那是我第一次把所有事情都告诉他,莉娜和她的脐环,黑暗中发光的萤火虫,我父亲,树林里的黑影,藏在衣柜里装满秘密的首饰盒。我想起他听我说那些话时全神贯注的神态。

还有房子,我还说了我家房子的事,那才是一切的重点。

父亲在蹲监狱,母亲也无法继续照看这片土地,这个责任便落到我和库珀的身上。但就像我们把母亲丢在河畔疗养院,我们也抛弃了这里。我们不想面对它,也不想面对留在这里的回忆,所以干脆将这里弃置,一直空着,家具也都一动未动,也许上面早就结满了厚厚的蜘蛛网。母亲衣柜里的那根木梁因为她的上吊而断裂,现在也许依旧是老样子,客厅的地毯上还留着烟灰染上的污渍,那是父亲的烟斗掉落在地时洒落的。这所有的一切宛如一张老照片,将我的过去全都定格在时光里,就连空气中飘浮的尘埃都仿佛被人按下了暂停键,然后那人转身关门,离开了这里。

丹尼尔知道这些,他知道这座房子在这里,也知道它一直空着——舞台已经搭好,只等着他出现。

我双手紧握方向盘，心脏怦怦直跳，安静地坐了一会儿，仍不知该如何是好。我想给托马斯警探打电话，让他来这里和我见面，但是他会怎么做？我又能提供什么证据？我的脑海中又浮现出父亲扛着铁锹在夜里穿过这片树林的画面，继而想起十二岁的自己，曾经透过敞开的窗户朝外面看的自己。

我就那么看着，等着，什么也没有做。

莱莉也许就在里面，正身陷险境。我一把抓过我的包，颤抖着把它打开，露出里面的枪——是那把警报声响起的夜晚我一直寻找的枪，踏上这次旅途之前，我把它从衣柜里拿了出来——然后吸了口气，缓慢地下了车，将车门无声地关上。

空气温暖而潮湿，散发着一股臭鸡蛋的味道，沼泽里的硫黄味弥漫在夏天炎热的空气中，令人感到窒息。我悄悄地走向车道，停了片刻，凝视着通向家门口的路。路两边的树林一片漆黑，让我有些恐惧，但我还是强迫自己向前迈了一步。再迈一步，又一步。很快，我走到房子前。我早已忘记这里的夜晚有多么漆黑，这里既没有路灯，也没有左邻右舍透出的灯光，也正因为这里一片漆黑，月光才显得那么明亮。我仰望着像聚光灯似的皎洁满月，看着房子在月光下散发着微弱的光芒。现在我能清楚地看到一切，这么多年来，在炎热气候和潮湿空气的侵蚀下，房屋外墙的白色油漆早已斑驳，墙边的护栏也破败剥落。我的脚下到处都是疯长的野草，如同静脉一般的藤蔓爬满了房屋侧面的一整面墙，让整座房子呈现出一种极具异世界气息的外观，传递出蓬勃旺盛的生命力。我蹑手蹑脚地登上台阶，极力避开那些容易发出嘎吱声响的地方，但我发现百叶窗被拉开了，在如此明亮的月光下，如果丹尼尔在屋里一定会看见我。于是我决定不走前门，转而绕到屋后。和往常一样，后院堆满了垃圾，几摞老旧的胶合板靠墙堆放着，旁边还有一把铁锹和一辆装满各种园艺工具的手推车。我的脑海中浮现出母亲用手撑着地，跪在地上的模样，她的皮肤粘上了泥土，额头上也有一块脏了的痕迹。

我想朝窗户里面看一看，但屋后这一侧的百叶窗是关着的，也没有光线，从缝隙里没法看到任何东西。我试着拧了拧门把手，轻轻摇晃了一下，却没有打开。门是锁着的。

我深深呼了一口气，双手叉腰。

忽然我有了一个主意。

看着那扇门，我回忆起和莉娜一起拿借阅卡，闯入我哥哥卧室的事情。

首先，检查铰链。如果你看不见铰链，那它就是我们能用卡片打开的门锁类型。

我把手伸进口袋，掏出亚伦的记者证。自从我在汽车旅馆的被子下找到它，就一直把它揣在牛仔裤兜里。它足够结实，我可以按照莉娜教我的方式用它把门打开，只需用特定角度把它插进门缝里。

等卡片的一角插进门锁扣板，就把卡片摆正。

我开始摇晃卡片，轻轻施加压力，同时来回摆动。我一只手将它推得越来越深，另一只手则不断拧动门把手。终于，门锁响起咔嚓一声。

第四十二章

我用力把卡片拉出握在手里，然后推开后门走进去。手指在熟悉的墙壁上划过，我扶着墙壁直行，摸索着穿过走廊。身处一片黑暗，我几乎分辨不出方向，嘎吱声从四面八方传来，不知道是老房子特有的声音，还是丹尼尔正悄悄地潜伏在我身后，伸开双臂，准备发动进攻。

我凭感觉从走廊来到客厅，一进来就看到月光透过百叶窗照亮了整个空间，让我足以看清这里。我环顾四周，房间里影影绰绰，恰如我记忆中的样子。父亲那张老旧的躺椅依然摆在角落里，上面的皮革已经褪色开裂，地板上的电视屏幕依然留着我手指按下的污迹。这就是丹尼尔打算前往的地点——我家的老房子。他每周都会来这座阴森可怖的老宅，把他的受害者带到这里，对她们进行惨无人道的折磨，再把她们的尸体抛回失踪地点。我扭头看向右侧，发现地板上有一个独特的形状，又长又细，好似一摞木板。

那似乎是一副躯体，一副属于年轻女孩的躯体。

"莱莉？"我小声呼唤着跑过客厅，来到那团黑影旁。还没凑上去，我就确定了是她。莱莉此刻双目紧闭，嘴巴合拢，头发垂在胸前，还有一些凌乱地披散在脸上。即便在黑暗中，或许正因为在黑暗中，她的脸色看起来异常惨白，就像一个幽灵，她的嘴唇发青，皮肤没有一丝血色，浑身透着一种半透明的光芒。

"莱莉。"我用手摇晃着她的手臂，再次呼唤她的名字。可她既没有动，也没有说话。我瞥了一眼她的手腕，红色的勒痕开始在她的静脉上方浮现，就赶紧又看了看她的脖子。我以为自己会看到那些淡淡的、手指形状的瘀伤慢慢隆起，但那里没有那种瘀伤，至少现在还没有。

"莱莉，"我继续摇晃着她的身体，反复呼唤她的名字，"莱莉，醒醒。"

我把手指放在她的耳朵下面，屏住呼吸，迫切地希望摸到点什么，什么都好。然后我摸到了，虽然很轻微，但至少还在。那是轻微的搏动，是她的心跳，虽然滞缓又虚弱，但她还活着。

"醒醒。"我一边小声说着一边试着把她扶起来，可她的身体沉甸甸的。当我抓住她的胳膊时，她的眼球开始快速左右移动，同时发出一声微弱的呻吟。这是摄入地西泮的症状。她被下药了，而且剂量不小。"我会带你离开这里。我保证会……"

"克洛伊？"

我的心脏骤然停止了跳动，有人出现在我的身后。我认得他的声音，我的名字在他口中像润喉糖一样翻滚着，然后在他的舌尖上融化。就算走到天涯海角，我也认得出他的声音。

但那不是丹尼尔的声音。

我慢慢站起来，转身面对身后的人影。房间里的光线足以让我看清他的面容。

"亚伦。"我试图想出一个解释，一个他刚好出现在这里，在这座房子——我的房子——里的理由，但是我的大脑一片空白，"你怎么会在这里？"

云雾飘过，将明亮的月亮遮住，房间陷入黑暗之中。我瞪大了眼睛以便看清楚屋内的一切，当月光再次透过百叶窗，我发现亚伦似乎离我近了一些，大约半米。

"我才该问你这个问题。"

我转头看向莱莉，忽然意识到这是个怎样的场景，别人看到这个场景又会作何联想。我在黑暗中，蹲在一个昏迷的女孩身旁。我又想起托马斯警探在我办公室里，用怀疑的目光看着我，告诉我奥布里的耳环上有我的指纹。他的话语中藏着怀疑和指控。

能把它们联系起来的似乎只有你。

我指着莱莉，张了张嘴，可喉咙却像被什么东西堵住了，说不出话的我只能清了清喉咙。

"谢天谢地，她还活着。"亚伦打断我，又向前迈了一步，"我刚找到她，想把她叫醒，可她怎么也醒不过来。我报了警，警察已经在路上了。"

我看着他，依旧说不出话来。他察觉到了我的犹豫，继续往下说道。

"我记得你和我说过这座房子，说它闲置在这里，所以我想，也许会在这里找到她。我给你打了好几通电话，"他像是示意着什么似的摊了摊手，然后又把双手落回身体两侧，"这也许就是心有灵犀吧。"

我放心地吐了口气，点点头。我突然想起昨晚亚伦在汽车旅馆房间里急切地揉弄我头发的样子，我们做完之后安静地躺在床上的样子，他的声音在我耳边响起——"我相信你。"

"我们得帮帮她，"我终于找回了自己的声音，转身蹲到莱莉身边，再次检查她的脉搏，"我们得让她吐出来……"

"警察正在往这里赶，"亚伦再次说，"克洛伊，会没事的，她会没事的。"

"丹尼尔一定就在这附近，"我抚摸着她冰凉的脸颊说，"我一觉醒来，发现自己有好多未接来电。他给我留了一条语音留言，我想也许……"

话说了半截又咽了下去，我想起了那晚发生的事，想起自己是怎么入睡的，想起亚伦把干裂的嘴唇贴在我额头上，给了我一个晚安吻。我缓缓地站起身，转向亚伦。忽然之间，我不想再背对着他了。

"等一下，"我滞塞的思绪开始翻涌，像在泥泞的道路上跋涉一般步履维艰，"你怎么会知道莱莉失踪了？"

我想起来了,我睡了整整一天后才醒过来,那时亚伦早就离开了。我给香农回了通电话,听到她伤心地哭泣。

莱莉不见了。

"这件事上新闻了。"他说这话的语气很奇怪,冰冷得就像排练过一样,让我无法相信这是实话。

我往后退了一小步,试图挡在莱莉前面,同时拉开我们之间的距离。他见我往后退,神色一变。他的嘴唇忽然变得僵硬,接着紧抿成一条线,他咬紧牙关,手也用力攥成了拳头。

"克洛伊,相信我。"他试着想要挤出微笑,"搜索队已经出动了,整条街的人都在找她,大家都知道这件事。"

他向我伸出手,似乎要抓我的手。我没靠近他,而是举手示意他停下脚步,别再往前走了。

"是我啊,"他说,"我是亚伦。克洛伊,你了解我的。"

月光再次透过百叶窗照射进来,就在这时,我看到了那个掉在我们之间的记者证。一定是我刚才跑向莱莉,慌忙地在她身上探寻脉搏时,不小心掉在地上的。那是亚伦的记者证,我正是用它撬开门锁,打开了后门。但现在,它有什么地方……不一样了。

我紧紧盯着亚伦,慢慢俯身将它捡起来,拿到面前仔细查看。这时,我才发现记者证在开门的时候折断了。这张证件卡的边缘已经磨损,我掸了掸破掉的纸片,轻轻一拉,上面那张脸便脱落下来。突然一股寒意顺着我的脊背爬了上来。

它不是真的记者证,是伪造的。我抬头看向亚伦,他也站在原地看着我。我记起第一次在咖啡馆中看到这张记者证的情形,亚伦将它夹在衬衫上一目了然的地方,卡片最上方印着又粗又大的《纽约时报》标志。那是我和亚伦第一次见面,却不是我第一次看见他。我以为那就是亚伦,这之前我才在办公室里服用了安定文锭,随即便上网查了他的照片。那是一张又小又不清晰的黑白头像照片,他身穿棋盘格图案的纽扣衬衫，戴着玳瑁眼镜。他走进那家咖啡店时的穿着打扮和那张照片一模一样，还把袖子卷到了胳膊肘的位置。我忽然感到一种无声的恐慌，他所做的一切都是刻意为之，是精心设计的，他知道我能认出那套衣服，还把亚伦·詹森的名字印在了记者证上最显眼的地方。我记得自己当时觉得他和照片里看起来不一样，和我想象的不一样……他更高大，更强壮，他的胳膊太粗了，声音也低了两度。但我当时以为这个人就是亚伦·詹森，他悠然走进咖啡店的样子自在又自信，仿佛知道我就在那里，就坐在咖啡店里。他仿佛知道我在观察他，所以为我进行了一场表演。

他知道，因为他一直都在监视我。

"你是谁？"我开口问道，他那张隐藏在黑暗中的面孔突然间变得难以辨认。

他沉默地站在原地，周身突然散发着一种我从未注意过的空洞感，好像他体内的血肉全部被抽走了，只留下一具破裂的躯壳。他似乎思索了一下，像在考虑怎么回答才最好。

"我谁也不是。"他终于开口道。

"是你干的吗？"

他欲言又止，好像在找寻恰当的语言，但最终没有回答我的问题。与此同时，我的脑海中浮现出我们之间的每一段谈话，他说话的声音在我耳边响起，鼓噪得像脉动的血液，一下又一下地撞击着我的骨膜。

模仿犯是因为迷恋另一个杀人凶手才去杀人的。

我看着这个男人，这个从一开始就闯入我生活的陌生人。他最先和我分享了模仿犯的理论，然后不断怂恿我，直到我也相信了这个论调。他提出的问题永远在试探，在步步紧逼，案件在这个时间，这个地点发生，肯定有某种理由、某种关联。每当我提起莉娜，他的声音中总会透出孩子气的冒失，仿佛控制不住自己，急切地想要知道她是什么样子的。

"回答我，"我努力稳住自己的声音，"是你干的吗？"

"听着，克洛伊，不是你想的那样。"

我想起他抱我的时候，他把手放在我的手腕上，用嘴唇亲吻我的脖子；我想起他起身穿上牛仔裤，给我倒了一杯水，又用手指拨弄我的头发，哄我入睡之后才踏入黑夜。莱莉就是那天晚上失踪的。就在那天晚上，当我还在睡梦之中，额头沾满汗水，四肢因他的抚摸而悸动的时候，她被他带走了。我突然感到一阵反胃，但他的确对我说过那句话，就是我们坐在河边，脚边放着咖啡杯，眺望远处被雾气笼罩着的大桥的那天。

只是一场游戏。

但我没有察觉到，这其实正是他的游戏。

"我要报警。"我知道他根本没报警，警察也不在赶往这里的路上。我把手伸进包里翻找手机，可等我颤抖的手把包里的所有东西都摸了一遍才想起，手机被我落在车里了，它还放在杯架上。在用手机查看监控里丹尼尔的情况后，我把它放在了那里，在冲动的驱使下开车来到布鲁桥镇，停下车子就直接闯了进来，完全没碰过手机。我怎么会把这件事忘了？我怎么会把手机落下？

"别这样，克洛伊。"他说着走近了一些，离我只有一米左右，几乎可以碰到我了，"你听我解释。"

"你为什么要这么做？"我颤抖着嘴唇问，手依旧插在包里，"你为什么要杀掉那些女孩？"

话一说出口，那种似曾相识感就像海浪一样向我袭来。二十年前，就是在这个房间，我站在电视屏幕前，听着电视里法官向我父亲提出同样的问题，法庭里鸦雀无声，所有人都在等待他的回答，包括我。

"那不是我的错，"沉默片刻，他终于眼含热泪地说，"不是我的错。"

"那不是你的错，"我重复道，"你杀了两个女孩，却说那不是你的错？"

"不，我是说……那是，对，那是我的错。可是，那也不是……"

我看着眼前这个男人，就像在看我父亲。我坐在地板上，看着电视屏幕里的父亲，他两只手被铐在身后，我仔细聆听着他说的每个字。我看到他内心深处的魔鬼，那个魔鬼就像他肚子中蜷缩着一个有心跳的、湿漉漉的胎儿，逐渐长大，直至某一天爆裂开来。我父亲和他的黑暗，被那个角落里的阴影拉进去，完全吞噬。就在他眼含泪水认罪的时候，法庭上一片寂静，法官充满质疑和厌恶的声音随之响起。

你是说，是这种黑暗迫使你杀了那些女孩？

"你和他简直一模一样，"我说，"都想把自己犯的错归咎于别人。"

"不，不，不是这样的。"

我感觉自己的指甲扎进了手掌，把掌心扎出了血。我心里再次涌起那天看着我父亲说出这些话时所产生的怨愤和恼怒，我毫不关心他有没有流泪，我依旧记得那一刻我有多恨他，简直恨之入骨。

我记得自己是怎样把他杀死的，在我心里，他已经被我杀死了。

"克洛伊，你听我说。"他说着又向我走了几步。我看他朝我伸出手臂，伸出他那双柔软的手。就是这双手，曾触碰过我的皮肤，与我十指相扣。就像我扑进父亲的怀抱一样，我也曾扑进他的怀抱，总从错误的人那里寻求安全感。"是他逼我这么做的……"

我先听见了声音，然后才看见了眼前的一切，然后逐渐意识到自己刚才做了什么。我好像在以第三者的视角目睹这一切，我把手从包里拿了出来，手里握着一把手枪，紧接着我扣动了扳机，犹如鞭炮炸开般的巨响瞬间爆发，同时我的胳膊因为后坐力被反向推了出去。一束强光闪过，亚伦在实木地板上踉跄着后退了两步，他低头看着自己腹部不断扩散的红色，又抬头看了看我，脸上写满了惊讶。在月光下，他的眼神呆滞而迷茫，湿润而泛红的嘴唇缓慢开启，似乎有什么话想说。

接着，我看到他的身体直直地倒在了地板上。

第四十三章

我坐在布鲁桥镇的警察局里,审讯室天花板上的廉价灯泡照亮了我的脸,让我的皮肤发出海藻绿色的荧光。他们披在我肩上的毯子粗糙得像魔术贴一样,但我为了那一点点温暖还将它盖在身上。

"好吧,克洛伊。你再给我们讲一遍发生了什么吧。"

我抬头看向托马斯警探,他和道尔警官,还有另一位我不记得名字的布鲁桥镇的警察,他们正坐在桌子的另一边。

"我已经和她讲过了,"我看向那位不知名的警察,"她录下来了。"

"再给我讲一次,"他说,"然后我们就送你回家。"

我叹了口气,伸手去拿摆在面前的纸杯,这已经是我今晚喝的第三杯咖啡了,我把它举到嘴边,看粘在皮肤上星星点点的血迹已经干了。我放下杯子,去抠一块小小的血迹,它像干掉的油漆一样从我的皮肤上脱落。

"我在几周前遇到了那个男人,我以为他叫亚伦·詹森,"我说,"他说他是《纽约时报》的记者,要写一篇关于我父亲的报道。不过,他后来改变了主意,因为发生了奥布里·格拉维诺和蕾西·德克勒的失踪案,他认为这起案件的凶手是模仿犯,还说想让我帮他破案。"

托马斯警探点点头,催促我继续往下说。

"我们聊了很多,我逐渐相信了他。这两起案子相似之处太多了,受害者、消失的首饰,再加上那起案件的周年快到了。一开始,我以为凶手是伯特·罗兹,我告诉过你的。但那天夜里,我在衣柜里发现了和奥布里的耳环同款的项链。"

"你发现这份证据之后为什么不把它交给我们呢?"

"我的确想把它交给你们,"我说,"可第二天早上它就不在那里了。我未婚夫把它拿走了,我手机上有一段他拿着那条项链的视频。从那时起,我就开始怀疑他和这起案件有什么关联。但就算我拿到了项链,你还是不会相信我的,上次谈话时你已经把这一点说得很清楚了,和直接叫我滚蛋也没什么区别。"

他在桌子对面瞪着我,有些不自在地挪动了一下身体。我也回瞪着他。

"而且不止这些。他去监狱探视过我父亲,我还在他的公文包里发现了地西泮,加上他妹妹也失踪了,就在二十年前。这是我去拜访他母亲的时候得知的,她认为他和那起失踪有关……"

"等一下,"警探突然抬起手掌打断了我的话,"我们先说一件事。你今晚为什么来布鲁桥镇?你怎么知道莱莉·塔克在这里?"

那些画面还清晰地烙印在我脑海里,苍白得仿佛幽灵的莱莉,从我家车道上呼啸而来的救护车,还有我自己,手中紧紧握着从车里取回的手机,身体僵硬、眼神茫然地站在前院等着的自己。我无法回到那个房间,无法面对地上的尸体。医护人员把莱莉绑在担架上抬到车上,把一袋袋液体输入她的静脉。

"丹尼尔给我留了一条语音信息,说他要离开我家。"我说,"我想弄清楚他会去哪里,会把那些女孩带到哪里去。凭直觉,我认为他把她们带到这里来了。但我真的不知道,不能确定真的是这里。"

"好吧。"托马斯警探点点头,"丹尼尔现在在哪里?"

我盯着他,眼睛因刺眼的灯光、苦涩的咖啡和睡眠不足而感到刺痛,每样东西都在刺激着我。

"我不知道,"我重复道,"他离开了。"

房间内一片寂静,只有头顶的灯泡在嗡嗡作响,像被困在锡罐里的苍蝇。亚伦杀害了那些女孩,他还想杀死莱莉。最后我还是找到了答案,虽然仍有许多不理解的事,许多不合理的事。

"我知道你不相信我,"我抬着头说,"我知道这些话听起来有多像胡言乱语,但我说的都是真的。我不知道……"

"我相信你,克洛伊,"托马斯警探打断了我,"真的。"

我点了点头,尽量不把自己的如释重负表现出来。我没料到他会这么说,还以为他会和我争论,要求我提供我拿不出来的证据。我这才想到,他一定是掌握了什么我不知道的信息。

"你知道他是谁?"我慢慢醒悟过来,"我是说亚伦,你知道他的真实身份?"

警探盯着我,神情有些难以捉摸。

"你必须告诉我,我有权知道。"

"他叫泰勒·普莱斯。"他把公文包放到桌子上,探过身,一边说一边打开了公文包。他拿出一张疑犯的照片放到我面前。我盯着亚伦,不,是泰勒的脸。他长得就像名叫泰勒的人,在这张照片里,他没有戴眼镜,眼睛小了些,留着寸头,穿的也不是舒适而贴身的纽扣衬衫,整张脸看上去完全不一样。他长着一张大众脸,这样的面容往往给人一种熟悉感,他们的五官平平无奇,缺少辨识度。但他的脸却与我在网上看到的那张头像,也就是真正的亚伦·詹森有些神似。说他是亚伦的某个远房亲戚,或者是亚伦的哥哥,应该也会有人相信。泰勒是那种会帮高中生买酒,参加聚会时偷偷躲到角落,一边安静地啜饮啤酒一边观察周围一切的人。

我吞了一口口水,眼睛死死地盯着桌面,泰勒·普莱斯。我暗骂自己掉进了陷阱,只看见了他想让我看见的东西,可与此同时,我知道也许我只看得到我自己想看的东西。归根结底,我还是太需要一位盟友,一个和我站在一边的人。但这对他来说只是一场游戏,而亚伦·詹森不过是一个角色。

"我们没花多少时间就查出了他的身份，"托马斯警探继续说，"他是布鲁桥镇的人。"

我猛地抬起头，瞪大了双眼。

"什么？"

"他在警察局留有案底，都是类似非法持有违禁药、非法入侵等不太严重的罪名。他在升入初三前就辍学了。"

我再次低头去看他的照片，努力在记忆里搜寻有关泰勒·普莱斯的信息。毕竟布鲁桥镇并不大，而且我一直没有多少朋友。

"关于他，你们还知道些什么？"

"有人在柏树墓园见过他。"说着，托马斯警探从公文包里取出另一张照片。这次是搜索队的照片，泰勒站在远处，没戴眼镜，还故意把头上的棒球帽压得很低。"众所周知，杀人犯会重返犯罪现场，尤其是惯犯。泰勒在和你有关的事情上采取了更进一步的行动，他不仅重返犯罪现场，还参与了案件调查。当然，他依然和案件保持了一定的距离，这种做法并不罕见。"

泰勒去过那里，他去过每一个犯罪现场。我回想起自己当时在墓园里的感觉，一直有双眼睛注视着我，看着我穿过那些墓碑，蹲在泥地里。在我的想象里，他用戴着手套的手拿着奥布里的耳环，在假装蹲下来系鞋带的时候把耳环放在了那里，接着，只要等我找到它就行了。他用手机让我看的那张我出现在墓园的照片不是他在网上看到的，而是他自己拍的。

这时，我忽然想起一件事。

我想起父亲被捕之后自己的童年生活，那些出现在我家周围的脚印，那个不知道叫什么名字，总扒着窗户往我家看的男孩。也许他对死亡有着病态的好奇心与迷恋，所以才会这么做。

你是谁？我记得自己那时尖叫着朝他冲了上去，二十年过去了，他昨晚的回答与当时一模一样。

我谁也不是。

"我们正在检查他的车，"托马斯警探继续说着，可我几乎听不见他的声音，"我们在他的口袋里找到了地西泮和一枚金戒指，我们推测它属于莱莉。同时，我们也找到了一条手链，带着银质十字架的木珠手链。"

我捏了捏鼻梁，这一切都太过沉重了。

"嘿，"他低下脑袋想要对上我的视线，我疲惫地看向了他，"这不是你的错。"

"这就是我的错，"我说，"都是我的错，他会伤害她们都是因为我，因为我，她们才会死。我本该认出他来的……"

托马斯警探比了一个打住的手势，微微摇了摇头。

"不要那么想，"他说，"那都是二十年前的事情了，你那时只是个孩子。"

他说得没错，我只是个孩子，只有十二岁，但我依旧难以释怀。

"你知道还有谁只是个孩子吗？"

我抬头看他，不明就里地扬起眉毛。

"谁？"

"莱莉呀，"他答道，"因为有你，她才能得救。"

第四十四章

　　托马斯警探走出警察局时叉着腰,认真观察着我们周围的环境,仿佛他所站立的地方不是停车场,而是某座山的山顶。现在是早上六点,清晨的空气中奇异地混杂了闷热与凉爽,我能敏锐地察觉到远处啁啾的鸟儿,棉花糖般的天空,以及清晨最早一批开车去上班的人。我微眯双眼,有些迷茫,有些不知所措。警察局里没有窗户,没有时钟,让人完全丧失了时间感。当一个人在凌晨四点不得不把大量的咖啡因灌入体内,闻着某个值完班的警察在茶水间用微波炉加热剩饭发出的酸味时,时间就这样在你身边悄悄流逝掉了。我能感觉到大脑在努力理解太阳已经升起,新的一天已经开始的现实,却仍然难以从昨晚脱离出来。

　　一滴汗珠顺着脖子流了下去,我伸手去摸后脖颈,咸咸的汗水像血一样停留在我的指缝间。自从看到泰勒的死状,我满脑子都是血,一摊血泊,蜿蜒流淌的血水。我看到泰勒的腹部出现了一片深色的血迹,接着那片血迹在他的衬衫上慢慢扩散开来,血液滴到地板上,缓缓朝我爬过来,包裹住我的鞋子,沾在我的鞋底上。血液不停地喷涌而出,像是有人剪开了一条流淌着液体的橡皮软管。

　　"关于你之前说的话,"托马斯警探打破了沉默,"就是有关你未婚夫的那些话。"

　　我仍旧低头看自己的鞋,看它底部的那圈红色描边,不知道的人还以为我一脚踩进了颜料里。

　　"你能肯定吗?"他问道,"也许有解释能……"

"我肯定。"我打断了他的话。

"只看你手机上的视频,其实看不清他手里到底拿的是什么,它可能是任何东西。"

"我很确定。"

我感觉到托马斯警探先是打量着我的侧脸,然后站直身体,暗自点了点头。

"那好吧,"他说,"我们会找到他,然后问他一些问题的。"

在最后的时刻,泰勒对我说了一句话,那句话回荡在我曾经的家里,正如它现在回荡在我的脑海中。

是他逼我这么做的。

"谢谢。"

"不过在那之前,你先回家休息一下吧。为了以防万一,我会派一名便衣警察在你家周围巡逻。"

"好,"我说,"好的,没问题。"

"需要我们送你回去吗?"

我的车还停在童年居住的老房子外,托马斯警探便把我送到自己的汽车旁。低头从警车里钻出来,我看着这条碎石路,然后头也不抬地钻进自己车子的驾驶位,发动引擎,驶离这里。在回巴吞鲁日的路上,我什么都没想,只是目不转睛地盯着高速公路上的黄线,感觉自己的眼睛都要抽筋了。路过一个指向东北方向的标志牌,上面写着距离安哥拉85公里,我握紧了方向盘。这一切都归结于他,归结于我父亲。丹尼尔的收据,还有泰勒在汽车旅馆时阻止我去见他说的话,"那太危险了,克洛伊"。我父亲知道一些事情,他是这一切的关键,他是泰勒和丹尼尔,还有我和那些女孩之间唯一的纽带,我们全都被他牢牢绑住,就像苍蝇被困在蜘蛛网上一样。他掌握着最终答案,只有他,再没有别人了。我当然知道这一点,也一直有去探视他的念头,可思来想去,还是没有下定决心,这种感觉就像用手揉搓一个黏土球,希望能捏出个形状,从中找到答案。

可我没有任何答案。

从前门走进家里,我以为会听到报警器的滴滴声,毕竟我已经对那个声音很熟悉了,甚至还产生了一种安全感。可它这次没有发出任何声音。我看向安全面板,发现报警器没有重置,这才想起自己通过手机看见过丹尼尔关掉电灯,离开了这里,最后一个从家里走出去的人是他。我敲下密码将报警器重启,然后直接上楼进了浴室,随手把包放到马桶盖上。我拧开了浴缸的水龙头,把水温尽可能调到最高,想用滚烫的热水洗净我的身体,洗净泰勒留在我身上的痕迹。

我先把脚趾伸进浴缸,接着整个人都滑了进去,很快,我的身体因热水变得通红。热水漫过我的胸口和锁骨,除了脸,我把身体全都浸入水中,心跳声在我耳边鼓噪。我瞥了一眼自己的包,想到塞在最下面的药瓶。我幻想着自己把它们全部吃光,然后沉沉睡去,在浴缸里不断下沉,嘴里会吐出一个又一个的小泡泡,直至最后一个泡泡也破裂开来。至少,这个过程会是安详的,是被温暖包围着的。不知道多久才会有人发现我,也许要几天,也许要几周。到了那时,我的皮肤也许已经开始脱落,像睡莲的叶子一样浮在水面上。

我低头一看,浴缸里的水已经变成了淡粉色。我抓起一条毛巾开始擦拭皮肤,把泰勒溅到我胳膊上的血渍擦掉。我反复擦拭着,即使在洗净之后仍然擦拭皮肤,直到把胳膊擦破了,才弯下身子拔出排水口的塞子,然后静静坐在浴缸里,直到所有的水全部排出。

洗完澡,我穿上运动裤和运动衫,回到楼下,走进厨房给自己倒了一杯水,然后一口气喝光。我正垂头丧气地坐在椅子上,很快又抬起头来,仔细倾听,皮肤上突然起了一层鸡皮疙瘩,我轻轻地放下杯子,慢慢走向客厅。我听到了某种响动,很微弱的响声,是一种很轻微的脚步声。要不是知道家里只有我一个人,我肯定注意不到这个动静。

当我走进客厅时,丹尼尔的身影映入我的眼帘,我的身体瞬间僵立在了原地。

"嘿，克洛伊。"

我静静地瞪着他，脑海中回想着刚才在楼上的浴缸里闭上双眼的自己，想象自己一睁开眼睛，就看到眼前的丹尼尔伸手把我按入水中。我想要尖叫，可一开口，就有许许多多的水灌入嘴里，我就像一辆老旧的汽车，在一阵噼啪作响后彻底报废。

"我不想吓到你。"

我瞥了一眼安全面板，报警器纹丝未动。我突然意识到，原来他从来没有离开过这里。我看见他站在正门前，叹了口气，然后关掉了灯，监控画面自此便陷入了黑暗。

但我其实从未看见他打开房门，从未看见他真的离开。

"我知道，除非我离开这里，否则你是不会回来的，"丹尼尔似乎知道我在想什么，"我只想在这里等你，和你见面谈一谈。我昨晚在外面看见你了，你的车子就停在房子旁边，可后来你又走了，然后再也没回来。"

"外面有便衣警察。"我撒谎了，我停车时并没有看到他们，不过现在可能已经来了，"他们在找你。"

"你听我解释。"

"我去见了你母亲。"

他露出愕然的表情，显然没想到我会这么做。我心里有些没底，可丹尼尔这样理所当然地站在我家里，让我怒从心头起。

"她把你的事都告诉我了，"我说，"你父亲，你的暴力倾向，还有你有一段时间曾经试着保护你母亲，但最后还是放弃了。"

丹尼尔的手攥成了拳头，不过并没有攥得太紧。

"你就是那样对待她、对待索菲的，对吗？"我问，"把她们当成沙包？"

我想象着索菲从朋友家回来，粉红色的运动鞋踩在台阶上，发出砰砰的声音,接着纱门啪的一声合拢。她一进屋,就看见丹尼尔弓着腰坐在沙发上,眼睛空洞无神,脸上挂着病态的笑容。她从他的身边跑过,跑上铺着地毯的楼梯,回卧室的路上被垃圾桶绊了一下。丹尼尔跟了上去,他们之间的距离逐渐缩短,然后他一把抓住她的马尾辫,使劲一拽。她的脖子猛然往后一仰,发出了树枝折断似的声音,她的尖叫卡在喉咙里,无人听到。

"也许你不是故意的,只是一不小心没有控制好力道。"

她的身体滚到楼梯的最下层,四肢像煮过的面条一般瘫软无力。丹尼尔摇晃着她的肩膀,凑上去,抬起她的手又松开,任凭那已经失去生命的重量落回地上。他轻轻地把那枚戒指从她手指上摘下,塞进自己的口袋。有时,坏习惯就是这样开始的,一场意外,就像有的人会因为断了一根小拇指而过度使用止痛药一样。如果没有痛苦,你就不会知道自己喜欢它。

"你认为是我杀了我妹妹?"他问,"这就是你一直关注的事情?"

"我知道你杀了你妹妹。"

"克洛伊……"

他说到一半停了下来,认真地打量我。此刻,他注意到我的眼神中没有困惑、没有愤怒,也没有渴望。可他眼神里透露出来的东西我已经见过太多次了。在我哥哥的眼睛里,在警察的眼睛里,在伊森和莎拉的眼睛里,在托马斯警探的眼睛里,我都见到过。我望着镜中的自己,努力分辨着哪些是真实的,哪些是我幻想出来的,哪些是过去,哪些是现在。我一直害怕,害怕有一天在丹尼尔的眼睛里看到它,所以这几个月来我一直都在极尽可能地避免发生这种情况。可现在,它还是出现了。

那是担忧的眼神,并非担忧我的人身安全,而是担忧我的精神状态。

那是同情,也是恐惧。

"我没杀死我妹妹,"他一字一顿地说,"我救了她。"

第四十五章

厄尔·布里格斯喜欢喝白占边威士忌[1]。客厅的桌子上总会放着一瓶开了盖的威士忌，阳光透过窗户进入室内，照在酒瓶上，让它看上去像一块包裹着化石的琥珀，瓶中的液体也因此保持着一些温度。他总会在高球杯里倒上满满一杯威士忌，酒精让他的嘴永远显得油光锃亮，像一摊汽油，他的呼吸总带着一股药用酒精的味道，像放在太阳底下的奶油糖的甜腻味。

"我总是根据酒瓶中还剩多少酒来判断那会是怎样的一天。"丹尼尔倒在沙发上，眼睛盯着地板。如果是以前，我会走过去，坐在他身边搂着他，用手指在他肩胛骨之间的一小块皮肤上来回摩挲。不过这次我没有那么做，而是站在原地没有动。"我开始把它想象成一个沙漏，你知道吗？它一开始是满的，我们看着它一点点消失。当它完全空了，我们就知道是时候躲得远远的了。"

我父亲有许多邪恶的地方，这不用我说你也能猜到，但喝酒却不是其中之一。我模糊地记得，有一次他在院子里劳作了一下午，回来后开了一瓶百威啤酒。他很少喝酒，只在特殊的场合才会大醉。我其实更希望他喝酒，每个人都有自己的恶习，有些人抽烟喝酒，迪克·戴维斯却是杀人。不，我父亲并非如此，他不需要任何化学物质来激发他体内的暴力因子。这也正是我不理解的地方。

---

[1] 白占边威士忌，全称为占边肯塔基州波旁威士忌酒，是原产于美国肯塔基州的一个威士忌酒品牌。

"这么多年来,他总因为各种各样的事打她。"丹尼尔说,"任何一件小事都能让他暴跳如雷。"

我想起戴安眼睛下面的淤青,和红得像鲜肉一样的手臂。"我丈夫,厄尔,他脾气不怎么好。"

"我不理解她为什么不能离开他,"他说,"为什么不能带我们走?但她一直没离开。所以我们就要学着去应付这样的生活,大概吧。我跟索菲一直和他保持着距离,小心翼翼地生活。但后来有一天,我放学回到家……"

他的脸色很难看,仿佛陷在痛苦中,如同在吞咽一块石头。他先是紧闭双眼,接着抬起头看着我。

"她被打得遍体鳞伤,惨不忍睹,克洛伊。那是他的女儿啊!而且这还不是最糟糕的,最糟糕的是我妈妈竟然没有阻止他。"

我试着想象那个情形,只有十七岁的丹尼尔背着书包回到家,听到门内传来熟悉的哀号声,他走进屋里,看到客厅里全是烟雾,但与往常不同的是,他母亲正在厨房的水槽前忙着什么,试图用流水声盖住那痛苦的哀号。

"老天,我求她过去帮忙,去拦着他点,但她置之不理,我想她也许觉得索菲被打总比她自己被打好,老实说,我认为她甚至因此而松了一口气。"

我想象着他跑过走廊,跑过成堆的垃圾,跑过脏兮兮的猫,还有扔在地毯上的烟头,用力拍打上锁的房门,可他的尖叫无人理会。他跑进厨房,摇晃着母亲的胳膊,大声喊"帮帮她吧"。我想起自己经历过的同样的恐怖时刻,我跟跄着走进父母的卧室,看见奄奄一息的母亲蜷缩在衣柜旁,仿佛她只是一件从洗衣篮旁边掉下来的脏衣服。库珀呆立在一旁静静地看着,没采取任何行动。我们意识到,除了彼此,我们再无他人可以依靠了。

"那一刻,我知道她必须离开那个家。如果我不把她弄走,她永远也走不了。她会变成和我母亲一样的人,或者更糟,她也许活不了多久。"

我朝他走了一步,只有一步。他现在完全沉浸在回忆里,任由回忆吞噬自己,完全没有注意到我的动作。这一次,他成了那个重温回忆的人,而我是聆听的那个。

"我知道你父亲在布鲁桥镇的事情,才有了灵感,想到了一个让她消失的方法。"

藏在他书架里的那篇剪报,我父亲那起案件的新闻:《布鲁桥镇连环杀人案已破获,凶手是理查德·戴维斯,尸体尚未被找到》。

"她放学后去了朋友家,然后再也没有回来。我父母直到第二天晚上才发现她不见了。她失踪了二十四个小时……但他们完全没有注意到。"他摆了摆手,做出一个不以为然的动作,"我一直等着他们说些什么。我坐在那里等着他们发现她不见了,报警,或者什么都行。但他们什么都没做,甚至没发现她不见了,她那时才十三岁。"他难以置信地摇摇头,"第二天,可能是因为她把教科书落在她前一晚去的那个朋友家,所以朋友的妈妈打来了电话。我想她知道这些书再也用不到了,所以把书留在了那里。直到这时,他们才发现她不见了,别人的父母比他们发现得早。大家当时都认为她和其他女孩有同样的遭遇,认为她也被抓走了。"

在我的想象中,他家那台厚机箱的老式电视机正摆在客厅的便携式桌子上,看起来脏兮兮的,屏幕上映出索菲那张在学校里拍摄的照片,那也是她唯一的一张照片。戴安看到安静坐在角落里的丹尼尔脸上闪过一丝会意的微笑。

"如果她还活着,"我问道,"她现在在哪里?"

"密西西比州的哈蒂斯堡。"他说这话的时候发出了一个夸张的鼻音,就像一个不小心坐过站的人,读出地图上一个完全陌生的站名,"她住在一栋装着绿色百叶窗的小砖房里。我出差的时候,一有空就会去看她。"

我闭上了眼睛。我的确在一张收据上看到过那个小镇，密西西比州的哈蒂斯堡。那是一家名叫里奇斯的餐厅开出的收据，他点的是鸡肉凯撒沙拉和一个五分熟的芝士汉堡，两杯红酒，小费是餐费的五分之一。

"她很好，克洛伊。她还活着，很安全。那一直是我最渴望的事情。"

虽然和我的猜测不同，但能解释很多事。不过，我还是不能完全相信他，因为仍然有不少事情解释不通。

"那你为什么没告诉我呢？"

"我想告诉你呀。"我努力不去在意他声音里的乞求，那轻微的颤抖让他的声音染上了一丝哭腔，"你不知道我有多少次差点儿把它说出来。"

"那你为什么不说呢？我把我家的事都告诉你了。"

"正因为如此，我才更难开口。"他扯着头发，声音中透着沮丧，和我们为了洗碗而争吵的时候发出的声音一模一样，"我自始至终都知道你是谁，克洛伊，我在医院门口见到你的那一刻就知道了。后来我们去酒吧那天，你没主动提起这件事，所以我也没提，我不该强迫你聊这个话题。"

那些小小的试探，他一直盯着我的眼神。我想到那晚我们躺在沙发上的种种，脸颊一下变得通红。

"你让我把一切都告诉你，可你却假装对那件事一无所知。"

渐渐地，我彻底明白了，他说的一切全是谎言。这让我气恼不已，他让我相信他什么都不知道，让我爱上了他。

"你让我怎么说？在你说到一半的时候打断你？说'噢，对，我知道迪克·戴维斯，就是他给了我灵感，让我可以伪造我妹妹的谋杀案'？"他自嘲地冷哼一声，接着他的表情又变得严肃起来，"我不想让你觉得那之前的一切都是谎言。"

那晚的事我记得很清楚，把一切和盘托出之后，我轻松了许多。即便内心的伤口被再度撕开,却也因此得到了治疗,我用语言将那些痛苦消除了。他用手指勾起我的下巴,将它略微抬起,然后第一次对我说了那句话——我爱你。

"难道不是吗?"

丹尼尔叹了口气,把手落回大腿上:"我不怪你会变得这么疯狂,毕竟事出有因。但我不是杀人犯,克洛伊,我真不敢相信你竟然会这么想。"

"那你去见我爸爸做什么?"

他凝视着我,就像在直视着太阳一般,眼睛看上去疲惫不堪。

"如果你的所作所为都有合理的解释,并且清白无辜,如果你没什么可隐瞒的,那你为什么去探视他?"我继续问道,"你是怎么认识他的?"

他此刻就像个在角落里不断盘旋,变得越来越小的漏了气的气球。他把手伸进裤兜,掏出一条长长的银项链。我看着他用拇指抚摸着珍珠的中心,一遍又一遍地画着小圈。那触感似乎十分柔软,摸起来就像在抚摸幸运兔脚,或像熟透的桃子般柔软的婴儿脸颊。我会想起蕾西,她也曾在我的办公室里来来回回地抚摸那串木珠手链。

最后,他道出了一切。

第四十六章

我坐在厨房的料理台边,料理台上摆着两个倒满酒的红酒杯,打开盖子的酒瓶放在我们两人之间。我拿起一个酒杯,两根手指来回摩擦它精致的杯梗,左手边放着一个扭开瓶盖的橘黄色瓶子。

墙上挂钟的时针指向了七点,屋外长得过度繁茂的玉兰树枝刮擦着窗户,发出铁钉刮擦玻璃般的声音。敲门声还没响起,我就有了预感,就像闪电划过天空后,知道等会儿就会响起轰隆的雷声,而在等待雷声到来的那几秒钟里,寂静变得格外有压迫感。门外先是传来用拳头快速敲击门板的砰砰声——他敲门的声音总是这样一成不变,就像指纹一样独一无二——紧接着一道熟悉的嗓音响起。

"科洛,是我,让我进去。"

"门没锁。"我直直盯着前方,大声答道。门嘎吱一声开启,我家的报警器滴滴响了两声。哥哥踩着沉重的步伐走进来,转身关上身后的房门。他经过料理台,来到我身边,在我的太阳穴上落下一吻。我感觉他的动作有些僵硬。

"我没事,"我察觉到他看向药片的目光,"别担心。"

他叹了口气,拉出高脚凳,坐在我身旁。

我们相对无言,像是在玩"谁先开口谁就输"的游戏,都等着对方先开口。

"听我说,我知道你这几个星期的日子不好过。"他把胳膊搭在台面上,先开了口,"我也不好过。"

我没有回答。

"你还好吗?"

我举起酒杯,把酒杯的边缘贴在嘴唇上,保持着这个姿势不变,看着自己的呼吸在酒杯上产生水汽然后又消失。

"我杀了人,"我终于开口,"你觉得我好不好?"

"我无法想象你都经历了什么。"

我点头喝了一小口酒,把酒杯放回桌面,接着转向库珀:"你要让我独自一个人喝酒吗?"

他凝视着我,仿佛想从我的脸上找到什么东西,什么让他觉得熟悉的东西。但他没找到,于是拿起另一个酒杯,也喝了一小口。他吐了口气,抻了抻脖子。

"丹尼尔的事,我很遗憾。我知道你爱他,只是,我一直知道他身上有某些东西……"他犹豫着,没有继续往下说,"不管怎样,一切都结束了,只要你平安无事就好。"

我没说话,等着库珀再多喝几口酒,等着酒精进入他的血管,等着他的肌肉放松下来,才再次看向他,直视着他的眼睛。

"跟我说说泰勒·普莱斯吧。"

我看到他的脸上短暂地闪过震惊的神色,那个瞬间的颤抖就像一场微型地震,紧接着他收敛了情绪,表情冷得像一块石头。

"你在说什么?我从新闻上看到过那个名字,如果你感兴趣,我可以告诉你新闻里是怎么说的。"

"不,"我摇头道,"不是新闻里的那些,我想知道他究竟是怎样的人。毕竟,只有你最了解他,你们是朋友。"

他看了看我,又看向了药片。

"克洛伊,我不知道你在说什么,我从来没有见过那个人。没错,他和我们是同一个镇子上的人,但我根本不认识他,他是个不合群的人。"

"不合群的人?"我来回玩弄着杯梗重复着他的话,旋转的玻璃杯摩擦着大理石台面,发出有节奏的嗖嗖声,"好,那他是怎么进入河畔疗养院的?"

我回忆起去见母亲的那个早晨,在访客记录本上看到亚伦的名字时的情形。当时,我一想到他们竟然允许一个陌生人进入她的房间就气得什么都顾不上了,根本没听他们的解释。

亲爱的,如果他没得到授权,我们是不会让他进来的。

"天哪,我一直和你说,不要再吃这些该死的东西了。"他伸手去拿药瓶,那轻飘飘的药瓶在他的手中轻若无物,"我的老天,你把它们都吃了?"

"我不是因为吃了药才这样说的,库珀。"

库珀现在看我的表情,和他当时看我的表情一模一样。二十年前,我盯着电视屏幕上的父亲,边吐唾沫边从牙缝里挤出"该死的懦夫"这种粗鄙又肮脏的话语。

"你认识他,库珀。你认识他们每一个人。"

我在脑海中描绘出泰勒的样子,十几岁的男孩,骨瘦如柴,笨手笨脚,还总是独来独往。他是小龙虾节上跟在我哥哥左右的面容模糊、不知姓名的人,他跟着我哥哥回家,在窗户底下等哥哥。我哥哥怎么说,他就怎么做。毕竟,我哥哥和每个人都是朋友,他让他们觉得安全,觉得温暖,觉得有归属感。

我现在回想起自己和泰勒在河边的那次谈话,谈起莉娜时,我说她对我很好,很照顾我。

"那她就是你的朋友,"他曾一脸了然地点头说,"要我说,还是最好的那种。"

"你主动去找他,"我说,"你找到了他,把他带到这里。"

库珀盯着我,嘴巴像铰链松动的柜子似的微微张着。我能从他的表情里看出,有些话像没嚼过的面包一样卡在他的喉咙里,咽不下去,也吐不出来,所以我知道我说对了。因为库珀总是有话说,总是知道怎回答才合适。

你是我最宝贝的妹妹,克洛伊,我想把全世界最好的东西给你。

"克洛伊。"他瞪大眼睛,小声说道。我突然注意到他的手指并拢,不断揉搓着脖子上的脉搏,那里满是汗水。"你在胡说些什么?我干吗要做那种事?"

我想起今天早上出现在我家客厅里的丹尼尔,还有他手上的那条项链。他仿佛要对我实施安乐死一样,声音中带着犹豫,眼神中充斥着悲伤,缓缓向我讲述了一切。而他会有那样的表现,也许是因为这对我来说,的确和被实施了安乐死一样。他在我的客厅里对我进行了一场人性的抹杀,温柔地杀死了我。

"你第一次告诉我你父亲的事情时,"丹尼尔说,"我已经知道了布鲁桥镇发生的一切,他所做的每件事。或者说,我当时以为自己全都知道了,可你说的许多事情都让我感到惊讶。"

我回想那晚的情形,当时我们刚交往没多久,丹尼尔用手指抚摸着我的头发,倾听着我讲述的一切。我告诉他我父亲的事、莉娜的事,还有小龙虾节那天,他双手插在口袋里看着她的样子,以及那个出现在后院的身影,衣柜中的首饰盒,现在依旧回响在我脑海中的钟琴声,和那个出现在我梦中的跳舞的芭蕾女孩。

"我听你讲那些事,觉得十分奇怪。我一直认为自己了解你的父亲,他有着纯粹的邪恶,以杀害女孩为乐。"我想象着少年丹尼尔待在自己的卧室里,手上拿着那篇文章的剪报,试着描绘那个男人的样子。那篇报道以非黑即白的方式描绘了我们一家,我母亲是导致悲剧发生的源头,库珀是优秀的儿子,我是这个家里的小女孩,一个时刻引诱我父亲犯罪的存在,而我父亲则是魔鬼的化身。我们都是平面的,都是邪恶的。"但是听你讲得越多,就越觉得有些事情对不上,不过我也说不好。"

因为我当时和丹尼尔在一起,只有和他在一起,我才能说出自己的童年并非只有坏事,才能讲述那些美好的回忆。我告诉他,因为我们从来没有坐过雪橇,我父亲就把浴巾铺在楼梯上,让我们坐在洗衣筐里滑下去。电视上刚开始播放女孩失踪的新闻时,他脸上的惊恐丝毫不像伪装出来的,当时我站在厨房门口,手里紧紧攥着那条薄荷绿的毯子,我现在还记得电视屏幕上的鲜红色字幕——布鲁桥镇当地女孩失踪。我父亲还会紧紧抱住我,会在前门的台阶处等我放学回家,会每晚都来检查我房间的窗户有没有锁好。

"如果他真的干了那些事,真的杀了那些女孩,他为什么还要保护你呢?"丹尼尔当时这么问我,"他为什么会这么担心呢?"

我的眼睛有点刺痛,我从来不曾停止询问自己这个问题,却始终不知道它的答案。我一直想要弄明白那些记忆,那些有关我父亲的记忆,它们和他后来变成怪物的事相当矛盾。他会用手清洗盘子,会为我拆掉自行车上的辅助轮,会放任我给他涂指甲油,还会教我如何穿钓鱼线。记得第一次成功钓到鱼的时候,我大哭了一场,看着那条鱼噘着嘴不断地喘着气,父亲把手伸进了它的鳃里,想帮它止血。我们原本打算吃掉它的,可由于我太过悲痛,父亲最终还是把它放掉了。他把它放生了。

"所以,当你告诉我他被捕的那晚,他既没有反抗,也没有试图逃跑。"丹尼尔一边说,一边向我靠近,他挑起眉毛,似乎希望我能领会其中的深意,最后自己反应过来。这样,他就不用亲口说出来了,这样,戳破真相的人就成了我自己。扣动扳机的将是我自己的大脑,而不是他的舌头。"他只是轻声说出了那三个字。"

我父亲被压制住,戴上了手铐。他先看了看我,又看了看库珀。他的目光几乎是瞄准了我哥哥,好像屋子里只有他一个人似的。我如遭雷击一般,突然明白了这究竟是怎么回事。他那时不是在对我说话,而是在对他说话,他是在对库珀说话。

他在叮嘱他,要求他,恳求他。

"乖一点。"

"是你杀了布鲁桥镇的那些女孩。"我从回忆回到现实,看着哥哥说道。这些话已经在我心里憋了许久,我一直都想弄明白这到底是怎么回事。"是你杀了莉娜。"

库珀没有说话,眼睛盯着那杯红酒,低头看着杯中的红色液体。杯底还残留着一些液体,他把杯子举到唇边,将剩下的红酒一饮而尽。

"丹尼尔想清楚了整件事,"我强迫自己继续说下去,"然后一切就都说得通了。你会对他有这么强的敌意,就是因为他知道爸爸没有杀死那些女孩,而凶手就是你。他知道这件事,但是没办法证明。"

我回想起订婚派对时的情景,回想起丹尼尔搂着我的腰,把我往他那边拉,让我离库珀远一点。是我误会他了,他不是想控制我,而是想保护我,保护我不受我哥哥和真相的伤害。他既想让我和库珀保持一定的距离,又不想泄露太多的信息,我完全想不到他要付出多少努力,才能勉力维持这样的平衡。

"你知道他的想法,"我继续说,"你知道丹尼尔盯上你了,所以才会一直挑拨我和他的关系。"

我后来一直在脑海中反复回放库珀在我家门廊里说的那些话,那些话像癌症一样折磨着我。"你不了解他,克洛伊。"那条深埋在我家衣柜里的项链是库珀在派对当晚放的。他是第一个到我家的人,他可以用钥匙进入屋内,他知道哪个地方能给我带来最大的打击,然后悄悄地把那条项链放在了那里。做完这一切,他又来到外面,藏到阴影中。毕竟我以前也错误地怀疑过别人,读大学的时候,我曾用最坏的想法怀疑过伊森。库珀知道,只要把我的那段回忆调出来,再按照他的需要重新植入,它们就会像杂草一样,不受控制地在我的脑海里疯长,直到占据我的理智。

我想起泰勒·普莱斯,是他带走了奥布里、蕾西和莱莉,库珀把他的作案手法告诉了他,他便完全重现了库珀的罪行。我真不知道一个人要多么千疮百孔,才会在另一个人的教唆下杀人。我想,这与那些受到伤害的女人写信向罪犯求婚,或者貌似平凡的女孩却落入危险男人的掌控一样,都没什么区别。它们都是一样的,孤独的灵魂只想寻求陪伴,怎样的陪伴都行。"我谁也不是",泰勒说这话的时候,眼神像空掉的玻璃杯一样脆弱而潮湿。我也曾一次又一次地陷入相同的境地,与陌生人上床,虽然害怕这么做会威胁到自己的生命,却又忍不住去冒险。泰勒一边抚摸我的头发,一边对我说"你没有疯"。因为危险就是这样,它能强化一切,无论是你的心跳、你的感官,还是你的触觉。这是一种想要活下去的欲望,因为当你身处危险,整个世界都被阴霾笼罩,这时,活下去的欲望就是你所需要的一切,你在这里,你在呼吸,除了活下去什么都感觉不到了。

顷刻间,一切都可能消失。

我现在看得很真切,我哥哥蛊惑了泰勒这样一个迷失又孤独的人,他以前也是这么做的。"是他逼我这么做的。"库珀身上确实有些特别的地方,他拥有一种吸引别人的光环,一种无法撼动的吸引力,就像磁铁一样,温和且自然地把周围的铁屑都吸到自己身边。也许有人可以抗拒一阵子,但在越来越大的引力之下,最终还是会屈服。比如我,无论之前多么生气,只要他把我拥入那个熟悉的怀抱,我的怒火就会烟消云散。再比如他读高中的时候,身边总围着一大群人,每当他不想让他们围着他,不需要他们的时候,他只要一挥手就能把他们轰走。好像他们都不是活生生的人,而只是一群虫子,仿佛他们只是一次性用品,只为他的快乐而存在,再无其他用途。

"你想陷害丹尼尔。"我开口说道,我的话像大火燃尽后笼罩整个房间的烟雾,给所有东西蒙上了一层灰尘,"因为他看透了你,他知道你是什么东西,所以你必须除掉他。"

库珀咬着腮帮子看我,我看得出他的脑子正在飞速运转,掂量着哪些话该说,哪些话不该说。最后,他开口了。

"我不知道该怎么对你说,克洛伊。"他用深沉且缓慢的嗓音,一字一顿地说,"我的心里有一片黑暗,每到夜晚,它就会出来。"

我从父亲口中听过这些话,当时他的两只脚被铐在一起,坐在法庭的桌子前,几乎是下意识地背诵出这些话,紧接着一滴眼泪砸在他面前的笔记本上。

"那种感觉太强烈了,我根本无法抗拒。"

库珀当时几乎是贴在电视屏幕上,仿佛房间里的一切都不复存在,只有他一个人站在那里,看着我父亲复述着他的话。被父亲发现后,他一定对父亲讲了这些话。

"它像一团阴影,一团总是徘徊在房间角落里的巨大阴影,"他说,"它引诱我,直到把我完全吞没。"

我倒抽了一口气,回忆起我一直埋藏于心底的那句话。我父亲在把罪责归咎于一个虚无缥缈的东西,他流泪不是因为自己做错了,而是遗憾自己被抓了。那句话是压倒骆驼的最后一根稻草,是对我的致命一击,从那以后,他在我心里就是一个死人。可现在我终于明白自己之前想错了,其实根本不是那么回事。

我开口把那句话吐了出来。

"有时候我觉得它就是魔鬼本身。"

第四十七章

答案好像一直都在我的眼皮子底下跳舞，我却怎么也够不着它。它旋转着，就像莉娜，举着酒瓶，穿着破洞短裤，梳着两条法式辫子，她的皮肤上、她的呼吸里都残留着大麻的味道；也像那个芭蕾女孩，刷着粉色的油漆，外皮有些剥落，总是随着钟琴的旋律旋转。但只要我一伸出手，试图触摸它，试图抓住它，它就会化作一缕青烟，在我的指间缭绕片刻后消失无踪。

"那些首饰，"我盯着库珀的侧影，他的面容仿佛回到了十几岁时的样子，他那么年轻，十五岁的年纪，"是你的东西。"

"爸爸在我房间的地板下面发现了它们。"

那个地方是我告诉父亲的，就在我发现库珀的那些杂志之后。我低下了头。

"他把盒子拿走了，擦干净之后藏在了衣柜里，他要考虑一下如何处理那个东西。"他说，"可惜他再也没有机会了，因为你先发现了它。"

我先发现了它，在寻找围巾时偶然发现了它，发现了这个秘密。我打开那个盒子，拿出那个放在正中间的属于莉娜的脐环，它早已没了光亮，显得灰蒙蒙的。我知道这个东西是她的，那天我把脸靠在她的肚子上，我的手贴在她光滑的皮肤上，就是那个时候，我看到了这个东西。

"有人在看着呢。"

"爸爸看的不是莉娜。"我回想起爸爸的表情，那是烦躁和害怕的表情，似乎有什么难以启齿的事情占据了他的脑袋，折磨着他的心灵。那就是他的儿子正在观察自己的下一个目标,为动手做着准备。"小龙虾节那天,他看的是你。"

"塔拉的事发生以后,"他的眼睛里出现了蜘蛛网状的红血丝,"他就开始用那种眼光看我,好像他都知道了似的。"他开始讲述起来,虽然有些语无伦次,但我早就料到了他会这样。我低头看向他的酒杯,杯底还剩了一些酒。

塔拉·金,那个在一切开始前的一年离家出走的女孩。塔拉·金,西奥多·盖茨来我家时,曾向我母亲询问过那个女孩。但她的失踪跟其他的女孩不一样,是一个谜案。一个没法证明我父亲杀了她的谜案。

"她是第一个,"库珀说,"我有段时间一直很好奇那是什么感觉。"

我情不自禁地把目光投向那个角落,投向那个伯特·罗兹曾经待过的地方。

"你想过那是什么感觉吗?我以前经常彻夜难眠地想这件事,想那个场景,一遍又一遍地想。"

"后来的某个夜晚,她出现了,自己一个人站在路边。"

我的脑海中浮现出清晰的画面,就像在看电影一样。我对着虚空尖叫,想阻止迫在眉睫的危险,但没人能听见,没人在听。库珀此刻正在开我父亲的车,他刚学会开车,享受着自由自在、无拘无束的感觉。我想象着他的样子,他坐在方向盘后面,安静地注视着、思考着。到目前为止,他的整个人生都一直被人群包围着,无论是在学校、在体育馆,还是在小龙虾节上,人们总是围在他身边,从不离开。但那一刻,他终于独自一个人了,终于有了一次机会。塔拉·金在自家厨房的料理台上留下了一张字条,然后带着一个沉重的手提箱离家出走了。她就那么消失了,甚至没人想过要去找她。

"我记得自己当时有多么惊讶,这件事竟然这么容易。我用手掐住她的喉咙,她的挣扎就那么……停下了。"他的眼睛直勾勾地盯着台面,停顿了一下,看向我,"你真的想知道一切吗?"

317

"库珀,你是我的哥哥。"我伸出手,盖在他的手上。此时此刻,我连触碰他的皮肤都觉得想吐。我想逃离,却不能这么做,我强迫自己复述那些话语,他的话语,我知道这些话总是很管用。"告诉我,发生了什么?"

"我一直觉得自己会被抓走,"他终于开了口,"觉得肯定会有人来我家,警察,或者别的什么人。可始终没有人找来,甚至没有人谈论这件事。我意识到……我可以继续逍遥法外,没人知道这件事,除了……"

他又停了下来,艰难地咽了一口唾沫,好像知道自己接下来要说的话比之前那些更有冲击力。

"除了莉娜,"他说道,"莉娜知道了。"

莉娜总会在夜晚一个人溜出家门,她会小心翼翼地撬开上锁的房门,跑到外面,在黑夜里游荡。她看到库珀开车慢慢跟在塔拉身后,而后者毫无察觉,只是沿着路边往前走。莉娜目睹了库珀的所作所为。她不是对库珀有好感,而是在要挟他、刁难他。她是这个世界上唯一一个知道他秘密的人,这种权利让她感到陶醉,她和往常一样玩火,越靠越近,直到引火烧身。"你有空的时候真该开着你那辆车带我去玩",她朝库珀高声喊道。然后库珀的脊背一僵,双手狠狠地插进裤兜里,对我说,"你不想和莉娜一样"。我在脑海中描绘出莉娜躺在草地上的样子,那只蚂蚁爬上她的脸颊,而她却保持着原来的姿势,一动也不动,放任它继续往上爬。她闯入库珀的卧室,在他把我们抓个正着时,她的嘴角却绽开了笑容,她双手叉腰,露出一个会意的笑容,仿佛在对他说"看吧,我想对你做什么都可以"。

莉娜是无敌的。我们都这么认为,甚至连她自己也这么认为。

"莉娜是个累赘,"我强忍着涌上来的泪水说,"你不能留下她。"

"在那之后,"他耸了耸肩,"我就没有理由停下了。"

我看着哥哥在我家厨房的料理台旁低头坐着,脑中不断翻涌着几十年来的记忆。等这些记忆融汇交织后,我恍然大悟,让他如饥似渴的并非杀戮,而是掌控感。我莫名地理解他这种渴望,这是只有家人才会理解的渴望。我回想起自己所有的恐惧,回想着对一切失去控制的感觉,还有那双掐住我的脖子的手,越掐越紧。而这和库珀喜欢的掌控感归根结底是同样的东西。在那些危在旦夕的女孩用哀求的眼神看着他,用颤抖的声音对他哀求着说"求求你,放了我吧,你让我做什么都行"时;在知道自己,而且唯有自己才能决定她们的生死时,他感受到了极度的掌控感。他其实一直都是这样的人,他会伸手推搡伯特·罗兹的胸膛,挑战那个人;他会围着弱小的对手绕圈,身体两侧的手指因激动而抽搐,如同一只随时准备扑上去用爪子将对方撕碎的老虎。他抓住对方的脖子时,不知道脑子里是不是想要紧紧地掐住,绞紧,直到把对方的脖子扭断。对方的颈动脉就在他的手指下方搏动,这么做简直易如反掌。当他放手的时候又俨然成为上帝,允许他们再多活一天。

　　塔拉、罗宾、玛格丽特、嘉丽、苏珊、吉尔。对他来说,她们不过是这种惊险刺激里的一部分,他只要随手一指,就可以把她们带走,就像站在冰激凌柜台前选口味一样。但莉娜不同,她一直觉得自己与众不同。她觉得自己更重要,那是因为她的确如此。她不是库珀随机选择的,而是必须除掉的。莉娜知道库珀的罪行,为此,她必须得死。

　　我父亲也知道,但库珀用另一种方式解决了这个问题。他用语言,用眼中的热泪,用真切的恳求打动了父亲,他讲述了角落里的阴影,讲述他是如何与它们抗争的。库珀总能找到恰当的措辞,用语言作为谋利的工具,操控别人,影响别人。而这种方法的确奏效了。它们总是很有效,无论是用在我父亲身上,让他放过自己;还是用在莉娜身上,让她相信自己不可战胜,相信他永远不会伤害她;抑或用在我身上,尤其是用在我身上,他把我变成他的提线木偶,让我按照他的想法行动。他会在合适的时机给我透露恰当的信息,他书写了我的生活,一直都是如此。他让我相信他希望我相信的事,他在我的脑海里编织了一张名为谎言的网。他就像一只技艺高超的蜘蛛，把别的昆虫困在网中，看着它们拼命挣扎，然后将它们整个吞噬掉。

"爸爸发现了你的秘密，但你说服了他，让他不要告发你。"

"如果你发现你的儿子是一个怪物，"库珀看着我叹了口气，一脸消沉地说，"你又会怎么做？你就不爱他了吗？"

我想起了母亲。在去警察局报警之后，她又回到了父亲的身边，并且为自己想好了合适的借口。"他不会伤害我们的。他不会的，他不会伤害家人的。"丹尼尔就在我的眼前，证据明明越来越多，可我就是不愿相信他是凶手。我冥思苦想，不断地期待着，相信他内心一定有某个角落还留有一丝善意。我父亲也一定是这样想的。这才有了我因为库珀犯的罪而告发他，告发我父亲的事，所以他们来我家抓人，而我父亲也没有反抗，只是看着自己的儿子，看着库珀，要求他许下承诺。

我看了一眼挂钟，七点三十分了，从库珀到我家已经过去了半个小时。我知道是时候了。从邀请库珀来我家起，我就不断地想象着这一刻的到来，像揉面团似的在脑海中翻来覆去地想，想象每一种可能出现的情况，每一种结果。

"你知道我必须报警。"我说，"库珀，我必须打这个电话，你杀人了。"

我哥哥看向我，可他的双眼几乎要睁不开了。

"你不用这么做，"他说，"泰勒已经死了，丹尼尔也没有任何证据。过去的事就让它过去吧，克洛伊，我们再也不提它了。"

我琢磨这个想法，它是唯一一个我从未考虑过的情况。我幻想自己站起身，打开家门，让库珀离开我家，再也不要来打扰我的生活，让他逃脱惩罚，像过去二十年来一样继续逍遥法外。不知道这样的纵容会让我的良心遭受怎样的谴责。我一想到要把一个杀人凶手放走，知道有一个怪物正在某处逍遥自在，藏身于光天化日之下，行走于我们之间，他还可能是某个人的同事、邻居、朋友。忽然间，我就像手指碰到了静电一般,猛地打了一个激灵。我想起母亲紧紧盯着电视的模样,在父亲受审的过程中,她一直全神贯注地倾听着每一个字,直到父亲的律师西奥多·盖茨来我家,把认罪协议的事告诉了她。

"除非你能告诉我一些别的有用的事情,你没告诉过我的,什么事情都可以。"

她也知道。我母亲知道真相。我们把那个盒子送到警察局后,装作若无其事地回了家,父亲在我跑上楼的时候叫住了她,他一定是在那个时候把真相告诉了她。但为时已晚,命运的齿轮已经开始转动,警察过不了多久就会来逮捕他,她只能顺其自然,静观其变。她依旧怀抱希望,只有这一件证据可能还不够,因为既没找到凶器,也没找到尸体,也许他能被无罪释放。我记得我和库珀在楼上偷听他们的谈话,当他们提及塔拉·金时,他的手指狠狠地捏在我的手臂上,在那里留下了紫色的瘀伤。我浑然不觉地目睹了母亲做出选择的那一刻,她决定撒谎的那一刻,决定带着他的秘密继续生活的那一刻。

"没有,没有别的事了。我把我知道的一切都告诉你了。"

也就是从那时起,她开始变了,因为库珀,她慢慢崩溃了。她和她的儿子住在同一个屋檐下,看着他逃避惩罚,逍遥法外。她眼中的光最终熄灭了,她从客厅回到自己的卧室,把自己锁在里面。在知道她的儿子是什么样的人,犯下了什么样的罪恶后,她无法继续生活下去了。她的丈夫被关进监狱,有人朝她的窗户扔石头,而伯特·罗兹则站在我家院子里挥舞着双臂,用指甲抓着自己的皮肤。我又感觉到她的手指在我的手腕上疯狂敲动,在我指向那些写着字母的卡牌时,轻轻地拍毯子,先是 D,然后是 A。现在我明白她想说的话是什么了,她想让我去找我父亲,她想让我去探视他,这样他就能把真相告诉我了。她听我说了那些失踪女孩的事,那些相似之处和似曾相识感,她知道那是怎么回事。她比任何人都清楚,过去的事永远不会真的过去,无论我们怎样努力地隐藏、深埋、遗忘。

我再也不想回到布鲁桥镇，再也不想走进那座房子，再也不想重温那些我好不容易才留在那个小镇里的回忆。但是现在，我终于明白了，我永远没法摆脱那些回忆。我的过去就和那些女孩一样，像一个永远无法安息的幽灵，会一直困扰我。

"我不能那么做，"我看着库珀，摇了摇头，"你知道我办不到。"

他回望着我，慢慢攥起了拳头。

"别这样，克洛伊，别这么不近人情。"

"我只能这样。"说着，我推开高脚凳。但就在我要站起来的时候，库珀突然伸手抓住了我的手腕。我低头看去，他的手指正用力捏着我的手腕，指关节都发白了。现在我确定了，我终于确定了，库珀确实干得出这种事，哪怕是我，他也会毫不犹豫地杀掉。就在这里，就坐在我家厨房的料理台边，他会伸出双手，狠狠掐住我的喉咙。我毫不怀疑我哥哥是爱我的，可他这样的人无论有多少爱心，说到底我现在也和莉娜一样，成了一个累赘，一个需要解决的麻烦。

"你伤害不了我。"我从他手中抽出手腕怒斥道。我推开凳子站起来，他试图扑到我身上，却没有成功，反而笨拙地向前跌倒，膝盖支撑不住突如其来的重量。我看着他被高脚凳腿绊倒，身体瘫倒在地板上。他一脸不解地望向我，接着把目光转向料理台上，望向那个空酒瓶和空空如也的橘黄色药瓶。

"你把……"

他欲言又止，仿佛全身的力气在一瞬间都被抽干了。我回想起自己上一次产生这种感觉，也就是库珀现在的感觉是在什么时候，是在汽车旅馆的那一晚，泰勒穿上裤子后去了浴室，出来之后递了一杯水给我，让我喝下去。后来警察在他裤子的口袋里找到不少药片，他把药掺在给我的水里，正如我把药掺进给库珀的红酒里，然后看着他的眼皮迅速变得沉重。记得第二天晚上，我疯狂呕吐出的那些黄色胆汁。

我没有费心去回应他，而是抬头看向天花板，看向角落处像针孔一样小，正在闪着光，将一切记录下来的摄像头。托马斯警探此刻正和丹尼尔一起坐在警车里，通过放在大腿上的手机监视着屋内发生的一切，我和库珀的对话他们一句不落地全都听见了。我挥挥手，示意他们现在可以进来了。

我低下头看了我哥哥最后一眼。这将是我们二人最后的独处时光，我不免想起过去的种种。我们在院子后的树林里奔跑，我被从土里钻出来的蛇类化石似的树根绊倒，膝盖磕出了血，他帮我擦掉膝盖上的血迹，用一块纱布将我疼痛不已的伤口包扎住。当我爬进那个隐蔽洞穴的深处时，他用绳子绑住我的脚踝，那里是我们的秘密基地……电光石火间，我想到了她们会在哪里。那些女孩被推入黑暗深处，就藏在所有人的眼皮子底下，一个只有我们两个人知道的地方。

回想起自己曾经看到的那个画面，一个手里拿着铁锹的黑色人影从树林里走出来，那是库珀。他在十五岁的孩子中算长得高的，加上他常年练习摔跤，肌肉发达。当时他低着头，黑暗掩盖了他的面容，阴影逐渐将他吞没，直到他整个人消失得无影无踪。

2019 年 7 月

第四十八章

一阵凉爽的风从敞开的车窗吹了进来,我的头发被吹得飞舞起来,轻抚过我的脸颊。夕阳散发的刺眼光芒照在我的皮肤上,让人觉得暖洋洋的,不过今天依旧凉爽得有些反常。7月26日,星期五。

今天本该是我结婚的日子。

我低头看了看膝盖上的路线图,要先拐几个弯,才能抵达图纸上标注着的地址。我透过挡风玻璃,看着面前延伸出去的长长车道,以及上面钉了四个黄铜数字的木制信箱。一拐弯,轮胎便激得尘土飞扬起来,最后,我终于在一座装着绿色百叶窗的红砖小屋前停了下来。这里是密西西比州哈蒂斯堡。

我下了车,砰的一声关上车门,沿着车道朝那座房子走去。登上台阶后,我伸手在一块厚松木门板上敲了两下。那扇门被漆成了淡绿色,正中间还挂着一个用秸秆编成的花环。屋里有脚步声传来,还有一些轻柔的喃喃低语声。没过多久门开了,出现在我面前的是一个女人,她穿着简单的白色背心和牛仔裤,脚上蹬着一双拖鞋,她的脸上挂着礼貌的微笑,裸露的肩膀上搭着一块洗碗巾。

"有什么事吗?"

她不确定我是谁,盯着我看了一会儿,眼中才浮现出了然的神色。她认出了我,礼貌的微笑慢慢褪去。我闻到一股熟悉的味道,曾经无数次在丹尼尔身上闻到的味道,盛开的金银花和融化的糖水混合在一起,是异常甜腻的味道。我依然能从她的脸上看到那张学校照片中的小女孩——索菲·布里格斯,过去卷曲凌乱的金发现在用发胶定型成整齐的卷发,鼻梁周围点缀着雀斑,就像有人在那里撒了一把椒盐。

"嗨。"我忽然有些不自在,站在门廊上不禁暗自思忖,要是莉娜有机会长大,又会是什么样子。我宁愿假装她还活着,像索菲一样,一直藏身于某处,在属于她自己的小角落里安全地活着。

"丹尼尔在屋里。"她侧过身子指了指门内,"如果你想……"

"不。"我红着脸摇了摇头。库珀被捕后,丹尼尔就搬走了,不知为何,我从未想过他会来这里。"不,没关系,其实我是来找你的。"

我拿出那枚订婚戒指,警察在泰勒的车里找到了这枚戒指,然后在上个星期把它还给了我。她什么也没说,只是用手指把它从我的手里接了过去。

"它属于你,"我说,"和你的家人。"

她把戒指戴到中指上,伸出手,看着戒指重新回到自己手上的样子。我的目光越过她,看向她身后的走廊,玄关处的桌子上摆放着几张照片,楼梯最底层有几只散乱的鞋子,墙角的扶手处还挂着一顶棒球帽。我收回目光,环视了一圈她家的院子。这座房子虽然不大,但古朴雅致,有着明显的生活痕迹,门前的树枝上用两根绳子绑了一个木制秋千,一双轮滑鞋靠在车库的墙上。这时,屋里传来一个声音,一个男人说话的声音,是丹尼尔的声音。

"索菲,是谁呀?"

"我该走了。"说着我转过身,突然生出一种自己在闲逛的感觉。我就像一个从别人家门口经过的路人,偷看人家的浴室、橱柜,然后试图拼凑出他们的生活。我想看看在逃离那座破旧的老房子,头也不回地离开以后,她是怎么熬过来的。她过得一定很不容易吧,当时她只有十三岁,还只是个孩子。她离开了朋友家,独自一人在漆黑的路上走着,忽然,一辆汽车在她身后停下,车灯熄灭。是她的哥哥,丹尼尔,他载着她慢慢驶离那里,把她送到两个镇子之外的公共汽车站,并把一个装着钱的信封塞到她手中。那是他为这一刻攒下的钱。

"等我毕业，"他向她保证道，"我就去找你。然后我也能离开了。"

他母亲用肮脏的指甲挠着又干又薄、像纸巾一样的皮肤，泪眼婆娑地注视着我的眼睛。"他高中一毕业就搬出去了，从那以后，我再也没听到过他的任何消息。"

我不知道这些年他们是怎么熬过来的。丹尼尔在网上上课，获得学位；索菲想尽一切办法赚钱，在饭店当服务员，在超市当收银员。然后某一天，当他们看着彼此，发现对方已经长大了。时光早已流逝，危险也已不复存在。他们理应好好生活——真正的生活——于是丹尼尔离开了那里，前往巴吞鲁日，但时常回来探望她。

正当我踏上楼梯，打算离开时，索菲开了口。她的声音坚定而有力，和她哥哥的很像。

"把它送给你其实是我的主意。"我转头去看她，看见她还站在原地，双臂交叉抱在胸前，咧嘴一笑，"丹尼尔一天到晚都说你的事，现在依然是这样。他说他打算求婚时，我觉得这多少和我也有些关系。我想象着你戴上它的样子，想着也许有一天，我们会认识彼此。"

我想起丹尼尔藏在他卧室那本书里的旧剪报，他想要解救索菲的方法，而库珀的罪行给他带来了灵感——让索菲失踪。那么多生命因为我哥哥而消亡，这个事实直到现在依然让我夜不成寐，她们的脸，就像莉娜手掌上那个又大又圆的黑色烫伤一样，深深地烙印在我的脑海里。

那么多生命消逝了，除了索菲·布里格斯。她的生命得到了拯救。

"很高兴你这样想，"我露出了微笑，"现在我们认识了。"

"我听说你父亲要出狱了。"她向前迈了一步，似乎不想让我就这么离开。我不确定要如何回答这个问题，只是点了点头。

丹尼尔的确去安哥拉探视我父亲了，我想得没错，他每次出差都是去那里。他一直想弄清事情的真相，想证明库珀是杀人凶手。他告诉我父亲，又发生了杀人案，又有女孩连续失踪，并把奥布里的项链当作证据拿给我父亲看,我父亲这才把一切和盘托出。不过,既然父亲已经承认了自己有罪,想要翻供肯定没那么简单,你必须提供更多的证据,你需要真凶认罪的口供。这就轮到我出场了。

毕竟,正是我的证词把父亲送进了监狱。二十年后,理应由我再次为他提供重获自由的机会,用我和库珀的对话。

上个星期,我在新闻里看到父亲发表的道歉声明,他为自己的撒谎而道歉,为保护自己的儿子而道歉,也为因他的行为使更多人失去生命而道歉。我现在依旧没办法见他,现在还不行,但我正在努力。那天看新闻的时候,我紧紧盯着电视屏幕上的他,正如我很久之前那次所做的一样。可这一次,我试着把他的新面孔和时常浮现在我脑海中的那张脸重合起来,他的粗框眼镜已经换成了简单轻薄的金丝边眼镜;他鼻子上有一道伤疤,是被逮捕时留下的,当时他的脸被狠狠撞到警车上,原来的那副眼镜被撞坏了,鲜血顺着他的脸颊流淌下来;他的头发剪短了,脸上的皮肤变得更加粗糙,像是被砂纸打磨过,也像在混凝土表面来回摩擦,直到上面布满疤痕。我还注意到,他的胳膊上有许多疤痕,疤痕处的皮肤就像被抻开过似的,光滑又泛着亮光,可能是烫伤,它们的形状和烟头一样。

但抛开这一切,他还是他,是我的父亲,他还活着。

"你打算怎么办?"索菲问道。

"我也不确定。"这是实话,我也不知道自己接下来该怎么办。

有时候,我还是会生气。我父亲撒了谎,为库珀犯的罪背了黑锅。他明明发现了那个首饰盒,却藏起来没有告发库珀。他用自己的自由保住了库珀的命,却导致另外两个女孩失去了生命。可其他时候,我又能理解他的做法。我明白他为什么这么做,因为这就是为人父母会做的事,为了保护自己的孩子不惜付出任何代价。我想起那些盯着镜头的母亲,还有站在她们身边、哭成泪人的父亲,黑暗带走了他们的孩子。可如果你的孩子就是那团黑暗,你又该怎么办呢?你难道不想保护他们吗？毕竟，这全都能归结于掌控感。他们有一种幻觉，好像只要我们把死亡牢牢握在手里，不让它溜走，就可以掌控它；好像我们再给库珀一次机会，他就会改变；好像莉娜总在我哥哥面前晃来晃去，感受着火中取栗的刺激，以为只要在适当的时机抽身，她就能毫发无伤地离开。

但它们全是自欺欺人的想法，库珀永远都不会改变，莉娜也逃不出玩火自焚的命运，就连丹尼尔也无法幸免。丹尼尔曾尝试控制自己内心的愤怒，千方百计地想把它们压制下去，可源于他父亲的性格特质依旧会在他心力交瘁的时候露出端倪。为此，我也心有戚戚，因为我办公桌抽屉里的那些小瓶子时常呼唤我，仿佛暗夜里的低语。

和库珀在厨房里对峙的时候，我低头看着他虚弱的身体，那是我第一次体会到真正地掌控别人是什么感觉。那时的我不仅拥有掌控感，还把别人的掌控感夺走，占为己有。在那个瞬间，掌控感就像黑暗中的一束光，给人带来虚幻的满足。

我对索菲笑了笑，再次转身，走完剩下的几级台阶，踏上了人行道。我把手插在口袋里朝我的车子走去，黄昏把地平线染成了红橙黄的暖色调。那是黑夜降临前最后的色彩，紧接着，黑暗就会笼罩大地，日复一日，年复一年，循环往复。忽然，我发现周围的空气里闪过一股电流，那嗡嗡声是如此熟悉，我停下脚步静静伫立着，观望着，等待着。我把双手伸向天空，扣在一起，在手掌之间，有什么东西正奋力地扑腾着。我朝自己握紧的指间看去，看到了被我困在手掌里的生物，看着这条由我掌控的生命。我把它举到面前，透过手指环成的小洞朝里面窥视。

那里有一只发出明亮光芒的萤火虫，它的身体散发着无穷的生命力。我把额头紧紧贴在我握紧的手指上，盯着它看了一会儿，一边近距离地看它在我手中闪烁的光，一边想着莉娜。

而后，我张开双手，给了它自由。

致谢

如果没有我的文学经纪人丹·康纳威，这本书的出版就不可能实现。你是第一个相信它有潜力的人，在只看了前三章内容的情况下就和我签约，并在接下来的日子里对我所有疯狂的问题有问必答。你为我提供了这个改变人生的机会，无论多少感谢都不足以表达我的心情。

感谢作家之家经纪公司的每个人，你们是我梦寐以求的团队。感谢劳伦·卡斯利，我相信摆在你面前的书稿肯定数不胜数，感谢你从中选择了我的书。感谢佩吉·布洛斯–史密斯、马雅·尼科利奇和杰西卡·伯杰，感谢你们为这个故事所做的海外宣传。

感谢圣马丁出版社旗下子公司米诺陶尔出版社的全体员工和麦克米伦出版集团。感谢我出色的编辑凯利·拉格兰，你的专业才能无与伦比，由你担任我的编辑对我来说是莫大的荣幸。感谢玛德琳·霍普，谢谢你帮我把一切打理得井井有条；大卫·罗斯坦，谢谢你设计出我理想中的封面；还有赫克托·德让、莎拉·梅尔尼克、艾利森·齐格勒和保罗·霍克曼，谢谢你们让更多人了解这个故事。除此之外，我还要感谢珍·恩德林和安迪·马丁，非常感谢你们在一开始就对这本书抱有极大的热情和信心。

感谢我的英国编辑茱莉亚·威兹德姆，以及英国哈珀柯林斯出版社的全体工作人员。我还要特别感谢本书的所有外国出版社，感谢这些优秀的出版社出版了本书的各种外语版本。

感谢 WME 经纪公司的西尔维·拉比诺相信这个故事有搬上大银幕

的潜力，你将我的梦想推向了全新的高度。

感谢我的父母，凯文和苏。无论我创作怎样的主题，你们总是那么爱我、支持我，从我记事起就一直鼓励我对写作的热情，没有你们的爱与鼓励，这一切就不可能实现。我无比感恩你们为我做的一切。

感谢我的姐姐玛罗琳。感谢你教会我如何阅读与写作（说真的！），认真阅读我写的所有糟糕的初稿，并且总能为我提供最有价值的反馈意见，即使这些意见令我义愤填膺。我还要感谢你带着年幼的我看了许多恐怖电影。你永远是我最好的朋友，过去是，将来也是。

感谢我的丈夫布里特，你从不允许我放弃。谢谢你多年来在我躲进办公室时做晚餐，听我谈论我所创造的人物，永远都做我最坚定、最自豪的支持者。我为了这些，还有无数其他的理由而爱你，没有你我做不到这些。

我还要感谢布莱恩、劳拉、阿尔文、林赛、马特和这个美好家庭中的其他成员，谢谢你们无尽的兴奋、热情和支持。拥有你们是我的幸运。

感谢我的宣传团队和第一批外部读者：艾琳、凯特琳、丽贝卡、阿什利和杰奎琳。我听到了你们的每一声呐喊助威和轻声鼓励，感谢你们为我做的一切，我不知道自己做了什么好事才有幸遇到你们这么好的朋友。

感谢我的好朋友科尔比。你在这本书出版过程中的热情一直感染着我，即使在我没有任何好消息能分享的时候，你也总是鼓励我，让我保持兴奋。同时，我十分佩服你的耐心，一直等到这本书真正出版才去读它。我希望这本书没有辜负你的等待！

最后我还要感谢你们，手捧这本书的优秀读者们。无论你是买的、租的、借的，还是下载的，你都在阅读这些文字，为我实现自己最疯狂的梦想提供了助力。我真的非常、非常感谢你们所有人的支持。